Monique Demagny

# MARIE L'ACADIENNE

*Roman*

JC Lattès
17, rue Jacob 75006 Paris

Carte : Françoise Monestier.

« … Ces ombres en Amérique, celles des morts. Aussi vivantes que les vivants. Quelquefois davantage. Le plus ignorant, le moins sensible des voyageurs les pressent, le plus averti les ressent, sans qu'il ait même besoin de les chercher. Le voyant les voit. Elles courent, se cachent, surgissent, accusent, gémissent. Entre autres. Elles ont beauté et grandeur toujours, force et sauvagerie souvent. »

Yves Berger, *L'Attrapeur d'ombres.*

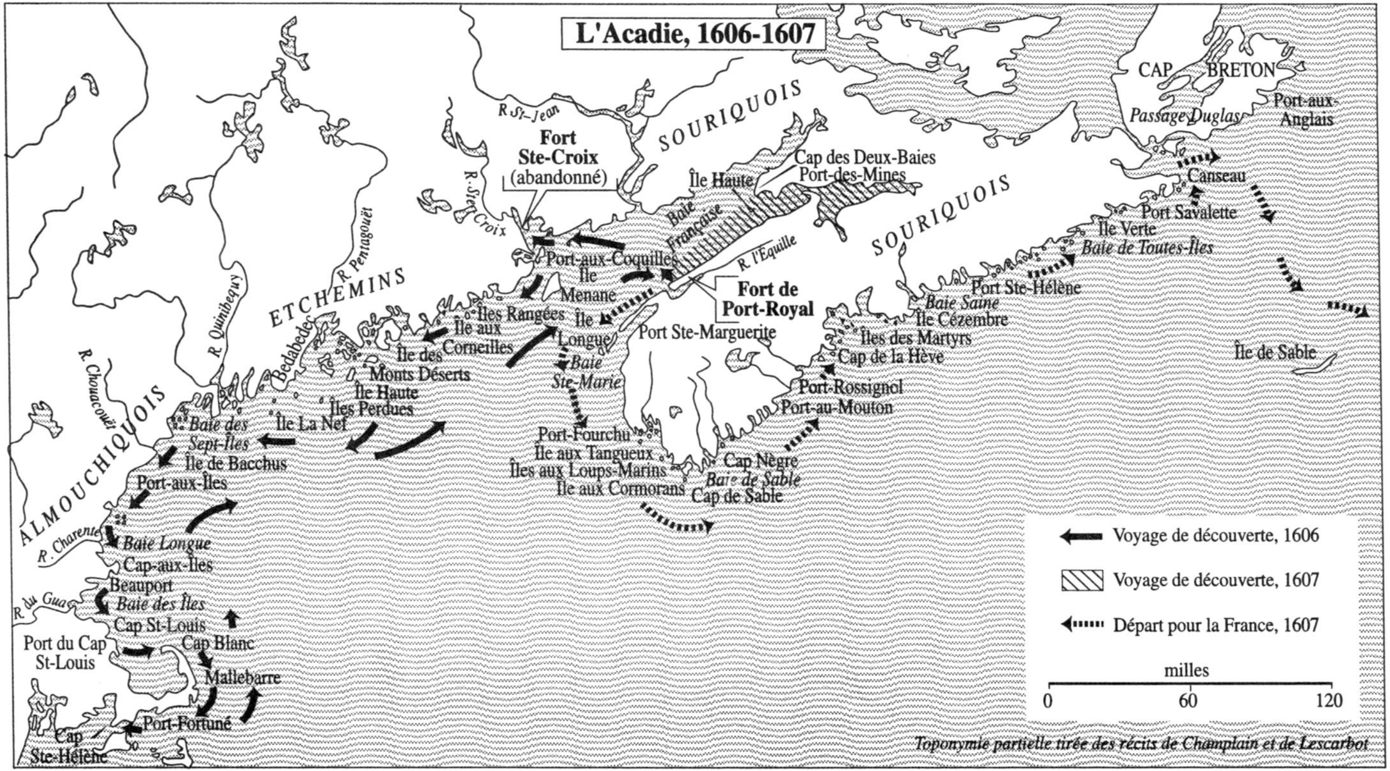
L'Acadie, 1606-1607
CAP BRETON
Passage Duglas
Port-aux-Anglais
Canseau
Port Savalette
Île Verte
Baie de Toutes-Îles
Port Ste-Hélène
Baie Saine
Île Cézembre
Îles des Martyrs
Cap de la Hève
Port-Rossignol
Port-au-Mouton
Cap Nègre
Baie de Sable
Cap de Sable
Île aux Cormorans
Îles aux Loups-Marins
Île aux Tangueux
Port-Fourchu
Île de Sable
SOURIQUOIS
SOURIQUOIS
Cap des Deux-Baies
Port-des-Mines
Île Haute
Baie Française
R. l'Équille
Fort de Port-Royal
Port Ste-Marguerite
Île Longue
Baie Ste-Marie
Port-aux-Coquilles
Île Menane
Fort Ste-Croix (abandonné)
R. St-Jean
R. Ste-Croix
Îles Rangées
Île aux Corneilles
Île des Monts Déserts
Île Haute
Îles Perdues
Île La Nef
ETCHEMINS
R. Pentagouët
Bedabedec
R. Quinibequy
R. Chouacoüet
ALMOUCHIQUOIS
Baie des Sept-Îles
Île de Bacchus
Port-aux-Îles
R. Charente
Baie Longue
Cap-aux-Îles
Beauport
Baie des Îles
R. du Gua
Cap St-Louis
Port du Cap St-Louis
Cap Blanc
Mallebarre
Port-Fortuné
Cap Ste-Hélène
Voyage de découverte, 1606
Voyage de découverte, 1607
Départ pour la France, 1607
milles
0
60
120
Toponymie partielle tirée des récits de Champlain et de Lescarbot

Marie posa sans bruit le bol sur le sol, c'était un de ces vases légers fabriqués dans une écorce souple dont se servaient les Indiens. Les femmes micmacs les façonnaient merveilleusement, et Marie avait aimé, en d'autres temps, les regarder tordre et courber la matière jusqu'à obtenir la forme voulue. La tisane qu'elle avait fait boire à l'enfant était aussi une tisane indienne, une décoction d'herbes destinées à combattre la fièvre, dont elle avait appris la recette d'un *jongleur*[1], ces curieux intermédiaires entre les hommes et les esprits, entre ce monde-ci et son au-delà, et qui sont aussi bien devins que médecins. Elle savait d'expérience que l'usage que les chamanes micmacs ou abénaquis faisaient des plantes médicinales était souvent plus efficace, et surtout moins redoutable, que les saignées et autres purges dont les Européens abusaient. La petite fille ouvrit les yeux, ses yeux immenses et graves de petite Indienne, elle respirait mieux. Elle vivrait.

La nuit allait vers sa fin, le ciel déjà était moins sombre, bientôt le jour inonderait de sa lumière la beauté de ce monde nouveau. Marie allait mourir, elle l'avait accepté, ce serait peut-être tout à l'heure, à

1. Pour les mos en italique, voir glossaire à la fin de l'ouvrage.

l'aube, quand elle s'accorderait enfin de fermer les yeux. La nuit, il lui fallait veiller, tenir les fantômes de sa vie à distance. Depuis longtemps Marie n'acceptait plus de dormir qu'au soleil levant, quand le jour triomphant pardonne ses ombres à la nuit. Elle mourrait quand le jour serait là, celui-là ou un autre, à l'heure bénie où il lui était enfin donné de lâcher prise. Les derniers matins, qui se lèveraient pour elle, étaient maintenant étroitement comptés. Elle s'endormirait, bientôt, demain ou tout à l'heure, au plus près de ce pays d'Acadie qui se cherchait dans la souffrance, la seule patrie qu'elle pouvait se reconnaître, et qu'avaient tant aimée, chacun à sa manière, Charles de La Tour, et Charles d'Aulnay. Elle finirait son temps *aux Canadas*, sur cette terre superbe de tous les commencements, éblouie jusqu'au dernier instant de la beauté dont la nature s'était en ce lieu montrée si prodigue. Elle allait mourir, ici, dans la splendeur et l'innocence d'un jour nouveau, d'un monde neuf, d'un bonheur promis, et c'était bien. Elle était venue de si loin pourtant, et si tard…

# 1

« On est de son enfance, comme on est d'un pays. »

Antoine de Saint-Exupéry.

Le Mans 1613. Marie sortit furtivement. Son père venait de tirer le volet de bois de l'échoppe qu'il tenait dans la rue du Puits-qui-parle au cœur de la ville du Mans. Ce soir il n'était plus question pour lui de tailler une barbe, encore moins de courir saigner un patient, Jacquelin se dirigeait d'un pas assuré vers la taverne des Trois Marchands. Ce que Jacquelin venait chercher là c'était le vin bien sec, un peu vert des coteaux du Loir, que le patron faisait venir de Marçon. Les premiers verres allaient le rendre gai, ce qui n'était pas rien pour qui avait passé tout le jour à raser les uns et saigner les autres, bien obligé d'entendre, sinon d'écouter, les récriminations de ceux-là qui prenaient son échoppe pour une tribune où critiquer les édiles du lieu, et gémir les autres qui avaient pourtant bien cherché leur châtiment en faisant quérir un médecin. Les derniers gobelets l'ensommeilleraient, mais juste assez pour qu'il passe une nuit tranquille et attaque au mieux sa journée du lendemain. Jacquelin tenait bien le vin. Demain il aurait la main aussi sûre pour tailler de près la barbe d'un bourgeois que pour trouver la veine d'un malade qu'il lui faudrait soulager du sang qu'il avait en surcroît. Le barbier prit garde à ne pas faire de bruit en ajustant le volet de sa porte et s'éloigna en rasant les murs.

Depuis beau temps déjà, Marie n'était pas dupe des ruses naïves de son barbier de père. Elle attendit qu'il ait disparu de l'étroite ruelle, puis elle s'échappa à son tour. Elle descendit en courant les rues en pente raide qui menaient de la cathédrale aux remparts. Quelques passants se retournèrent sur elle.

— Tu es bien pressée, la belle, l'apostropha un soldat.

Marie n'y prit pas garde. Le soldat la suivit des yeux et n'insista pas. Ce n'était qu'une gamine, trop maigre, et poussée trop vite comme un échalas, on en reparlerait quand elle aurait pris des seins et des fesses. Marie était jolie pourtant, pour peu qu'on sache la regarder, un peu maigrichonne peut-être, mais grande, élancée, et si vive dans ses mouvements. Ses cheveux, longs et bouclés, étaient d'un brun profond réchauffé de reflets roux, ils flottaient sur ses épaules, librement, sans la moindre contrainte d'une attache ou d'un bonnet, et les passants se retournaient sur le feu de cette crinière indocile, et pour peu qu'ils croisent son regard, ils étaient un instant médusés. Le regard de Marie, sombre et changeant comme l'onyx, brillant comme le jais, dominateur, reflétait une détermination étonnante dans un visage aussi jeune. Insouciante de la rencontre,

Marie courait toujours, non qu'elle eût peur, elle hantait depuis si longtemps les rues du Mans à la nuit tombée. Elle courait par habitude et par instinct. Les voisins la reconnaissaient à sa course rapide, frôlant les murs nappés d'ombre, et toute la pratique de son père en faisait des gorges chaudes. Elle croisa un couple qu'elle ne remarqua même pas.

— Tiens, dit l'homme, la fille du barbier !

— Toujours à traîner, commenta la femme.

Marie n'entendait rien. Elle courait légère et silencieuse, effleurant à peine le sol de sa sandale, elle aurait pu cavaler de la sorte les yeux fermés, la ville était la sienne, et la nuit son domaine. Elle connaissait par cœur chaque pierre de chaque rue, sautait d'un pied leste par-dessus le pavé disjoint qui pointait sa traîtrise en plein milieu de la rue Sainte-Catherine, évitait machinalement le caniveau jamais sec de la rue de la Truie-qui-file, reconnaissait la minuscule place Sainte-Radegonde à la puanteur qu'elle exhalait en tout temps, gagnait le beau dégagement qui conduisait à l'auberge du Puits salé, bondissait comme un cabri jusqu'à la Porte Neuve, et là, aspirait d'une grande lampée le parfum des jardins qui la jouxtaient. Il ne lui restait plus qu'à se laisser glisser jusqu'au bas des remblais, les maisons qui s'y pressaient en désordre étaient toutes enchâssées de jardins odorants. Elle les connaissait depuis toujours, c'était son royaume et son bonheur.

Au pied des remparts, Charlet l'attendait. Marie ne se souvenait pas d'un temps où Charlet n'était pas dans sa vie. Il devait avoir à peu près deux ans quand le père, qu'il n'avait jamais vu depuis, l'avait déposé dans l'étroit logis de la mère Turgis, sans plus de cérémonie ou d'égards qu'il l'eût fait d'un sac de ciment, maçon qu'il était, disaient certains, de son état. La vieille femme, fort malpropre et peu amène, qui avait recueilli Charlet le prétendait plutôt marin, pour justifier peut-être son éternelle absence, ou parfois soldat selon ce que le cœur lui disait. Le gamin était échu à deux pas de la boutique du barbier, alors même que la petite Marie, sa fille, y venait au monde, coûtant la vie à sa mère.

La vieille, qu'on appelait Turgis, s'était donc trouvée pourvue d'un marmot qu'on lui avait abandonné, mais dont on lui payait bien chichement la pension, dans le temps même où le barbier qui officiait à quelques rues de là se trouvait embarrassé d'un nouveau-né. Le barbier et la vieille firent tout naturellement affaire ensemble. Le père de Charlet, probablement assez gueux en ce temps, n'avait laissé qu'une maigre bourse pour subvenir aux soins du gosse, et le barbier, qui n'avait aucune famille en la ville, était bien empêché de s'occuper d'un nourrisson. La vieille Turgis y vit l'occasion de gagner quelques sous en élevant deux enfants au lieu d'un, et le barbier s'en retourna l'esprit tranquille à son échoppe.

Le premier regard que Marie jeta sur le monde se limita aux quatre murs étroits et sales du taudis de sa nourrice, et la première odeur qui chatouilla ses narines fut celle des effluves nauséabonds qui montaient du creux de la rue. Marie et Charlet grandirent ensemble, dans la crasse, la misère, et la puanteur, ils y échappèrent dès qu'ils furent assez assurés sur leurs jambes en allant vagabonder, toujours plus loin, toujours plus longtemps. Leur couple contrasté attirait le regard des passants. Charles, étonnamment blond, avec des cheveux fous et légers, à faire pâlir d'envie les filles du voisinage, un regard bleu de porcelaine, était né séducteur. Il était drôle, souriant, et quand il faisait une sottise c'était avec l'air d'un ange. Marie, dans son ombre, la plus jeune et la plus petite, brune, avec de vagues reflets roux, l'œil sombre, jetant sur la rue et sur la vie un regard prudent, maigrelette, le visage grave, était en apparence son contraire. En fait elle était plutôt son complément, et surtout pas son ombre, appliquée dès ses premiers pas, par mimétisme et par admiration, à l'égaler en tout. On ne les voyait jamais l'un sans l'autre, et souvent on demandait à Charlet :

— C'est ta sœur ?

— Non, c'est Marie, répondait-il, vaguement étonné, comme si la réponse était évidente.

Quand ils eurent un peu grandi et qu'ils se mêlèrent aux gamins de tous les ruisseaux du Mans, les garçons tentèrent souvent d'argumenter pour écarter Marie de leurs escapades.

— C'est une fille !

La réponse fusait alors, imparable et déconcertante.

— Non, c'est Marie !

Et les galopins les plus téméraires s'inclinaient parce que Charlet était à la fois plus grand, plus fort, et plus assuré qu'eux.

Toute son enfance, Marie suivit Charlet dans ses expéditions, elle y prit des façons de garçon que la mère Turgis et le père Jacquelin ne manquèrent de lui reprocher quand elle commença de prendre tournure de fille. Marie ne fit qu'en rire. Elle s'amusait trop à courir les rues du Mans avec une bande de garnements, derrière

Charlet qu'elle admirait en tout, pour s'embarrasser du fait qu'elle devait y traîner des jupons qui entravaient sa course quand les garçons étaient à l'aise dans leurs chausses. L'inconvénient de sa tenue ne l'empêchait nullement d'escalader comme les autres un muret de pierres pour voler des pommes dans un jardin, ni de se battre, jusqu'à rouler par terre, au beau milieu de la chaussée. Elle revenait crottée, le jupon déchiré, le cheveu en bataille, mais elle gagnait à ces jeux très virils une santé à toute épreuve et une volonté de fer. Il lui fallait sûrement l'une et l'autre pour affronter tous les maux qui guettaient la petite enfance. Elle triompha de toutes les fluxions, fièvres malignes, épidémies, eut le bon goût, ou la chance insigne, de ne se laisser jamais contaminer par la pourprée ou la petite vérole, et parcourut son enfance au grand galop de ses équipées garçonnières dans le sillage de Charlet.

Les voisins faisaient parfois honte au barbier de la tenue déguenillée de la gamine et de ses manières brutales, et Jacquelin, glorieux de n'être pas seulement barbier-barbant, mais officier de médecine, fût-ce tout au bas de l'échelle, ne pouvait souffrir que sa fille traînât indéfiniment dans les ruisseaux du Mans. Il décida qu'elle apprendrait les lettres et les chiffres, et deviendrait ainsi capable de lui tenir ses livres quand elle aurait grandi. N'ayant point de dot, elle aurait au moins des manières. Marie redouta le pire quand le barbier dévoila ses projets, et quand il parla de couvent elle s'empressa de parer au danger. À sept ans, livrée à elle-même, oreilles attentives à toutes les conversations, elle avait déjà appris que l'idée de la dépense retenait souvent les adultes de suivre un premier mouvement imprudent.

Jacquelin avait attaqué, à la légère, sans se méfier de la vivacité précoce de la gamine, un soir que revenant de pratiquer une saignée il l'avait ramassée, crottée, écorchée, et vociférant comme un garçon au beau milieu d'une bagarre de rue. Il l'avait prestement relevée, et fort de ce geste d'autorité, il avait à la fois manifesté sa légitime colère, et affirmé sa volonté d'enfermer la drôlesse pour lui inculquer de meilleures façons.

Marie laissa passer l'orage. Elle se souciait assez peu de deux ou trois claques, elle ramassait bien d'autres horions dans la rue, et elle mûrissait déjà le croc-en-jambe bien placé qui ferait choir, pas plus tard que le lendemain, le traître qui l'avait aujourd'hui jetée dans le ruisseau.

— Ah, vous ne répondez rien, s'enhardit le barbier, vous faites bien ! Au couvent les sœurs ne toléreront point de réplique !

— Au couvent ?

Le mot avait désagréablement accroché l'attention de la fillette.

— Au couvent, où j'irai vous enfermer dès demain. Plaise au ciel qu'il soit encore temps de corriger vos vilains défauts.

Cette fois Marie avait senti le danger. Si elle craignait une chose au monde c'était bien l'enfermement et la séparation d'avec Charlet. Elle chercha la parade.

Le barbier, qui venait tout juste de se sentir la fibre paternelle et ne se déplaisait pas dans ce noble rôle, ne résista pas à une tirade héroïque.

— Vous devriez me remercier, mademoiselle, de prendre soin de vous au point de vous confier aux ursulines.

— Merci, mon père, dit la jeune écorchée, saignant du genou et tachant un peu plus la guenille mal rapiécée qui lui servait de jupon, je vois bien que vous avez souci de moi pour vous résoudre à donner vos écus pour mon éducation.

L'état des hardes de la fillette tranchait cruellement avec la componction de son langage.

Des écus ? Le barbier, tout à sa colère, n'y avait guère songé. L'éventualité de la dépense fit retomber tout net le zèle paternel à peine éclos. Il faudrait qu'il y songe, qu'il se renseigne, qu'il attende même, on n'était pas à un an près pour enfermer une fille au couvent.

La gamine sentit bien que le coup avait porté. Elle prit un air ravi pour ajouter :

— Les pensionnaires ont de bien jolies robes...

À cela non plus Jacquelin n'avait pas réfléchi, il faudrait fournir un trousseau. C'est qu'il n'était pas du tout décidé à ouvrir sa bourse pour habiller l'insolente. Quelques bonnes corrections en attendant de prendre une décision viendraient bien à bout de la mauvaise graine, et comme la méthode précisément ne coûtait rien il entreprit sur-le-champ de donner le fouet à l'impertinente qui se mêlait de lui parler d'argent. Marie se trouva gagnante, mieux valait le fouet que la claustration. Son père se lasserait vite, l'oublierait comme à l'accoutumée, ayant bien assez à faire, entre sa pratique qui dévorait ses jours, et le cabaret qui occupait ses nuits.

La menace du couvent s'évanouit comme elle était venue. Au demeurant Jacquelin n'avait de religion que ce qu'il fallait pour faire bonne figure, sans choquer sa pratique dont les opinions étaient mélangées. Il supputa aussitôt tous les pièges que le couvent pouvait cacher, sa bourse mise à mal, et sa fille qu'on lui rendrait plus empressée de fréquenter l'église que de faire bouillir le pot. Il fallait y réfléchir.

Ce fut dans le même temps, que le maçon, ou prétendu tel, fit savoir à la vieille qui l'élevait, que son fils devait être instruit « comme il convenait à l'état de son père ». La chanson était nouvelle ! D'où venait le message ? La nourrice ne sut pas vraiment l'expliquer. Selon le commissionnaire que le père avait dépêché au Mans c'était hors du royaume que ce forban de Turgis s'était établi, mais pour la vieille femme ce qui dépassait le territoire du Mans lui échappait. Elle ne parvint pas non plus à comprendre quel était pour l'heure « l'état » de celui qu'elle ne désignait jamais que comme un gredin qui ne valait pas la corde pour le pendre. Gredin ou pas, il avait envoyé quelque argent pour faire instruire, disait-elle, « le vaurien qui prenait bien le chemin de lui ressembler en tout ». Puisque les deux gosses avaient jusqu'ici suivi de concert le libre apprentissage de la rue, ils pouvaient bien apprendre ensemble les rudiments des lettres et des chiffres. Il y avait, à deux pas de la rue du Puits-qui-parle, un maître d'école, dont on disait grand bien car il était bon chantre, et bon musicien, il était aussi écrivain public, preuve qu'il maîtrisait l'écriture. Pour quinze sols par mois il enseignait la lecture et l'écriture, mais en français, si on voulait le latin, il fallait mettre vingt-cinq sols. L'homme toutefois rechignait à mélanger dans son école une fille au milieu des garçons, ce n'était pas l'usage. On trouva un compromis. L'homme avait une sœur qui pouvait prendre la gamine en charge et lui apprendre en supplément la lessive et le ménage. On balaya le latin, et la lessive, mais on exigea que les enfants apprennent à compter, et pour deux élèves le maître consentit un prix, la mère Turgis s'en était arrangée, cela lui permettait de distraire quelques sols de la manne, trop modeste, que ce fainéant de Turgis voulait consacrer à l'éducation de son fils. Elle poussa un peu le barbier, pour profiter elle-même du rabais, et n'eut pas trop de peine à l'emporter. Le couvent, c'était bien cher, et il n'était pas nécessaire de tant dépenser pour instruire une fille. Marie et Charlet se retrouvèrent ensemble sous la férule du maître d'école.

L'apprentissage de Marie et de Charlet avait duré quelques années prolongeant l'intimité quotidienne des enfants, puis le barbier avait repris sa fille, entendant la tenir au logis pour qu'elle entretienne son ménage. Charlet avait trouvé à s'occuper. Tantôt commissionnaire, tantôt requis pour mettre à jour les comptes d'un boutiquier, puisqu'il savait lire, écrire, et compter, il y gagnait quelques pièces. Le soir, fidèle à son enfance, il courait les rues du Mans, entraînant parfois dans son sillage la petite Marie qu'il était allé débaucher sans y avoir beaucoup de mal. À dix-sept ans Charles Turgis était devenu un grand gaillard dont la carrure impressionnait de même manière les garçons qui auraient aimé lui chercher noise, et les filles qui ne demandaient qu'à être vaincues dans des joutes qu'il n'avait même pas à mener. Sa chevelure blonde, indocile, son regard clair et moqueur lui étaient d'autres atouts, et par-dessus tout, sa gaîté, sa faconde, son art inné d'enrober toute réalité d'un voile flatteur, mettaient de son côté tous ceux qu'il entreprenait de séduire. Marie aussi avait grandi. Elle s'épanouissait dans la gloire éphémère de ses quinze ans. Charlet venait tout juste de s'en apercevoir : le garçon manqué, qui avait accompagné ses escapades de galopin, était devenu sans qu'il y ait pris garde une jeune fille, et de cette jeune beauté surgie, comme d'une chrysalide, des loques mal rapiécées de la gamine qui avait partagé son enfance, il était maintenant amoureux. Aussi ce premier jour du printemps de l'an 1613, il avait délaissé les vauriens qui l'accompagnaient chaque soir dans les tavernes et chez les ribaudes, et il avait donné rendez-vous à Marie.

Marie courait. Avait-elle jamais su marcher? Quand elle avait fait ses premiers pas Charlet galopait déjà. Elle l'avait suivi, et depuis elle courait dans son sillage, compensant par son agilité la taille de ses pas de géant. Elle courait, le cœur battant. Depuis quelques mois ses relations avec Charlet avaient insensiblement changé de registre. Le garçon lui avait d'abord prêté une attention d'un genre nouveau, mêlant railleries et compliments, un jour tout miel, le lendemain acide comme un vinaigre. Puis il était advenu qu'il « oublie » de venir l'appeler, ou qu'il quitte le groupe à brûle-pourpoint sans donner d'explications, et ne réapparaisse plus de la soirée. Les jaloux, et il n'en manquait pas depuis que Charles Turgis avait pris hautement le pas sur la petite bande des garnements du quartier et la première place dans le cœur affolé des filles, ne s'étaient pas privés d'apprendre à Marie qu'il consacrait plus volontiers ses soirées à faire le galant qu'à fréquenter ses amis. Elle en avait eu un bizarre pincement au cœur. Charlet s'intéressait aux filles maintenant? Le moins aurait été de lui en parler! Elle avait été fâchée, comme s'il avait traîtreusement rompu un pacte tacite, quitté l'enfance en catimini, sans l'attendre. Mais sa colère était-elle celle d'une enfant ? Elle ralentit, rumina son ressentiment. D'ailleurs, où était-il ce vaurien ? En retard à leur rendez-vous maintenant ? La nuit était tombée, elle s'arrêta, s'appuya à une murette, scruta l'épaisseur d'un verger qu'ils avaient pillé sans scrupules tous les printemps de leur enfance. Deux bras se refermèrent sur elle. Elle n'avait perçu aucune approche.

En un tour de main il la fit pivoter et quand elle fut face à lui il resserra son étreinte, un peu trop fort pour l'ossature fragile de l'adolescente, et Marie eut un court instant l'idée de le mordre ou de le pincer.

— Charlet ! protesta-t-elle, et son œil lança des éclairs.

— Eh bien, quoi ?

Charlet souriait, comme il était capable de le faire en découvrant ses dents de loup qui voulait tout dévorer.

Curieusement, Marie, qui n'avait jamais été avare de reparties cinglantes, ne parvenait pas à formuler la remarque acerbe qu'elle lui destinait. Il ne perdait rien pour attendre... Mais non, c'était trop tard. Charlet avait écrasé ses lèvres sous un baiser plus brutal qu'habile, qui lui avait fait perdre son sens inné des phrases percutantes et acérées. Marie fut saisie d'un vertige, et ce vertige lui était agréable. C'était donc cela un baiser ? Ils avaient pourtant bien ri, tous les deux, quand leur course, aussi rapide que silencieuse, de galopins qu'ils étaient, les amenait à surprendre un couple d'amoureux, effarés et furieux de leur intrusion ricanante. Marie n'hésitait pas alors à fustiger leur attitude, non point par moralité, car elle n'en avait pas la moindre teinture, pas plus que d'éducation, mais parce qu'elle trouvait que la chose était « dégoûtante », et elle ne se privait pas de le dire. Charlet avait toujours alors un rire un peu nigaud pour affirmer que les amoureux étaient « bêtes », et le procès de l'amour était instruit sans appel. Et voilà que Marie découvrait la magie du baiser !

— Viens !

Charlet avait murmuré son appel, et ce n'était plus l'ordre donné à ses troupes, ni l'injonction de l'aîné de leur couple presque fraternel. Charlet parlait à voix basse, et c'était comme une musique. Il l'attira au cœur du verger, entre un pommier et un poirier en fleurs, et la fit choir sans brusquerie là où l'herbe était drue et douce. Le parfum poivré de la menthe sauvage qui s'adossait au muret du jardin se mariait délicatement à l'odeur douce-acide du thym citronné. Marie en fut tellement étourdie qu'elle ne sut plus très bien qui du vent ou de Charlet caressait la pointe hérissée d'un sein minuscule inopinément surgi de son corsage. Sa jupe de coutil n'offrit guère de rempart à l'ardeur juvénile et pressée de Charlet. Marie eut à peine le temps d'en sentir la morsure, elle avait perdu son enfance.

Tout le printemps, tout l'été, leurs rendez-vous furent quotidiens. Ils connaissaient assez de jardins dans la ville du Mans pour choisir chaque soir une couche nouvelle, somptueuse, habillée de tous les parfums de saison. Leurs amours eurent l'odeur de la rose, celle du seringa, et celle du chèvrefeuille, le goût des fraises et celui des framboises, l'acidité de la groseille et la douceur du cassis. Après la hâte presque violente des premiers soirs, leurs ébats malhabiles se teintèrent de tendresse, sans doute parce qu'entre eux elle existait depuis l'enfance sans s'être jamais exprimée, et ce n'était pas pour la sauvageonne la moindre découverte. Le temps d'un printemps, et celui d'un été, et le temps d'un automne encore, Marie oublia ce qu'elle avait appris de la rue, que la vie était un combat.

Chaque soir elle arrivait en courant au lieu du rendez-vous, impatiente, inquiète surtout, parfois presque jusqu'à l'angoisse. Son enfance tissée de hasard ne l'avait pas préparée au bonheur. D'instinct elle redoutait que cet état ne soit précaire et ne s'évanouisse comme il était venu. Alors, elle courait, tendue d'inquiétude, et ne savait attendre d'avoir tourné la rue où Charlet lui avait donné rendez-vous. À portée de voix, sans ralentir l'allure, elle appelait.

— Charlet !

— Pourquoi m'appelles-tu, puisque tu sais que je suis là ? lui demanda-t-il un soir.

Elle fronça les sourcils, et du même mouvement le nez, dans une mimique attendrissante qui lui valut un baiser. Elle réfléchissait. Savait-elle elle-même pourquoi elle l'appelait ?

— Alors ?

— Je ne sais pas.

— C'est stupide, tu m'appelles alors que je suis là !

— Je ne sais pas si tu es là… Tu pourrais bien ne pas être venu…

Charlet haussa les épaules, Marie se renfrogna un peu, puis elle secoua la tête comme pour en chasser un nuage. Elle s'en voulait un peu. Pourquoi cette nouvelle inquiétude, cette peur soudaine que Charlet lui manque, puisqu'il avait toujours été là ? Elle enviait à Charlet son insouciance, en l'aimant elle avait perdu la sienne.

L'automne fut encore le temps des amours, et ce fut au bord de l'hiver que la jolie bulle où Marie se lovait éclata, un soir de décembre, triste et froid, qui portait dans sa brume épaisse l'ombre de tous les dangers. Marie n'y prit pas garde. Elle était toute à sa joie quand elle quitta Charlet au coin de la rue du Puits-qui-parle, après le rendez-vous quotidien, qui s'inscrivait déjà presque dans une routine.

— À demain, murmura-t-elle en s'esquivant.

Il la retint.

— Non, dit-il.

— Non ?

Quelle fantaisie lui prenait ? C'était une taquinerie ! Mais elle ne l'appréciait pas !

— Demain, dit-il, je pars rejoindre mon père.

Le regard dur, le front buté, Charlet laissait venir l'orage. Depuis le matin, quand l'homme, que son père avait dépêché, était apparu dans le taudis de la mère Turgis, il redoutait le moment où il devrait annoncer son départ à Marie. Bien sûr, une petite voix intérieure, dérangeante et têtue, lui répétait qu'il devait courir l'avertir au plus vite. Ce n'était pas si facile. Il la connaissait bien, Marie, elle allait hurler, se révolter, lui enjoindre de rester, argumenter qu'on ne partait pas d'un jour sur l'autre, sans prévoir, sans prévenir. Il semblait bien que si ! L'homme était arrivé la veille en la ville et avait fait irruption dès le matin chez la mère Turgis. Il consentait à passer une seconde nuit au Mans, « le temps que le jeune homme se prépare », mais pas plus longtemps. Pas un instant il n'avait paru imaginer que celui qu'on l'avait envoyé chercher pouvait refuser de le suivre, et la mère Turgis avait cru bon d'assurer qu'il pouvait bien partir tout de suite, n'ayant point de bagage à préparer, et que vu qu'il était de la même graine que sa canaille de père elle était bien aise d'en être débarrassée. Pour se donner bonne conscience, Charlet essayait bien de se dire qu'on avait décidé pour lui, c'était vrai, mais il savait aussi qu'il n'aurait pas fait d'autre choix, et c'était là qu'il se sentait coupable. Aimait-il moins Marie pour autant ? C'était sûr, elle ne l'entendrait pas de cette oreille, elle allait le maudire, pousser les hauts cris. Le pire serait qu'elle se mette à pleurer. Il ne pouvait pas supporter l'idée même de ses larmes. Ce serait trop dur. Toute la journée il avait été aux prises avec l'angoisse, et quand ils avaient été face à face, il n'avait pas pu parler, il avait encore différé l'échéance. Pour être heureux encore un peu ? Ou tout simplement par lâcheté ?

Marie, épanouie l'instant d'avant, s'était immobilisée, dégrisée.

— Ton père ?

— Il m'a envoyé chercher.

— Et où vas-tu le voir ?

— Je ne vais pas le voir, Marie, je vais le rejoindre et vivre avec lui

L'angoisse saisit Marie à la gorge.

— Vivre avec lui ? Et, où ça ?

— En Amérique, à *la Cadie.*

— *La Cadie ?* Mais où c'est, *la Cadie*?

Le vocable n'en disait pas plus à Marie qu'à Charlet, et pas davantage en cette année 1613 à presque tous les habitants du royaume de France. La hargne revint à Marie aussi brusquement qu'elle l'avait quittée.

— Depuis quand tu as un père, toi ?

Charlet ne répondit rien.

— Il t'a laissé chez la mère Turgis depuis belle lurette !

— Le tien aussi !

L'argument était imparable. Un maçon, pas plus qu'un barbier, ne saurait servir de nourrice.

— Pourquoi y vas-tu ? Tu t'es passé de lui jusque-là !

Marie se déchaînait, toutes griffes dehors. Charlet s'était tassé sur lui-même, poings serrés au fond de ses poches, mal à l'aise et buté. Pourquoi, aussi, s'être laissé aller à l'aimer ? Quelques mois plus tôt, la gamine avec qui il courait les rues l'aurait laissé partir sans un mot, et lui n'aurait pas souffert de la quitter, ou si peu, et surtout il n'aurait pas eu mal, avec elle, de sa douleur, si bien cachée, et cependant presque palpable. Car elle avait mal, et c'était pour cela qu'elle attaquait, et cela Charlet le comprenait. Que pouvait-il répondre ? Qu'il n'avait rien, qu'il n'était rien, et qu'on lui ouvrait un avenir ?

— Tu ne comprends donc pas que c'est ma chance ? se défendit-il.

— Ta chance ?

— Mon père, c'est quelqu'un... Il a les poches cousues d'or !

— Il ne t'en a pas souvent envoyé !

Charlet se tut un instant, avant de murmurer entre ses dents :

— Il faut que j'y aille ! C'est mon père !

Il usait là, assez lâchement, de l'argument le plus éculé qui fût. Ni Marie, ni lui-même, n'avaient un sens aigu des règles qui régissaient traditionnellement la famille, car de famille ils n'en avaient guère eu, et de foyer non plus. La bande, et la rue, leur en avaient tenu lieu. Quant à l'obéissance due au père, elle prêtait à rire. Marie savait depuis toujours que dès que son père dirigeait ses pas vers la taverne elle pouvait en faire à sa tête, et Charlet ne savait plus à quoi le sien ressemblait. Elle négligea le raisonnement pour riposter en terrain plus concret.

— De l'or ? Un maçon ? Et tu crois ça !

— Qui a dit qu'il était maçon ?

Un instant Marie se posa la question. Il lui semblait bien que c'était ce que les gens disaient, mais elle n'y avait jamais prêté attention... Pour l'importance que cela avait ! Elle fronça le sourcil et réfléchit encore... La vieille qui les avait élevés, lorsqu'elle ruminait sa colère, de n'être pas souvent payée, ressassait à satiété que « le Turgis » était un vaurien, « même pas capable de faire un bon maçon ». Le radotage de la vieille femme ne prouvait rien. Le voisinage en avait conclu que « le vaurien » dont elle élevait l'enfant était son fils. Elle n'avait ni démenti, ni confirmé, et forts de son silence, les gens du quartier l'appelaient Turgis.

— Pourquoi il s'appellerait de La Tour, alors, mon père ? C'est un nom de riche !

— Mais, tu t'appelles Turgis, protesta Marie, éberluée.

— Peut-être, mais mon père il s'appelle Claude Turgis de La Tour, il s'appelle aussi Saint Étienne, et dans la Cadie, c'est quelqu'un !

Il y eut un silence. Les yeux dans le vague, Charlet poursuivait son rêve. Et quel rêve ! On venait de lui donner un père, mieux encore un héros, et pour le gamin oublié dès sa plus tendre enfance dans le logement misérable d'une nourrice, c'était un cadeau du ciel. M. de La Tour, et qu'importait qu'il fût ou non Turgis, ne serait pas moins qu'un seigneur dans la lointaine *Cadie.* C'était au moins ce qu'avait affirmé son envoyé, venu le quérir tout exprès au Mans, celui qui avait lancé une pluie d'or sur les genoux de la mère Turgis. Après ce beau geste, qui avait fait taire les criailleries de la vieille, l'homme avait raconté le pays d'où il venait, celui où Claude de La Tour, son propre père, on ne parlait déjà plus de Turgis, semblait mener la vie d'un prince. Il avait dit, tout en vrac, l'abondance de gibier et la beauté des fourrures qu'on vendait un bon prix, les forêts, la mer, la neige, et les *sauvages* qu'on n'avait point à craindre, tant ils étaient en ces contrées de bonnes gens, faciles à vivre. Il y avait à faire là-bas pour un jeune homme qui n'avait pas peur. Et pour sûr, Charlet n'avait pas peur ! Faire carrière dans la Cadie, c'était autre chose que de courir les rues du Mans à la tête d'une bande de voyous ! Le sort lui rendait un père, et ce père-là avait de quoi le rendre glorieux ! En prime, on lui promettait un pays tout neuf à la mesure de son énorme appétit de vivre, à l'aune de ses dix-sept ans qui ne rêvaient que bagarres et conquêtes. Allait-il bouder l'aventure ?

Charlet déjà n'était plus là et Marie le savait. D'un brusque élan elle s'échappa et dévala la rue en courant. Charlet sursauta.

— Marie, attends ! Dis-moi au moins au revoir ! Marie, embrasse-moi !

En un instant l'univers bascula. C'était Marie qui partait, et cela était intolérable, il voulait la retenir, l'avoir encore un instant dans ses bras, pleurer avec elle peut-être, l'aimer encore une dernière fois dans l'amère douceur du chagrin partagé. Il aurait voulu lui promettre… Lui promettre quoi ? De revenir ? Il savait déjà qu'il ne reviendrait pas. De venir un jour la chercher ? Pourquoi pas ? En cet instant il l'aimait tant, et c'était peut-être la première fois qu'il comprenait à quel point il tenait à elle. Elle était depuis l'enfance l'autre moitié de lui-même, la quitter était un déchirement. Il voulait le lui dire, il fallait qu'elle le sache. Encore une fois il l'appela.

— Marie !

En lançant ce cri dans l'air glacé du soir, il pensa que son nom lui allait bien, deux syllabes qui claquaient vite et clair comme le martèlement de son pas rapide, deux syllabes douces comme sa voix quand elle était d'humeur amoureuse, comme sa peau qui était de soie. Mais déjà il avait compris que son appel venait trop tard.

Marie ne se retourna pas, elle se fondit dans le brouillard et dans la nuit qui noyaient Le Mans sous un manteau de deuil.

# 2

« Un pays au galbe chaud
Un pays au manteau de brume. »

Ronald Despres, *Nuit de la poésie acadienne.*

Charlet avait à peine quitté Le Mans que pour son compagnon de route, il était déjà Charles de La Tour, et comme il avait un charme naturel et l'aisance habituelle à ceux qui ont l'expérience de diriger une troupe, fût-elle une bande de garnements, il entra facilement dans la peau du personnage. Il n'emportait à ses semelles aucun regret de la ville qui l'avait vu grandir, pas davantage de la vieille Turgis, qui jurant, pestant, et maudissant le genre humain, et plus particulièrement, quand sa bourse était vide, le forban qui lui avait confié son fils, l'avait élevé pourtant, et sans doute avec autant de cœur que de mauvais caractère. Pour l'heure, son chagrin d'avoir quitté Marie s'estompait. Charles de La Tour venait de naître à dix-sept ans, abandonnant au Mans la dépouille de Charlet. Ébloui de la chance qui venait de lui échoir, il partait pour une aventure d'homme, où les filles n'avaient point leur place. Dans le secret de son cœur, il déplorait pourtant la sécheresse de leur adieu, il avait manqué son départ, et il savait bien que c'était de son fait. Il y avait eu de la colère dans un moment si grave qu'il aurait fallu toute la tendresse du monde pour y noyer le chagrin, et il n'avait pas su préserver ce moment unique où sa vie basculait. Parfois son remords se muait en colère, et il tentait d'échapper à son vrai chagrin par la plus authentique mauvaise foi. Pourquoi tant d'amertume dans un adieu ? Il eût mieux aimé de tendres embrassades, quelques larmes, de la part de Marie évidemment, le plaisir de la consoler, et de se sentir du même élan généreux, presque héroïque dans son départ. Mais la peste avait un caractère à vous décourager les anges, dont il n'était pas. Elle avait pris bêtement la mouche d'une conjoncture que Charlet se forçait à voir comme la plus naturelle du monde. L'homme partait, la femme restait, c'était le sort commun. Marie restait. À l'attendre ? Il ne se voyait guère revenir, mais Marie aurait pu faire semblant d'y croire. Il chassait alors ses regrets, il esquivait sa peine, il rattrapait son rêve, à dix-sept ans c'est chose aisée. Son cœur était embrumé d'avoir perdu Marie, mais demain était chargé de toutes les promesses.

Dès les premières lieues, Charlet s'était enivré du vent de l'aventure, et son imagination avait tôt fait un carrosse de la pauvre voiture qui l'emportait, car c'était la première fois qu'il parcourait les grands chemins. Chaque tour de roue qui le conduisait vers un inconnu fabuleux le comblait de joie, mais la lenteur du voyage le faisait bouillir d'impatience. Son mentor, David Loméron, chargé de le mener vers un certain M. de Poutrincourt dont il était l'agent commercial à La Rochelle, y vit, ou fit semblant d'y voir, le juste bonheur d'un fils retrouvant l'auteur de ses jours. La vérité oblige à dire que la rencontre avec un père dont il ne se souvenait pas, et dont la mère Turgis lui avait toujours dit pis que pendre, n'était pas pour l'émouvoir.

Charlet embarqua à La Rochelle le 31 décembre de l'année 1613, sur la *Prime de la Tremblade*, un vaisseau de soixante-dix tonneaux, qui ramenait sur sa terre d'élection Jean de Poutrincourt, le premier qui avait établi une colonie sur la terre acadienne. Les cales du navire avaient été remplies jusqu'au moindre recoin, de provisions, de semences, d'instruments aratoires, de munitions, et sitôt le chargement terminé le capitaine, François Sorreau, mit à la voile, tant que le vent était favorable. Pour Charlet l'aventure commençait, et même s'il le cachait, ce n'était pas sans un soupçon d'inquiétude. Les eaux grises et agitées, qui s'étendaient à l'infini et cernaient le bateau, ne lui semblaient guère engageantes, et encore qu'il se comportât aussi crânement qu'il l'avait résolu, le premier tangage du navire le déconcerta assez pour lui faire craindre de n'avoir pas le pied marin.

Après la découverte assez morose de l'océan, un autre sujet d'inquiétude l'assaillit. C'était la rencontre avec celui qui allait l'escorter et dont Loméron lui avait parlé avec tant de révérence qu'il n'en augurait aucun plaisir. Si un joyeux compère comme Loméron, sûr de lui, et plein d'allant, avait un respect aussi visiblement mêlé de crainte pour ce M. de Poutrincourt, l'homme était sans doute redoutable. L'épreuve l'attendait aux premiers balancements du navire, qui étaient déjà bien suffisants pour le mettre mal à l'aise. Ce fut Poutrincourt qui vint à sa rencontre au moment où la seule chose qu'il souhaitait était d'aller cacher son teint terreux et ses vertiges au plus profond de ce maudit navire.

— Eh bien ! La Tour, que savez-vous de l'Acadie ?

Charlet en resta coi, et plus encore que l'inconnu, de belle prestance, l'ait appelé La Tour, comme on s'adresse à un homme, et à un homme de condition. Aussi loin que ses souvenirs remontaient, on ne l'avait jamais interpellé que par un « Hé, Charlet ! » aussi familier que désinvolte. Il en resta bouche bée.

— Ne soyez pas confus, dit Poutrincourt, vous viviez en province. À Paris même on sait à peine où se trouve l'Acadie. Les lettres de votre père ne vous en ont rien dit ?

— C'est que, monsieur…, hasarda Charlet de plus en plus gêné.

Poutrincourt comprit ce que le jeune homme n'oserait jamais dire. Son père ne lui avait jamais écrit. C'était bien dans la manière de ce Saint Étienne de La Tour, vaniteux en diable, et indifférent à toutes choses, et qu'il avait emmené dans une précédente expédition, au prétexte d'un vague cousinage, parce qu'il semblait résolu à tenter l'aventure et que les candidats y étaient peu nombreux. Il se souvenait bien que lorsqu'il lui avait suggéré de faire venir son fils, Saint Étienne n'avait guère manifesté d'enthousiasme.

— Allons, dit Poutrincourt, Loméron et moi, nous allons vous raconter l'Acadie.

Charlet fut tellement soulagé qu'il en oublia la nausée qui commençait à s'emparer de lui. Ce Poutrincourt n'était pas redoutable, comme un instant il l'avait craint. Charlet l'observait, l'homme était sec, noueux comme un vieux sarment. Sa physionomie, son maintien, tout trahissait le soldat, dur à la peine, et pareillement intransigeant vis-à-vis de lui-même et des autres. Tout en lui était empreint de rigidité, sauf le regard habité de passion.

— L'Acadie, dit-il, et sa voix s'était chargée d'émotion, c'est un pays tout neuf. J'étais du premier voyage en 1604, avec de bons compagnons, Champlain, Lescarbot, Hébert. Le responsable de l'expédition était M. de Gua de Monts.

Poutrincourt marqua un instant de silence, il rêvait, c'était évident, aux temps héroïques à peine vieux de dix ans, et qui semblaient cependant prendre dans son récit les couleurs d'un paradis perdu. Qu'était-il arrivé à l'Acadie, pour que des temps si proches amènent tant de nostalgie ? Le conteur n'en était pas là, il rappelait comment M. de Gua de Monts, un gentilhomme basque, avait obtenu du roi Henri IV le titre de *lieutenant général es côtes, terres et confins, de la Cadie, Canada et autres endroits en la Nouvelle-France, pour habiter les dites terres, et par ce moyen amener à la connaissance de Dieu les peuples y estans, et là établir l'autorité du roi de France*, et le droit exclusif de *la troque avec les sauvages.* Il ne précisa pas que la première expédition avait embarqué un prêtre parisien et un ministre de la *Religion Prétendue Réformée*, signe des temps, celui du roi Henri IV, celui de l'édit de Nantes, le temps compté d'une éphémère tolérance.

Charlet ouvrait des yeux émerveillés. Il n'avait plus aucune crainte de M. de Poutrincourt.

— Étiez-vous les premiers, monsieur, à découvrir l'Acadie ?

— Non, avant nous des Basques, des Normands,

des Bretons, en fréquentaient les côtes, et depuis longtemps, ils s'y livraient à la pêche, à la chasse, mais ce n'étaient que des aventuriers, ils n'avaient d'autre visée que le profit et n'avaient jamais eu le désir d'y établir une colonie.

Charlet commençait à perdre ses repères. Une colonie ? L'apprentissage allait trop vite. L'Acadie, c'était compliqué. Mais Poutrincourt était parti pour refaire son premier voyage, et les premières fois sont si belles qu'il en était encore ému.

— Nous avons exploré toute la côte, poursuivait-il, de Canseau jusqu'à la Baie Française…

Il comprit au regard ahuri de Charlet que le jeune homme ne suivait plus. Il s'impatienta.

— Loméron, dessinez-lui tout cela ! Comment voulez-vous qu'il comprenne ?

David Loméron n'était pas cartographe, n'avait point de parchemin à sa disposition, et s'était bien gardé de se mêler du récit où le jeune La Tour était pour l'heure complètement perdu. Une mince couche de poussière s'était déposée sur le pont, il se hâta d'y tracer quelques repères supposés figurer les points dont on parlait. Personne d'avisé n'aurait pu y reconnaître l'Acadie, ou quoi que ce fût d'autre. Poutrincourt s'en contenta. Il avait tout dans la mémoire, et avec un peu de chance, le petit La Tour serait un jour aussi savant que lui dans la géographie de cette Nouvelle France.

— Hum, bougonna-t-il, en matière de conclusion aux essais cartographiques de Loméron, ce pont est bien sale, j'en dirai deux mots à M. Sorreau. Enfin, La Tour, vous verrez tout cela bientôt. Nous avons donc exploré toute la Baie Française. Ah ! je vous promets, ses marées sont les plus grandes, et les plus belles qu'on puisse jamais observer. La hauteur des vagues y est terrifiante.

Il disait cela d'un air joyeux, Charlet s'en effraya un peu, les vagues qui baignaient les flancs du bateau étaient bien assez effrayantes sans en aller chercher de plus grandes.

— Finalement nous nous sommes arrêtés, reprenait Poutrincourt, sur une île proche de la rivière des Etchemins, nous l'avons nommée Sainte-Croix, et nous avons commencé à y bâtir une bonne habitation pour y passer l'hiver. Ce ne fut pas sans mal, vous ne pouvez l'imaginer, La Tour, car des nuées de *mousquittes*, qui sont de petites mouches, nous apportaient beaucoup d'incommodités au travail. Certains d'entre nous eurent le visage si enflé par leurs piqûres qu'ils ne pouvaient presque voir !

— Il est vrai que ces bestioles sont redoutables, ponctua Loméron.

Charlet était perplexe. Entre les mouches, fussent-elles de petite taille, et les marées, qui étaient géantes, le paradis que Loméron lui avait dépeint quelques jours plus tôt commençait à prendre des allures de cauchemar.

— Qu'importe, nous avons travaillé, reprit Poutrincourt, et avant l'hiver nous avions bâti un fort, bien remparé, bien équipé de ses canons, et là nous avons planté le drapeau de notre roi sur l'habitation principale. Nous avions défriché aussi, et mis en culture un jardin, mais nous avons manqué de temps pour construire la chapelle. Nous pensions le faire à la prochaine saison. L'hiver est arrivé.

M. de Poutrincourt marqua une pause. Le plus dur restait à dire.

— L'hiver est-il si rude ? osa Charlet.

— Il faut le connaître, répondit le colon, il faut savoir l'apprivoiser. Nous ne savions pas encore. Nous avons manqué de bois pour le chauffage, nous n'en avions pas fait assez ample provision, et quand la neige est venue, tellement drue, et tant abondante, il n'était plus temps de l'aller chercher. Nous avons manqué de vivres, de remèdes pour nos malades, et même d'eau, n'ayant point prévu que tout point d'eau serait gelé. Ce fut un bien rude hiver.

Charlet était suspendu à ses lèvres, ce récit valait bien tout ce qu'il avait entendu jusque-là. Mais les colons avaient forcément triomphé de leurs épreuves, puisque M. de Poutrincourt était là pour le raconter. Il attendait.

— Et puis, disait M. de Poutrincourt, il y a eu cette étrange maladie...

— *Le mal de terre*, commenta Loméron, le mal qui avait déjà terrassé les compagnons de Jacques Cartier, en l'année 1535.

Poutrincourt approuva d'un signe de tête.

— Nos malades, reprenait Poutrincourt, semblaient se vider de leur substance, leurs jambes enflaient, noircissaient, ou se constellaient de taches rouges comme des amas de sang, puis la maladie montait aux cuisses, aux hanches, aux épaules, aux bras, au cou. Leur bouche devenait infecte, les gencives y pourrissaient, la chair en partait en lambeaux, les dents tombaient. Trente-six de nos bons compagnons en sont morts.

Il y eut un long silence après le récit de la première tragédie de la toute jeune Acadie. Poutrincourt parla encore un peu. Il raconta comment les colons avaient, au printemps, quitté Sainte-Croix pour s'installer au Port-Royal sur l'autre rive de la Baie Française. David Loméron intervenait parfois, ajoutant un détail, pimentant le fil des événements d'une anecdote, d'un mot drôle, d'un souvenir pittoresque, avec une verve étonnante quand on savait qu'il n'avait pas vécu ces temps héroïques. Mais il les avait tant entendu raconter qu'il en connaissait chaque détail. Il y avait un curieux contraste entre le soldat, reconverti en cultivateur, dont le récit était sobre, presque dénué d'émotion, qui se réfugiait parfois dans le silence, et dont on sentait pourtant qu'un feu le dévorait, et l'agent commercial, jovial, volontiers volubile, distant pourtant des faits, et plus encore des sentiments. Épuisé, peut-être, de tant de souvenirs, M. de Poutrincourt renvoya Charlet à ses rêves et aux incommodités du tangage. Il promit pourtant de lui raconter, un jour, l'histoire du Port-Royal, sa seigneurie.

Pour celui que tous appelaient maintenant Charles de La Tour, tout était découverte, et tout était miracle. À peine sur le pont, il s'était imaginé être bientôt aux Canadas, mais il en fallait encore de trois longs mois. Dès le troisième jour le vent devint glacial, puis il grossit et rendit la mer rude. Bientôt la pluie s'en mêla, et ce fut en trombes, balayant le pont avec une grande fureur, cependant que le vent enflait et se déchaînait en bourrasques. Deux jours durant, la tempête malmena le bâtiment, et rudoya fort le pauvre Charlet qui maudissait à la fois la traîtrise de l'océan et l'instabilité des bateaux. Quand le calme revint Charlet ne fut pas loin de trouver l'accalmie encore plus détestable que le gros temps. L'ennui, qu'il ne connaissait pas, le prit, devant la monotonie de l'étendue marine où il ne voyait jamais un jour se différencier de la veille, se désespérant de savoir que le lendemain serait tout aussi uniforme. S'il regretta jamais ses belles galopades dans les rues du Mans, ce fut bien pendant la longue immobilité du voyage. Les jambes, qu'il avait fort longues, lui démangeaient désagréablement à déambuler dans l'étroitesse d'un pont, et la terre ferme lui manquait furieusement pour y déployer sa haute stature. Charlet, qui jusque-là s'était parfaitement accommodé d'une oisiveté qui convenait à sa fantaisie, commença de souffrir de son désœuvrement. Il avait dix-sept ans, n'avait jamais su tenir en place, n'avait connu jusque-là d'autre loi que celle de son caprice, et voilà qu'il se trouvait prisonnier d'une étroite habitation flottante, sur l'immensité d'une étendue marine hostile, naviguant vers des jours de plus en plus froids, de plus en plus courts, de plus en plus sombres, sur des flots inquiétants, et cela au moment même où on venait de lui proposer le monde, qu'on lui faisait bien attendre. M. de Poutrincourt avait deux fils, il comprit le vague à l'âme du jeune La Tour. Comment mieux le distraire qu'en lui parlant de l'Acadie ? Il reprit son récit là où il l'avait interrompu.

Au printemps de l'année 1605, les rescapés du premier hiver avaient donc quitté Sainte-Croix. Lors de la première expédition, M. de Poutrincourt avait été séduit par un site qui lui semblait propice à un établissement, et il l'avait trouvé si beau qu'il lui avait aussitôt donné le nom de Port-Royal. Il émit alors le souhait de s'y établir avec sa famille. La seigneurie de la terre du Port-Royal lui fut accordée et les rescapés l'y suivirent pour y reconstruire leur fort. Jean de Poutrincourt s'y installa avec l'espoir immense de tous les commencements. Ainsi les malheureux transfuges de Sainte-Croix, qui ne s'étaient pas découragés de s'implanter en Acadie, se trouvèrent bientôt à l'abri d'un fort de bonne sûreté, bien *encanonné* et *palissadé.* Jean de Poutrincourt et ses compagnons avaient déployé pour cela un beau zèle. Il ne s'agissait pourtant que des prémices de la colonie, Poutrincourt savait bien qu'elle ne pouvait exister qu'en développant l'agriculture. Les colons défrichèrent donc, ils fumèrent la terre avec des cendres d'herbes sèches, ils semèrent, ils plantèrent, et ils observèrent minutieusement le développement de leurs plantations. Le froment ne demandait qu'à pousser, et c'était tout l'avenir de l'Acadie qui levait avec le blé. La belle saison fut particulièrement clémente en cette première année de l'établissement de Port-Royal, bien prolongée par l'été sauvage, et les colons purent préparer en toute quiétude un bon hivernage. On profita de l'été pour fabriquer briques et tuiles d'argile, les constructions neuves sortirent de terre. Un moulin à eau fut construit pour assurer l'irrigation du petit bourg et son approvisionnement. Bientôt un fourneau s'éleva qui servit pour la fonte des gommes de pins utilisées pour calfater les barques et les navires, et un autre, à charbon de bois, pour faire le charbon de forge.

Le rêve de Jean de Poutrincourt devenait réalité sous ses yeux. Pour comble de bénédictions l'hiver 1606-1607 fut clément. Des liens d'amitié se tissaient au quotidien avec les Indiens qui peuplaient la contrée. Il y eut des idylles entre les colons et les belles sauvagesses, il y eut surtout l'amitié du sagamo Membertou, le chef Micmac, pour les Français. Pour faire bonne mesure et répondre aux attentes du roi, Marc Lescarbot, poète plus que guerrier, colonisateur lettré, et charmant compagnon, entreprit d'évangéliser les sauvages.

— Quel beau printemps ce fut que celui de l'année 1607 ! s'exclama M. de Poutrincourt, chaviré d'émotion.

Charlet ne posa pas de question, il sentait au ton du discours que l'orage allait fondre sur la petite colonie au beau milieu de son bonheur.

Il l'apprit aussitôt, l'imprévu, l'imprévisible, vint mettre à bas cette félicité le jour de l'Ascension de 1607, quand arriva le courrier de France, tant espéré pourtant. Le roi annulait, au terme de trois années, le monopole accordé pour dix ans à la compagnie de Monts pour le trafic du castor, et les colons se trouvaient du jour au lendemain sans revenus pour assurer les frais énormes de la colonie. Le roi avait changé d'avis, il ne voyait plus d'utilité à l'établissement de Port-Royal, qui n'avait donc plus besoin d'argent, et les colons, qui n'avaient plus rien à y faire, étaient sommés de regagner le royaume de France.

Les rois sont inconstants. Celui-là l'était-il plus qu'un autre ? Sans doute pas, mais l'Acadie était si loin ! À Paris, la politique commandait tout, autorisait tout, faisait tourner les têtes, chamboulait les décisions, imposait d'annuler des contrats, d'en conclure d'autres. Tantôt il fallait maintenir la paix extérieure, ou tenir la dragée haute à l'Anglais et revendiquer la présence française en Amérique, puis on oubliait l'Amérique, on avait d'autres chantiers, on ne peut pas donner partout. À l'intérieur même du royaume, il fallait veiller à l'équilibre, toujours instable, des partis opposés, et pour accorder à l'un, reprendre à l'autre, dans un jeu subtil de bascule où l'un des joueurs un jour perdait tout. Accordait-on un privilège à des ressortissants de la Religion Prétendue Réformée, et M. de Gua de Monts en était un, qu'il fallait se hâter de lâcher quelque chose aux jésuites, pour se défendre des complots et rébellions possibles. Pour tout compliquer le roi avait un ministre, Sully, et comme c'était un bon ministre il tenait compte de ses avis. Hélas, pour ce ministre-là, un sou était un sou, à ne pas gâcher dans des terres si lointaines qu'on les imaginait à peine. Sully économisait, thésaurisait, et refusait d'investir le bel argent qu'il avait épargné, et s'il tenait en haute estime *labourage et pâturage*, c'était seulement dans les limites étroites du royaume. Le jeu compliqué des intérêts contradictoires, et de celui, essentiellement instable du roi, faisait et défaisait des fortunes, comblait les uns, mais c'était souvent éphémère, et ruinait les autres, qui n'y comprenaient goutte. M. de Poutrincourt en faisait l'amère découverte. Le roi le lâchait, mais il était le roi, Jean de Poutrincourt ne pouvait qu'obéir. Et, sans argent, comment mener une entreprise de colonisation ? En bon soldat, en fidèle sujet qu'il était, Poutrincourt avait donc obtempéré, la rage au cœur, incapable pourtant d'abandonner tout espoir. Il entendait bien se battre encore, avec les armes les plus banales qui soient, celles du bon sens, contre la volonté d'un roi, trompé sans doute par un entourage peu fiable. Le colon rapportait dans ses malles des pièces à conviction, il en souriait encore, finaud et rusé, en le racontant. C'étaient d'abord des gerbes de blé de sa première récolte, arrachées avec leurs racines pour en montrer au roi la *démesurée longueur*, c'était aussi un couteau de chasse, tranchant comme un rasoir, fabriqué avec l'acier de la rivière Saint-Jean. Le roi Henri IV ne pouvait être indifférent à cette sorte d'arguments.

Henri avait la tête près du bonnet, le verbe haut, la décision à l'emporte-pièce, et le cœur sur sa main royale, et comme son féal, Jean de Poutrincourt, il rêvait de belles récoltes. Sans doute aussi nourrissait-il, pudiquement caché sous des manières rudes, le goût, incongru dans une tête royale, de faire le bonheur de ses peuples. Les épis d'Acadie firent pencher la balance, on s'arrangerait plus tard du ministre, des jésuites, et de tous ceux qui voulaient se mêler d'une affaire qui ne les concernait pas. Le roi prolongea aussitôt le privilège du sieur de Monts d'une année. C'était trop peu, c'était trop court, mais c'était un répit, un souffle pour l'Acadie.

M. de Poutrincourt soupira, Charlet aussi. Il venait d'avoir très peur pour l'Acadie.

Poutrincourt avait donc regagné son cher Port-Royal, il emmenait avec lui son fils, Charles de Biencourt, un prêtre parisien chargé de l'évangélisation des sauvages, l'abbé Jessé Fléché, et parmi les compagnons qu'il s'était choisis, son parent, Claude de Saint Étienne de La Tour. Forts de la protection du roi, les colons s'étaient remis à l'ouvrage. Ils apprendraient avec une année de retard, qu'au moment même où ils reprenaient espoir, le roi qui avait tant admiré les beaux épis d'Acadie venait d'être assassiné.

La mort du roi avait obligé Jean de Poutrincourt à s'en retourner à l'assaut de la cour pour défendre une nouvelle fois la survie de l'Acadie, devant un enfant-roi, et surtout devant sa mère, la redoutable régente. Il avait confié la colonie à son fils, Charles de Biencourt. Après trois ans d'absence il revenait enfin, en ce voyage où il conduisait le jeune La Tour à son père. Mais la joie du retour était brisée, il venait d'apprendre par Louis Hébert venu le prévenir en France, qu'en son absence des pirates anglais avaient détruit son œuvre.

Pendant que Charles frémissait au récit de l'histoire déjà tumultueuse de la toute jeune Acadie, le voilier continuait sa course vers le nord, et chaque jour de ce périple était plus difficile. L'hiver était là, particulièrement redoutable dans les eaux septentrionales. Bientôt les voyageurs angoissés virent s'élever des brumes et de la nuit qui noyaient l'Atlantique des murs de glace de trente à quarante brasses de haut, qui surgissaient à la dernière minute face au navire, car l'obscurité cotonneuse était si dense qu'on distinguait à peine la longueur du vaisseau. Alors il fallait louvoyer, faire de longs détours, échapper aux écueils glacés, changer sa route, se retarder, et l'Acadie promise semblait chaque jour plus lointaine. L'angoisse seule venait troubler la monotonie des jours, et Charlet n'y trouvait pas son compte.

Après de longs jours, où pour Charlet la peur l'avait disputé à l'impatience, la terre fut enfin en vue. Sa proximité ne fut d'abord sensible que par de menus avertissements, des herbes, des mousses, des branches que le courant apportait, de plus en plus abondamment. Les voyageurs évoquèrent le temps où certains d'entre eux avaient fait pêcherie au banc de Terre Neuve. Charlet rêvait de s'y arrêter, mais le bateau continua sa route en direction du Port-Royal. Un destin malin le fit encore attendre. Pendant toute une semaine les vents et les brumes contrarièrent la marche du bâtiment, l'égarèrent, si près du but, manquèrent de le précipiter sur les brisants, finirent par le noyer sous une pluie diluvienne, jusqu'à ce qu'enfin, par une grâce qu'on osait à peine espérer, le calme revienne. Aussitôt les parfums de la terre furent perceptibles du pont, les côtes d'Acadie étaient là.

Le navire emprunta alors le même circuit qui avait été en 1604 celui de Champlain, de Marc Lescarbot, de Poutrincourt, de Louis Hébert, premiers colons des lieux. Charles, attentif, scrutait le rivage avec une curiosité déjà fervente, et les anciens commentaient pour lui la moindre aspérité de la côte. Leur navigation conduisit d'abord les voyageurs à la baie de La Hève, puis le bateau longea la terre, doubla le Port Rossignol, du nom d'un malheureux trafiquant de pelleteries que M. de Monts, chef de la première expédition, avait fait prisonnier en cet endroit, pour l'imparable raison qu'il avait lui-même obtenu du roi le monopole du trafic avec les sauvages en cette région. Tout près de là on montra à Charles le Port au Mouton, où l'expédition avait perdu un mouton qui s'y était noyé. Les noms, déjà, portaient le début d'une histoire en train de se faire, Charles s'en émerveillait.

La côte était fort pierreuse, couverte seulement de taillis et de bruyères. Les lapins y abondaient, et toutes sortes d'oiseaux autour des étangs qui étaient nombreux. Le bateau poursuivit sa route, fut bientôt au Cap Nègre, souvenir encore du premier voyage, où Samuel Champlain avait donné ce nom à l'endroit à cause d'un rocher qui lui avait paru à la ressemblance des habitants d'Afrique. Puis le navire poussa jusqu'à la Baie de Sable dans laquelle se trouvait une île, formant un cap dangereux à cause de ses rochers. Un peu plus loin on découvrait l'île aux Cormorans, peuplée d'une multitude de ces oiseaux. Les îles Tousquet vinrent ensuite, qu'on signala au voyageur néophyte comme fort périlleuses en raison des marées et des rochers à fleur d'eau. On lui apprit aussi qu'elles abritaient quantités d'oiseaux. Sur l'une les tangueux étaient si nombreux qu'ils la recouvraient toute, sur les autres les cormorans, les canards, les oies, les marmettes, les outardes, les perroquets de mer, les bécassines, les plongeons, les hérons, les goélands, les pies de mer, se bousculaient. Charles n'avait jamais supposé que la terre portât tant d'oiseaux. La nature se dévoilait à lui en une bienheureuse abondance et la musique des noms qu'on lui déversait d'un seul flot, l'étourdissait et le comblait. Il y avait donc des pies de mer ? Et des tangueux ? Quel nom bizarre ! Et des marmettes ? Leur nom sonnait si joliment ! Comme le monde ici était beau, avec ses rochers, et ses arbres, avec ses îles vierges, que les oiseaux seuls peuplaient ! Ce fut ensuite le Port Fourchu, et les îles aux Loups Marins, enfin l'Île Longue qui faisait le passage pour entrer dans la Baie Française, enfin le Port-Royal, on était au terme du périple.

Le voilier s'engagea dans la passe qui menait au bassin, et du premier regard Jean de Poutrincourt mesura l'étendue du désastre, car c'est une chose d'avoir appris que tout ce qu'on a édifié à grand-peine, et tant aimé, est détruit, et c'en est une autre, d'en contempler les ruines. Le colon resta maître de lui. Une chaloupe se dirigeait vers l'embarcation, elle était chargée de *sauvages*, les premiers que Charles voyait, et il admira leur belle stature, leur visage fin, leur air altier. Il abordait l'Acadie au cœur de ses malheurs, autour de lui la consternation se lisait sur tous les visages, et cette terre pourtant lui faisait chaud au cœur. Il n'y avait pas encore posé le pied qu'il en était déjà à jamais séduit.

À terre, Charles de Biencourt attendait son père. Livide, Poutrincourt restait silencieux devant le spectacle d'infinie désolation qui s'offrait à sa vue. Son fils alors intervint, la tête haute, le regard fier, la voix ferme et claire.

— Nous allons reconstruire, père, dit-il.

Alors seulement Jean de Poutrincourt sourit.

— Bien entendu, approuva-t-il.

Puis, comme les uns et les autres se congratulaient en prenant bien garde de maîtriser l'émotion à fleur de peau, à fleur de mots, M. de Poutrincourt demanda :

— Où donc est M. de La Tour ? Voici que je lui conduis son fils.

Ce fut encore Biencourt qui répondit :

— M. de Saint Étienne est parti s'établir sur la rivière Pentagouët. Il y a élevé un fort.

— Ah…

Poutrincourt ne fit pas d'autre commentaire.

— Et, vous-même Charles, comment vous êtes-vous accommodé ? demanda-t-il à son fils.

— Les Micmacs nous ont accueillis. Vivre à la sauvage n'est pas si difficile !

Charlet croyait rêver. La scène à laquelle il assistait lui paraissait hallucinante. Le père rentrait après une absence de trois ans, il trouvait son habitation détruite, et saccagé aussi le village qu'il avait édifié, et disparu le cheptel, et les cultures appauvries, et il demandait seulement à son fils s'il s'était accommodé de la ruine, comme on accepte une menue nuisance, et son fils faisait semblant de prendre l'épreuve comme une partie de campagne. C'était pousser la pudeur à son comble ! Dans les faubourgs du Mans on avait la langue plus rude. Qu'importait ! Il aimait ces gens-là, élégants et secrets sur leur douleur. M. de Poutrincourt, qui aimait si peu la vie de société comme on l'entendait dans le vieux royaume, continuait cependant sur le ton de la courtoisie, comme en un salon.

— Ah, Charles, je vous présente Charles...

Un éclat de rire interrompit sa tirade. Charles de Biencourt, et Charles de La Tour, qui avaient tous deux encore l'âge des rires incongrus, s'esclaffaient comme des enfants parce qu'ils portaient le même prénom. Leur amitié naquit dans ce rire, la mort seulement l'interromprait.

Dans la tension qui régnait parmi les colons, toute bridée qu'elle fût par la bienséance, leur rire eut une résonance salvatrice. Les muscles durcis doucement lâchèrent, les visages figés s'animèrent, et l'on put enfin s'adonner à la joie des retrouvailles.

— Ne soyez pas déçu, La Tour, dit Poutrincourt, nous trouverons bien le temps de vous mener vers votre père.

— Je pense, répondit Charlet, qu'il y a ici du travail. J'aimerais bien vous y aider.

— Volontiers.

Poutrincourt appréciait la spontanéité du jeune homme. Le jeune La Tour n'était pas comme son père de ceux qui tournent bride quand le vent est mauvais.

Charlet aurait été bien incapable d'expliquer pourquoi il avait ainsi réagi. Pour la première fois de sa vie il était confronté au spectacle navrant de la guerre, du saccage, de la ruine. Dans l'instant c'était sa seule émotion. L'absence de son père pouvait encore durer, d'autant que son départ au cœur du drame ressemblait un peu trop à une fuite. Claude de La Tour venait pourtant de faire pour lui la meilleure, et sans doute la seule chose qu'il ferait jamais, en l'appelant sur la terre d'Acadie. Il lui avait du même coup donné un nom et permis un avenir. Il importait peu de savoir pourquoi il l'avait fait. L'enfant perdu des rues du Mans était maintenant le fils de quelqu'un. Pour la deuxième fois Claude de La Tour venait de lui donner la vie. Ce cadeau-là suffisait à Charlet.

# 3

À Marie Jacquelin il ne restait d'autre horizon que celui des murs de la ville du Mans, et sans qu'elle puisse imaginer les terres lointaines où Charlet s'était expatrié, elle n'en trouvait pas moins le champ manceau bien limité pour son bel appétit de vivre. Marie n'avait, à quinze ans, aucune vocation pour entretenir indéfiniment un chagrin d'amour qu'elle n'était pas tout à fait certaine d'éprouver. Élevée à la diable, Marie savait déjà qu'elle n'avait aucun moyen de se laisser aller à un quelconque vague à l'âme. Les grands sentiments étaient l'apanage de ceux dont l'avenir était assuré, pour elle rien n'était acquis hors la nécessité de se battre. Sans doute la nostalgie la taraudait, quand le soir venait, que les rues escarpées et tortueuses de la ville s'emplissaient d'ombres, à l'heure où les garnements qui avaient été les comparses de Charlet commençaient à hanter la nuit de leurs courses furtives, à l'affût d'un bon tour, ou d'un menu larcin. La rue, qu'elle n'osait plus courir seule, lui manquait davantage que les premiers jeux de l'amour, qu'elle avait eu si peu le temps de découvrir. Elle languissait de Charlet, mais c'était le complice de son enfance plus que l'éphémère amant d'une si jolie saison qui lui manquait. Charlet avait toujours été à ses côtés depuis qu'elle avait ouvert les yeux sur le monde délavé et malodorant du taudis de la mère Turgis, il avait protégé ses premiers pas, lui avait fait goûter ses premiers fruits, chapardés pour elle dans les jardins les plus proches, et sa grande stature lui avait évité depuis toujours d'être prise à partie par un bourgeois qu'elle aurait bousculé, ce dont elle ne se privait guère dans ses galopades effrénées, aussi bien que par une canaille que le vin aurait rendue mauvaise. Elle avait été, en toute impunité, une fille dans la rue, au milieu des garçons, sans être jamais malmenée. Elle était maintenant seule et connaissait trop bien les pratiques des ruelles obscures pour s'y risquer sans le rempart qu'elle venait de perdre. Charlet lui manquait. Il était absent et coupable de cette absence, il l'avait quittée sans préavis, lui retirant sa protection au moment même où, forte de leur nouveau lien, elle en doutait moins que jamais. Elle avait quinze ans, elle était seule, il fallait qu'elle s'en accommode.

Le temps passant, elle parut, aux yeux indifférents et peu sagaces de son entourage, se glisser dans le moule de l'ordre commun. Les voisins ne la croisèrent plus dévalant les rues à la nuit tombée, et le barbier trouva plus souvent sa soupe préparée, quand bien même la servante, dont on ne savait plus l'âge, s'était endormie à cuire le pot. Il en conclut un peu vite, et parce que cela l'arrangeait, que le départ de ce chenapan de Turgis était une bénédiction, et il commença de tirer des plans sur l'avenir. Il connaissait assez sa pratique et son voisinage pour augurer que Marie serait difficile à marier, tant les langues iraient bon train sur les frasques de son adolescence ; il n'avait ni bien, ni écus, à peine une misérable échoppe à léguer – que n'était-il chirurgien ? – et la gamine, trop mal élevée, ne pouvait même pas espérer un parti modeste. Elle resterait donc fille, ce qui n'était peut-être pas une mauvaise affaire, au moins pour lui. Il aurait jusqu'à sa mort la maison tenue et la soupe au chaud.

Marie, qui ne soupçonnait même pas les méandres où la philosophie paternelle s'était égarée, avait d'autres projets, et son dessein, pour être vague, n'en était pas moins déterminé. Comme Charlet, elle partirait. Habitée d'une telle certitude, Marie gardait une apparente bonne humeur, mais quand on la croyait sagement ancrée dans l'échoppe de la rue du Puits-qui-parle, elle était ailleurs, dans un rêve imprécis qui la transportait loin de la terre mancelle, vers un avenir qui comblerait sa soif d'aventures, et pour faire bonne mesure, ne manquerait pas de la couvrir d'or elle aussi.

Pour l'heure, n'ayant d'autre choix, elle s'accommodait, dans l'effort, dans l'inconfort, et dans la monotonie, des circonstances que le quotidien lui imposait. Rejetée à sa condition de fille, elle vaquait aux occupations du ménage avec l'unique servante que l'état du barbier lui permettait d'employer. Elle y était bien obligée depuis quelques années déjà, mais elle avait eu jusqu'alors la compensation de ses courses nocturnes. Cette bouffée d'air libre lui faisait maintenant défaut, et la trame de ses jours en était appauvrie. L'autre changement dans sa vie, imperceptible celui-là, mais continu, tenait au vieillissement de la servante qui obligeait l'adolescente à un redoublement d'efforts. La maison de Jacquelin, comme toutes celles qui l'entouraient, ne se répartissait pas en surface, mais à la verticale. Elle grimpait, sur trois étages, rattrapant en hauteur ce qu'elle ne pouvait gagner au sol, tant l'espace était compté au cœur de la ville. Les tâches les plus banales en étaient rendues plus pénibles. Au Mans, comme ailleurs, on se chauffait mal, on s'éclairait mal, et on manquait cruellement d'eau. Il n'en fallait pas moins monter, à grand-peine, bois et eau dans les étages, fussent-ils composés d'une seule pièce, comme dans la demeure modeste de la rue du Puits-qui-parle. La servante prenant de l'âge, courbée qu'elle était par de longues années de ces incessants charrois, les membres noués par toute une vie d'efforts, c'était Marie qui, par le *vis*, escalier étroit et malcommode, montait le bois mis en réserve dans la cave, dans les pièces empilées de guingois l'une au-dessus de l'autre dans un équilibre apparemment précaire qui semblait défier les lois de la pesanteur. La boutique, au ras de la rue, supportait au-dessus d'elle la pièce à vivre, la mieux chauffée avec l'âtre où l'on cuisait, là aussi où trônait le lit du barbier bien calfeutré par ses rideaux à pente verts. Dans la chambre du dernier étage, glaciale sous le toit, la servante et la gamine dormaient sur des paillasses sommaires, protégées autant qu'il était possible par un amas poussiéreux de couvertures et d'édredons. Quand on observait l'ensemble de la rue, on pouvait croire que le logis ne tenait debout que grâce à l'appui qu'il prenait sur ses voisins, tout aussi curieusement bâtis, qui de même s'appuyaient sur lui. Après le bois, il fallait encore monter les brocs de l'eau qu'on allait chercher au puits, ou qu'on achetait dans la rue, au porteur. Marie grimpait et descendait à longueur de jour les marches étroites, et son corps rétif, qui n'aspirait qu'à courir librement les rues et goûter toutes les joies de la vie, apprenait, ce faisant, dans la contrainte et la banalité des tâches répétitives, ce qu'était le plus souvent une vie de femme. Elle devait encore suppléer la servante pour accrocher à la crémaillère la marmite pleine, et se courbant sous le poids des charges, s'agenouillant devant l'âtre, et se penchant encore sur le *cuveau* pour aider à la lessive, elle sentait son jeune corps imperceptiblement s'endolorir, et se ployer, dans une lente et insidieuse accoutumance, qui déjà commençait de l'user, et la menait, perfidement, silencieusement, à l'inéluctable épuisement qui un jour la casserait, comme s'étaient brisées avant elle la vieille Turgis et la servante.

Le plus difficile à supporter était encore la rigueur des températures, et de toute sa vie Marie n'oublierait jamais le froid paralysant des hivers du Maine. Avec le temps, elle aurait du mal à se remémorer les étés de sa province, un peu comme s'il n'y en avait jamais eu, et l'image qui toujours lui reviendrait à l'esprit quand elle évoquerait sa jeunesse, ce serait celle du lent engourdissement hivernal qui figeait la vie dans la ville, et le sang dans ses veines. Dès l'automne on frissonnait dans les maisons, en décembre on n'y tenait plus, le vent glacial se glissait sous les portes mal jointes, s'infiltrait par la moindre ouverture, le gel toujours, la neige parfois, ralentissaient toute activité. Le froid était si intense que l'on était glacé jusqu'aux os quand on s'éloignait de quelques pas de l'âtre, où l'instant d'avant on avait brûlé. Dans le galetas sans cheminée où elle dormait, sans quitter cotte, bas, jupons, et même pas son bonnet, le froid souvent tenait Marie éveillée. Les premiers jours, on croyait possible de s'y habituer, on raisonnait, on faisait le faraud, on disait que c'était du temps de saison, mais le difficile était de tenir sur la longueur. Le froid s'installait, durait, s'incrustait jusqu'à ce qu'on ait l'impression qu'il serait là jusqu'à la fin des temps. À quinze ans Marie savait déjà qu'elle ne s'y habituerait jamais, qu'on ne s'accoutumait pas à grelotter, qu'on ne pouvait jamais être gagnant dans ce combat inégal, et que son corps un jour se tordrait sous la déchirure de la toux, jusqu'à la dernière quinte. Marie le savait, elle le voyait tous les jours, les plus vieux, les plus faibles, las de se défendre, un jour lâchaient prise, et se laissaient engourdir à jamais. Souvent le glas sonnait, l'hiver, implacablement, tuait.

L'obscurité des jours d'hiver ajoutait l'angoisse à la cruauté du froid. Sitôt la nuit tombée, les rues étaient désertées, la voie la plus familière se muait en un lieu étrange, qu'on ne reconnaissait plus, et devenait le lieu de tous les dangers, aussi bien que celui de tous les maléfices. Les mauvais garçons seuls y rôdaient, et aussi peut-être les ombres malveillantes, fantômes mal définis dont on se méfiait tout autant. On se claquemurait donc, et Marie aussi maintenant.

À quelques rues de là, le barbier, qui n'avait plus de rêves, sombrait doucement dans la bienfaisante torpeur du vin de Marçon.

Dans la chambre, le feu insensiblement s'apaisait, Marie l'enveloppait de cendres comme d'un habit de nuit, il couverait jusqu'au matin. Bientôt le barbier rentrerait, le pas un peu moins ferme, pour s'abîmer à l'abri des rideaux de son lit, il était temps de laisser la chambre. Marie éveillait doucement la servante et allumait une chandelle. La flamme, jaune et triste, vacillait pendant que les deux femmes grimpaient les marches malcommodes qui menaient à leur galetas, donnant de sa lueur mouvante d'hallucinants reliefs au visage défait de la vieille. Le plus dur de la nuit commençait, et Marie le redoutait. Le froid allait l'assaillir comme un ennemi sûr de lui, l'envelopper, la pénétrer, lui faire une robe glaciale qui paralyserait ses membres et raidirait son corps. La vie en elle n'était plus qu'une veilleuse, une flamme timide qui osait à peine vaciller, et Marie se terrait sous sa couette, comme un rongeur en son trou. Elle savait qu'il fallait attendre, faire le gros dos, ne pas bouger. Le froid partirait, le temps du soleil allait revenir, et le vent alors serait tiède et doux sur sa peau, et tout, à nouveau, serait possible. Le rêve, la fatigue, lui faisaient enfin lâcher prise, son corps crispé lentement se détendait, elle s'endormait. À côté d'elle la vieille servante, le souffle court, ronflait doucement. Bien avant l'aube, elles enclencheraient, l'une et l'autre, la routine des tâches d'ennui et de nécessité, et le froid, qui les épuisait, le froid, serait toujours là.

# 4

> « C'est dans un petit morceau de terre
> Où je planterai toutes mes graines
> Que je trouverai les racines de mon rêve.
> Resterez-vous, resterons-nous ? »
>
> Germaine Comeau, *Les Pêcheurs déportés.*

Désolé, ruiné, le Port-Royal n'en demeurait pas moins le prétexte perpétuel à un étonnement ébloui pour Charlet. Tout lui était merveille. Il s'était cru libre en galopant dans les rues du Mans, il mesurait maintenant combien son horizon y avait été limité. Ici pas de clôture, pas de limite. Il pouvait arpenter le seul domaine de la seigneurie de Port-Royal, sans jamais rencontrer de borne. Il n'y avait personne alentour, hormis les Micmacs, amicaux et tranquilles, et Claude de La Tour, sur l'autre rive de la Baie Française, dans son tout nouveau fort de Pentagouët. On ne pouvait pas davantage définir les limites de la seigneurie de Port-Royal que les frontières imprécises et mouvantes de l'Acadie.

Mais sur cette terre qui n'avait été jusque-là qu'un lieu de passage, une poignée d'illuminés, qui croyaient en la terre promise, s'accrochaient avec l'énergie du désespoir aux vestiges d'un fort ruiné. Charles de Biencourt était de ceux-là, comme son père, et Charles de La Tour épousa leur cause avec la merveilleuse part de folie de la jeunesse capable d'imaginer tous les possibles. Il avait trouvé son pays.

Dans l'immédiat, il fallait s'accommoder des circonstances. Charlet suivit Biencourt sous la tente et dans la forêt, et s'ensauvagea avec délectation. Il découvrait que presque tous les habitants de ce pays où il venait d'arriver étaient des sauvages, et que les colons ressemblaient plutôt à des paysans qu'à des seigneurs, alors que son imagination lui avait représenté l'Acadie, où son père, lui avait-on dit, était un personnage important, comme une sorte d'annexe du royaume d'Henri le quatrième, avec de beaux messieurs en habits chamarrés, des courtisans, des officiers. Si certains, comme son ami Biencourt, étaient de noble souche, ils s'étaient changés en cultivateurs, en chasseurs, en pêcheurs, en devenant Acadiens. Dans l'instant présent, ils n'avaient plus même une habitation de bois pour se mettre à l'abri, et dans la nécessité où ils avaient été, dès le début de l'entreprise, de construire, de cultiver la terre, de chasser et de pêcher pour leur subsistance, les colons avaient de long temps remisé les habits d'apparat pour des vêtements simples et chauds, imités de ceux des Indiens. Rien de cela pourtant ne choquait Charlet, sa garde-robe, de tous temps, avait été fort modeste, les peaux et les fourrures qu'on lui proposait représentaient un luxe dont il n'avait même jamais rêvé.

Charlet, enfant d'une ville, ne se lassait pas de découvrir la nature autour de Port-Royal. Il apprit à reconnaître chaque arbre, s'étonnant de retrouver ceux du vieux royaume de France, plus beaux, lui semblait-il, plus vigoureux, et parfois d'apprendre le nom bizarre qu'on leur donnait en ces contrées. Il apprit bientôt, d'expérience, que les ours étaient attirés par les chênes, à cause de la profusion des glands dont ils étaient friands, et que leur chair était savoureuse, blanche et délicate comme celle du veau, et aussi précieuse que leur robe fourrée. Le chasseur en lui s'éveillait. Dès ses premières courses avec ses nouveaux compagnons, il rencontra l'orignal, il découvrit la loutre et le castor, il s'exerça à chasser le lièvre, la perdrix, la tourte. Plus encore il s'étourdit au spectacle du ballet incessant des oiseaux de mer ou de rivière, outardes, canards, cercelles, moyaques, et cormorans.

Il lui restait à apprendre les saisons, qui avaient peu de ressemblance avec celles qu'il avait connues jusque-là. Quand il était arrivé, à la fin du mois de mars, c'était encore l'hiver, puis le printemps avait éclaté, du jour au lendemain, sans qu'il en ait eu quelque prescience, et à peine la douceur du temps s'était-elle installée qu'on était en été. Il lui fallait apprendre à vivre sur deux saisons, et déjà on lui disait, qu'après l'été sauvage dont l'éclat pouvait resplendir jusqu'en novembre, l'hiver viendrait, sans avant-garde, sans signes avant-coureurs, surprenant un matin ceux qui pourtant s'y attendaient le plus. Il était nécessaire d'y être attentif car ici la saison commandait, et plus particulièrement l'hiver, redoutable, dont on ne pouvait attendre aucune clémence, mais seulement tenter de l'apprivoiser, comme un prédateur qu'il était.

La vie à demi sauvage qu'il découvrait passionnait Charlet, mais un des plus grands bonheurs qu'il connût jamais, et celui qui n'eut jamais son revers en désillusion, lui vint sans conteste de son amitié avec Charles de Biencourt. Il avait eu toute son enfance et son adolescence un réseau de complicités, d'alliances, plutôt que d'amitiés, tissu mouvant, toujours recomposé au fil des abandons et des rencontres, qui n'était qu'une quête jamais finie d'un équilibre des forces entre bandes de gamins. Il n'avait pas eu d'ami, sauf Marie, toujours fidèle, toujours présente, accolée à lui comme une ombre. Le sentiment qui l'attachait maintenant à Biencourt était d'une autre sorte, spontanément jailli, conforté dans la fréquentation quotidienne, et si le hasard les avait réunis, c'était leur propre choix qui les avait gardés ensemble. Charles de La Tour avait délibérément décidé de rester à Port-Royal plutôt que de rejoindre Pentagouët et son père, et Biencourt l'avait d'emblée associé à tous ses projets. En quelques jours ils avaient eu l'impression qu'ils se connaissaient depuis toujours et la complicité entre eux, qui se comprenaient à mi-mots, était d'instinct. Se découvrant à la fois si semblables et si différents, avec autant d'étonnement que de joie, ils étaient curieux l'un de l'autre, cherchant à recomposer le puzzle qui les avait faits ce qu'ils étaient, et les avait amenés, par des chemins de hasard, à se retrouver au Port-Royal et à s'y rencontrer.

— Charles..., commença un jour Biencourt.

— Oui, Charles ?

Comme toujours ils éclatèrent de rire.

— N'avez-vous pas d'autre prénom dont nous pourrions user ?

— Je ne m'en connais pas d'autre.

— Mais enfin, Charles, tout le monde a quantité de prénoms, celui du père, du père de la mère, du parrain, d'un oncle, d'un cousin, je ne sais pas moi, mais on a du mal souvent à s'y retrouver !

— Jusqu'à une date fort récente je n'avais guère de père, ne m'en souvenant plus, et n'en ayant entendu parler que comme d'un « vaurien », à ce qu'on m'en disait, qui m'avait oublié au Mans. Par quel miracle aurais-je pu me trouver doté d'un oncle ou d'un parrain ?

— Que faisiez-vous donc au Mans ?

— Mon père m'y avait déposé quand j'étais encore nourrisson.

— Chez un parent ?

— Je ne sais pas, je ne crois pas. La mère Turgis, qui m'a élevé, était plutôt une nourrice, fort mal et fort rarement payée, et par ricochet fort désagréable.

— Turgis, dites-vous ? Mais votre père s'appelle Saint Étienne Turgis de La Tour…

— Je n'ai jamais su pourquoi on appelait cette femme Turgis, peut-être seulement parce que ce nom revenait souvent dans ses invectives.

— Ah, je n'y comprends rien !

— Moi non plus. Quelle importance ?

Biencourt sourit. Pour ce garçon, sans autre passé qu'une enfance à l'abandon, et maintenant perdu au bout du monde dans une aventure hasardeuse, quelle importance pouvait avoir une aléatoire filiation ? Ils étaient maintenant de même façon livrés ensemble aux aléas du sort, et leur arbre généalogique n'avait plus le moindre poids.

— Comment donc vous appelaient cette nourrice, et ceux qui étaient autour de vous ? reprit-il.

— Charlet !
— Charlet me va bien, je l'adopte.

Et Charles, devenu de La Tour, et de Saint Étienne pour faire bonne mesure, dans une brutale élévation, redevint Charlet pour son ami, un peu d'enfance lui était rendue. Il évoqua pour Charles ses plus jeunes années, et celles de l'adolescence, libres et chaotiques. Biencourt riait. Il n'avait jamais imaginé liberté aussi débridée, ayant eu lui-même une enfance si sage, et si tranquille dans le manoir un peu délabré qui l'avait vu naître en Champagne. Deux mondes se rencontraient, deux destins diamétralement opposés, qui en toute logique auraient dû continuer des chemins parallèles, mais c'était sur la terre d'Acadie, qui était si neuve, que tout était possible.

Biencourt aussi parlait. Il mettait des mots sur le drame qu'il avait vécu pour essayer de l'exorciser. Il racontait Argall, le pirate anglais, venu de Virginie dont il était le sous-gouverneur, fort de vaisseaux armés en guerre, et d'une troupe nombreuse et déterminée, qui avait fondu sur le Port-Royal quand les colons étaient au travail dans les bois. En quelques heures il avait brûlé le fort, détruit de fond en comble toutes les installations, il s'était emparé des vivres et des animaux. Faute de temps sans doute, il n'avait épargné que le moulin et les cultures. Quand Biencourt était rentré au fort avec ses hommes, les ruines étaient encore fumantes et de sa vie le jeune colon n'oublierait l'horreur de ce désastre.

Quand il sentait qu'il allait trop s'émouvoir au récit de la catastrophe, sans cesse redite comme un cauchemar dont on ne peut s'évader, le jeune colon en revenait à l'adolescence de Charlet.

— Vous avez sans doute laissé beaucoup d'amis dans votre ville du Mans, remarqua-t-il un jour.

— Des amis ? s'étonna Charlet.

— Vous étiez entouré, au moins de garçons de votre âge.

— Bien sûr, mais aucun ne me fut vraiment un ami.

— Personne n'a jamais eu plus d'importance ?

— Non. Sauf...

— Sauf ?

— Marie.

Biencourt s'étonna, et une lueur malicieuse brilla dans ses yeux.

— Une fille ? Vous étiez amoureux ?

— Oui... Non...

— Cela n'est pas clair !

— Pour moi non plus. J'étais assez amoureux pour qu'un peu de moi meure en la quittant, mais je ne l'aimais sans doute pas assez pour résister à la tentation de l'aventure.

— N'était-elle pas jolie ? plaisanta Biencourt.

— Elle l'était. Mais ce n'était pas l'important.

— Qu'est-ce qui était important ?

— C'était un bon petit soldat.

Biencourt regarda son ami en souriant. Il ne cessait pas de l'étonner, mais c'était bien pour cela qu'il l'aimait d'une si franche amitié.

La question de Biencourt avait ressuscité en Charlet un passé encore récent, réveillé une blessure mal cicatrisée, qu'il s'était infligée à lui-même. Il revoyait ondoyer dans la lumière la nappe mouvante des cheveux de Marie, il sentait sous ses doigts la soie de sa peau, et c'était doux à son cœur, et douloureux plus encore, car il avait aussi dans l'oreille le timbre brutalement discordant de sa voix, cassée par le chagrin, quand il lui avait annoncé son départ. En ce moment même il avait le sentiment de la trahir encore, quand il n'osait revendiquer plus haut l'amour qu'il avait eu pour elle.

Le jour vint enfin où Biencourt emmena son ami à Pentagouët pour y visiter son père. Le site de Pentagouët était plaisant et le fort que Claude de La Tour y avait bâti s'élevait sur la rive est de la rivière Pentagouët, qui était une belle voie d'eau, assez large à son embouchure et jusqu'à dix ou douze lieues dans les terres, ce qui permettait aux vaisseaux de deux cents à trois cents tonneaux de remonter jusqu'au fort des Français. La terre était bonne des deux côtés du cours d'eau, et une profusion d'arbres y étendaient leur ombre. Le cœur un peu noué, Charlet allait, avec plus d'inquiétude que d'impatience, à la rencontre enfin de ce père inconnu qui l'avait appelé de si loin. Il n'avait pas sollicité cette confrontation, et s'il l'avait osé, il l'aurait plutôt différée. Biencourt, bien chapitré peut-être par son propre père, n'entendait pas l'y soustraire. La crainte pourtant qui habitait Charles était aussi celle de Biencourt, Claude Saint Étienne de La Tour allait sans doute vouloir garder son fils à ses côtés, et l'amitié qui liait déjà les deux jeunes gens n'y trouvait pas son compte. Ce fut dans le silence qu'ils débarquèrent à Pentagouët.

Tout avait été nouveauté pour Charlet mais son plus grand étonnement restait encore d'avoir un père.

Celui-là était à la mesure du rêve que son irruption dans sa vie avait suscité chez l'adolescent brutalement tiré du pays manceau. Grand, altier, volontiers superbe, Claude Saint Étienne de La Tour n'était pas l'homme à qui on aurait osé demander si, dans une vie antérieure, il avait quelque jour été maçon. L'homme avait fière allure, et Charlet l'imagina mal cultivant la terre ou remontant des ruines. Cet homme-là aurait plus aisément fait un courtisan qu'un colon, mais pour cela il lui avait peut-être manqué la fortune, ou les appuis. Au milieu de son désert il gardait l'allure hautaine, l'habit soigné, et une certaine mine dédaigneuse que Charlet n'avait pas vue aux gens de Port-Royal. Il parlait volontiers de la belle province de Champagne d'où il était venu, trois ans plus tôt, dans le sillage de M. de Poutrincourt, son parent, et il décrivit à son fils ébahi le blason des Saint Étienne de Turgis, *un petit écu, à une fasce d'argent et à trois cols de cygne posés deux en chef, contournés, et l'autre mouvant de la pointe de l'écu.* Charlet tombait en plein conte de fées, et avec la simplicité de l'enfance qui ne l'avait pas encore tout à fait quitté, ne s'en étonnait qu'à moitié. De toute sa vie, il ne demanderait jamais à Claude de Saint Étienne ce qu'il avait fait toutes ces années où il l'avait oublié au Mans, il n'en aurait jamais l'idée, il ne l'avait surtout pas en ce premier instant de leur rencontre qui restait aussi formelle qu'on pouvait s'y attendre. La seule émotion qui agitait Charlet en cet instant était son désir de fuir l'unique parenté qu'il se connût, et qui ne lui ressemblait pas.

Biencourt observait. Il sentait le malaise un peu flou qui envahissait son ami. La spontanéité, la simplicité, l'évident bonheur de vivre de Charlet, s'étaient évanouis, occultés par une crainte diffuse. On était loin des retrouvailles émouvantes entre un père et son fils que l'imagination populaire aimait à mettre en scène. Une certaine ressemblance était évidente, entre les deux hommes, même haute stature, mêmes cheveux blonds dorés, mêmes yeux, et chez l'un comme chez l'autre une même allure insouciante qui n'était pas dépourvue de charme. Là s'arrêtait la similitude. Biencourt connaissait assez Charles pour apprécier sa simplicité et sa sincérité. Claude de La Tour, au contraire, donnait l'impression de jouer un rôle, d'être en représentation. On devinait que chez lui tout était calcul. Quel rôle fallait-il tenir pour gagner ? Le courtisan qu'il n'avait pas pu être, faute de la fortune qui eût pu le propulser à la cour, avait mille facettes. Et ce jour-là il tenait à faire belle figure, davantage pour rappeler ses origines à Biencourt, que pour ébahir son fils. En dépit de la ruine présente de Port-Royal, Biencourt, qui succéderait un jour à son père, était peut-être l'étoile qui montait en Acadie, il était d'un bon calcul de l'éblouir un peu. Il détailla donc à son fils toutes les preuves de sa noblesse, avec un commentaire bien senti du blason de la famille, mais quand il eut glosé sur la gloire de sa propre lignée, Claude de La Tour se sentit à court d'arguments, il n'avait plus rien à dire à son fils. Biencourt nota qu'il n'avait même pas pensé à demander à Charles si son voyage s'était bien passé, et ne s'était pas davantage enquis de savoir s'il se trouvait aise d'être venu en Acadie. Il lui sembla même que La Tour maintenant s'ennuyait et ne savait plus comment prolonger un entretien qui avait cependant été fort bref. Il résolut donc de prendre la conversation en mains, et de tenter de la mener à sa guise.

— Votre installation à Pentagouët a-t-elle été facile, monsieur ? s'enquit-il.

— Tout à fait ! s'exclama La Tour, soulagé de trouver un sujet de conversation et plus heureux encore que le propos puisse le faire valoir.

— Mon père en sera ravi.

Claude de La Tour se contenta d'incliner la tête. Que pouvait-on répondre à cela ?

Biencourt fut bien forcé de relancer l'entretien. Il s'intéressa aux travaux qui avaient été menés, le maître de céans saisit la perche qui lui permettait d'entraîner ses visiteurs faire le tour de l'établissement. Pourtant, Biencourt voulait en savoir plus. La Tour avait été bien prompt à quitter le navire à peine avait-il pris l'eau. Quelles étaient ses ambitions ? Que cherchait-il en son Pentagouët ?

— Vous n'avez guère de compagnons en ce lieu, ce me semble ?

La Tour eut un rire un peu méprisant.

— Croyez-vous que j'ai le moyen de les nourrir ? Et à quoi me serviraient-ils ?

— Pour ce qui est de nourrir les hommes, je sais ce qu'il en coûte, et sans l'appui de nos alliés de la nation sauvage, nous n'aurions pas survécu.

— J'entends bien, quant à moi, me passer des sauvages.

— Dans ce cas il vous faudra quelques colons pour mettre votre terre en culture.

— Je n'en vois pas la nécessité. J'ai juste besoin de quelques arpents cultivés et ceux qui sont ici sont bien assez nombreux pour produire notre ordinaire. Pour le reste il suffit d'avoir de l'argent !

— L'argent ne source pas davantage en cette terre qu'en celle de France, observa Biencourt.

— C'est que vous ne savez pas cueillir. L'argent de *la troque* suffit largement à vivre, et à arrondir sa fortune.

— Le roi vous accordera-t-il le privilège de la troque ?

— Le roi est un enfant qui se soucie peu du commerce des pelleteries.

— D'autres peut-être s'en soucient pour lui.

— Viendront-ils voir jusque-là, si j'achète des pelleteries, et si je les revends ?

— Les capitaines n'auront point le droit de faire commerce avec vous.

— Croyez-vous qu'ils s'en préoccuperont ? Les trafiquants et les contrebandiers sont aussi nombreux que du temps de ce pauvre Rossignol que M. de Monts fit ici prisonnier. D'autres capitaines sont plus malins, ou plus chanceux. Que les hommes du roi se saisissent de la cargaison de l'un d'eux, et le mettent aux fers, il en reviendra dix ! Croyez-moi, Biencourt, ce pays n'est point fait pour qu'on y amène des populations, dont la plupart périssent au premier hiver, quand ce n'est pas sous les coups des Anglais. Il faut se contenter ici de comptoirs, où s'enrichir dans la tranquillité, et sans se soucier plus du roi, ou de la régente, qu'ils ne se soucient de nous.

— Est-ce votre pratique ? s'inquiéta Biencourt.

— C'est à tout le moins mon projet. Mon cousin Poutrincourt serait avisé de faire de même.

— Mon père a d'autres ambitions.

— Je lui souhaite alors beaucoup de chance ! Il en aura besoin, et vous aussi, Biencourt !

— Le roi a encouragé son entreprise, et le pape l'a comblé de sa bénédiction.

— Comme vous êtes jeune, Biencourt ! Le roi est loin… Et le pape est plus loin encore.

Claude de La Tour était agacé. Il s'était laissé entraîner par son cousin dans l'aventure acadienne, comme on joue sa dernière carte, parce que sa vie dans sa modeste seigneurie champenoise était trop étriquée, et qu'il n'y avait guère d'espoir, faute d'alliés bien en place, qu'il puisse jamais faire son chemin à la cour, mais l'idéal colonisateur de M. de Poutrincourt le laissait de marbre. Il n'avait donc pas hésité à se séparer des idéalistes impénitents du Port-Royal qui entendaient relever leurs ruines avec l'aide des sauvages. La traite des peaux lui semblait la seule chose à pratiquer pour s'enrichir, quand on s'était un jour laissé persuader de s'établir dans ce désert du bout du monde. Dans l'immédiat, rayonnant dans toute la région depuis son fort de Pentagouët, il se livrait avec autant de succès à la pêche commerciale qu'au trafic des pelleteries. Il n'entendait pas plus s'embarrasser maintenant d'une parentèle par trop naïve que de se faire donner des leçons de fidélité au roi par un jeune blanc-bec. Il essayait de rebondir seul après la catastrophe du Port-Royal, et la visite des deux jeunes gens ne le comblait pas d'aise.

À vrai dire il ne s'était guère attendu à voir surgir en ce domaine le jeune Biencourt et le fils qu'il avait eu l'idée saugrenue de faire venir. Ce rejeton, si longtemps oublié, lui serait-il ici de quelque utilité ? Et qu'allait-il en faire, lui qui avait si peu la fibre paternelle ? Aussi pourquoi son cousin Poutrincourt lui avait-il suggéré ce rapprochement ? Celui-là ne jurait que par la famille, ce qui ne l'empêchait pas d'être toujours absent, à courir les fonds et les appuis, à la cour et ailleurs, entiché de colonisation alors qu'un bon comptoir suffisait à s'établir confortablement. Quelle folie que de s'acharner à faire venir des colons, qui n'y étaient pas empressés, pour être quelque jour contraint de partager avec eux les profits du commerce des pelleteries ! Quel jeu son fils allait-il jouer ? La Tour connaissait assez la vie, c'était au moins ce qu'il pensait, pour savoir que tout n'était jamais qu'alliances, ou trahisons, et que ce pays, si neuf, et si prometteur, nécessitait les unes pour éviter les autres. Quel pion serait Charles sur l'échiquier de ses intérêts ?

Biencourt aussi réfléchissait. Il s'était toujours méfié de ce La Tour, cousin de son père, et qui avait su jouer de ce cousinage pour se retrouver en Acadie. L'homme avait bien montré de quel bois il était fait, quand au premier de coup de vent il avait déserté le navire, et les raisons qu'il avançait maintenant étaient dans la lignée du personnage. Dans quelles aventures, peu glorieuses, allait-il entraîner Charlet, qui n'avait, à l'évidence, aucun désir de s'installer à ses côtés ? Tant pis pour le devoir filial qui aurait dû souder Charlet à son père ! Tant pis pour le sentiment de la famille qui lui commandait d'aimer La Tour, son cousin ! Il allait tenter de soustraire Charlet à cet homme-là.

Charlet, lui, ne réfléchissait pas, il priait, ce qui n'était pas chez lui une habitude de tous les instants. Il priait, dans le silence de sa détresse, pour que le Seigneur, oubliant ses manquements, le prenne en pitié et lui permette de retourner à Port-Royal.

— Monsieur, disait à cet instant Biencourt avec gravité, je comprends votre joie de retrouver votre fils. Sans doute comptez-vous sur lui pour vous aider dans votre fort de Pentagouët…

— Certainement, hasarda La Tour, sans conviction.

Mais Biencourt continuait, sans tenir compte de la réponse qui lui avait mollement été faite.

— Pourtant, je me sens obligé de vous dire, et c'est un honneur pour votre lignée, que M. de La Tour, votre fils, a généreusement offert à mon père, M. de Poutrincourt, de m'assister en son absence pour relever les ruines du Port-Royal. Bien entendu cette proposition courageuse ne pourra être prise en compte qu'avec votre permission.

Charlet était trempé de sueur, des pieds à la tête, son avenir se jouait à cette minute.

Biencourt continuait, imperturbable.

— Mon père m'a nommé commandant de Port-Royal…

La Tour s'inclina poliment, c'était un geste aimable qui n'engageait à rien.

— … et, poursuivait Biencourt, il a nommé votre fils, Charles de Saint Étienne de La Tour, comme mon lieutenant.

— C'est un honneur que M. de Poutrincourt fait à notre famille.

Le visage de Claude de La Tour s'était éclairé. Son fils était casé, comme jadis, au Mans, et il pourrait lui être utile. Poutrincourt lui serait reconnaissant de s'en être privé. Il était gagnant sur tous les tableaux. C'était bien ainsi qu'il entendait les affaires de famille.

# 5

« La terre est ici si bonne au labourage, Messieurs, la chasse est abondante et le poisson à foison. Et ne voudray point avoir fait échange du Pérou à cette terre si une fois elle était sérieusement habitée. »

Lettre de M. de Poutrincourt
(Charles de Biencourt) aux échevins
de Paris pour leur demander du secours,
1er septembre 1618.

Charlet avait donc retrouvé l'asile du Port-Royal, la compagnie constante et jamais décevante de son ami Charles, et la fréquentation amicale des sauvages. La situation était cependant précaire, et si jamais l'établissement avait pu, un très court moment, faire figure d'un embryon de colonie, ce n'était plus guère qu'un comptoir. Les colons n'étaient qu'une vingtaine autour de Biencourt et de Charles de La Tour, car le va-et-vient entre la France et sa colonie chancelante d'Amérique remportait souvent plus d'hommes qu'il n'en amenait. Ceux qui restaient n'avaient d'autre ressource que de se livrer à la chasse et au commerce des peaux. On ne pouvait espérer faire plus avant l'arrivée, aléatoire, de secours financiers, et la venue, tout aussi hypothétique, de nouveaux colons.

Jean de Poutrincourt, qui avait abordé à Port-Royal le 27 mars de l'année 1614, n'y était demeuré que la durée du printemps. Le rêve qu'il avait fait d'enraciner une colonie s'était envolé dans la fumée de l'incendie allumé par Argall. Il n'était plus alors pour lui que de ramener la plupart des colons vers le royaume de France, chanceux encore de pouvoir emporter assez de pelleteries pour couvrir le coût du voyage. Il gardait pourtant l'espoir d'obtenir des secours de la régente, de trouver peut-être, une fois de plus, des commanditaires, prêts à mettre des capitaux dans l'aventure coloniale, mais il n'avait plus beaucoup d'illusions. Il y avait dix ans qu'il courait après les fonds, et dix ans qu'on le payait de promesses vagues, ou bientôt désavouées. Il avait beaucoup donné de ses forces, et beaucoup dépensé de ses deniers pour sauver la terre qui était devenue la sienne, la vente de ses biens en France était devenue nécessaire. Ce n'était cependant pas la seule cause qui arrachait une fois encore Jean de Poutrincourt à l'Acadie. En France, la révolte des princes menaçait le pouvoir fragile de l'enfant-roi. Poutrincourt qui avait imaginé d'être un cultivateur sur une terre neuve, avait d'abord été un soldat, il en reprenait l'armure et partait se ranger aux côtés du jeune Louis, fidèle à l'enfant comme il l'avait été au roi assassiné qui avait trouvé si beaux les épis du blé de Port-Royal.

Après le départ de Poutrincourt, la vie reprit lentement son cours dans les vestiges de Port-Royal. Un autre rythme s'instaura qui n'était plus celui de l'éphémère prospérité de la colonie, et Biencourt et Charles de La Tour se préparèrent à leur premier hiver sauvage. Charlet, toujours un rien fanfaron, ne laissait voir aucune crainte, malgré le récit qu'on lui avait fait du terrible hiver des colons de Sainte-Croix. Biencourt restait en apparence serein. Pour lui l'enjeu était clair, il avait la responsabilité des derniers colons attachés à la terre de Poutrincourt, il n'avait pas d'autre choix que d'en assumer la charge, et mieux valait le faire la tête haute. Tout l'été, les Français, à l'école des sauvages, préparèrent l'hivernage, et commencèrent de rebâtir quelques maisons de rondins pour s'y abriter. Il était trop tôt pour s'attaquer à la reconstruction du fort. Ils n'en avaient, ni les moyens, ni le temps avant l'hiver. Charles de Biencourt ne voulut pas restaurer cette saison sa propre maison de l'île aux Chèvres, c'était d'abord les quelques colons fidèles, qui n'avaient pas voulu abandonner Port-Royal qu'il fallait tenter de remettre dans leurs murs. Ceux-là que les Anglais, et aussi les sauvages appelaient encore les Français, étaient, sans le savoir, devenus déjà Acadiens.

Biencourt et Charles s'installèrent dans le village micmac. Charles s'habitua facilement à vivre au milieu des sauvages, et n'eut aucune difficulté à suivre leurs manières. Dès les premiers jours de sa vie *souriquoise*, il retint quelques mots, assez pour comprendre, et se faire comprendre, au moins sur l'essentiel, la nourriture, la chasse, la pêche. Ses maladresses d'expression amusaient les Indiens qui le corrigeaient en riant. Lui-même souriait à ses bévues, ne se montrait jamais embarrassé, et gardait en toutes circonstances sa belle humeur. Charlet se plaisait au contact des Micmacs. La solidarité du groupe lui rappelait celle qu'il avait connue au sein des bandes du Mans. Il y retrouvait aussi une simplicité des désirs qui avait été celle des garnements avec qui il s'était lié dans son enfance libre. On chassait pour manger, pour se vêtir, jamais pour devenir plus riche que l'autre. La vie était simple, c'était la seule philosophie que Charlet avait jamais connue. Ses nouveaux amis pouvaient rester des jours entiers, soucieux seulement de profiter du bonheur de l'instant, puis quand la nécessité s'en faisait sentir ils partaient brusquement en expédition pour assurer la survie du clan. Quand on avait fait une bonne chasse, on en partageait le butin, car les Micmacs n'avaient ni le sens de la propriété, ni le goût de l'accumulation des richesses. Aussi, en ces tout premiers temps de sa vie acadienne, Charlet n'était pas loin de penser que vivre de la traite au milieu des sauvages était tellement plaisant qu'il n'était pas besoin de s'embarrasser d'une colonie, et de s'échiner à cultiver la terre, occupation aussi ingrate que sujette à des déconvenues, que les sauvages, en leur grande sagesse, ignoraient et méprisaient. Mais, il y avait Biencourt, qui était son ami, et Biencourt tenait à sa colonie. Alors dans un soupir, Charlet renonçait à la douce indolence indienne, et se jurait de réussir à rebâtir ce fort qui tenait tant à cœur aux colons.

Biencourt observait son ami, il le regardait apprendre, s'acclimater à l'Acadie, à ses habitants, à sa rudesse, à sa beauté. Il le voyait perdre un rien de la gaucherie adolescente qu'il avait encore à son arrivée, il devinait, sous le jeune homme qui s'ébrouait dans la liberté qu'on lui offrait, l'homme qu'il serait demain, celui qu'il était déjà, charmeur, obtenant d'un sourire, d'un mot placé à propos, que son interlocuteur abandonne ses arguments et le suive, à peine s'était-il rendu compte qu'il avait changé d'avis. Charles de La Tour obtenait toujours gain de cause sans jamais forcer sa position, tant il avait naturellement l'art de la persuasion. Il avait cette particularité d'être proche de tous et d'être insaisissable, il entraînait facilement toute une troupe, et ne suivait jamais personne, hors Biencourt, parce qu'il était son ami. Il était, en toutes choses, plein d'apparentes contradictions, ayant l'air toujours de promener nonchalamment sa grande stature, et de prôner la paresse, et pour peu qu'on y regarde on constatait qu'il avait dans sa journée abattu plus d'ouvrage qu'un autre. À sa manière, qui n'était pas la rudesse et l'opiniâtreté habituelles des colons de ce pays, mais une sorte de légèreté et de facilité naturelles, il était l'homme de ce lieu, de ce temps incertain où tout était à faire, ou à refaire, quand bien même on croyait avoir établi quelque chose et que les hasards du moment l'avaient aussitôt ruiné. Était-ce sa jeunesse ? Son éducation hasardeuse qui ne lui avait guère fourni de repères ? Charlet avait la liberté parfaite de ceux qui n'ayant ni attaches, ni contraintes, ni principes collés à la peau et à l'esprit, pouvaient tout entreprendre pourvu que ce fût exaltant, et parce que son regard sur l'Acadie était dépourvu de toute idée préconçue, cette innocence le laissait libre de tout inventer.

C'était sans doute cette parfaite disponibilité, cette vacuité totale de son esprit qui permettait à Charlet d'assimiler assez rapidement la langue des Micmacs. Il y prenait plaisir car il y avait là une sorte de jeu, à cause de la prononciation qui supposait toute une virtuosité vocale, accumulant les « h » et les « k », difficiles à prononcer pour les Français, et aussi parce que la langue de ses nouveaux amis, une des variantes de la langue algonquine, était remarquablement inventive. On construisait en effet une multitude de mots à partir de racines en y ajoutant des suffixes. On obtenait alors des mots, qui étaient en fait des images, traduisant au plus près les réalités de la vie quotidienne, le spectacle de la nature, le mouvement précis d'un animal, le geste du chasseur, le stade exact du développement d'une plante. Cette acrobatie de l'esprit donnait des vocables d'une longueur stupéfiante, adaptés seulement à une réalité très précise et ponctuelle, des mots dont peut-être on ne se servirait jamais plus, et qu'aucune autre langue ne pouvait traduire avec exactitude. C'était *le chasseur qui s'est caché et qui guette l'orignal inquiet qui s'approche*, ou *la fleur de l'églantier qui a été gelée et a pris des tons mordorés*, ou *ce qui est assez fin pour passer à travers le trou d'une aiguille*, le tout en un seul mot généralement imprononçable pour les colons, et tout aussi incompréhensible pour eux. Charles, avec son esprit joueur, y fut vite à l'aise, alors que la plupart des colons partageaient avec beaucoup de sauvages un baragouin, ni français, ni algonquin, qui permettait certes de communiquer, mais qui manquait singulièrement de richesse. Charlet, lui, avait une gourmandise des mots à facettes multiples que l'imagination micmac faisait jaillir à tout propos. Il s'y exerçait avec bonheur, et s'amusait à étonner Biencourt en mêlant à leur conversation des mots algonquins de son invention, sous le prétexte qu'ils étaient plus imagés.

Les jours passaient sous un été brûlant, qui semblait ne jamais devoir finir, et ce qu'on appelait l'automne dans le royaume de France fut encore un été, l'été sauvage, des soirs déjà frais, des matins embrumés, mais une inégalable lumière des jours qui faisaient flamboyer les rouges et les cuivres des arbres. Les femmes cueillirent bien vite les derniers fruits, les bleuets parfumés, protégées par les jeunes chasseurs, car les ours aussi étaient friands des baies gourmandes.

L'hiver fut là enfin, le jour qu'on l'attendait le moins, tant celui d'avant avait encore été doux et ensoleillé, et il vint tôt, comme pour éprouver encore les colons déjà affaiblis. Le premier jour d'octobre le vent se leva et souffla, sec et froid. Dans les jours qui suivirent le ciel se couvrit, étouffant le pays sous une chape de plomb. La neige, dont la menace déjà était presque palpable, commença de tomber le 6 du même mois. Le 3 décembre déjà, les rivières charriaient des glaces. Charlet se renfrogna. Il savait que l'hiver sous cette latitude durait de longs mois et sa plus grande crainte était de se retrouver cloîtré en son abri, comme jadis sur le bateau qui l'avait amené de France. Cette peur ne dura guère.

— Eh bien, Charles, pensez-vous passer la journée à compter les outardes qui vont s'ébattre sur l'étang? l'apostropha Biencourt. Cela ne vous ressemble guère. Remuez-vous donc, si vous ne voulez périr comme ceux de Sainte-Croix.

— Je n'ai pas ouï dire qu'ils soient morts de s'être croisé les bras! riposta Charles, vexé, mais plutôt d'un mal *merveilleux* que l'on n'a point su expliquer.

— C'est vrai, et ce mal a encore frappé, ici même, les années qui ont suivi. Nous n'avons pas su nous en défendre, ni vraiment en comprendre les causes, mais on a relevé des coïncidences qui nous permettent maintenant de mieux nous prémunir.

— Je serais curieux d'avoir connaissance de vos observations, au moins pour ne pas me laisser piéger par ce mal.

Charles de Biencourt éclata de rire.

— Je crois que vous ne risquez pas d'attraper le mal de terre !

— Tant mieux ! Puis-je en connaître les raisons ?

— Ceux qui ont succombé à la maladie étaient plutôt des gens qui ahanaient au travail, des songes-creux, ceux qui avaient des ravassements d'esprit. Ceux qui sont demeurés en santé étaient plutôt de gaillards compagnons. Le père Biard, ce jésuite qui ne m'a pas toujours été un excellent compagnon, mais qui pouvait à l'occasion faire preuve de bon sens, et qui avait lui-même été touché par cette maladie, soutenait que ceux qui y échappaient aimaient mieux *la picorée que l'air du foyer, courir un étang que de se renverser paresseusement dans un lit, pétrir les neiges en abattant le gibier, que de deviser de Paris et de ses rôtisseurs auprès du feu.* Voilà pourquoi nous allons de ce pas quérir le repas de ce soir.

Les deux amis n'étaient certes pas de ceux que la mollesse prédisposait au scorbut. Mais pouvait-on accuser de ce travers les colons qui avaient choisi de demeurer auprès de Biencourt ? Il y eut pourtant cet hiver-là encore trois malades du mal de terre, et les symptômes qu'ils développaient effrayèrent Charles qui n'avait jamais vu les effets de cette affection, quand bien même on les lui avait décrits. Les malades souffraient effroyablement, et ce spectacle était d'autant plus intolérable qu'on ne savait les soulager. Ils avaient des douleurs d'estomac, de bras, de jambes, jusqu'à ne plus pouvoir se lever, ni se mouvoir à cause de la contraction des muscles. Les douleurs des reins, du ventre, la toux qui coupait le souffle des malades, ne les laissaient pas un moment en paix, et Charlet, accablé, savait qu'à la prochaine progression du mal la pourriture se mettrait dans leur bouche. On parvint cependant, cet hiver-là, à sauver tous ceux qui étaient atteints de ce mal étrange. Sorreau avait apporté, au printemps, des citrons, des oranges, des pruneaux, des grenades, tous aliments qui avaient cruellement manqué aux colons de Sainte-Croix pendant le premier hivernage des Français en Acadie, et dont les Français avaient depuis appris des Hollandais, qui avaient fait une incursion dans les parages en 1611, qu'ils étaient souverains contre ce mal.

On avait aussi appris, depuis la malheureuse expérience de Sainte-Croix, qu'il fallait construire les maisons sur une cave, et non à même le sol, pour conserver les aliments à l'abri du gel. Faute de ces précautions on devrait débiter le lait et le cidre en briques, et la neige aussi pour se procurer de l'eau. La seule boisson qui semblait résister à des températures excessives était curieusement le vin d'Espagne, et les colons, qui n'en avaient plus guère, ne pouvaient raisonnablement en faire leur seul régal. Enfin les Acadiens de Port-Royal, vivant, par la nécessité, à la mode des sauvages, apprivoisaient mieux l'hiver en les imitant, qu'en plaquant leurs habitudes d'un autre monde sur celui-ci, qu'ils connaissaient encore mal. Biencourt, La Tour, et les autres, se chaussaient maintenant de raquettes pour aller chasser l'orignal, et comme ils avaient appris des Micmacs à transporter le bois en hiver sur des *traisnées* de cèdre, ils avaient pu continuer à restaurer, si peu que ce fût, le village, bien après que la neige eut recouvert le pays.

La neige tint bon jusqu'à la fin du mois d'avril, mais bien avant, Biencourt et Charles de La Tour commencèrent de guetter les navires, l'un d'eux, peut-être, ramènerait M. de Poutrincourt. Il était hasardeux d'y compter déjà, mais la venue d'un vaisseau serait dans tous les cas synonyme de survie, au moins pour quelques temps. Les visiteurs apporteraient des vivres et remporteraient des pelleteries, assurant par ce biais sinon la prospérité de la colonie, au moins l'espoir de la voir un jour revivre. Les deux jeunes gens se rendaient donc souvent à l'entrée du bassin de Port-Royal, là où les deux bras de terre se resserraient pour ne laisser qu'un corridor de trente brasses ne permettant l'entrée que d'un seul vaisseau à la fois. Charlet, maintenant, connaissait le territoire par cœur. Il savait aussi bien que son aîné reconnaître les cours d'eau, la rivière de l'équille ainsi nommée pour le nombre de poissons de ce nom qu'on pouvait y pêcher, la rivière Saint-Antoine, la rivière du Moulin, le ruisseau de la Roche, celui de la Truitière, à deux pas de l'allée que M. de Champlain avait fait percer au travers des feuillus. Il connaissait les prairies inondées aux grandes marées, et toutes les îles qui meublaient le bassin. Il savait où les sauvages avaient coutume de pêcher le hareng, il les y avait souvent accompagnés. Leur marche jusqu'à la côte était à chaque fois un prétexte à évoquer les travaux qu'ils pourraient entreprendre, sitôt que de nouveaux colons seraient venus les rejoindre, apportant à la petite colonie éprouvée l'ardeur d'un sang neuf. En cette saison, la brume noyait le port et les jeunes gens se désespéraient de ne rien distinguer de la Baie Française, comme si de voir plus loin eût permis de recevoir des secours plus vite. Parfois, pour tromper leur impatience, ils longeaient la côte dans un canot d'écorces de bouleau, poussant leur course jusqu'au Bassin des Mines, contournaient l'île, noyée deux fois par jour par la marée, où était une mine de cuivre que les sauvages avaient indiquée aux Français, puis débarquaient au Port aux Mines, marchaient à la recherche d'autres trésors des entrailles de la terre, rêvaient à la richesse qui pourrait en sourdre pour le roi de France, n'en trouvaient pas la trace, mais, sûrs de ce qu'on leur avait conté, ils se promettaient d'y revenir. Puis, naviguant du rêve à la réalité ils revenaient au Port-Royal pour y attendre encore le bateau rochelais qui ne pouvait manquer de venir ce printemps.

Ce fut à la fin du mois de mai 1615 que le capitaine François Sorreau, engagé par Maquin et Samuel Georges, marchands à La Rochelle, et commandant *La Trinité d'Alvero*, entra dans la baie de Port-Royal. M. de Poutrincourt n'était pas à son bord, mais le vaisseau avait ses cales remplies de provisions, d'outils, de semences, autant dire qu'il était chargé d'espoir pour la colonie étique demeurée en Acadie. François Sorreau allait en retour remplir ses cales de peaux de castors dont les colons avaient fait une abondante réserve, et de morues aussi, gages de bons profits pour les marchands qui avaient affrété le navire. Maquin et Samuel Georges n'avaient pas à regretter d'avoir misé quelques années plus tôt sur l'aventure acadienne prônée par un Jean de Poutrincourt que personne alors ne voulait plus écouter. Biencourt, qui avait traité avec eux par l'intermédiaire de son agent rochelais David Loméron, reprenait donc espoir avec le succès de ce premier voyage depuis l'absence de son père. Il s'en ouvrit au capitaine.

— Les affaires reprennent, dit-il, joyeusement. Revenez-nous vite, et je vous promets encore beaucoup de belles pelleteries et grande quantité de morues.

— Sans doute, si je reviens, je ne repartirai pas les cales vides.

— Si vous revenez ? interrogea Biencourt le sourcil déjà froncé, entendez-vous déserter nos rivages ?

— Non point, je me trouve bien de ce commerce, et les marchands qui font affaire avec vous aussi. Mais il faut compter, au retour, avec les attaques possibles des Normands, qui entendent faire aussi commerce de pelleteries, mais ne rien fournir en échange.

— Que diable viennent ici faire ces Normands ? Ils n'ont point le privilège de la troque, et je suis le seul vice-amiral, nommé pour ce faire, par le défunt roi.

— Comme vous le rappelez à propos, monsieur, le roi Henri est mort, le jeune Louis est encore en enfance, la régente mettrait, dit-on, plus volontiers ses deniers dans les affaires du Brésil, où il pourrait y avoir de l'or, que dans les Canadas, qu'on dit, en France, impropres à toutes industries.

— Billevesées ! Ce pays, vous le savez mieux qu'un autre, regorge de richesses. Il suffirait de se donner un peu de mal pour que la France en tire un profit prodigieux.

— Ce n'est pas ce qu'on dit de l'autre côté de l'océan.

— Qu'importe ce qu'on y dit ! J'ai le privilège

de la traite, et le roi Henri m'a nommé vice-amiral. Les Normands devront le reconnaître.

— Les marchands de Rouen et de Saint-Malo n'ont que faire de ce que le feu roi a jadis décidé. Quand un roi est mort, ce qu'il avait décrété ne compte plus guère. D'autres coteries montent la garde autour de la régente !

— Mais le roi Louis...

— Il a treize ans.

Biencourt garda un moment le silence. Il ne savait plus ce qui l'emportait en lui, de la fureur ou de la désolation.

— Mon père..., dit-il enfin.

— M. de Poutrincourt s'occupe aujourd'hui à guerroyer contre les princes, pour le bon droit du jeune roi Louis.

Biencourt soupira.

— Les princes, siffla-t-il entre ses dents.

Puis se reprenant, il résolut d'en savoir plus sur ces marchands qui n'hésitaient pas à jouer les pirates.

— Parlez-moi de ces Normands, dit-il.

— Le prince de Condé les soutient.

— Tiens donc ! N'a-t-il pas assez de sa rébellion contre la régente ? Qu'il s'occupe de Concini puisque aussi bien il veut sa perte, et qu'il oublie les marchands !

— La quête du pouvoir ne suppose pas pour autant que l'on se passe d'argent, le prince de Condé a des intérêts dans le commerce.

— Ces marchands, que le prince prise si fort, ne sont rien moins que des trafiquants !

— Peut-être, mais personne ne s'opposant à leurs entreprises, il faudra bien tenir compte de leur présence dans les mêmes eaux que fréquentent les navires de La Rochelle.

Biencourt ne questionna pas plus avant le capitaine. Il était évident que les conditions du commerce avaient changé, reflet sans doute du flottement du gouvernement de la France. Mais Biencourt était désabusé. Le roi, eût-il vécu, aurait-il maintenu son soutien à l'Acadie naissante ? La famille des Poutrincourt était payée pour savoir que la constance de son soutien n'avait jamais été gagnée. Il fallait donc s'accommoder de la nouvelle règle du jeu, fût-elle faussée, et d'abord se tenir prêt à une lutte serrée contre ce qu'on ne pouvait empêcher. Le temps des trafiquants de tout poil, des aventuriers de sac et de corde, était revenu, et le pauvre Rossignol défait par M. de Monts, qui pratiquait la troque dans une relative innocence des décisions royales, n'avait été qu'un enfant au regard de ceux qui viendraient.

Charles de La Tour, qui conservait en ces temps un reste de naïveté adolescente, de candeur, d'innocence, dont les circonstances l'amèneraient bientôt à se défaire, s'insurgeait contre cet état de fait.

— Mais Charles, dit-il à Biencourt, vous êtes vice-amiral, et ces trafiquants sont hors la loi !

— Dites-moi donc, Charlet, ce qu'est un vice-amiral, qui a tout juste une vingtaine de compagnons prêts à l'aider, qui doit abattre le bois dont il se chauffe, et tuer lui-même les oiseaux qu'il veut rôtir. Nous aurions fière allure à aller nous mesurer aux contrebandiers.

— D'où viennent-ils ?

— De France, comme nos marchands.

— Sont-ils nombreux ?

— Ils fourmillent, et votre propre père est sans doute en train de faire fortune avec eux.

— C'est une trahison.

— Peut-être pas, c'est une manière de s'adapter. Un jour peut-être viendra, où il faudra composer avec les autres, tous les autres, ou partir, ou mourir, si le roi de France continue de nous oublier. Ne vaudra-t-il pas mieux, alors, vendre à des trafiquants français, que de laisser la place à l'Anglais ? Là serait la trahison.

— Les Anglais ne sont point établis en Acadie.

— Pas encore !

— Vous plaisantez !

— Regardez bien, Charlet. En Virginie ils sont déjà deux mille colons, assez pour se suffire, et bien aidés et soutenus par leur roi, ici nous sommes vingt, et les bateaux qui nous visitent ne sont pas légion. Les chiffres disent tout.

Charlet resta un moment silencieux, plongé dans la rêverie nostalgique d'un temps qu'il n'avait pas connu.

— Quelle chance avez-vous, dit-il enfin à son ami, d'avoir vécu le temps où le privilège de M. de Monts n'était pas remis en cause !

— Cessez de rêver, Charlet ! Ce temps-là n'a jamais vraiment existé. Dès le premier jour tout le monde a triché dans les opérations de traite, chacun tirait le marché à lui, et à lui seul, dès qu'il y avait un profit, et qu'il pensait ne pas être pris. C'était le secrétaire de la société, les capitaines, les marchands, M. de Monts lui-même à l'occasion.

— Mais pourquoi ?

— Lescarbot, notre poète, dont je vous ai déjà

parlé, disait fort justement que le lucre a un parfum subtil.

— Ne pouvait-on rien faire ? Surveiller les vaisseaux ? Que sais-je ?

— Comment voyez-vous qu'on ait pu surveiller quatre-vingts vaisseaux qui croisaient à l'époque chaque année le long de nos côtes ?

— D'où peut venir le salut ?

— Sans doute faudrait-il établir une colonie, bien peuplée, et qui se suffise à elle-même, la traite alors ne viendrait qu'en complément.

— Mais, Charles, vous le dites vous-même, nous sommes vingt !

— C'est pourquoi il nous faut faire le commerce du castor, et à Dieu plaise que les Français aient encore longtemps le goût des chapeaux ! Au printemps prochain, Sorreau reviendra. Sans doute, il nous ramènera mon père, et quelques bons compagnons pour doubler notre colonie. Pour peu qu'on nous envoie des canons pour nous remparer à l'aise, alors, Charlet, l'Anglais n'aura qu'à se tenir au large.

Sorreau revint en Acadie au début de l'année 1616, ayant quitté La Rochelle le 5 janvier, un mois très exactement après la mort de Jean de Poutrincourt au siège de Méry. Il en portait la nouvelle à son fils. Aucun nouveau colon n'avait pris place à son bord. La Nouvelle France en général, et plus encore l'Acadie, ne tentait pas les Français. On disait trop à Paris, et surtout ceux qui n'y étaient jamais allés, qu'aucun Européen ne pourrait en supporter les hivers, et que la terre y était trop aride pour qu'on puisse jamais en tirer un épi. Le roi Henri aurait pu démentir ce discours, lui qui avait, de ses yeux, vu le blé d'Acadie, mais il était mort, et avec lui un certain goût de l'aventure, du risque, du pari. La petite étincelle de folie inventive qu'Henri le quatrième savait mettre dans ses entreprises s'était éteinte avec lui. Au temps de la régence, l'enthousiasme n'était plus de mode, le gouvernement de la France était redevenu frileux. La cour avait vieilli, la jeunesse l'avait désertée avec la mort du roi Henri, qui n'avait jamais été vieux, alors même que ceux qui l'entouraient semblaient ne jamais avoir été jeunes. Quoi qu'il en fût des considérations politiques et des rapports distendus et capricieux de la France et de sa colonie d'Amérique, François Sorreau était persuadé que la mort de Jean de Poutrincourt, privant l'Acadie de son chef, entraînerait la disparition définitive de la colonie de Port-Royal, et il était certain de ramener au voyage de retour Charles de Biencourt et ses derniers fidèles. C'était mal connaître le nouveau seigneur de Port-Royal.

Charles de Biencourt était prêt à toute chose sauf à renoncer. Il n'avait pas l'âge des dérobades résignées, mais celui des audaces un peu folles. Il était arrivé adolescent à Port-Royal, et c'était en ce lieu, immergé d'emblée dans la lutte pour établir, puis sauver, Port-Royal, qu'il avait basculé dans l'âge adulte. Dès lors cette terre, en perdition peut-être, mais porteuse de tant de rêves, était sa seule référence. Depuis presque cinq ans, il vivait à la mode sauvage et s'était si parfaitement coulé dans le moule de la vie indienne, que c'était celle dans le royaume de France qu'il aurait jugée exotique s'il avait dû y retourner. Quel avenir pouvait-il d'ailleurs y espérer, sa famille étant ruinée, arraché au seul monde qu'il connaissait et où il se mouvait à l'aise ? Partout sa vie serait un combat, en Acadie au moins il connaissait les armes, et il pouvait cibler l'ennemi. Quel autre choix avait-il que de continuer sa lutte ? À ses côtés Charlet montrait une insatiable curiosité, une extraordinaire facilité d'adaptation, une ardeur à toute épreuve, et pour lui non plus, qui n'avait nulle attache ailleurs, le choix de partir ou de rester ne se posait même pas.

Si Claude de La Tour s'était déjà abouché, Biencourt en était certain, avec des trafiquants, trop heureux de trouver en lui un pourvoyeur régulier, l'héritier de Jean de Poutrincourt avait des partenaires tout trouvés dans les marchands rochelais. Sorreau retraversa donc l'Atlantique sans aucun Acadien à son bord, mais ses cales lourdes d'une belle cargaison de pelleteries. Hélas, les fourrures d'Acadie suscitaient bien des convoitises. À peine le capitaine avait-il posé le pied sur le sol de La Rochelle que la veuve Lucas Le Gendre faisait saisir toute sa cargaison, comme étant à ses yeux marchandise de contrebande. Elle appartenait au clan des Normands, qui, tout comme les Rochelais et Biencourt, prétendaient être les seuls autorisés à faire commerce des pelleteries canadiennes. Le procès qui s'ensuivit devait durer plus de sept ans. Les Rochelais, contrés pour cette fois, n'étaient pas plus innocents. La même année le capitaine Martin au service de la société que Biencourt avait constituée avec Maquin et Georges, conduisit à La Rochelle, comme prise de guerre, le navire *L'Ange Saint Michel* appartenant à la compagnie concurrente. Tous les coups semblaient désormais permis, une guerre s'engageait dont l'issue et le profit étaient incertains, et le sort de l'Acadie, suspendu aux heurs et aux malheurs des uns et des autres, était loin d'être assuré.

Sorreau revint à Port-Royal, commandant *Le Petit Poitevin*, *Le Don de Dieu*, puis *Le Désir*, mouillant tantôt à Port-Royal, tantôt au fort Loméron, au Cap de Sable, où David Loméron, l'agent de Biencourt, avait établi une habitation. Ce furent ainsi plus de seize mille peaux de castors qui transitèrent de l'Acadie vers La Rochelle. S'il y eut incontestablement des profits, il y eut aussi des pertes, car la guerre que se faisaient les deux compagnies concurrentes les entraînait dans des procès sans fin. Biencourt eut pourtant le bonheur de rebâtir une toute petite part de son cher Port-Royal. Mais si les vaisseaux de La Rochelle venaient encore chaque printemps, ils n'amenaient jamais d'hommes, et la colonie, devenue si maigre, végétait.

Puis vint un temps, où les vaisseaux, par degrés, désertèrent Port-Royal. Les risques étaient trop grands pour les marchands à s'impliquer dans la guerre absurde des compagnies rivales, et les combattants eux-mêmes s'y épuisaient. Le profit du commerce n'est pas fait pour être perdu en procès. La concurrence est devenue plus dure. Les Anglais étaient des rivaux redoutables, et leur pression sur l'Acadie se faisait plus sensible. Quand Biencourt et Charles de La Tour se rendaient au Cap de Sable, à la pointe sud de la péninsule, ils pouvaient observer le passage des vaisseaux anglais qui menaient en Virginie de plus en plus de colons. La colonie de Virginie fondée en 1607, bien soutenue par l'Angleterre, ne cessait de se développer dans le même temps que la France se désintéressait de l'Acadie. Charles de Biencourt était de plus en plus amer. Qui, en France, se souvenait encore de cette poignée d'hommes maintenant, contre vents et marées, leur drapeau sur la terre d'Amérique ? Les marchands français, qui ne se sentaient pas la fibre colonisatrice, préféraient traiter directement avec les contrebandiers, ce qui les dispensait de porter assistance à la colonie comme ils y étaient tenus par les lois du commerce licite. Les colons durent bientôt se porter au-devant des pêcheurs sur les bancs du Cap Breton pour leur confier leur courrier pour la France. La ruine de Port-Royal était programmée et déjà elle était visible. Biencourt tenta alors sa dernière chance. Comme on jette une bouteille à la mer, en 1618, il écrivit aux échevins de Paris pour leur demander du secours. Sa lettre était l'expression de son désespoir, c'était aussi un immense cri d'amour pour l'Acadie.

# 6

« Le théâtre est un métier d'enfance et de lumière. »

Claude Jasmin

Les hivers passaient, et revenaient, se succédant, si vite, et sans fin, à tel point que le temps semblait à Marie immobile. Le moment vint pourtant où elle eut ses vingt ans. Elle s'était en apparence tellement assagie que, dans le quartier, on en avait oublié son enfance sans repères et son adolescence chaotique. Un ouvrier tisserand eut la fantaisie de la demander en mariage. La sollicitation, qu'il n'attendait point, donna à penser au barbier.

— Ma fille, dit-il à Marie, j'ai reçu pour vous une demande.

Marie fronça le sourcil, son regard se durcit, elle ne répondit pas et attendit. Le danger était là, il fallait y parer.

— N'en êtes-vous pas flattée ?

— Comment le serais-je, mon père, rétorqua-t-elle, ne sachant point quel est le prétendant ?

— Holà ! Comme vous y allez ! Vous n'êtes pas fille d'un médecin, ni celle d'un chirurgien.

Il y avait une pointe d'envie dans la voix du barbier.

— Je ne porte ni bonnet, ni robe longue, ajouta-t-il un peu contrit.

Marie avait appris de longue date à ruser, elle sentit le péril. Pour peu que le prétendant soit barbier, Jacquelin se sentirait assez flatté pour la contraindre au mariage. Rien ne servirait pourtant de trépigner, il fallait le louanger, l'enjôler.

— Vous portez la robe courte ! dit-elle d'une voix aimable.

Jacquelin releva le menton, et sourit de contentement. Médecins enchapeautés et chirurgiens en robes longues pouvaient le moquer, il n'avait pas son pareil pour faire une saignée.

— Il s'agit d'un tisserand, dit Jacquelin, il est honnête et travailleur.

— Je suppose qu'il tient une échoppe, suggéra Marie, sûre de son fait et que l'homme n'avait pas pignon sur rue, car s'il avait été à l'aise son père n'aurait pas fait allusion à ses qualités morales, mais à la taille de son magot.

Il y eut un silence. Le prétendant n'était pas riche, et c'était bien là que le bât blessait.

— Quel dommage, soupira Marie, qu'il n'apprenne pas votre métier, il aurait pu vous aider.

Jacquelin ne savait quel parti prendre. Il admettait que la petite n'avait pas tort. Si l'homme avait été apprenti barbier, on aurait pu y songer. Le gendre aurait repris l'échoppe et l'aurait soigné, lui, Jacquelin, en ses vieux jours. Mais, savoir, avec un tisserand ?

Marie coupa court aux affres du bonhomme, et écarta le danger.

— Je ferai selon votre volonté, dit-elle, mais je me sens encore bien jeune pour convoler.

Le barbier fut soulagé. Il n'y avait pas d'urgence, il éconduirait le tisserand qui avait été bien glorieux de prétendre à la main d'une fille de barbier. Marie ne laissa rien paraître de son propre contentement, elle venait cette fois de gagner sans mal, mais elle aurait pu être piégée. La victoire était précaire. Un autre prétendant viendrait, plus tenace, qui harcèlerait le barbier, ou plus nanti, et Jacquelin ne résisterait pas. Elle refuserait ? Son père pouvait la contraindre. Elle s'enfuirait ? Où ? Comment ? Et comment survivrait-elle ? Servante ? Autant l'être chez elle ! Depuis le départ de Charlet elle s'était bercée d'un dessein un peu flou d'évasion, s'en remettant au hasard pour concrétiser son espoir, elle savait maintenant qu'il n'était plus temps de différer.

Ce même printemps de l'année 1618, une troupe de comédiens s'en vint faire étape au Mans, pour y donner une comédie de Hardy. Sitôt qu'elle apprit que les chariots des comédiens approchaient, Marie se précipita à la porte de la ville pour ne pas perdre le moindre moment de ce plaisir fortuit. L'arrivée de comédiens était toujours une joyeuse occasion pour les habitants du Mans, et Marie ne s'était pas portée seule au-devant de la troupe, une joyeuse cohorte guettait impatiemment l'arrivée des charrettes.

Quoi qu'en pût penser l'intrépide Marie Jacquelin qui trouvait fort ennuyeux le train ordinaire de la ville, Le Mans était loin d'être triste à l'aube de ce siècle, et on disait alors les Manceaux aussi friands de chapons, gras et moelleux, que de spectacles propres à les échauffer, et à leur épanouir la rate. Ils s'étaient donc déplacés en grand nombre à la rencontre des artistes. Marie se mêla avec volupté à la foule. Autour d'elle on pérorait à l'envi, on supputait, pour en jouir déjà, les surprises et les attraits du spectacle que la chance portait aux Manceaux. C'était le meilleur temps de cette joyeuse circonstance, celui de l'attente, et Marie en savourait chaque seconde avec la gourmandise de sa nature ardente. Qu'importait si la pièce se révélait médiocre, l'intrigue cousue de fil blanc, comme un habit mal rapiécé, les comédiens piteux, et les décors désolants, en cet instant on pouvait tout espérer, le rêve était là, qui portait la promesse du merveilleux.

Les chariots, chargés à ras bord d'un ailleurs fabuleux, parurent enfin. Marie devinait, soigneusement roulées et entassées, les toiles du décor qu'on allait découvrir, et les costumes, pliés dans des malles closes pour en ménager la surprise. Faute de voir déjà le décor, on découvrait les comédiens. Les hommes marchaient gaillards, et fanfarons, autour des chariots, redressant la tête, oubliant leur fatigue, stimulés par la rencontre avec un nouveau public. Il y avait bien là sans doute, occupé à faire le cocher, quelque drôle, aguichant, pour jouer les amoureux. Les filles en parleraient longtemps, entre elles, au lavoir, ou dans la souillarde, après que ses pas eurent porté plus loin l'Adonis. Et certaine beauté, mimant à merveille les ingénues, se pavanait sans doute au milieu de l'amoncellement des paquetages, pour que les gars aient aussi leur part de rêve. Les autres personnages habitués du théâtre ambulant ne manquaient pas de se cacher sous l'apparence ordinaire de ceux et de celles qui accompagnaient le charroi, du vieillard sentencieux, indispensable pour colorer la pièce d'un peu de moralité, à la mégère, nécessaire à focaliser l'animosité latente de tout public. On rirait aussi avec quelque Roger Bon Temps, on pleurerait avec l'orpheline, et tout le monde aurait son content. Le public en puissance anticipait le spectacle sur la foi et le souvenir de ceux qu'il avait déjà applaudis, et chacun scrutait les visages pour y débusquer les emplois.

C'était une autre question que se posait Marie. D'où venaient les comédiens ? De quelle contrée qu'elle avait du mal à imaginer ? Où leurs pas les porteraient-ils quand ils s'éloigneraient des murs du Mans ? Vers quel Eldorado, quels Canadas, quelle Cadie peut-être (ou bien ne disait-on pas Lacadie ?), vers quelles contrées étonnantes, comme le pays fabuleux où Charlet était parti cueillir l'or dont son père était couvert, iraient-ils ? Les comédiens, c'était l'espoir, la preuve éclatante que tout départ était possible. C'était le mouvement, la gaîté, la vie, et, les voyant faire irruption dans sa ville tranquille, tout couverts de poussière, c'étaient leurs voyages qui la faisaient frémir. Puisqu'ils étaient là, qu'ils venaient d'ailleurs, et qu'ils reprendraient la route, il était donc vrai qu'on pouvait parcourir le monde ! Toute à ses rêves, elle prêtait peu d'attention à la troupe, qu'elle fût là lui suffisait. Elle ne prit même pas garde qu'un tout jeune comédien attachait sur elle son regard.

— Eh, la fille !

Les badauds autour d'elle se poussèrent du coude en gloussant.

— Réponds-moi ! Ne fais pas la faraude !

— Allons, Marie, tu es bien fière ! lança un garçon qui la connaissait.

Elle comprit seulement alors que c'était d'elle

qu'il s'agissait. Elle sourit au comédien, redressant la taille sans y penser dans une attitude de séduction instinctive.

— Que me veux-tu ? lança-t-elle avec une provocante insolence.

L'autre éclata de rire.

— Devine donc ! Tu viendras m'applaudir la belle ?

— Sans doute !

— J'y compte bien ! J'ai au moins six phrases à dire, et si le saint patron qui me protège a le bon goût de faire quelqu'un malade, je pourrais bien doubler mon rôle.

— Tu es bien dévot pour un amuseur ! Et tu l'es de façon bien impertinente !

— Et pourquoi pas ? Cesse de raisonner et viens donc m'admirer demain... dans un rôle de vieillard.

Son rire se communiqua à toute la foule.

— N'oublie pas, ajouta l'artiste, et demande-moi si tu ne me reconnais pas quand je serai grimé et costumé. Je m'appelle Jolibois.

Marie s'éloigna sans répondre. Elle n'avait pas repoussé les prétentions d'un tisserand pour se livrer aux galanteries d'un bon à rien et à tout faire de comédie. Les amourettes ne faisaient pas partie de son projet. Elle s'était essayée à l'amour juste assez pour savoir que c'était un jeu de dupes. Ce n'était pas demain qu'elle s'y brûlerait les ailes, et celui qui lui ferait *perdre la tramontane* n'avait pas encore été baptisé. Elle emboîta le pas à la foule ravie qui suivait les chariots, en prenant bien soin de n'être pas dans le champ de vision du garçon. Elle pouvait s'en défendre, et se garder même de plus redoutables que lui, mais ses bavardages l'empêchaient de suivre le cours de ses pensées et d'imaginer, pour en nourrir son rêve, la longue route que les comédiens avaient parcourue, et, plus encore, tous les chemins promis à leur perpétuelle errance.

Un homme se détachait du groupe, par sa prestance, comme un seigneur égaré parmi la piétaille. Non point que ses compagnons aient la mine triste ou équivoque, mais par une espèce de grâce naturelle il se distinguait des autres. C'était l'orateur de la troupe, celui qui annonçait le spectacle, à charge pour lui de ferrer le chaland avec l'appât de son discours, et certains Manceaux le connaissaient déjà, pour avoir entendu son boniment, et en avoir été séduits l'année passée. La troupe du comédien Lenoir, dont la réputation n'était plus à faire, ne manquait jamais l'étape du Mans, quand chaque saison elle reprenait sa pérégrination. La bienveillance d'un amoureux du théâtre, le comte de Belin, attirait en effet dans la capitale du Maine les comédiens qui excellaient en leur art. Si Lenoir était un acteur brillant, l'orateur de la troupe pourtant, celui-là même dont Marie admirait l'aisance naturelle et l'allure altière, avait, en quelques années, supplanté le maître en renommée. Son nom de théâtre, Montdory, courait déjà sur toutes les lèvres de ceux qui dans le royaume connaissaient tant soit peu la comédie. De lui, comme de tous ses semblables, on savait peu de chose. On le disait venu d'un peu partout en France, ou hors des frontières du royaume, sauf peut-être de son Auvergne natale dont il ne faisait jamais état. Il avait habilement brouillé les pistes, imitant en cela la plupart des comédiens qui n'étaient pas issus du sérail et voulaient éviter à une famille de bonne réputation la tache d'avoir un rejeton qui se montrait sur les tréteaux des foires. Le métier de distraire les autres était fort décrié, même si beaucoup des gens de théâtre menaient une vie familiale qui ne prêtait point à la critique. L'Église tonnait devant ces experts en tentation, et ne se départait pas à leur endroit d'une excessive sévérité, certains diocèses allant jusqu'à leur interdire le droit de parrainage, la communion, et la sépulture chrétienne. Aussi, bien que le siècle appréciât de plus en plus le théâtre, amenant, de force plutôt que de gré, l'Église à plus d'indulgence, un parent comédien restait assez infamant pour que chaque enfant prodigue, à l'instar de Montdory, cherchât à protéger sa famille. Puisqu'on ne savait d'où était venu le comédien dont l'étoile montait, on s'attachait au moins à comprendre pourquoi ce jeune homme de bonne mine, de bonne éducation, dont on disait qu'il vous rimait joliment un madrigal ou une saynète, avait échoué dans une troupe de théâtre. Les langues allaient bon train et l'hypothèse la plus souvent retenue était celle de la passion que lui aurait inspirée la Villiers, épouse d'un comédien de la troupe. Hélas ! La belle était déjà courtisée par le comte de Belin qui prodiguait à la troupe de Lenoir sa puissante protection. L'histrion, fût-il talentueux, ne pouvait évidemment pas concurrencer pareil rival.

Les bonnes gens toutefois, et bavards de tout acabit, ne soulevaient même pas l'argument le plus plausible pour expliquer le choix du jeune homme. Montdory était amoureux, incontestablement, mais c'était du théâtre, sa seule passion, et cette passion qui l'habitait le transfigurait au point que lors même qu'il marchait en tête de la troupe, tirant un cheval par le licol, sans dire un mot, et presque sans voir les badauds qui se pressaient sur le bord du chemin, il était à l'évidence illuminé d'un feu intérieur qui irradiait de toute sa personne. Montdory n'était pas un comédien, Montdory était la comédie.

Ceux qui avaient déjà eu le bonheur de l'applaudir n'étaient pas près de l'oublier. Avant même d'avoir ouvert la bouche Montdory avait séduit son monde, par sa belle prestance, son maintien distingué, et tout autant par l'éclat inoubliable de ses superbes yeux noirs, et l'exubérance de sa brune chevelure bouclée. Ces belles qualités, propres à séduire les demoiselles, auraient été insuffisantes à en faire un comédien d'exception, même si on ajoutait au tableau la voix chaude, profonde, bien timbrée, dont il savait, de manière innée, jouer subtilement, comme un musicien de son instrument, mais la différence entre Montdory et les autres comédiens tenait au don particulier et naturel qu'il avait pour jouer la comédie. D'instinct, Montdory se glissait dans le corps de son personnage, et dans son âme, comme on enfile un gant si étroit qu'il semble adhérer à la peau, et il n'était plus, le temps d'un spectacle, que cet autre qu'un auteur lui avait confié pour qu'il lui donne vie. Il s'abîmait alors, il s'oubliait, dans un être de fiction auquel il prêtait son souffle. On était bien loin des mimiques outrées et des tirades débitées sur le ton exagérément déclamatoire alors en usage dans tous les théâtres. Montdory transfigurait la moindre scène sur laquelle il apparaissait, fût-elle bâtie d'un mauvais plancher, en équilibre précaire sur de méchants tréteaux. Les comédiens qui l'entouraient s'en trouvaient réduits au rôle de comparses et de faire-valoir, relégués dans l'ombre de son génie. Le public mélangé qui se pressait dans les prestations de province était bien incapable d'analyser pourquoi, comment, ce diable de comédien les avait si bien séduits, émus, bouleversés, mais tous s'en retournaient pleins du bonheur que leur avait dispensé, en mettant dans son jeu toute la puissance de son rêve, en y déversant la force de sa vie, ce comédien, encore inconnu, qui sur les routes de campagne inventait un nouveau théâtre.

On avait passé le temps de Pâques, la tiédeur du temps faisait oublier l'interminable hiver, et le *temps ordinaire* qui relayait joyeusement l'austérité du carême, autorisait le théâtre, le bal, et toutes sortes de distractions frivoles. Tout paraissait possible, simplement parce que le temps était clair, que le soleil trouait les nuages, que les feuilles commençaient à habiller les arbres. La vie était partout, et la comédie n'était qu'un bonheur de plus à accrocher à la guirlande du printemps. Marie fut donc au théâtre pour le plaisir de se sentir libre, loin du logis confiné où sa jeunesse s'étiolait, plus que par goût pour la comédie. Les badauds, qui l'entouraient, clabaudaient à propos de tout et de rien dans un désordre digne d'une basse-cour. Le public était bon enfant mais peu averti des choses du théâtre. Les comédiens s'en consoleraient, il fallait vivre, et une salle bien pleine était un gage de tranquillité jusqu'à la prochaine halte. Montdory ne prêtait aucune attention à ces considérations. Savait-il seulement devant qui il jouait ? Devant le roi, la cour, ou un parterre de valets, de palefreniers, de servantes, c'était tout pareil. Il jouait de même façon. Jouait-il d'ailleurs ? Non, il existait. Il était un autre, le temps d'un rêve qu'il partageait avec qui voulait bien l'y suivre, il existait dans un monde de fiction, dans un univers parallèle qu'il n'avait pas imaginé mais qu'il recréait en l'habitant. À la dernière réplique il resterait un moment étourdi, tout désorienté de réintégrer sa vie. Puis la fatigue viendrait, vite, et forte, parce qu'il avait tant donné de lui-même qu'il y laissait un peu de cette énergie qui en lui semblait inusable. Montdory, le temps d'un spectacle, avait été pleinement heureux, ceux qui l'applaudissaient aussi. Et cela faisait une curieuse alchimie, entre ceux qui jouaient, et ceux qui oubliaient que c'était un jeu, et s'y perdaient, ceux qui se passionnaient pour une histoire de pacotille, et ceux, Marie en était, pour qui le spectacle n'était qu'un prétexte à poursuivre leur propre rêve.

Jolibois n'avait pas menti, il n'avait que quelques mots à dire. Il eut tôt fait de retrouver sa belle dans la foule et de lui proposer un bout de promenade après le spectacle. Ses intentions étaient claires, mais Marie ne l'entendait pas de même sorte. L'apprenti séducteur fut vite remis à une place qu'il n'avait pas prévue. Ce qui intéressait Marie, c'était la conversation. On apprend beaucoup des autres, pourvu qu'on veuille les écouter, et si Marie ne savait pas ce qu'elle attendait précisément de Jolibois, elle voulait au moins en savoir plus sur le monde inconnu et fascinant qui commençait tout juste au-delà des murs du Mans.

— D'où viens-tu ? demanda-t-elle.

— De Tours.

— C'est où ?

— Sur la Loire.

— Et c'est beau par là ?

— Oh, que oui !

— Plus beau qu'ici ?

— Tu veux rire ! On ne peut pas comparer les

bords de la Loire à un pays perdu au milieu des terres, sans fleuve, et sans châteaux!

— On en a des châteaux, répliqua Marie, un rien vexée.

— Ils sont tristes comme des couvents!

— Alors, pourquoi es-tu parti, puisque c'était si beau chez toi?

Jolibois fut un instant perplexe. D'ailleurs cette fille l'ennuyait avec ses questions stupides, ce n'était pas pour raisonner qu'il l'avait emmenée à l'écart. Elle pouvait bien discourir seule il était encore temps de trouver une jouvencelle plus complaisante. Mais la question méritait une réponse.

— Parce que j'en avais envie.

Et là, Jolibois, pensa bien qu'il avait damé son pion à la raisonneuse.

— Moi aussi, dit Marie, je veux partir.

— Eh bien, qu'attends-tu?

— Je n'attends pas, je réfléchis!

Le comédien en herbe éclata de rire. Cette fille était jolie, mais stupide. Il s'apprêta à détaler en l'abandonnant à ses états d'âme. Marie le comprit et relança le débat.

— Et toi, tu es parti comment? demanda-t-elle avec la mimique attentive qui semblait témoigner d'un intérêt profond.

Jolibois tomba dans le panneau. Elle s'intéressait peut-être à lui. Et comment résister au plaisir de raconter ses exploits?

— C'était l'année dernière. Lenoir et la troupe sont passés par Tours. J'ai eu de la chance. Un comédien les a lâchés, ils avaient besoin de quelqu'un. Je traînais autour de leurs voitures, et ils m'ont trouvé déluré. Le rôle était facile à apprendre, il n'y avait que quelques phrases.

— Et depuis, tu dis toujours quelques phrases, commenta ironiquement Marie qui ne savait pas s'empêcher de persifler.

— Et alors ? Je voyage ! répliqua le garçon, vexé.

— Tu as raison ! C'est le voyage qui est important.

— N'empêche, insista Jolibois, un jour j'aurai un vrai rôle.

Marie déjà ne l'écoutait plus. Elle venait de trouver l'occasion de s'échapper d'un monde qui l'étouffait, elle n'allait pas la laisser passer.

— Je pars avec vous, dit-elle le plus calmement du monde.

— Qu'est-ce que tu dis ?

— Je pars avec toi, je pars avec la troupe.

— Tu es folle, c'est impossible !

— C'est ce que tu as fait !

— Ils avaient besoin de quelqu'un, et puis, je te l'ai dit, ils m'ont trouvé déluré.

— Penses-tu que j'aie l'air niaise ?

— Non, concéda Jolibois, mais de là à jouer la comédie...

— Si c'est pour dire trois mots comme toi, cela ne doit pas être trop dur.

Le jeune homme s'impatienta. Pour qui donc se prenait cette mijaurée ?

— Des filles, on n'en a jamais besoin.

— Pourquoi ? Les comédiennes ne sont jamais malades ?

— Quand elles le sont, je peux les remplacer, avec une robe personne n'y voit rien.

— Regardez-moi la jolie fille ! railla Marie. De toutes façons les comédiennes qui sont dans la troupe ont bien été engagées un jour.

— Ce sont les femmes des acteurs, la Lenoir, la Villiers, la…

— J'ai trouvé ! Épouse-moi !

— Je m'en garderais bien ! Je n'ai aucun désir d'être encombré le reste de ma vie d'une peste de ton genre.

— Que tu es venu chercher !

— Ce n'était pas pour t'emmener à l'église.

— Bon, dit Marie conciliante, tu n'es pas obligé de m'épouser.

— C'est encore heureux.

— Mais…

— Mais quoi ?

— Tu peux dire au directeur de la troupe que tu es tellement amoureux que tu veux m'épouser, et alors ils seront bien obligés de m'emmener.

— Et s'ils disent non ? Je les menacerai de les quitter et de rester ici avec toi ?

— Surtout pas, ils te prendraient au mot ! Pour dire deux phrases ils en trouveront toujours un autre.

— Pour ton petit complot tu peux aussi en trouver un autre.

— Peut-être, reprit Marie avec aplomb, mais aujourd'hui je n'ai que toi, il faut bien que je m'en contente.

— Tu feras sans moi, tu ne m'intéresses pas !

— Vraiment ? Alors que fais-tu là ?

— Je me suis trompé, adieu !

Et Jolibois s'éloigna d'un pas vif. Marie le rattrapa en courant, s'accrocha à sa main et lui coula de côté un regard plein de promesses, tout en pensant qu'il fallait faire des sacrifices pour obtenir ce qu'on désirait.

— Allons, murmura-t-elle avec un soupir digne d'une jeune première, ne me quitte pas comme cela.

Toute chattemite, ayant rentré ses griffes, elle s'appuya à son épaule. Elle sentait le lys et la violette, la tête de Jolibois lui tourna.

En pleine opération de séduction, Marie, dressée à l'école de la rue, ne perdait rien des mouvements de la venelle qui menait au jardin. Un homme s'approchait, dont elle avait perçu le pas bien avant qu'il apparaisse. À l'instant où il débouchait sur le jardin elle reconnut l'orateur de la troupe. Jolibois n'eut le temps de rien voir, Marie l'embrassait à bouche que veux-tu et il y perdait tous ses repères.

— Eh bien, les amoureux ! On ne s'ennuie pas !

Jolibois sursauta, rougit, ouvrit la bouche sans qu'aucun son n'en puisse sortir.

Montdory s'amusait franchement. Ce niais de Jolibois s'était fait joliment séduire, visiblement c'était la fille qui menait la danse. Il la détailla, elle était jolie, mais le plus attirant chez elle était son regard, superbe, mais dur. Cette fille-là savait ce qu'elle voulait. D'ailleurs ce fut elle qui prit la parole, avec un air affligé dont elle peignit à l'instant son visage parfaitement serein dans la seconde précédente. Diantre, cette fille serait bien capable de jouer honnêtement la comédie !

— Hélas, disait-elle, dans la plus pure tradition d'un mauvais mélodrame, le traître a peur de vous dire qu'il souhaite m'épouser…

Jolibois faillit s'en étrangler de rage et de confusion, mais décidément les mots lui manquaient, et

Montdory pensa avec malice que pour un comédien c'était bien fâcheux.

Les phrases en revanche venaient facilement à la fille.

— Pourquoi donc ? lui demanda-t-il.

— Il craint que vous ne vouliez pas m'emmener.

— Oh, comme il a tort ! s'exclama Montdory en riant franchement. Tu pourrais sans peine remplacer à l'occasion une des comédiennes.

— Soyez-en sûr !

— Mais je ne veux pas l'épouser ! hurla enfin Jolibois.

— Personne ne t'y oblige, s'impatienta Marie.

— Viens, dit Montdory à Marie, nous allons voir cela avec Lenoir.

Marie s'éloigna avec lui, sûre déjà d'avoir gagné. Jolibois suivit des yeux l'orateur et la fille, il soupira, le danger semblait s'écarter.

La troupe de Montdory quittait la ville le lendemain. Marie regagna donc sagement la rue du Puits-qui-parle pour y dormir une dernière fois. Au matin elle ramassa dans un balluchon, un jupon, une chemise, un fichu, maigre rechange, point de caraco, elle portait le seul qu'elle possédât, ni de souliers, elle n'en avait qu'une paire, usés, informes, mais c'était déjà un luxe. Elle attendit que Jacquelin s'éloignât vers quelque saignée avant de franchir le seuil. La servante s'affairait autour de l'âtre, Marie doucement lui toucha l'épaule. Son petit paquetage parlait pour elle, il n'était pas besoin de discours. La vieille hocha la tête, et Marie qui ne savait pas dire sa tendresse, et pas davantage la montrer, se contenta de serrer plus fort son épaule, puis elle détourna la tête et partit très vite. La vieille la suivit des yeux, avec Marie la vie s'en allait, mais elle n'avait plus depuis longtemps la force de pleurer, peut-être pas davantage celle d'être triste.

La jeunesse de Marie lui laissait ce privilège, celui des émotions à fleur de peau qui font battre le cœur et mouillent les yeux. C'était, au moins se le répétait-elle, le plus beau jour de sa vie, et pourtant son cœur battait la chamade, un pan de son existence finissait, et son départ était, d'une certaine sorte, un deuil. Le souvenir du départ de Charlet la déchira une fois encore, elle dut rassembler toutes ses forces pour en repousser l'ancienne douleur. Bravement elle refoula toute nostalgie, releva la tête dans un beau geste de défi, accéléra sa marche. Son jupon de laine rouge dansait joliment sur ses hanches au rythme de son pas, la cascade de ses boucles brunes piégeait l'or du soleil et se marbrait de roux. La route qu'elle prenait dans ce joli matin, c'était celle de sa vie.

Montdory la vit venir de loin, gravissant de son joli pas élastique le chemin qui menait aux chariots. Elle allait rapidement, mais sans hâte excessive, sûre de son but, et sans regret. Elle était belle, belle de sa jeunesse fougueuse, de sa chevelure indocile, de son corps long et mince, et plus encore de son regard superbe mais implacable. Cette fille-là ne se jetait pas sur la route par caprice, mais parce qu'elle y était déterminée. Il se souvint de son propre départ, dans les pas de Lenoir, bravant la volonté paternelle, fuyant une famille qu'il aimait tendrement, mais c'était par passion qu'il prenait le chemin de tous les interdits, le théâtre déjà était le centre de sa vie. Marie n'avait pas cette ferveur. Les raisons de son choix lui échappaient, mais sa résolution était évidente. Elle aurait la volonté d'apprendre le difficile métier des comédiens. Y mettrait-elle ce grain de folie qu'il jugeait essentiel ?

— Bonjour, Marie, dit-il quand elle eut approché, cherches-tu Jolibois ?

Elle éclata de rire.

— Je cherche du travail, répondit-elle, et je crois bien que vous m'en avez promis.

Jolibois pointa à ce moment un museau curieux hors de la charrette où il s'affairait.

— Bonjour, marmonna-t-il, contrarié de voir ressurgir celle dont il avait cru être débarrassé.

— Bonjour, répliqua Marie sans le moindre sourire.

— Les amours sont-elles déjà mortes ? ironisa Montdory.

— Quelles amours ? dit Marie avec un parfait visage d'innocence.

L'apprenti histrion n'en éprouva que du soulagement. Il se consolerait de ce dédain à la prochaine halte, mais il y mettrait cette fois plus de prudence.

D'un coup de tête, fort gracieux, Marie rejeta ses cheveux en arrière, les reflets roux dansaient dans la masse sombre de ses boucles. Montdory sentit monter en lui une brusque montée de désir. Il se détourna, chassa cette sensation dérangeante.

— Viens, dit-il, je vais te présenter aux autres.

L'accueil fut mitigé. Les actrices, toutes pourvues d'époux, virent d'un mauvais œil l'arrivée de cette sauvageonne, un peu trop belle, et un peu trop sûre d'elle. Les hommes y virent un caprice de Montdory, bien heureux d'être célibataire, ils l'en jalousèrent un brin. Personne n'osa pourtant faire grise mine.

L'attirance réciproque de Marie et de Montdory était indéniable. Marie préféra sans l'ombre d'un scrupule la couche de Montdory à celle du pauvre Jolibois, et ce n'était pas parce que cette liaison était plus flatteuse, et plus prometteuse. Marie savait feindre, et ruser, quand il le fallait pour sa sauvegarde, mais elle n'avait aucune propension naturelle à la duplicité. Montdory se trouvait sur sa route à l'orée de sa liberté toute neuve, elle avait l'âge d'aimer, d'être aimée et ne l'avait pas été, ou mal, et pas assez, et son jeune corps fougueux réclamait enfin sa part. Ils devinrent amants sans y penser, dans la grâce de ce printemps.

Marie avait l'atout d'une beauté sauvage plutôt qu'académique, et la merveilleuse spontanéité de sa jeunesse. Montdory ne manquait pas d'attraits. Il y avait en lui une grâce qui subjuguait sur la scène, et séduisait dans la vie. Il mêlait aux jeux de l'amour un rien de tendresse qui lui était naturelle, une once de légèreté qui le mettait à l'abri des passions, un peu de distance aussi qui lui permettait de rompre le lien aussi facilement qu'il l'avait noué. Marie le pressentait, et ne s'en affligeait pas. On était entre comédiens, on jouait ! On s'exerçait à exprimer l'amour, on mimait la passion, mais on restait distant. L'amour entre eux était léger, il ne portait pas en puissance le germe du malheur.

Marie n'avait pas comme Montdory le sens inné du théâtre, mais elle avait une volonté de fer, apprenait vite et bien le rôle qu'on lui confiait, et surtout jouait juste, habile qu'elle était à mimer les grands sentiments ou les petites humeurs. En cela on put voir, dès ses premiers essais, qu'elle ferait une comédienne. La seule faiblesse de son jeu venait de ce qu'elle restait étrangère au personnage qu'elle incarnait. Montdory, parce qu'il avait du génie, s'oubliait dans le personnage auquel il prêtait sa propre vie, Marie, comme un artisan besogneux, imitait, « faisait comme si », et gardait ses distances. C'était une bonne comédienne, mais seulement une bonne comédienne, pas une nature. Dès les premières semaines elle remplaça la Villiers, vedette féminine de la troupe, qu'une grossesse épuisait. Elle y réussit honorablement en dépit de son manque d'expérience, et comme elle était encore loin d'être rompue au métier, personne n'y vit la menace d'une concurrence. Cela lui permit d'être acceptée sans trop de jalousie malgré la méfiance des premiers jours. Elle était utile, après tout on n'en demandait pas plus. Marie y avait gagné ses premiers galons, elle savait maintenant qu'elle serait comédienne.

Tout le printemps, tout l'été, les comédiens louvoyèrent sur les chemins du royaume. Au mois de décembre de l'année 1618 la troupe se retrouva à Nantes où étaient réunis les États de Bretagne. Ils y étaient annoncés comme *une troupe de comédiens appartenant au prince d'Orange.* La troupe de Lenoir avait en effet le privilège d'appartenir au cercle restreint des troupes protégées par des grands de ce monde. Ce titre ne signifiait pas que les comédiens étaient à longueur d'année entretenus par leur protecteur, et la troupe était astreinte comme les autres à chercher sa subsistance à travers le pays pendant le temps où son protecteur ne réclamait pas ses services, mais les comédiens pouvaient raisonnablement attendre de leur protecteur des pensions, des gratifications, des subsides de tous ordres, qui venaient relayer les recettes aléatoires des tournées. Les comédiens recherchaient donc ces troupes, et le chef pouvait ainsi faire un choix plus exigeant. Aussi c'était dans les plus protégées qu'il y avait les meilleurs acteurs. Marie Jacquelin n'aurait pu trouver mieux pour y apprendre le métier. Dès le mois de janvier 1619 elle eut le bonheur de dire quelques répliques avec l'assurance qu'elle mettait en toutes choses, à Amsterdam, devant Maurice de Nassau, prince d'Orange. Puis la troupe se dirigea vers Paris. À entendre les comédiens c'était le plus bel endroit où l'on puisse se produire sur une scène. Tous auraient aimé y rester à demeure, tant le public y était assidu, friand de théâtre, et connaisseur en fait de comédie. C'était d'ailleurs le seul endroit de tout le royaume où l'on pouvait espérer donner des représentations pendant le temps du carême, évitant ainsi une longue période sans revenus. Demeurer à Paris était, hélas, le seul privilège des *comédiens du roi*, établis à l'Hôtel de Bourgogne. Encore prenaient-ils aussi, mais moins souvent que d'autres, les routes des campagnes. C'était alors que d'autres troupes pouvaient louer à bail pour un temps déterminé la grande salle de l'hôtel de Bourgogne, rue Mauconseil à Paris. C'était ce qu'avait fait Lenoir cette année-là.

La troupe de Lenoir, qui semblait chaque jour davantage devenir celle de Montdory, entra à Paris à la fin de février. Les derniers jours du voyage avaient permis aux comédiens d'augurer toutes les félicités d'un séjour dans la ville royale. Les dernières lieues offraient en effet aux regards un paysage riant, les cultures maraîchères y jouxtaient des vignes, et les collines s'enorgueillissaient de moulins qui attestaient que le blé ne devait point manquer à moudre. Les villages avaient un air de gaîté qui tranchait avec l'austérité habituelle de la campagne, et l'abondance des maisons de plaisance agrémentées de jardins témoignait de la richesse des habitants. Une troupe de comédiens ne risquait pas, en ces lieux bénis, de manquer de chalands. Plus on approchait de la ville et plus le paysage se diversifiait, les guinguettes et les cabarets se pressaient aux portes de la ville, tout montrait à quel point les Parisiens, heureuses gens, aimaient à se distraire, ce qui laissait présager de beaux jours.

Enfin les comédiens virent Paris. Pour tous, hors Marie, c'étaient des retrouvailles. Pour elle, le premier regard sur la cité était plus qu'une découverte, sa rencontre avec la ville prestigieuse concrétisait le miracle qui lui avait permis de s'enfuir. Elle n'avait pas les yeux assez grands pour tout voir, et s'étonner de toute chose. Paris, dès son approche, ne ressemblait à aucune autre ville. Les faubourgs s'accrochaient en désordre pressé aux remparts, et au-delà des murs dont, avec la distance, les voyageurs ne pouvaient pas voir la décrépitude, les maisons, en masse confuse, tassées les unes sur les autres, se blottissaient à l'ombre des cent clochers qui les protégeaient. Marie en retint son souffle de surprise. Elle avait toujours cru qu'il n'y avait guère plus grande ville que celle qui l'avait vue naître, et recevait comme une gifle le choc déconcertant du gigantisme de Paris. Elle en fut stupéfaite, ses compagnons, pourtant habitués, en étaient aussi chaque fois étonnés, ayant parcouru tant de lieux à travers la campagne, et visité des bourgs parfois modestes, et des villes qui se croyaient grandes et ne l'étaient qu'à l'échelle de leur province. Comme à chacun de leurs retours, ils s'exclamaient, commentaient le spectacle qui s'offrait à leur vue, exprimaient leur joie. Montdory seul ne parlait pas, et c'était à peine s'il semblait voir et regarder, ce qu'il venait chercher là c'était autre chose, et beaucoup plus, que le spectacle d'une ville, fût-elle démesurée.

L'admiration des voyageurs se calma à l'approche de la ville. L'odeur nauséabonde qui la baignait en faisait oublier le paysage. La cause en fut vite évidente. Les fossés entouraient l'enceinte d'un bourbier de détritus et des déjections des voiries de la ville. Les murailles elles-mêmes perdaient leur air altier quand on s'en approchait. Il était évident aux yeux les plus innocents qu'elles ne pouvaient défendre rien ni personne, tant elles tombaient en ruine. Tout ce qui leur restait de vigueur était utilisé à porter des maisons, qui s'y étaient agglutinées, faute d'espace pour se poser ailleurs, et cela malgré l'interdiction qui en était faite. Les Parisiens, comme les oiseaux, vivaient donc perchés. Marie vit bientôt qu'il en était de même sur les ponts de la ville, au bord des fossés, et sur les anciens charniers. La troupe pénétra dans la ville par la porte du Maine qui n'était qu'un gros bâtiment délabré où se juxtaposaient tant bien que mal loges, bureaux, et corps de garde, à l'usage des commis de l'octroi et des soldats de la milice bourgeoise. Délabrée ou pas la porte tenait son rôle, et il fallut montrer son passeport pour entrer dans la ville. À peine avait-on pénétré dans l'enceinte, qu'on ne pouvait pas mieux circuler qu'on ne l'avait fait dans la file serrée qui y conduisait.

La première difficulté du mouvement tenait à l'étroitesse des rues, où les maisons, capricieuses, s'étaient bâties toutes de guingois, échappant à un quelconque alignement, dans l'ambition ou la nécessité de gagner quelques pouces d'un espace trop rare. Pour parfaire ce désordre obligé d'une architecture de hasard, tributaire d'un champ trop petit pour y loger une foule trop nombreuse, les marchands empiétaient encore sur la rue en dressant devant leur porte des tables, des bancs, des éventaires qu'ils protégeaient des intempéries par d'énormes auvents de bois, auxquels ils suspendaient parfois des enseignes brinquebalantes qui mêlaient leur concert de cliquetis à celui des panonceaux arrimés aux murs. Ainsi Dieu le Père, Marie, Jésus, et tous les saints du paradis, s'agitaient-ils au gré du vent, en compagnie des rois de meilleure mémoire, le bon Saint Louis y méritant la palme, entourés de toutes sortes d'arbres, de fruits, de fleurs, d'animaux, et de volatiles, tous à prétention symbolique, sans oublier les fabuleux griffons, dragons, et sirènes, au gré de l'imagination des commerçants ou de ceux qui avaient forgé leurs images emblématiques. Tout cela ne manquait pas d'un pittoresque que le voyageur trouvait vite assourdissant. Le tintamarre d'une centaine de clochers, sonnant ensemble ou enchaînant leurs carillons, ajoutait à la confusion des sons. Les cris des passants, des charretiers, des marchands ambulants essayaient de lutter contre ce vacarme pour imposer le leur. Le visiteur en était tout étourdi. À cela il fallait ajouter l'inconvénient de la puanteur dont les portes de la ville n'avaient pas l'apanage. Dans les rues, la boue, visqueuse et répugnante, la « crotte », mêlait immondices, ordures de vidanges, fumier, dans des exhalaisons putrides. Marie fit la moue. Était-ce donc cela Paris ?

La fatigue d'une déambulation aussi pénible la submergea bientôt, et le comble lui fut de perdre tout à la fois la chaleur hésitante du timide soleil de février et presque jusqu'au jour qui avait inondé depuis le matin le chemin qui menait à Paris. Les maisons qu'on n'avait pas pu étendre en surface s'étaient rattrapées en montant vers le ciel, et plus elles avaient monté, plus elles s'étaient penchées, si bien qu'elles masquaient en partie la lumière du jour en même temps qu'elles raréfiaient un air dont on avait besoin plus que nulle part ailleurs. C'était trop pour une fille élevée librement à courir dans les jardins du Mans, et qui avait depuis plusieurs mois goûté la liberté de vivre en plein air et dormir à la belle étoile. Une larme coula sur sa joue salie par la poussière. Elle l'essuya rageusement. Elle avait choisi de venir en ce lieu, elle n'allait pas s'en désoler. Paris, ville de sa liberté, valait bien la lointaine Cadie de ce godelureau de Charlet !

# 7

Les échevins de Paris, en hommes mesurés, prirent un long délai de réflexion avant de répondre à Charles de Biencourt. Il s'était adressé à eux en septembre 1618, et les années 1619, 1620, 1621, passèrent sans qu'ils aient envoyé un quelconque secours. À Port-Royal, il fallait assurer tous les jours la survie de la petite colonie, rebâtir les maisons brûlées, s'essayer à restaurer le fort, et ne jamais négliger la traite, seule source de richesse. Ceux qui avaient choisi de demeurer, de continuer la lutte, jour après jour, hiver après hiver, étaient devenus véritablement les premiers Acadiens. C'étaient les irréductibles, les fous de ce pays neuf. Ils avaient rompu avec l'ancienne patrie, ils avaient oublié des habitudes qui avaient été les leurs, mais c'était dans une autre vie, ils avaient adopté d'autres usages.

Ainsi, faute de chemins praticables, c'était donc par voie d'eau qu'ils se rendaient sur les lieux de traite. Ils avaient adopté les canots légers des Indiens, faits d'écorce de bouleau et renforcés de petits cercles de cèdre blanc, qu'ils savaient maintenant fabriquer. Ils allaient ainsi quérir leurs pelleteries en remontant la rivière Saint-Jean, qui se jetait dans la Baie des Français sur la rive opposée à celle de Port-Royal. C'était une voie d'eau étroite à son entrée, où il était malaisé de pénétrer à cause d'une île, située à tribord, et qui obstruait le passage. Aussitôt franchi ce goulet d'étranglement, et quand on avait évité les rochers qui l'encombraient, le cours d'eau s'élargissait, et toujours sur la droite de l'embarcation qui remontait le cours, la rive était sableuse et vaseuse, bordée de marais et de prairies couvertes d'eau à la pleine mer. En se dirigeant davantage vers l'amont les colons rencontraient encore trois îles à une hauteur où la rivière était devenue large et aisément navigable. Ses rives alors n'étaient plus marécageuses mais couvertes de belles prairies et de bois où abondaient les chênes, les hêtres, les noyers, et les *lambruches* de vignes sauvages. Il n'y avait plus qu'à remonter le cours, en évitant deux saults par le portage, pour joindre Tadoussac, plaque tournante de la traite des pelleteries, sur la Grande Rivière, après avoir traversé le Grand Lac, et emprunté la rivière Richibucto. Au cours de leur progression les navigateurs côtoyaient et rencontraient les Etchemins, leurs partenaires de troque.

L'hiver, ils chaussaient des raquettes pour ne pas s'enfoncer dans la neige, qu'il s'agisse de chasser l'orignal ou d'aller quérir du bois, et pour transporter leurs charges ils avaient appris à utiliser les chariots longs mais étroits qui traversaient aisément les passages parfois exigus entre les arbres. Pour la nourriture aussi les Acadiens des premiers temps s'étaient adaptés. Quand les bateaux venus de France s'étaient faits rares, ils ne s'étaient pas trouvés démunis. En se mêlant à la vie sauvage ils avaient découvert le blé d'Inde, le maïs, que les Indiens pilaient et faisaient bouillir avec du poisson pour faire le migan, ou qu'ils utilisaient après l'avoir réduit en farine pour la sagamité, la soupe où on mettait pêle-mêle tout ce qu'on avait de comestible sous la main. La viande d'orignal, et plus encore celle plus savoureuse et plus tendre de l'ours, donnaient à leurs repas la consistance nécessaire pour résister à l'hiver. Au printemps les outardes, les oies sauvages, les sarcelles, les canards, fournissaient de vrais festins. Avec la chair des tourtes on faisait des pâtés, et les jours de jeûne les poissons amélioraient l'ordinaire. Les colons avaient aussi trouvé des truffes, qui croissaient sous terre en forme de chapelets, qu'on appellerait plus tard topinambours. Les fruits ne manquaient pas, citrouilles du pays, bleuets, framboises, et autre découverte gourmande, l'eau d'érable, et la sève du hêtre. Ils avaient aussi découvert un plaisir nouveau, celui du tabac, qu'ils acceptèrent d'abord comme une politesse avant de pétuner à loisir pour leur seule satisfaction, jusqu'à en devenir parfois, d'après leur témoignage, ivres de pétun.

Les colons, et au premier rang Biencourt et Charles de La Tour, vivant avec les sauvages, étaient donc devenus sauvages. Ils employaient couramment la forme micmac de la langue algonquine, avaient adopté la cuisine locale, et la vêture de leurs amis, parce qu'ils ne recevaient plus de tissu de France, qu'ils n'avaient point de femmes à la colonie pour les façonner, et tout autant parce que les mocassins de castor, ou le manteau de peau d'orignal convenaient mieux à leur nouvelle vie. Ils étaient conscients de leur transformation, et les deux amis parfois en devisaient. Leur avis différait un peu et c'était là la dissemblance.

— Voyez, comme nous sommes devenus, dit un jour Biencourt à son ami, plus sauvages que les Micmacs, qui ont encore quelque admiration pour les Français que nous étions au beau temps de la prospérité éphémère de Port-Royal. Je gage qu'aucun des nôtres, débarquant aujourd'hui, à l'improviste, ne nous reconnaîtrait !

Charlet éclata de rire, et ce rire spontané, sonore, véritable cascade de sons qui étaient la joie même, amena un sourire sur le visage grave de Biencourt.

— À l'improviste, dit-il, j'aime le mot ! Si ces visiteurs imprévus se trouvaient à juste titre étonnés de notre nouvelle apparence, nous serions sans doute encore plus surpris de les voir arriver !

— Ne soyez pas amer, Charlet, les nôtres, un jour reviendront, mais vous savez bien les retards…

Pour le coup, le jeune La Tour s'emporta.

— Comment pouvez-vous les appeler les nôtres ? Et qu'avons-nous encore en commun avec ceux du vieux royaume d'où nous sommes venus ?

— Nous avons le même sang !

— Le même sang que ces frileux, ces couards, ces profiteurs, qui veulent bien gagner de l'argent sur cette colonie, à condition de ne point l'aider ?

— Comme nous ils sont Français !

Charlet fit une moue.

— Pour moi, dit-il, je suis maintenant Acadien, et si le terme n'est point encore en usage, je l'invente !

Comme Biencourt ne répondait pas, il insista.

— Vous aussi, Charles, vous êtes devenu un autre. Ne me dites pas que vous n'aimez pas ce pays, que vous n'y êtes pas heureux. Comme moi vous vous êtes fondu dans cette terre et dans ce peuple qui nous a accueillis. Imaginez-vous avoir un jour le désir de retourner à Paris ?

— Le désir, non. Mais si la nécessité me contraignait à y chercher des secours, je ne m'y déroberais pas.

— Quels secours ? Il y a longtemps que les gens de là-bas nous ont oubliés. Savent-ils seulement si nous sommes encore en vie ? Et, s'en soucient-ils ?

— C'est au nom du roi de France que nous maintenons cette colonie.

— Le roi ? Ce n'est plus un enfant maintenant. Qu'il y vienne donc voir dans sa colonie, s'il n'a pas peur du mal de terre !

— Je n'aime pas vos sarcasmes, Charlet.

— Je ne mets aucun fiel dans ce discours, je dis ce qui est. Cette terre n'intéresse en France que des marchands, parce qu'ils y gagnent, et seulement quand ils y gagnent assez, et si ce peut, sans trop de risques. Encore se font-ils la guerre entre eux. La Virginie, si près de nous, trop près de nous en fait, est une colonie. C'est une colonie du roi d'Angleterre, qui la soutient, et elle prospère. Nous ne sommes, ici, que des individus, isolés, ignorés, nous ne pouvons faire que la troque. Nous ne pouvons plus espérer, Charles, un véritable établissement ! Port-Royal est un comptoir, il n'y a pas de colonie française en ce pays.

Les deux hommes restèrent un moment silencieux. Ils étaient à proximité des marécages, et tout un peuple d'outardes y évoluait. Charlet les regardait, et c'était avec tendresse. Leur plumage était gris et brun, comme celui des oies sauvages, leur gorge était blanche. La plupart avaient pondu leurs œufs à même la terre du marécage, mais d'autres, plus fantaisistes, plus astucieuses, plus écervelées peut-être, les avaient déposés dans les arbres. À quelque distance un couple de ces oiseaux se dirigeait d'un vol précautionneux vers l'étang. Ils portaient sur leur dos leurs petits nouveau-nés pour les conduire jusqu'à l'eau. Tout au bord du marécage deux outardes allaient d'un côté et de l'autre, faisant le guet, pendant que le gros de la troupe se restaurait. Les sentinelles perçurent la présence des deux hommes et jetèrent un cri. Tous les oiseaux levèrent aussitôt la tête. Un des deux hommes écrasa une branche sous son pas, les guetteuses poussèrent un deuxième cri, et toute la gente ailée s'envola dans un frou-frou d'ailes soyeuses au-dessus de l'eau dormante qui replongea dans sa quiétude.

Après une marche longtemps silencieuse, Biencourt revint à la charge, à sa manière doucement obstinée, sans éclat, soucieux de convaincre.

— Cette terre est si bonne, Charlet, que si nous étions seulement un peu nombreux, nous pourrions défricher, comme font les Anglais en leur Virginie, et cette terre produirait tout ce que les paysans tirent du sol de France, en belles quantités. Les hommes qui viendraient alors nous rejoindre y trouveraient aisément leur subsistance, et cette Nouvelle France deviendrait aussi prospère que l'ancienne. Peut-être davantage.

— Je sais, Charles, que les épis de Port-Royal n'avaient rien à envier à ceux qui croissent dans les campagnes de France, mais la récolte, n'eût-elle pas été pillée et saccagée par l'Anglais, pouvait nourrir la colonie, mais non point l'enrichir.

— C'était trop tôt. Il nous fallait deux ans, trois peut-être, où nous ne pouvions nous consacrer qu'à faire venir le blé, et les légumes pour la nourriture quotidienne, ensuite on pouvait voir plus loin. Tous les fruits, tous les légumes, qu'on a acclimatés en France peuvent ici se développer, et les vignes aussi, il s'en trouve bien de sauvages.

— Vos vignes, si un jour elles sont là, ne vous rapporteront jamais l'argent de la troque !

— Peut-être, mais des marchands troqueront toujours des pelleteries.

— Vous trouverez plus de candidats pour le trafic avec les sauvages que pour venir labourer une terre que tous les voyageurs leur ont dit ingrate.

— Elle ne l'est pas !

— Je le sais.

— Alors ne vous obstinez pas à croire que Port-Royal doit demeurer pour toujours un comptoir. Gardez-vous bien de ressembler à votre père.

Il y eut un silence, que Charles de La Tour rompit à voix presque basse.

— Je vais vous dire, Charles, en quoi je ne suis pas la copie de Claude de La Tour. Mon père est un Français en Acadie, un peu par hasard, peut-être de passage. L'occasion, sa parenté avec M. de Poutrincourt, lui ont permis d'y venir. Il en attendait, comme beaucoup, de l'argent, peut-être des honneurs, toutes choses qui lui avaient échappé dans sa Champagne natale. Il y restera tant qu'il pourra tirer son épingle du jeu, il n'a pas d'autre choix, mais il n'a pas épousé ce pays, comme on le fait d'une cause, et sa richesse l'émeut bien plus que sa beauté ou que le bonheur d'y vivre. Voyez sa tenue ! Je gage qu'il a apporté de France assez d'habits pour jouer à l'homme de condition jusqu'à la fin des temps. Regardez-moi maintenant, sauvage vêtu de peaux, ébloui devant un vol d'outardes. Je n'étais d'aucun pays, aujourd'hui je suis de celui-ci, et je me suis coulé dans son moule. Je ne miserais pas un sol, que le roi de

France lèvera jamais le plus petit doigt de son auguste main pour le défendre, mais comptez sur moi pour m'y battre, si l'Anglais un jour vient nous y tourmenter.

— Je le sais bien, Charlet, dit Biencourt, très ému. Pardonnez-moi, j'ai été maladroit.

Charles de La Tour dissipa l'émotion d'un rire léger, c'était sa manière d'être pudique.

— Je me sens si bien en ce pays que je vais de ce pas au village.

Biencourt rit à son tour.

— Les filles y sont belles, dit-il.

Charles déjà marchait à grands pas vers le cercle des cabanes. D'une certaine façon Biencourt enviait sa liberté. Charles de La Tour n'était le prisonnier d'aucun principe, d'aucune éducation. Il s'acclimatait mieux que lui. Pragmatique et heureux, vivant dans l'instant, il savait goûter chaque moment intensément, jamais alourdi du passé, jamais angoissé de l'avenir. Biencourt savait bien que le raisonnement de son ami collait à la réalité, mais l'ombre planait sur lui, pesante et impérieuse, de ce père qui avait bien cru, avec quelques fous, fonder une colonie.

Quelques jours plus tôt les colons avaient vu les Micmacs qui évoluaient dans les alentours de Port-Royal s'en revenir *cabaner* au plus près de leur établissement. Et comme chaque année au retour des sauvages, Charlet s'était émerveillé de la rapidité, de la dextérité, de l'efficacité, de l'installation du village, opération menée de bout en bout par les femmes, qui avaient déjà assuré le transport de tous les éléments à mettre en place, tout autant qu'elles s'étaient réparti pour le voyage le fardeau des vêtements, des couvertures, des chaudrons et des plats, l'ensemble en somme des objets nécessaires à la vie du groupe, les hommes ne portant traditionnellement aucune charge. L'installation s'était faite selon une technique parfaitement éprouvée, dont tous les éléments s'ajustaient à l'instant près pour mener l'affaire à bien dans un temps extrêmement rapide. Charlet en avait été émerveillé. La femme la plus ancienne, la plus importante, de chaque famille, généralement la première épouse du chef du foyer, et la mère du premier fils, se campait sur le site de la future cabane, et coordonnait le travail. Les femmes aussitôt se précipitaient vers le bois pour abattre et ramener des perches qui soutiendraient les parois, et couper des branches de sapins que les petites filles traînaient jusqu'au campement, elles serviraient de tapis de sol pour chaque cabane. Quand tout le bois était coupé, et apporté sur le chantier, chaque première femme disposait les perches qui soutiendraient les parois de bouleau, ou bien, si elle était trop vieille pour participer encore à l'ouvrage, elle donnait l'ordre de le faire et en dirigeait l'agencement. Quand l'appareil était solidement planté, on déroulait les toiles d'écorces de bouleaux, si étroitement cousues les unes aux autres avec des racines de sapin en guise de fil que l'abri serait parfaitement étanche, et on les fixait sur l'ossature de bois. Généralement les cabanes étaient rondes, et on ménageait le foyer au milieu. Une douzaine de personnes pouvaient y vivre. En moins de temps qu'il en fallait aux hommes pour palabrer et pétuner à l'écart des travaux subalternes, les huttes étaient debout et le repas cuisait.

Quand Charles arriva à proximité du campement, ses narines furent agréablement chatouillées par le fumet des rôtis et des *chaudières* qui s'échappaient des cabanes. Sans hésitation il se dirigea vers une habitation où il avait ses habitudes, il y fut accueilli par des paroles de bienvenue. Quelques instants plus tard, assis devant le feu, au sein de la famille, il présentait à la flamme une rouelle de viande enfilée sur une baguette pour la rôtir. Chacun des convives autour de lui était pareillement équipé, et même les enfants s'appliquaient eux-mêmes à cuire leur nourriture. Dans la vaste chaudière de bois creusé, qu'on avait déposée à côté du cercle convivial, l'eau bouillonnait sous la chaleur des pierres plates, chauffées dans l'âtre, qu'on y avait jetées. Charles reconnut à l'odeur que des haricots et du maïs mijotaient dans cette marmite, avec de l'huile d'ours, et des morceaux de loup de mer. Il était devenu expert en cuisine micmac, et il en appréciait les saveurs.

Le repas n'était guère ponctué de bavardages. On parlerait tout à l'heure, entre hommes, en se grisant des effluves du tabac vert tout juste récolté, et le conteur alors entrerait en scène, tenant sous le charme de sa parole un auditoire avide d'entendre, encore une fois, les légendes du peuple, celles qui remontaient si loin qu'aucun des vivants n'avait vécu ce temps du merveilleux, mais que le diseur semblait avoir reçues de vive voix de certains anciens, qui avaient connu les temps légendaires, ou pour le moins en avaient recueilli le récit de ceux qui avaient assisté aux prodiges. La corde du temps alors se tendait, entre ceux de maintenant et les héros fondateurs, les rapprochant par la magie du verbe. Charlet s'étonnait d'y entendre l'évocation du déluge comme si c'était d'hier, et plus encore s'émerveillait de retrouver, en cette Amérique qu'il découvrait, des récits qui ressemblaient à ceux qu'on lui faisait enfant, comme le double d'une même histoire. Le temps donc était aboli, et le lieu même, et la distance. Ici et là se confondaient, hier et demain se mêlaient, dans la magie poétique de la parole transmise. Charlet se réjouissait alors d'être maintenant parfaitement initié aux subtilités de la langue algonquine, car aucune traduction ne pouvait rendre la saveur et la poésie du discours micmac.

Le conteur du village, au contraire de certains de ses semblables, ne mimait jamais son récit. Il demeurait assis, commençait par respecter le temps de silence qui doit toujours précéder la parole, car la pensée vient nécessairement avant le verbe. Puis il commençait son récit par la même expression rituelle, *au temps où le monde était nouveau*, et quel que fût alors le sujet du jour, et quel que pût être le nombre de fois où il avait chanté les mêmes exploits, il improvisait. Son imagination était subtile, riche, vaste, sans limite, à l'image du pays qui était le sien, et seule la langue algonquine, capable d'inventer l'expression de la plus infinitésimale nuance, pouvait s'adapter aux fantaisies, aux caprices, aux extravagances, d'un récit chaque fois réinventé. Sa voix même, dont il jouait comme d'un instrument aux mille ressources, participait à l'enchantement du moment. Charlet se laissait donc aller avec délectation au plaisir d'entendre encore les exploits de Corbeau ou de Coyotte, les avatars du Castor, et du Rat Musqué. Tous, autour de Charles, reconnaissaient la proximité des êtres légendaires, sachant bien que les humains et les animaux n'ont une expérience distincte que dans notre monde étroitement limité. Les Indiens avaient l'expérience quotidienne de ce voisinage des créatures fantastiques, et il leur arrivait, les jours d'orage, de percevoir, sans qu'on puisse en douter, la présence de l'Oiseau-Tonnerre, dont les yeux lançaient des éclairs, et dont les battements d'ailes formidables produisaient le bruit et mettaient en branle le vent. Ces certitudes, bien ancrées dans la mémoire du groupe, et que personne au grand jamais n'aurait remises en question, n'avaient pas retenu les Micmacs d'accepter le baptême, en plus, pour gagner la protection du Dieu des Blancs, et de mêler aux récits de leurs héros civilisateurs *Jésus le Voyageur*, qui recréait des poissons à partir de leurs arêtes. La souplesse de leurs croyances leur permettait d'adopter, et d'adapter, celles venues d'ailleurs, et de les intégrer dans un panthéon à jamais ouvert aux divinités bienfaisantes, pourvu que cette assimilation se fasse sans contrainte. Et Charles, qui tant de fois déjà avait été bercé du merveilleux de la pensée algonquine, se réjouissait d'avance du moment de plénitude que le conteur allait lui faire vivre.

L'instant présent, celui de la nourriture partagée, était un temps presque silencieux, un temps sacré aussi, où chacun appréciait à sa juste valeur un bien qui pouvait un jour manquer. En six mois, le temps de leur migration saisonnière, certains de ceux qui l'entouraient n'avaient pas beaucoup changé. La maîtresse du lieu, première épouse du vieux chef, irascible et intraitable, ne semblait guère plus vieille que la saison passée. Il était d'ailleurs possible qu'il fût maintenant chimérique de la voir vieillir encore. Tant de lunes s'étaient écoulées depuis qu'elle était sur la terre des Micmacs, que personne ne savait plus en faire le compte. Le vieux chef lui-même était figé dans son âge comme si le burin d'un sculpteur avait à jamais fixé ses traits. Les autres ?

Charles avait du mal à reconnaître chacun d'entre eux. Des garçons, qui la saison passée étaient encore presque dans l'enfance, étaient aujourd'hui des jeunes gens, des adolescentes d'hier étaient déjà presque des femmes. Son regard fut retenu par l'une d'elles, qui attachait sur lui ses yeux immenses, où il eut l'envie de se perdre. C'était ?... Il chercha. Un Indien, qui semblait avoir suivi le cours de ses pensées, lui souffla la réponse. La beauté qui le fascinait était Karakwinon, « celle qui a traîné la lune ». Charles sentit son sang s'émouvoir. Un grand bonheur l'envahit en même temps qu'un manque soudain, intolérable, le figeait dans une incertitude insoutenable. La belle Indienne avait-elle déjà fait son choix parmi les jeunes guerriers et chasseurs du clan ?

Charlet ne s'était pas privé de courir la prétentaine depuis qu'il s'était ensauvagé. Personne n'y voyait de mal, les manières des Indiens étaient à cet égard d'une grande libéralité, tranchant résolument sur les us du vieux monde. Si les demoiselles du village micmac ne s'adonnaient jamais à leurs amours au cours de la journée, car là, comme dans le vieux monde, on savait qu'*il y a un temps pour embrasser*, elles pouvaient donner libre cours à leurs désirs et à leurs fantaisies quand la nuit était tombée, que les gens rassis prenaient leur repos, et que les jeunes gens cherchaient l'amour d'un soir, ou d'un printemps. Il y avait alors bien des silhouettes se glissant d'une cabane à l'autre, sans se cacher, mais en prenant bien garde de ne pas éveiller les dormeurs. La jeune fille était toujours libre d'accepter ou de refuser le prétendant à sa couche. Lui plaisait-il ? L'aventure pouvait durer quelques jours, si l'attirance avait été fugace, et les amoureux se séparaient sans qu'on y trouve à redire. Parfois une certaine constance s'installait, et les jeunes gens vivaient quelques temps ensemble. Au terme d'un certain nombre de mois, s'ils ne souhaitaient pas se séparer, on préparait le mariage, qui, cette fois, les unirait définitivement, ou presque, les Indiens professant que mieux vaut un mariage rompu, qu'un mauvais mariage.

Charles avait donc, en toute sérénité, *couru l'allumette* bien des fois, promenant un bâton de bois allumé, au-dessus du lit de la belle qu'il convoitait, et qui ne manquait jamais de souffler le brandon, pour acquiescer à sa quête, car tel était son charme que jamais on ne le refusa. Ce n'était là que passades, aventures de peu de poids, d'où l'on se retirait content, sans remords et sans souci, les jeunes Micmacs connaissant parfaitement l'usage des herbes qui évitaient une conception. Ce printemps-là c'était différent, et Charles se sentait bouleversé, sans bien démêler le pourquoi de ce trouble soudain. La tête dans les nuages, l'esprit dans le vague, le cœur qui battait la chamade, Charles ne s'y retrouvait plus. Il venait de perdre la tramontane pour une jeune Micmac au corps parfait et aux yeux émouvants de gazelle. « Celle qui a traîné la lune » traînait, accroché aux basques de sa robe de castor, le cœur ensauvagé de Charles de La Tour.

# 8

La ville s'offrait à Marie. Elle avait oublié son effroi du premier moment, son recul instinctif devant la puanteur de la cité et l'entassement inextricable des habitations. Les relents de pourriture étaient toujours là, et l'impraticable embarras des rues, mais à sa fenêtre, imitant bien vite ses voisins, elle avait suspendu un pot de thym citronné comme un écran, si mince fût-il, aux effluves pestilentiels qui montaient du sol vers les étages. Quand il lui fallait descendre, et trotter par la ville, elle se faufilait comme un chat, vers le haut du pavé, s'éloignait vite des lieux les plus puants, et se félicitait de n'avoir point les moyens d'une chaise ou d'un carrosse qui auraient ralenti sa marche. Paris était un lieu peuplé de marcheurs, qui arpentaient les chaussées à longueur de jour, s'agglutinaient au milieu du passage sous le plus mince prétexte, puis reprenaient leur course, en gens pressés qu'ils croyaient être, pour s'arrêter à la première occasion et créer un nouvel embarras. Il semblait au nouveau venu que la principale occupation des gens de Paris était de marcher à travers la ville. Marie ne se privait pas d'en faire autant, il y avait tant à voir ! Elle courait jusqu'au palais d'un trot alerte, pour baguenauder entre les boutiques, celles des libraires, celles des chapeliers, et celles encore où l'on vendait de la soie, du velours, des pierres précieuses. Elle n'avait pas le moindre sol pour goûter aux délices du marchandage et de l'achat frivole, mais elle remplissait ses yeux, et le temps d'une flânerie toute la richesse du monde était sienne. Elle regagnait toujours son logis, prudemment avant que le soir tombe. La nuit était un autre monde, ceux qui s'y risquaient avaient des affaires à y mener, qui étaient rarement honnêtes. Marie ne s'y aventurait pas, mais le jour elle prenait sa revanche. Paris était donc à ses yeux l'endroit le plus merveilleux qui fût. Comment en eût-il été autrement ? Elle était dans tout l'éclat de sa jeunesse, plus libre que fille l'avait jamais rêvé, et elle s'initiait à un métier magique. Les mots qui décrivaient cette occupation portaient en eux-mêmes leur poids de rêve. On disait jouer la comédie, comme un enfant joue au toton, aux osselets, comme une petite fille joue à la dame. Elle jouait donc comme une enfant, et comme une enfant elle vivait dans l'instant.

Depuis cinq ans Marie suivait les pérégrinations de la troupe Lenoir-Montdory, qui sillonnait les routes du royaume, ne manquait jamais le détour par la Hollande, et après chaque tournée faisait une pause à Paris. À la fin du premier périple elle avait gagné ses premiers galons, son nom de scène, et c'est Montdory qui le lui avait choisi. Leur liaison amoureuse déjà s'étiolait, Montdory rêvait davantage de gloire que d'amour, et Marie, à un degré moindre, se souciait surtout de sa future carrière. Il lui fallait maintenant consolider ce qu'elle avait commencé de bâtir en chemin.

— Voilà, lui dit-il, maintenant tu es une comédienne, il te faut un nom.

Marie en rosit de bonheur. Elle était donc reconnue, et le nom qu'on allait lui donner concrétiserait et pérenniserait son appartenance à la troupe.

— Quel nom veux-tu ?

La mine de Marie disait assez son embarras.

— Tu n'y as pas réfléchi ? Je vais t'en donner un.

Il resta un moment songeur.

— J'aimerais qu'il reste un souvenir de ce qui nous a liés pendant ton premier voyage. Te souviens-tu du premier soir où nous avons fait une halte ? Nous avons fait une longue promenade, et puis nous nous sommes allongés dans l'herbe…

— Sous des noyers, dit Marie en souriant.

— Oui, sous des noyers. Tu veux bien rester pour moi Marie des noyers ?

Elle inclina la tête.

— Eh bien ! Marie Desnoyers tu as maintenant un nom de scène !

C'était rompre avec élégance, comme Montdory savait faire toute chose, Marie apprécia qu'il n'y eût là point de drame. Leurs amours n'avaient duré que le temps d'une tournée par les grands chemins de province. Le temps d'un été, le temps d'un hiver, ils avaient avec insouciance, mais discrétion, sacrifié aux jeux de l'amour, puis ils s'étaient lassés. Marie, chat échaudé de l'amour, n'était pas prête à tomber dans le panneau de l'illusion amoureuse. Elle s'était un moment accrochée à cette parodie qu'elle se plaisait à jouer avec Montdory, elle s'y était libérée de la peur qui l'avait longtemps tenue d'être enfermée dans une vie étriquée et sans saveur, et tout autant elle s'était affranchie du souvenir encore sensible de son premier chagrin. Montdory, que les filles de théâtre agaçaient, avait aimé sa fraîcheur, sa joie de vivre, mais il n'avait jamais été amoureux que d'un rôle, d'un personnage, qui pouvait le hanter, l'habiter des mois durant. Leur liaison éphémère avait été le fruit du hasard, et chacun y avait apporté ce qu'il pouvait offrir à l'autre sans être infidèle à lui-même, puis l'amitié était venue, qui entre eux valait plus, et mieux.

Au sein de la troupe, chacun attendait pourtant ce qu'allait faire la nouvelle recrue lâchée, seule et libre, dans la ville. Montdory était persuadé qu'elle ne tarderait pas à épouser un acteur, c'était à la fois la coutume et la sagesse dans le milieu du théâtre. Les autres ne manquaient pas de prédire qu'elle trouverait vite un protecteur, et que la rente qu'il lui ferait la dispenserait de jouer la comédie. Marie ne pensait ni à l'une ni à l'autre de ces éventualités. Elle avait réussi à s'échapper du joug de son père, de la médiocrité d'une vie uniforme, ce n'était pas pour tomber dans une autre dépendance. Un mari ? Ce ne pouvait être qu'un comédien et puisqu'elle avait sa place sans l'aide d'un époux, en avait-elle besoin ? Un amant ? Ne pouvait-on pas vivre sans ? Elle n'avait pas l'âme d'une courtisane. Elle se berçait de l'illusion qu'à Paris, au moins dans le cercle fermé de ceux qui vivaient d'art ou de littérature, une femme pouvait vivre seule, et ne pas tomber dans la misère. Il y avait dans le Marais des femmes assez avisées pour se passer de mari et d'amant. Les méchantes langues disaient que c'était parce qu'elles manquaient par trop d'attraits, mais tout le monde savait bien qu'elles avaient de l'esprit à en inonder le quartier. C'était Mlle de Scudéry, une grande femme, maigre au visage terreux, aux cheveux sans éclat, toujours flanquée d'un frère qu'elle semblait tirer comme un boulet accroché à ses basques, mais elle était pétrie d'esprit en diable. On la louait, on la moquait, mais on parlait d'elle. Il y avait aussi Mlle de Gournay, qui vivait perchée en haut d'une maison mal commode, rue Saint-Honoré, vis-à-vis les Pères de l'Oratoire. Elle n'avait point de frère tyrannique, mais une suivante, la demoiselle Jamyn, et une chatte, la dame Piallon. Tout le quartier connaissait l'une et l'autre. Elle faisait des vers, qu'on critiquait, et c'était à tort, mais elle savait clouer vertement le bec aux railleurs. Elle vivait maigrement de sa littérature, était toujours vêtue à la mode du siècle précédent, mais tenait sa place dans les disputes de philosophie, de littérature, ou de style. Marie était jeune, et belle, elle ne rimait pas, mais jouait la comédie honnêtement, elle pouvait, elle aussi, trouver sa place dans la société du Marais. Que lui fallait-il d'autre ?

En ce mois d'avril de l'an 1623, Montdory, qui venait de se séparer de Lenoir, rêvait de s'établir à demeure, sur le même pied que les comédiens ordinaires du roi. Il s'installait en la place pour plusieurs mois, s'y incrustait, bousculait les traditions, car il n'était d'autre moyen de parvenir à son but que de se faire connaître et apprécier du public, ce qui ne pouvait se réaliser en quelques semaines. À Paris, il serait tenu de migrer d'une salle à l'autre, louant tantôt aux *Confrères de la Passion* la salle de l'hôtel de Bourgogne, rue Mauconseil, quand les comédiens du roi la délaissaient, tantôt un jeu de paume au gré des disponibilités. Quand il jouerait ailleurs que chez les Confrères de la Passion, il lui faudrait leur verser une redevance, qui faisait partie de leurs privilèges, mais le jeu en valait la chandelle.

Marie avait loué, pour un prix honnête, une chambre garnie, minuscule, au dernier étage d'une maison qui, comme toutes celles de la ville, avait l'air d'en contenir plusieurs, et de pouvoir renfermer une foule dans l'étroitesse de ses murs. C'était dans la rue Saint-Claude, face aux Bénédictines du Sacrement, dans le quartier du Marais. Parce qu'il était neuf, encore en train de se bâtir, le Marais était le seul quartier de Paris où l'on pouvait encore respirer. La majestueuse Place Royale érigée sur l'emplacement de l'Hôtel des Tournelles était comme un poumon pour la ville. Tout autour on commençait à édifier de superbes hôtels, mais ils étaient encore rares, et ne se tassaient point les uns sur les autres. Il y avait aussi, dans cette limite extrême et paisible de la ville, un grand nombre de couvents, tous entourés de leurs potagers, conservant la campagne au milieu de la ville, et quand on portait ses pas jusqu'à *la rivière*, les entrepôts de bois offraient à respirer tous les parfums de la forêt. Mais le Marais était surtout un lieu béni pour les gens de théâtre, où on pouvait trouver sans trop de difficulté un *tripot* à louer, pour y jouer la comédie. C'était aussi le lieu de prédilection de ceux qui faisaient profession de rimer, de penser. Les idées à Paris passaient par le Marais.

Ce matin-là, après avoir signé avec ses camarades, devant notaire, le contrat qui la liait pour deux ans à la troupe de Montdory, Marie n'avait en tête que l'idée fort joyeuse d'aller muser dans les rues de la ville. Montdory, qui avait pour elle un attachement sincère, lui confiait des rôles de plus en plus importants. La Villiers, la Lenoir, tenaient le devant de la scène. Elles le devaient à leur talent, que Marie ne songeait pas à nier, à leur beauté, qui n'était déjà plus aussi fraîche que la sienne, à la protection de leurs maris solidement implantés dans la troupe, mais à leur côté, Marie, chaque jour, affermissait sa place. Elle n'avait pas longtemps joué les soubrettes et s'acheminait à grands pas vers les grands seconds rôles. Cela n'allait pas sans quelques pointes de jalousie. La Villiers surtout, la provoquait. Le matin même Marie avait dû essuyer ses assauts.

— Vous avancez bien vite dans la carrière, avait attaqué la comédienne, cela est sage. Profitez donc de vos avantages tant que votre jeunesse fait illusion. Le déclin de vos appas viendra plus vite que vous y songez !

— Sans doute, je le constate tous les jours en regardant les autres, avait répliqué Marie, qui avait pour principe de rendre les coups à peine donnés.

— Êtes-vous au moins consciente qu'avec l'âge les rôles vous échapperont ?

— Comment le craindrais-je ? Je ne vous sais point jeune et vous ne manquez pas d'emplois.

— Je ne les dois point à ma beauté.

— J'en suis certaine !

La réponse était à double sens, mais la Villiers ne pouvait se tromper sur l'intention de Marie, elle remit à plus tard de mortifier son ennemie.

Marie ne sortit pas affectée de la joute vivement menée. Elle savait se défendre, sa tranquillité était à ce prix. Au sortir de l'algarade elle allait donc d'un pas alerte, le cœur en paix, l'esprit léger, sautant d'un pavé à l'autre pour éviter les immondices qui stagnaient au creux de la rue, et se gardant pareillement de tenir le haut du pavé où pouvait venir aussi bien s'écraser un des pots de fleurs, formellement prohibés, qui garnissaient les fenêtres, que l'averse nauséabonde de la liqueur immonde dont une servante ou une matrone se débarrasserait promptement en versant le pot dans la rue. Elle riait aujourd'hui de ce qui l'effrayait à son premier séjour parisien. Au bout de la rue un décrotteur proposait sa brosse et ses soins, ils ne seraient pas inutiles à ceux qui étaient moins lestes qu'elle. Il fallait aussi qu'elle soit mince pour se glisser entre les groupes de badauds qui encombraient le pavé, et vive pour se plaquer au mur quand un carrosse lancé à toutes brides en croisait un autre, qui n'entendait pas ralentir. La mode toute nouvelle des carrosses de louage était un danger perpétuel. Elle haussa les épaules, secoua un peu sa robe car elle avait été éclaboussée, la ville était dangereuse, mais comme elle était gaie !

Malgré son insouciance, il arrivait à Marie d'éprouver quelque nostalgie. Elle avait enfoui au plus profond de ses souvenirs tout ce qui concernait Charlet. Avec le temps elle avait fait le deuil de cet amour encore un peu enfantin, pourtant il lui arrivait de rêver, de s'interroger sur ce qu'avait pu être son destin. Elle allait jusqu'à supposer, jusqu'à espérer, qu'il pensait encore parfois à elle. Puis elle chassait vite ce regret importun. Cinq années déjà avaient passé depuis qu'il l'avait laissée seule et désespérée dans la ville du Mans. Elle pensait parfois, bien amèrement, qu'il ne fallait rien attendre d'un homme. Jacquelin, son père, aussi absent à son enfance que s'il avait habité la Cadie de Charlet, ne lui avait jamais manifesté la moindre tendresse. Il l'avait nourrie, chichement, et avait cru se trouver quitte. S'il avait eu quelque regret de son départ elle pouvait miser que c'était seulement celui d'avoir perdu une servante qui ne lui coûtait point de gages. Charlet, qui l'avait un temps si tendrement aimée, n'était pas d'une autre sorte, qui l'avait quittée, sans procès, quand un attrait plus grand l'avait appelé ailleurs. Et si elle n'avait rien à reprocher à Montdory, c'était parce qu'elle ne l'avait aimé que du bout du cœur. Elle savait depuis l'enfance que la vie se gagne à tous les instants, et elle avait tiré de sa jeune expérience les conclusions les plus simples. Elle devait se méfier des femmes, parce qu'elles étaient jalouses, et des hommes parce qu'on ne pouvait leur faire confiance. Ces principes étant entendus, elle devait pouvoir atteindre un état paisible, sans doute ce qui ressemblait le plus à ce qu'on appelait le bonheur.

Elle quitta la rue Saint-Antoine, encore un ou deux lacis de ruelles, elle serait chez elle. Elle n'en bougerait plus avant le lendemain où, dans le sillage de Montdory, elle aurait le privilège de pénétrer pour la première fois dans l'Hôtel de Rambouillet, hors du Marais, rue Saint-Thomas-du-Louvre. La marquise de Rambouillet faisait la mode, elle recevait dans son salon, sa célèbre chambre bleue, tous ceux qui comptaient dans le monde de l'esprit, et y mélangeait volontiers les genres. On y rencontrait des princesses, des ducs, des maréchaux, et tout ensemble, des « écrivains de théâtre », des épistoliers, des pamphlétaires, et même des « poètes crottés », l'apparence ayant ici peu de poids, tant que la marquise y fermait les yeux. Aucun des habitués n'aurait été assez mal avisé pour critiquer le choix de ses invitations éclectiques, la marquise avait la dent dure, la pointe acérée, et ripostait plus vite qu'on ne lui avait manqué. Les comédiens pouvaient être certains d'être accueillis comme s'ils étaient des hôtes habitués des lieux. On en parlerait pourtant, en sortant de l'hôtel de Rambouillet, sitôt que les langues ne seraient plus à portée des oreilles de la marquise, et la nouvelle de l'introduction des acteurs dans le sanctuaire de l'esprit parisien, de bouche à oreille, ferait le tour de la ville. Tout Paris demain parlerait d'un acteur encore inconnu hier. C'était pour la troupe de Montdory le pied à l'étrier du succès, et Marie, dans son sillage, avec opiniâtreté et courage, faisait bravement son chemin.

# 9

Charlet déchargea sa *traîne*, et un impressionnant tas de peaux de castors vint s'ajouter à celles qui étaient déjà soigneusement empilées dans le hangar, puis il se dirigea vers le cercle serré des huttes micmac. La brume était déjà dense et les silhouettes qui s'agitaient autour des tentes se déployaient dans un monde flou, dont les contours s'estompaient en prenant des allures fantastiques. Le froid, humide et pénétrant, ne le gênait pas, il le connaissait bien, et s'en défendait parfaitement avec son grand manteau de peau d'orignal. Il s'arrêta un instant au seuil du village, il savourait d'avance la chaleur qui l'attendait à l'abri des murs de peaux et croyait déjà sentir l'odeur réconfortante de la sagamité. Une ombre, parmi celles qui s'agitaient autour des huttes, capta son regard. C'était Karakwinon. Son petit visage encore juvénile, encapuchonné de fourrure d'ours, émergeait de la grande cape où son corps gracile était enfoui. Il la trouva émouvante et fragile, et son cœur fondit. Elle avait d'abord partagé sa tente tout un hiver, et au printemps le clan les avait mariés à la mode micmac. Il n'avait point eu de hâte à attendre ce moment qui n'avait d'autre signification que leur résolution de vivre longtemps ensemble. Charlet n'en demandait pas davantage, il y avait dans le rythme de la vie indienne, comme un commencement d'éternité apaisant. Il aimait vivre sans impatience, accordé au rythme des saisons, préoccupé seulement de la vie quotidienne, sans projet trop lointain, chaque jour se suffisant à lui-même. Le souvenir, un peu dérangeant de Marie, lui vint, bien mal à propos, quand il se perdait dans l'amoureuse contemplation de « celle qui a traîné la lune ». Une vague inquiétude l'habita un instant. Qu'était-elle devenue, seule, prisonnière du monde clos et immobile de la ville ? Karakwinon fit un pas dans sa direction, rejetant dans l'ombre des souvenirs enfouis le turbulent fantôme de Marie. La peau de l'ours, animée de la marche lente et joliment rythmée de l'Indienne, laissait deviner par son seul mouvement le corps admirable qu'elle lui dévoilerait tout à l'heure. Il en frissonna. La peau de Karakwinon était plus douce que toutes les fourrures patiemment assouplies par les femmes du clan. Il se hâta, le bonheur était à deux pas.

Comme Charlet, la fantomatique colonie de Port-Royal, vivant à la souriquoise, depuis nombre d'années, ne se souciait guère de la fuite du temps, chaque jour se suffisant, qui se passait en peine à préparer le lendemain, toujours problématique, en joies aussi, les plus immédiates, celle d'un repas, celle d'une chasse, celle des amours, et le souvenir d'un calendrier ne se manifestait plus que par les échanges, raréfiés, avec la lointaine patrie d'origine. Biencourt lui-même semblait maintenant immobile, les contraintes du quotidien avaient eu raison de sa fougue et de son ardeur, ses illusions avaient fait long feu. Charlet s'arrêta un instant sous la tente où il s'abritait avant de rejoindre Karakwinon. Il le trouva frileusement assis près du feu, un peu recroquevillé sur lui-même, dans une attitude qui ne lui ressemblait pas. Son amitié s'en alarma. Avec la mauvaise saison le spectre du mal de terre rôdait autour du campement des colons.

— Tout va bien, Charles ?

Biencourt se força visiblement à sourire, son visage comme son corps était crispé.

— Oui...

La réponse n'était ni convaincue, ni convaincante.

— Vous êtes fatigué ?

— J'ai froid !

Froid ? Biencourt, acclimaté de si longtemps à l'hiver acadien, Biencourt avait froid ! Il l'observa attentivement. Avait-il jamais remarqué à quel point son corps sec et noueux avait encore maigri, et surtout avait-il jamais vu ou voulu voir que son visage, mince et anguleux, était maintenant émacié comme celui d'un ascète ?

— Nous avons ce soir une pleine traîne de peaux supplémentaire dans notre remise !

Le visage de Biencourt s'éclaira un peu.

— C'est bien. Il nous en faudra au printemps, quand le *Jehan* reviendra.

— Nous en aurons de quoi bien remplir ses cales !

Charlet savait quel espoir Biencourt mettait dans la prochaine saison de traite. Chaque année tout était à recommencer, il fallait toujours refaire les mêmes paris, l'enjeu en était la survie de la colonie, et chaque fois il fallait s'accommoder des circonstances, éminemment changeantes, fluctuantes, instables. La première difficulté venait de la concurrence des Anglais, bien campés près la rivière de Pentagouët face au fort érigé par Claude de La Tour, qui peut-être ne se privait pas de quelques échanges avec eux, l'argent anglais en valant bien un autre. Les trafiquants raisonnaient de même manière, ils achetaient volontiers aux Anglais. Une autre concurrence, et tout aussi âpre, venait des Français établis sur la Grande Rivière, à quelques encablures de la terre acadienne. Il fallait donc déjouer les pièges, faire de l'argent, prendre des risques, après les avoir pesés, survivre modestement une année après une autre, gagner du temps, attendre des jours meilleurs. Biencourt, qui avait tant rêvé d'être un colonisateur, n'était plus qu'un commerçant. Il avait pris pour secrétaire et procureur David Loméron, neveu de ses associés rochelais, Maquin et Georges. Loméron passait chaque été en Acadie où il avait son habitation au Cap de Sable, l'hiver il séjournait à La Rochelle pour préparer la prochaine saison de traite. Chaque année, en homme d'affaires avisé, mais audacieux, Biencourt empruntait, par la procuration de Loméron, de quoi affréter un navire pour la prochaine saison et remboursait sa dette quand le bateau regagnait La Rochelle, les cales pleines de pelleteries. Il fallait pourtant compter avec les aléas du voyage, courir le risque de prolonger, et même d'augmenter la dette, quand le navire n'avait pu effectuer le voyage, comme le *Petit Pélican* en 1617, dont la cale prenait l'eau et qui n'avait pu gagner l'Acadie. Un autre bâtiment prenait pourtant la relève, remplissait le contrat, et Biencourt voyait sa dette s'éteindre, jusqu'à emprunter de nouveau pour avoir les moyens de continuer la traite. On ne pouvait donc préparer l'avenir qu'à court terme et la seule politique possible était de résister un an après l'autre en réévaluant chaque fois les enjeux.

Pragmatique, et bien obligé de l'être, Biencourt s'était installé au Cap Nègre dès 1618. Il y était plus près du fort Loméron, mais au-delà le geste était symbolique, le rêve de la reconstruction de Port-Royal n'était plus de mise. Pour augmenter les gains qu'il tirait de la traite Biencourt avait mis sur pied, en parallèle à son association avec les marchands de La Rochelle, deux sociétés à Bordeaux, l'une pour le commerce des pelleteries, l'autre pour la pêche sédentaire. Elles étaient composées de catholiques et de huguenots. Lentement, la vie reprenait un peu de cohésion pour ceux qui s'étaient enracinés en Acadie, à tel point que les Bordelais avaient en 1620 obtenu des récollets de leur ville qu'ils envoient à la colonie trois prêtres et un frère.

Autour de Biencourt et de Charlet une poignée d'hommes s'entêtaient dans l'aventure, autant sans doute parce qu'ayant rompu depuis si longtemps avec leurs anciennes attaches ils n'avaient désormais nul autre endroit où aller, que par fidélité pour celui avec lequel ils avaient tant lutté. Orphelins de leurs illusions, ils s'adaptaient aux circonstances, au climat, à leur isolement, aux problèmes quotidiens de leur survie, aux difficultés toujours renouvelées. Ils s'ajustaient à la réalité, et c'était bien leur arme la meilleure. Ceux qui n'avaient pas pu, ceux qui n'avaient pas su, se couler dans le moule imprévu d'une vie plus qu'à demi sauvage, n'avaient eu le choix que de déserter.

Ce soir de novembre 1623, Charlet était inquiet en quittant son ami. Biencourt n'avait ni sa stature, ni sa force physique, il était beaucoup plus petit, mince, tout en muscles et en nerfs, mais il était doué d'une énergie surprenante sous une apparence presque fragile.

Personne n'aurait pu l'imaginer abattu par la maladie. Le lendemain pourtant il était incapable de quitter les fourrures sur lesquelles il reposait. La fièvre l'avait envahi et il toussait, mais aucun signe du scorbut, tant redouté, n'apparaissait. Le jongleur lui administra une tisane, elle fit un peu baisser sa fièvre. Les récollets se mirent en prières. Charlet s'installa à son chevet. Biencourt eut encore le courage d'en sourire.

— Prenez bien garde, Charlet, de ne pas vous laisser aller aux ravassements d'esprit, vous savez où ils conduisent ! Il serait meilleur pour vous d'aller à la chasse !

Charlet essaya bien d'en rire, mais c'était trop lui demander.

— Je serai près de vous tout le temps de votre maladie, et au printemps nous chasserons ensemble, dit-il seulement.

La réponse de Biencourt fut brutale.

— Vous ne serez pas longtemps immobilisé près de moi, Charlet, et au printemps vous chasserez seul.

Les deux hommes vivaient depuis longtemps au milieu des Indiens, comme eux ils avaient appris à reconnaître la mort quand elle s'approchait. Biencourt mourait, ils le savaient, et ils se devaient l'un à l'autre la vérité. Ce fut Biencourt qui reprit la parole.

— Je m'en vais bien vite, dit-il, et mon mal pour être rapide n'est pas spectaculaire, on ne manquera pas de vous accuser de ma mort.

Charlet faillit bondir. Il aimait Biencourt comme un frère, comment pourrait-on l'accuser un jour de l'avoir tué ?

— Vous êtes mon héritier, Charlet, je vous laisse la seigneurie de Port-Royal que mon père m'a léguée, et qu'il faudra bien reconstruire un jour, je vous transmets aussi mon titre. Il faudra que vous les fassiez reconnaître.

Il se tut un moment.

— Il y aura des jaloux, dit-il. Plus tard, quand tout ira mieux.

À ce moment il parut s'endormir. Au bout d'un long moment il dit encore d'une voix très faible :

— Résistez, Charlet, ne cédez jamais !

L'instant d'après Charlet n'entendit plus son souffle. Biencourt venait de mourir à l'âge de trente et un ans des suites d'un banal refroidissement, usé d'avoir, en Acadie, mené tant de combats.

À nouveau, comme après le désastre provoqué par Argall, les rats quittèrent le navire, supputant qu'avec la mort du capitaine la houle pouvait devenir mauvaise. La compagnie de commerce de Bordeaux, et celle de La Rochelle furent dissoutes du fait même de la mort de l'un des associés, et personne ne songea à un partenariat avec son successeur. Loméron se retira, et le provincial d'Aquitaine rappela les récollets. Encore une fois l'embryonnaire colonie acadienne paraissait condamnée.

# 10

Trois ans s'étaient écoulés depuis la mort de Biencourt. De la plate-forme où s'élevait le fort, Charles laissait son regard caresser la Baie de Sable, la bien nommée, beige et lisse, recouverte d'un grain d'une étonnante finesse, alanguie au bord de l'eau comme une belle sur sa couche, et trompeuse aussi comme une beauté perfide, tendant ingénument le piège séduisant de son étendue mouvante. Charles aimait la Baie de Sable, son anse douce, accueillante aux bateaux, les îles qui la bordaient, celle des Cormorans, celle des Loups Marins. Il y avait trouvé, sinon la paix, aléatoire, en ce temps-là, en ce lieu-là, au moins une certaine tranquillité quotidienne, qu'il savait pourtant incertaine, un bonheur immédiat, précaire sans doute, mais qui émanait naturellement de la beauté de l'endroit où pour la première fois il avait bâti sa propre habitation. À ce fort qu'il avait édifié il avait laissé le nom dont on désignait déjà le lieu, celui de l'agent commercial de Biencourt, Loméron, qui y avait eu un moment sa maison, sans même songer à faire de la construction qu'il édifiait un fort La Tour. Biencourt avait-il appelé son campement de Port-Royal, ou celui du Cap Nègre, de son nom ? Et pas davantage M. de Poutrincourt, qui avait dédié sa belle colonie naissante au roi seul. Mais le fort Loméron était sa maison. Anglais, aventuriers de tout poil, et tout aussi bien les Français, ceux de la Grande Rivière, le savaient : quel que fût le nom de la demeure, nul ne tenterait de le déloger sans être mis à mal. À plusieurs reprises les Anglais avaient pris la mesure de sa défense, dans des tentatives qui étaient restées vaines. Depuis qu'il s'était fondu dans la nation micmac, Charles en avait appris la ruse, la prudence, le silence et la rapidité. Pour le piéger, il fallait de la subtilité, et pour le réduire à merci, il était nécessaire d'aligner des forces plus considérables que les siennes. Le fort Loméron était donc un abri aussi sûr que le permettaient les aléas d'une guerre qui ne disait pas son nom, mais ne désarmait jamais, larvée, endémique, et toujours menaçante.

C'était la fin du jour, et Charles s'accordait une pause, une trêve dans sa lutte incessante, contre l'hiver, contre le sable, contre les Anglais, contre les trafiquants, contre les marchands qui auraient bien voulu l'étrangler, et contre son père même, champion de toutes les compromissions, qui venait de se faire chasser de son fort de Pentagouët par les Anglais avec qui il ne s'était point gêné de faire commerce, avant que le partenaire ne se lasse et préfère le déloger et se passer de son intermédiaire. Charles devait donc toujours veiller, et de son fort bien remparé guetter l'ennemi prêt à l'assaillir, Anglais, ou Français de la Grande Rivière, les uns autant que les autres acharnés à sa perte. Ce soir-là pourtant de l'été 1626, ce n'était pas le soldat embusqué que le regard de Charles traquait. « Celle qui a traîné la lune » s'était éloignée, à l'aube, en direction de la forêt, silencieuse comme toutes les Indiennes, allant d'un pas rythmé, long et souple, sans paraître alourdie d'une grossesse qui venait à son terme. Charles savait pourquoi elle s'isolait. Il l'avait regardée s'en aller, le cœur un peu pincé malgré son apparence impassible, et maintenant il l'attendait, dissimulant une impatience qu'elle n'aurait pas comprise, sans crainte pourtant, car il savait bien depuis qu'il vivait avec les sauvages que la naissance et la mort ne sont que des passages, et que les forces que les humains ne peuvent pas comprendre veillent à ces grands mystères.

La « femme qui a traîné la lune » s'était écartée de sa maison au matin, drapée dans son silence, comme une reine dans son manteau de cour. Elle avait marché vers l'abri des arbres, de son pas lent et souple, pour y rencontrer enfin, dans la plus grande solitude, l'enfant qu'elle portait. Le vent frémissait doucement dans les branches des bouleaux, berçant la douleur sourde de son ventre durci. Quand le mal se fit violent, elle ne cilla pas, et ne laissa échapper qu'un soupir. Le temps était là, celui d'accomplir son travail. Elle s'accroupit dans les broussailles, concentra toute sa force, et plus encore sa volonté, à pousser hors de son ventre l'enfant qui voulait naître. Elle sentit la brûlure de la tête qui sortait, puis le glissement doux et facile du corps menu qui se coulait entre ses cuisses. Il y eut enfin un vagissement. D'une main preste elle coupa avec son petit scalpel d'os aiguisé le cordon qui reliait encore l'enfant au magma qui finissait de s'écouler d'elle, enroula le nouveau-né dans une peau de castor, et se dirigea vers la rivière pour le laver. Elle l'emmaillota enfin d'une fine couverture de peau, souple et douce comme un tissu de soie, l'attacha étroitement sur une mince planchette qu'elle suspendit à son dos, et du même pas assuré et tranquille elle regagna le fort.

Charles maintenant la regardait marcher vers lui. Le miracle était accompli. En passant le seuil de l'habitation, la femme lui dit seulement que l'enfant était une fille, et Charles que submergeait une inexprimable vague de bonheur pensa qu'elle serait sans doute aussi belle que « la femme qui a traîné la lune ». Depuis la mort de Biencourt les récollets avaient déserté l'Acadie, on vivait au Cap de Sable sans plus de secours de la religion, que du roi de France, et dans cet instant Charles de La Tour n'en était guère ému. Il avait pris femme sans la bénédiction d'un prêtre, il n'y en avait pas davantage à l'arrivée de sa fille dans le monde. Les deux événements n'avaient pas pour autant manqué d'être source de joie. Il y avait presque quinze ans qu'il vivait à la sauvage, la femme qu'il s'était choisie était souriquoise, la France et ses coutumes, la religion de son enfance, dont il n'avait eu qu'une très légère imprégnation ayant grandi dans la rue, n'étaient plus qu'un souvenir, décoloré par le temps et la distance. Après quelques jours, le jongleur, c'était dans ses attributions rituelles, nomma la petite fille Kanonwiisostha, « celle qui embellit le fond de l'eau ». L'enfant, la première née de Charles de La Tour et de « la femme qui a traîné la lune », commençait une vie, qui ne serait qu'un temps sauvage, dans la plus pure tradition micmac. Quand les récollets revinrent en 1629 ils baptisèrent l'enfant, après avoir béni l'union de Charles et de son épouse micmac. Leur fille, première née, Jeanne de La Tour, dont le joli nom de Kanonwiisostha était beaucoup plus poétique, se trouva alors nantie de la richesse d'un double parrainage.

Au demeurant, en cette année 1626, Charles de La Tour ne pouvait, en tout état de cause, se laisser aller au bonheur de l'instant. Biencourt lui avait légué la colonie, et il mesurait chaque jour le poids de cette charge. Il se remémorait le temps où il avait vécu dans l'ombre de son ami, celui d'une lutte toujours recommencée pour leur survie, et qui lui laissait pourtant un arrière-goût de paradis perdu. Ils avaient connu des tourments, des angoisses, et de cuisantes déconvenues, mais ils étaient deux, et c'était Biencourt qui assumait seul le poids des choses. Avec le recul, et l'expérience qui était maintenant la sienne, Charles comprenait mieux que Biencourt, qu'il croyait infatigable, ait un jour lâché prise devant un banal refroidissement qui était venu à bout de ses défenses.

Depuis la mort de son ami, Charles de La Tour avait continué la traite, et, venant à son tour au vieux rêve des Poutrincourt, il avait mis la terre en culture au Cap de Sable, car s'il n'avait toujours à ses côtés qu'une vingtaine de colons, une bonne centaine de familles souriquoises, renonçant au nomadisme, s'étaient fixées autour de l'établissement. Charles savait bien que l'équilibre imparfait qu'il maintenait dans son domaine était assez fragile pour s'effondrer au premier vent mauvais, et que l'établissement ne saurait se pérenniser sans le secours d'aides substantielles et le renfort de nouveaux colons. Quand, en 1627, il apprit par des navigateurs français que la guerre avait éclaté entre la France et l'Angleterre, il comprit que pour échapper à une catastrophe imminente il était urgent d'obtenir de l'aide.

Comme jadis, Biencourt avait appelé au secours les échevins de Paris, La Tour écrivit au roi, et à son ministre, Richelieu, dont on savait, même en Acadie, qu'il avait l'oreille du roi. Dans les deux missives il relatait, qu'ayant hérité de Biencourt ses fonctions d'administrateur de l'Acadie, il avait conservé cette colonie à la France, repoussant les Anglais, qui voulaient confisquer le monopole de la pêche et de la traite des pelleteries en Acadie, avec une troupe mixte de Français et d'Indiens. Poussé par l'urgence du besoin et la menace de plus en plus pressante des Anglais, il sollicitait instamment des approvisionnements et des renforts. Enfin il demandait au roi de le confirmer dans les fonctions que lui avait transmises Biencourt, pour que ce royal aveu vienne donner plus de poids à son action. Charles de La Tour n'était ni avocat, ni poète, comme le subtil Marc Lescarbot, pionnier de la première heure, pleurant l'exil forcé des Français d'Acadie en 1607, mais son profond attachement à la colonie prêtait à sa plume, un rien plus maladroite, la sincérité des accents de Biencourt s'adressant aux échevins de Paris, et la confiance un rien naïve de Poutrincourt portant ses épis de blé au roi Henri. *Je ne puis avoir d'autre recours,* écrivait-il à son souverain, *que de supplier très humblement vostre majesté de ne laisser perdre un si beau et bon pays.* Au ministre il expliquait le plus concrètement du monde, comment il avait su résister aux Anglais, et par quelles voies, avec un peu de renfort, il pouvait *leur donner de la peine.* Avec la même franchise un peu cruelle, il relatait qu'il n'avait reçu *aucun secours ni soulagement de personne, au contraire,* précisait-il, *j'ai été et suis poursuivi jusques à la mort par ceux de la Grande Rivière qui se disent Français.*

Il ne restait plus qu'à faire parvenir la requête de la dernière chance, et à s'assurer qu'elle serait au moins lue, et, avec un peu de fortune, prise en considération. Il fallait, de toute évidence, faire accompagner cette missive, sauf à la voir tomber dans l'oubli et l'indifférence, comme la lettre de Biencourt aux échevins de Paris. Avec moins de sincérité que son fils, mais plus d'entregent, Claude de Saint Étienne, La Tour père, était un ambassadeur tout trouvé pour défendre la supplique auprès du roi et de son ministre. Chassé par les Anglais, privé de la ressource de la traite, et peu soucieux de vivre comme son fils à la sauvage et sans sûreté, il avait promptement manifesté le désir de regagner la France, y trouvant opportunément une nécessité à s'occuper de ses terres champenoises, depuis beau temps abandonnées, si elles avaient jamais existé, ce dont Charlet n'était pas certain. Le fils pria donc le père d'être son ambassadeur, certain d'être entendu de Saint Étienne sur ce sujet. Un séjour parmi les grands était ce que Claude de Saint Étienne de La Tour pouvait imaginer de plus plaisant, et il aimait assez à jouer les importants pour s'empresser à cette mission. Un séjour dans le sillage de la cour le distrairait des aléas de la vie acadienne. Il appuierait donc son fils, ce qui lui permettrait de se rétablir si le roi décidait de confirmer Charles dans les fonctions qu'il assumait depuis plusieurs années sans en être officiellement missionné.

Deux mois après avoir déserté l'Acadie, La Tour, le père, tout auréolé d'une gloire qu'il imaginait déjà, entrait crânement dans Paris, et l'habit lesté des beaux écus de son fils, s'en allait dîner au restaurant Renard sur la terrasse des Tuileries, tout comme s'il n'avait jamais fréquenté d'autres lieux. L'habit un peu démodé, mais la mine altière, il s'installa rempli d'aise dans l'élégante hostellerie, et s'empressa de saluer un seigneur suivi d'une petite cour, qu'il n'avait seulement jamais rencontré, ne doutant pas que l'autre, se fiant à son panache, lui ferait quelque amabilité. L'homme le toisa, arqua un sourcil hautain pour marquer son étonnement, et passa son chemin sans lui adresser la parole.

Saint Étienne était vaniteux à l'extrême mais se gardait bien d'être jamais sot, il ne manqua pas de réfléchir au temps qui s'était écoulé depuis qu'il s'était exilé. Vingt-deux ans ! C'était trop pour être encore dans la mode, qui tout ce temps avait trotté. Il avait bien remarqué, dans la rue, des chapeaux d'une forme qu'il ne connaissait pas, ronds et à bords étroits, on les disait « à la preneur de taupes », et il n'était pas au bout de ses surprises. Les pourpoints, qu'il avait connus longs, étaient courts, il se les remémorait larges, ils étaient étrécis, les chausses aussi s'étaient transformées, elles étaient maintenant bouffantes et à gros plis, un petit manteau à la clystérique avait supplanté celui qui était long et frangé d'or. Enfin, les colletins de daim dont s'enorgueillissaient les inconditionnels de la mode, étaient doublés de sachets de senteurs, jusqu'à empester les voisins et leur donner des vapeurs. Claude de La Tour prit conscience qu'il sentait terriblement sa vieille cour, et qu'on le regardait de même manière qu'on l'eût fait d'un sauvage lâché à l'improviste dans les rues de Paris. Mortifié il prêta l'oreille aux propos de ses voisins de table pour tenter au moins de saisir au passage le vent qui soufflait alors sur la capitale. Il trouva leur conversation aussi déconcertante que le baragouin des sauvages. L'échange était ponctué d'étranges exclamations, *vous avez de la propreté, vous êtes affligeant, vous êtes amirable ! Amirable ?* L'ambassadeur d'occasion, revenu dans un pays qui lui était désormais étranger, crut que la langue du causeur avait fourché, mais un comparse reprit le mot avec enthousiasme. La Tour ne pouvait évidemment pas savoir, venant d'un si long exil, qu'il était maintenant élégant de supprimer une consonne quand elle paraissait superflue. Le nouveau langage lui devint encore plus hermétique, avec la disparition de la diphtongue *oi*, transformée en *é*. Il semblait bien que sous Louis XIII on n'était plus *courtois*, mais *courté*, qu'une *chose* était devenue une *chouse*, et que le soleil même dont on aurait pu espérer qu'il fût immuable était aujourd'hui le *souleil*. La Tour père en vint à regretter l'Acadie où l'on parlait encore une langue qu'il comprenait. Ébranlé dans ses certitudes, ce dont il n'était pas coutumier, il prit un peu moins vaillamment le chemin du Louvre. Pour la première fois l'âge lui pesa un peu, et la perspective d'affronter le bourbier des rues et de crotter son habit, fût-il passé de mode, le contraria, il s'en fut donc à l'hôtel Saint Fiacre, rue Saint-Martin louer au sieur Sauvage un *carrosse de remise*. La voiture n'avait point de rideaux, les chevaux qui le tiraient étaient de pauvres haridelles, et le cocher était aussi mal fait que mal habillé. M. de Saint Étienne en ce pauvre équipage avait tout d'un botté sans cheval, mais il éviterait au moins de marcher dans la crotte.

À bonne distance, puisque son carrosse n'avait point de rideaux, Saint Étienne vit se dresser les tours massives du Louvre au-dessus des toits enchevêtrés de la cité. Il en apprécia l'arrogance, en homme qui sait ce que c'est qu'un assaut, au moins quand on le subit, puis, en s'approchant il découvrit les façades de l'habitation royale, sinistres à souhait, enduites d'une crasse noirâtre, les fossés emplis d'eaux bourbeuses, les murailles extérieures garnies de tourelles. Au-devant du palais les archers de la prévôté, revêtus du hoqueton bleu, hallebarde à la main, se tenaient en faction à la poterne ménagée dans le mur extérieur, sur la ruelle du Coq qui n'était guère qu'un bourbier, noyé dans son ruisseau d'eau sale. La voiture s'y engagea, sans souci de la boue que son sillage projetait. Désireux de préserver son habit, La Tour se ramassa comme lapin en son terrier dans l'encoignure de la caisse roulante qu'on lui avait donnée en guise de carrosse, à temps pour éviter les déjections que projetait sans y regarder un cavalier par trop pressé qui le dépassa. Quand il put enfin, rendu dans la cour du palais, reprendre pied sur la terre ferme, et presque propre, Claude de Saint Étienne, retrouvant confiance en ses propres talents, n'était pas loin de penser que le plus dur de son ambassade était passé.

L'ambassadeur improvisé de l'Acadie en détresse ne pouvait mieux tomber que près du nouveau ministre dont le poids, quatre ans après son accession au pouvoir, n'était plus à prouver. Dans la lignée des rois prédécesseurs de celui qu'il servait, qui avaient su voir grand, et loin, et s'étaient employés à asseoir la puissance de la France, Richelieu entendait faire du règne de Louis XIII, celui de la nouvelle gloire du royaume. Considérant le retard de l'État français en matière maritime et coloniale, au regard de la Hollande et de l'Angleterre, le ministre était résolu à doter la France d'une marine puissante, et de colonies florissantes. Richelieu était un homme d'action. Sans se décourager par de premiers échecs, il venait de mettre sur pied la compagnie de la Nouvelle France, constituée de cent associés, dont il était, société autorisée à faire la traite avec les Indiens et à accorder des seigneuries pour favoriser le peuplement de la Nouvelle France. Il accueillit avec courtoisie l'émissaire venu d'Acadie.

— Eh bien ! Monsieur de Saint Étienne, dit-il, quelles nouvelles des Canadas nous portez-vous ?

L'ouverture était trop belle, La Tour s'y engouffra, et s'il était une chose à laquelle il s'entendait c'était bien à parler. Il n'y faillit pas. Il n'eut pas à déployer de talents exceptionnels, l'affaire était entendue avant même qu'on l'eût débattue, ce qui n'empêcha nullement le plénipotentiaire d'occasion d'en tirer une gloire qui ne lui revenait aucunement. Charles n'y regarderait pas de si près, la fin seule importait, qui le délivrerait de l'incertitude qui minait la colonie.

La demande de ravitaillement et d'hommes fut aussitôt transmise par le ministre à la toute nouvelle Compagnie des Cent Associés, et quelques mois plus tard, au printemps de l'année 1627, elle envoya quatre navires, chargés d'hommes, de vivres, de semences et de tous les secours dont Charles de La Tour, au Cap de Sable, autant que Samuel Champlain, à Québec, pouvaient avoir besoin. Claude de La Tour, qui n'était pas homme à avoir le triomphe modeste, se sentit repris de zèle pour l'Acadie, et se hâta de rejoindre son fils, dont la position venait d'être joliment confortée. Il embarqua dans le convoi de vivres avec une satisfaction affichée. Les témoins en déduisirent que la colonie lui manquait, et s'extasièrent devant son dévouement à la cause acadienne. La vérité était plutôt que Paris, où il n'avait guère les moyens de sa gloriole, l'avait déçu.

L'avenir enfin semblait sourire à la Nouvelle France, et aux plus oubliés de tous, les Acadiens. C'était compter sans les Anglais, et tant les choses de ce monde ne tiennent parfois qu'au mince fil d'une intrigue, et de l'inspiration malheureuse d'un quidam, il s'en fallut seulement de l'idée incongrue d'un Écossais, Sir William Alexander. Poète par vocation, colonisateur par occasion, il imagina d'inciter les jeunes Écossais, trop turbulents au gré du roi d'Angleterre, à émigrer, en leur créant de toutes pièces une Nouvelle Écosse, là où il y avait déjà une Nouvelle France, bien fragile, et une Nouvelle Angleterre, qui s'affermissait chaque jour. Grande était la tentation de se tailler une part bien large dans le vaste territoire de l'Amérique. William Alexander n'y résista pas plus que le roi d'Angleterre. On débita donc, au profit de l'Écosse, un gros morceau d'Amérique, là où la résistance était la moins probable. L'Acadie en faisait partie.

Jusque-là on était dans la théorie, mais il n'est pas plus enragé qu'un théoricien qui décide de passer à l'action. William Alexander brûlait de voir son projet prendre corps, et l'occasion était belle pour les pirates et les aventuriers de partir à l'assaut de prises fructueuses. Comme on n'est jamais mieux trahi que par les siens, ou au moins par des proches, David Kirke, fils d'un marchand anglais établi à Dieppe, fut le bras armé contre les colons français. Charles I$^{er}$, roi d'Angleterre, le chargea sans état d'âme de chasser les Français du *Canida*, ce qui lui semblait un juste retour d'une certaine trahison. Charles avait épousé une fille de France, Henriette, mais contre toute logique ce mariage n'avait pas rapproché les deux royaumes. Le roi de France avait négligé de payer la dot de la dame, et le mariage français n'était plus aux regards des Anglais qu'une pomme de discorde. David Kirke, ayant embarqué ses frères et le fils de William Alexander, se porta donc à l'assaut des terres canadiennes, sommant Champlain, qui n'en fit rien, de lui livrer Québec. Il n'était plus que de rentrer chez soi, la mine déconfite, ce que s'apprêtait à faire le pirate malchanceux, quand il croisa, aux environs de Gaspé, la flotte française partie ravitailler les siens. Il eut tôt fait de l'arraisonner, et les vivres tant espérés des Français prirent le chemin de l'Angleterre, les hommes aussi, en tant que prisonniers, au nombre desquels était Claude Saint Étienne de La Tour.

M. de Saint Étienne n'était point d'une nature à prendre l'incident au tragique, il n'allait pas pour autant bouder les Anglais. N'était-on pas entre gens du même monde ? La Tour père se souvint à propos qu'il avait de longue date fréquenté les Écossais, lors même qu'il était encore dans ses terres champenoises, et particulièrement les Stuart, membres de la famille royale d'Écosse, qui y avaient des terres. Il n'était pas homme à passer sous silence de telles affinités. Il vogua donc, vaillamment, et le cœur en paix, vers la cour de Charles Ier. Tant de bonne volonté, de courtoisie, lui valut un accueil chaleureux à Londres. Et, à y bien réfléchir, puisque la reine, céans, était française, M. de Saint Étienne était-il vraiment passé chez l'ennemi ? Le cœur caméléon de Claude Saint Étienne de La Tour s'accorda si bien à la teinte écossaise qu'il en tomba amoureux d'une dame d'honneur de la reine Henriette. En homme d'honneur il l'épousa. Charles Ier, et plus encore William Alexander, comprirent bien tout le prix de cette subite amitié. Ils dotèrent le Français d'une baronnie en Nouvelle Écosse, et pour n'être pas chiens, ils en ajoutèrent une pour son fils. Pourquoi en faire l'économie ? Charles Ier, disposant dans sa largesse d'un territoire qu'il s'était à lui-même octroyé, avait créé cent baronnies, il eût été mesquin de lésiner !

Ce fut donc nanti d'une épouse et de deux baronnies que La Tour reprit la route de l'Acadie au printemps de 1630, après six mois de séjour à la cour d'Angleterre, sur un vaisseau bien armé, porteur pour son fils de l'étonnante nouvelle qu'il avait changé d'allégeance, et se trouvait présentement baronnet d'Écosse, et sujet du roi d'Angleterre. Cela supposait qu'avant de jouir de la baronnie qu'on lui offrait, sans qu'il l'eût jamais demandée, il devait d'abord remettre le fort Loméron entre les mains du roi d'Angleterre.

Quand l'équipage anglais fut parvenu à la Baie de Sable, Claude de La Tour se fit conduire dans une chaloupe auprès de son fils.

— Monsieur mon fils, déclara Saint Étienne sans sourciller, vous voici, comme moi-même, et par mon entremise, baronnet de la Nouvelle Écosse, sans avoir le moins du monde à quitter votre territoire, pas plus qu'à combattre le roi d'Angleterre, tant il est vrai qu'il n'y a plus en ces contrées de Nouvelle France. Il vous suffit pour jouir de cet avantage de remettre la terre que vous défendez seul, et depuis tant d'années, au roi Charles Ier, qui vous la rétrocède.

La fureur de Charles de La Tour fut immédiate.

— Sortez, monsieur, dit-il, et emportez vos baronnies, qui sont une offense aux hommes de cette colonie. Il faudra me tuer pour que le Cap de Sable passe aux mains des Anglais.

Le père eut beau jeu de jouer l'offensé, et de brandir le respect qui lui était dû, ce fut totalement inopérant dans la conjoncture. En cet instant Charles se souvenait davantage de la mère Turgis, pestant et tonnant contre le forban, le vaurien, qui lui avait abandonné son fils, et qui n'était même pas capable, c'était sa rengaine, de faire un maçon, que de la piété filiale dont personne ne lui avait jamais parlé, puisque de père, pendant longtemps, il n'avait point semblé avoir. Claude de Saint Étienne avait d'autres cordes à son arc, il tenta la ruse.

— Vous protestiez jadis, ce me semble, contre le roi de France, contre les ministres, contre les marchands, qui tous nous avaient oubliés sur nos terres lointaines. Êtes-vous donc tellement attaché, aujourd'hui, à servir un roi à qui vous ne devez que de vous avoir tranquillement exposé au risque de mourir de faim, du mal de terre, ou de quelque embuscade des sauvages ?

— ... ou des Anglais !

— Les Anglais vous font l'honneur d'un titre et l'avantage d'une terre.

— D'une terre qui ne leur appartient pas !

— Qui en est donc le seigneur ?

— Le roi de France !

— Où sont ses sujets ?

— Ici même au Cap de Sable.

— Vous n'avez jamais été plus de vingt, tous assez fous pourtant pour vous maintenir en ce désert.

— J'ai plus de cent familles autour de moi !

— Des sauvages !

— Fidèles au roi de France.

— Vous m'amusez !

— Vous avez tort d'en rire, ils vous jetteraient dehors, vous et vos Anglais, sur un geste de moi.

— Mes Anglais, Charles, tourneront leurs canons sur votre habitation si j'en donne l'ordre !

— Je n'ai pas peur de vos canons.

— Revenez à la raison ! Cette terre, abandonnée de si long temps par la France, est en train de devenir anglaise.

— Là où je suis, elle est française.

— Prenez garde, les vaisseaux qui m'escortent sont bien armés.

— Je préfère vos canons à votre baronnie.

— Soit, je vous donne jusqu'à demain, avant que les canons anglais soient braqués sur le fort Loméron.

Claude de Saint Étienne s'éloigna sur cette forte tirade, persuadé que son fils ne s'entêterait pas dans son refus. Le lendemain pourtant Charles n'avait donné aucun signe d'allégeance. Il fallait en venir à la guerre. La Tour père risqua l'épreuve de force. Le combat s'engagea dès le matin après une dernière fin de non-recevoir de Charles à son père. Les assaillants anglais se ruèrent sur le fort, tentèrent de couper les pieux de la palissade et de mettre le feu à l'habitation, mais les défenseurs tinrent bon. Le combat dura tout le jour, et encore toute la nuit, hallucinant face à face d'un père et d'un fils qui se découvraient ennemis. Le lendemain les Anglais, qui avaient pris les choses en mains, mirent à terre une plus grande quantité de soldats pour impressionner l'adversaire, mais à l'abri de leurs retranchements les hommes du fort Loméron firent encore souvent mouche en les visant. Le troisième jour, les assaillants trouvèrent que l'aventure avait déjà coûté trop cher, le bateau leva l'ancre, emmenant le baronnet d'Écosse, sa femme, et ses illusions.

La situation ne laissait d'être embarrassante pour le sieur de Saint Étienne. Sa stupeur égalait sa colère, d'autant qu'il imaginait mal, tout opportuniste qu'il fût, se présenter à la cour de Charles Ier en lui rendant sa baronnie. La déconvenue du nouveau baronnet d'Écosse se doublait de l'embarras d'être maintenant chargé d'une épouse, bien utile à la cour d'Angleterre, mais un peu insolite dans l'Acadie à peine colonisée. Une nouvelle fois il tenta de jouer la carte du grand seigneur, qu'il avait toujours rêvé d'être, et dont il n'avait cessé de mimer le rôle chaque fois que son public était bon. Il offrit généreusement à son épouse de regagner seule le royaume d'Angleterre. Était-ce courtoisie, ou élégant moyen de se débarrasser d'un fardeau ? Il se trouva que l'Anglaise était vaillante, à moins qu'elle ne fût amoureuse. Elle resta. Force était donc de trouver un abri. Ce fut Port-Royal, que Kirke avait annexé, l'année précédente, au nom du roi d'Angleterre, prétextant que n'y trouvant âme qui vive la terre était supposée n'appartenir à personne. Le Port-Royal, désormais possession anglaise, avait donc été rebaptisé fort Charles, cependant que Champlain, mis à mal également par Kirke, se trouvait contraint de céder Québec aux Anglais. La Baie de Sable restait la seule possession française sur la terre d'Acadie.

Peu de temps après l'affrontement qui avait opposé le père et le fils, deux navires de la Compagnie des Cent Associés parvinrent enfin au Cap de Sable. Ils apportaient le ravitaillement tant attendu, des artisans, pour la première fois depuis tant d'années, et, signe évident qu'en France on s'intéressait de nouveau à l'œuvre de colonisation, trois récollets pour évangéliser les peuples. Bernard Marot, chef de l'expédition, apportait aussi des nouvelles à Charles de La Tour, et elles étaient d'importance. Les lettres qui lui furent remises faisaient état de sa nomination au nombre des associés, et précisaient qu'on lui envoyait des hommes, des armes, des vivres, pour lui permettre de construire une habitation là où il le jugerait le plus utile. Dans un premier temps Charles renforça et agrandit le poste du fort Loméron, rebaptisé pour l'occasion, fort Saint-Louis, en l'honneur de Louis XIII, et que les Acadiens, faisant sagement la part de chacun, désignèrent le plus souvent sous le vocable de fort La Tour. Puis Charles décida de bâtir un poste de traite fortifié à l'embouchure de la rivière Saint-Jean. C'était le meilleur endroit pour la traite des pelleteries, puisqu'on pouvait aller au-devant des chasseurs par les cours d'eau qui se jetaient dans la rivière, et le lieu le plus propice pour arrêter les Anglais sur le chemin de l'Acadie, avant qu'ils ne s'engouffrent dans la Baie Française. Charles de La Tour y bâtit un fort, qui prit le nom de fort Sainte-Marie, sur une hauteur d'où l'on pouvait surveiller de même manière la mer et la terre.

Dans le même temps, Charles s'était résolu à accueillir son père, et son épouse, qui lui demandaient asile au Cap de Sable. La fierté n'étouffait pas « ce forban de Turgis ». Magnanime, Charles pensa peut-être qu'il en maîtriserait plus facilement les initiatives intempestives en l'ayant à portée de vue. Il recueillit donc le renégat, à condition toutefois qu'il habitât une maison à proximité du fort Saint-Louis, mais au-dehors de ses palissades. Il honorait son père comme il le connaissait.

La paix était donc revenue, et la colonie reprenait le chemin de la prospérité. Une commission du roi, datée du 8 février 1631, nommait Charles de La Tour gouverneur et lieutenant général du roi. À la force de son courage, de sa ténacité, de la passion aussi dont il s'était pris pour le pays où le hasard l'avait conduit, Charlet, fidèle à Biencourt, à Poutrincourt, et au roi, avait fait bien du chemin depuis son enfance mancelle.

# 11

Le coche d'eau glissait tranquillement sur l'étendue grise de la Seine, Marie tendait son visage au soleil, elle aimait ce voyage paisible sur la rivière. Les bruits, ceux que faisaient les hommes, étaient feutrés, atténués, comme absorbés par la masse de liquide, mais les hommes il est vrai faisaient ici moins de fracas qu'à Paris. Les bateliers se hélaient d'une barge à l'autre, mais ce n'était qu'un bref salut, de connivence, entre habitués du même chemin d'eau. Le silence du fleuve et de ses berges vibrait pourtant de mille bruits, chants d'oiseaux qui se répondaient, se succédaient, s'enchaînaient, se relayaient, s'enchevêtraient, bruissement de l'eau fendue par l'embarcation, clapotis d'une rame battant la surface liquide, d'un poisson surpris, d'un oiseau qui plongeait, mais rien de tout cela ne rompait l'harmonie du moment. Les voyageurs avaient laissé le tumulte sur les quais parisiens, et sans hâte ils s'enfonçaient dans la province au fil de l'eau, au bout du voyage, comme un bonheur attendu, il y avait la Normandie.

On était aux premiers jours du printemps 1629, et Montdory renouait avec une pérégrination saisonnière qui n'était plus maintenant errance chaotique de comédiens soumis aux caprices des édiles. L'acteur avait conquis ses lettres de noblesse et son renom rejaillissait sur tous ceux qui le suivaient. La troupe qu'il dirigeait était à présent en passe de balancer le succès des comédiens du roi, et ce n'était pas rien. Montdory et les siens ne se déplaçaient donc plus que vers des lieux où ils étaient attendus par un public fervent, et des autorités bienveillantes. Ce voyage-là qui les menait vers Rouen n'avait plus grand-chose de commun avec la cohorte de charrettes branlantes, et brinquebalantes qui avait embarqué Marie au Mans une quinzaine d'années plus tôt. Elle n'en était pas fâchée. À vingt ans, Marie Jacquelin, toute à la joie d'une liberté enfin conquise, se grisait de jolies nuits à la belle étoile, le nez au vent de l'aventure, jamais rassasiée de nouveauté, même au prix de l'inconfort. Marie Desnoyers, que la trentaine dépassée rendait moins aventureuse, préférait la navigation paisible du coche d'eau, comme elle appréciait le confort de l'hôtellerie du Chevalier Blanc, qui l'attendait rue de la Pie.

À deux pas d'elle une querelle éclata entre deux « nouvelles », récemment accrochées à la troupe, au gré des amours des comédiens. Les demoiselles, séduites peut-être davantage par le clinquant du métier que par l'histrion provisoirement ébloui par leurs charmes, jouaient à l'occasion les utilités, au gré des besoins, sans aller plus loin dans cette troupe de comédiens confirmés que trois mots à dire pour introduire un personnage, ou traverser silencieusement la scène pour figurer, à elles deux, la foule. Ne pouvant jalouser trop ouvertement les actrices, elles reportaient leur mauvaise humeur l'une sur l'autre.

— La paix, les filles ! Vous êtes dans une troupe de comédiens, et non dans une basse-cour !

Montdory venait de surgir de son grand pas élastique, sans que personne l'ait entendu s'approcher. Marie sourit. Il était bien toujours le même, présent partout, veillant à tout, et capitaine de sa petite armée. Les gamines boudèrent ostensiblement, et Marie ne put s'empêcher de penser qu'elles avaient grand tort. Montdory, exigeant pour lui-même, l'était aussi pour les autres. Il ne laissait rien passer qui pouvait troubler la tranquillité, et donc la qualité, du travail des comédiens. Elle-même, à ses débuts, ne s'était maintenue que par sa persévérance, et point parce qu'elle partageait sa couche. Montdory pouvait trouver une fille partout, une comédienne c'était plus rare. Il s'empressa d'ailleurs de préciser :

— Si vous n'êtes pas faites pour ce métier, ce que je ne suis pas loin de croire, je vous déposerai de bon cœur à Rouen avec le prix de votre retour par le premier coche.

Les filles disparurent, et Montdory vint s'accouder près de Marie au bastingage léger de l'embarcation. La ville déjà se profilait à l'horizon.

— Ici au moins, dit-il, les comédiens du roi ne nous disputeront pas la place.

— Allons, dit Marie, tu les vaux bien !

— Sans doute, reprit le comédien avec un grand rire, et ils le savent. C'est bien là que le bât leur blesse !

— Ne vaut-il pas autant, aujourd'hui, être la troupe du cardinal plutôt que celle du roi ?

— Peut-être, mais ce n'est qu'en train de se faire, et cela ne sera jamais dit. Le cardinal nous protège, le roi reste le roi, et dans l'instant, c'est la troupe de Bellerose qui est celle du roi.

— Les choses sont en train de changer.

— Lentement.

— Pourquoi cette hâte, qui toujours te taraude, tu goûtes à peine le moment que tu es déjà dans le prochain.

— C'est que la vie va vite, Marie.

Ils restèrent un moment absorbés dans leurs pensées. Depuis près de dix ans qu'ils se côtoyaient jour après jour, ils se connaissaient bien, et ne pouvaient l'un à l'autre feindre ce qu'ils n'éprouvaient pas.

Montdory reprit la conversation avec un sourire malin.

— Je crois bien, Marie Desnoyers, dit-il en usant plaisamment de son nom de scène, que tu partages avec moi ce défaut.

Marie haussa les épaules et Montdory poursuivit.

— Tu devrais être satisfaite d'être aujourd'hui La Desnoyers. Tu as fait du chemin depuis Le Mans !

— Je suis satisfaite, dit froidement Marie.

— Non !

— Non ?

— Maintenant, il te faut autre chose. Mais quoi ? L'argent ? L'argent est-il nécessaire au bonheur ?

— Bien aisé à dire à qui n'en a jamais manqué !

— J'en ai manqué.

— Si peu de temps...

— Peut-être.

— Cela ne t'empêche pas d'entasser aujourd'hui les écus avec un soin jaloux.

— Je les gagne, comme toi.

— Un peu plus !

Ce n'était un secret pour personne, puisque scellé par contrat, que sur cent écus payés à la troupe cinquante revenaient à Montdory. Marie toutefois faisait la remarque en plaisantant, et c'est bien de la sorte que Montdory le comprit. Il rit avec elle, elle continua de plaisanter, leur vieille complicité l'autorisait.

— Et que feras-tu du trésor que tu amasses? demanda-t-elle, car c'est bien connu, tu ne dépenses pas.

— Je l'épargne!

— Pour quoi faire?

— Pour que le jour où je prendrai femme, mon épouse ne soit pas comme moi, obligée de gagner son pain, et surtout pas en jouant la comédie!

Montdory ne plaisantait plus et Marie l'avait senti. Elle en fut blessée.

— Évidemment, ce n'est pas honorable!

— Tu sais aussi bien que moi ce qu'il en est. Sauf pour quelques esprits éclairés, le public même qui nous applaudit nous rejette quand le rideau tombe. Lequel de ceux qui nous encensent nous proposerait d'être parrain ou marraine de son enfant? Ou nous inviterait même en sa maison pour le repas dominical? L'un d'eux se montrerait-il à nos côtés à l'office? On nous acclame, nous gagnons bien maintenant, et c'est tant mieux, mais nous restons toujours des pestiférés et des damnés en puissance.

— Tu as choisi ce métier, tu as quitté ta famille pour entrer dans ce cercle de maudits. La réputation, la reconnaissance, l'estampille de moralité des bonnes gens, te manquent-elles à ce point? Regrettes-tu ce que tu as librement choisi?

— Si je devais m'enfuir encore aujourd'hui de mon Auvergne pour devenir ce saltimbanque que je suis, je le ferais encore.

— Alors?

— Ce que j'accepte pour moi, je n'en veux pas pour les miens. La femme que j'épouserai ne sera pas souillée par ce métier. Voilà à quoi me servira mon argent. Et toi ?

— Moi ?

— Oui, que feras-tu de tes deniers ?

— D'abord, j'en gagne moins que toi...

— Encore !

Montdory, grave l'instant d'avant, avait repris son humeur plaisante.

— Et puis, je n'ai pas le souci du mariage ! reprit Marie.

— Tu devrais !

— Pour quelle raison, je te prie ?

— Je ne sais pas... pour ne pas vieillir dans la solitude, pour la sécurité, pour... pour le bonheur ?

— Et qui épouserais-je, perdue de réputation par mon métier, selon ton propre raisonnement ?

— Un comédien.

— Pour accrocher deux misères l'une à l'autre ?

— Et si tu tombais amoureuse...

— Oh, Guillaume !

Marie avait utilisé le prénom de Montdory, privilège inhabituel et secret, dont elle usait rarement.

— L'amour n'existe que sur des tréteaux, et c'est pour bercer le gogo.

Marie s'enfonça dans son silence, remuant pour elle-même le fer dans la plaie que Montdory, sans intention mauvaise, venait de raviver. Elle avait un petit pécule, un joli métier, un nom dans le monde étroit de la comédie, mais l'opprobre attaché aux basques des comédiens, et plus encore aux jupons des comédiennes, lui interdisait le bonheur tranquille de la première bourgeoise venue.

— Alors, lança encore Montdory avant de s'éloigner, si tu ne veux ni te marier, ni aimer, prends vite un protecteur, tant que tu es encore jeune, belle, célèbre. Tu auras au moins bijoux, robes, et chevaux.

Marie eut l'impression d'être souffletée, et pourtant Montdory, qui était loin de la mésestimer, n'avait pas voulu la blesser. Il était seulement un homme, un homme de son temps.

— Tu as raison, dit-elle glaciale, autant ajouter une damnation à une autre, au moins elles me seront bien payées.

Le jeu de paume, où la troupe de Montdory se produisait à Rouen, était situé dans la rue qui montait de la Seine jusqu'à l'église Saint-Éloi, non loin de l'hôtel de la Monnaie. Il y avait là une grande salle de quatre-vingt-quatorze pieds de longueur et de trente et un de largeur, disposée en amphithéâtre autour d'une scène. Le long des murs, des loges en bois avaient été construites à l'intention des acteurs. L'espace était entièrement consacré au théâtre, le jeu de paume était concentré sur l'étendue à ciel ouvert, qui lui était adjacente, où les notables de la ville se rendaient à dos de mule pour se livrer à leur jeu favori. Le quartier, bâti de sombres et austères demeures, était d'ordinaire englué dans l'ennui provincial, mais chaque année, après Pâques, la moindre ruelle alentour se métamorphosait. Les comédiens investissaient les cours, les rues, le jardin du tripot des Braques, les animant de leurs querelles, de leurs chansons, de leurs éclats de rire, en avant-goût des spectacles dont ils allaient régaler les Rouennais. Cette année-là, Hardy était au programme avec *La Force du sang*. Amants à la scène, quand ils ne l'étaient plus à la ville, Montdory et Marie tenaient respectivement les rôles d'Alphonse et de Léocadie. La Desnoyers ne détonnait pas le moins du monde dans l'emploi de jeune première, et Montdory, tout en fougue, était un amoureux parfait. Les filles de Rouen pourraient en rêver à l'aise jusqu'à la prochaine saison, sa voix chaude et vibrante, son regard de braise, ses boucles brunes désordonnées, convenaient parfaitement à l'emploi, et surtout la sincérité de son ardeur habitait le personnage. Soir après soir, Montdory brûlait pour Léocadie, sans voir jamais Marie qui lui prêtait sa beauté et sa sensibilité. Pour ce rôle au moins, la comédienne un peu besogneuse qu'elle était, l'actrice qui se forçait un peu, quand Montdory se laissait aller à la passion qui l'habitait, avait des accents de sincérité. Léocadie, perdue d'honneur, mais c'était malgré elle, était sans doute proche de la femme qu'elle était, honnie de même par les honnêtes gens.

Dans la salle, le public retenait son souffle. Chacun aurait voulu réconforter Léocadie, et tancer de belle manière l'insouciant Alphonse. Au premier rang, une toute jeune fille rêvait au bonheur d'être Léocadie, fût-ce au prix du déshonneur, Alphonse valait bien le sacrifice. Elle dévorait son héros des yeux et l'applaudit à tout rompre, malgré le beau zèle que sa mère déployait pour modérer l'expression de son admiration. L'intervention maladroite de la mère, ou le trop-plein d'enthousiasme de la fille attirèrent le regard de Montdory, qui ne se retint pas de sourire à l'ingénue. La demoiselle fondit de bonheur. Alphonse avait souri à Léocadie, le grand Montdory avait remarqué Mlle Berthelin, Guillaume Dosgilbert, plus simplement, était ému de sa rencontre avec Marie-Catherine. L'acteur s'en retourna tout étourdi à sa loge.

Un démon malin, ou un dieu bienveillant avait décidé de mettre ce soir-là sur le chemin de Montdory ceux qui allaient désormais compter dans sa vie. Un visiteur attendait le comédien dans sa loge, l'air si misérable, et si gauche, que personne n'avait osé l'éconduire. On pensa que le pauvre garçon se contenterait de bredouiller un compliment au comédien avant de s'éclipser. L'homme était venu en voisin, comme il l'expliqua à Montdory, par la porte de la rue du Vieux-Palais, comme il en usait souvent, car il était un fervent de théâtre. Montdory l'écouta, c'était dans sa nature, c'était aussi dans ses principes. Quelqu'un avait pris la peine de venir pour le complimenter, pour s'entretenir du spectacle, pour pénétrer au plus près ce monde magique de l'illusion, il avait droit à son respect et à sa patience. C'était un tout jeune homme que celui qui, ce soir, bousculant la timidité dont il était de toute évidence affligé, avait franchi le pas qui l'amenait en ce lieu. Il était grand, et tout empêtré de sa taille, négligé dans sa tenue, car sans doute il y attachait peu d'importance, et n'avait guère pour relever une apparence peu glorieuse qu'un regard étonnamment vif. La parole pourtant ne suivait pas l'éclat des yeux. Il bredouilla qu'il était avocat au Parlement, quand Montdory lui tendit avec bienveillance une perche pour la conversation en s'enquérant de son état, et s'embarrassa quand l'acteur l'en complimenta, puis s'enferma dans un mutisme déconcertant. Montdory lui-même n'était pas, en dehors de la scène, le moins du monde exubérant, il eut d'instinct de la sympathie pour ce jeune homme qui ne se haussait pas du col. Il avait été son frère en gaucherie, quelques années plus tôt, quand il avait abordé le monde du théâtre, il s'efforça de le mettre à l'aise, et tout soudain l'homme se jeta à l'eau, sortit de son habit une liasse de feuillets.

— J'ai écrit une comédie, dit-il, auriez-vous la bonté de la lire?

— Bien sûr, s'exclama Montdory et le ton de sa réponse était si chaleureux que son visiteur reprit un souffle de vie.

Montdory en avait tant vu de ces rimailleurs d'occasion qui lui brandissaient sous le nez des comédies de pacotilles, dont ils affirmaient haut et fort qu'on n'avait rien écrit avant leur chef-d'œuvre, qui lui déclamaient des vers ridicules, et attendaient, bien campés dans leur suffisance, le compliment qu'il n'avait aucunement l'intention d'émettre, que ce petit jeune homme, qui pour un peu serait reparti comme devant sans lui dévoiler son manuscrit, le bouleversa. Il lut un ou deux feuillets au hasard. La pièce s'appelait *Mélite.* D'emblée Montdory fut séduit par le ton. Il était nouveau, hors de la mode. L'intrigue était simple, le style naïf, ne cherchant qu'à être une peinture de la conversation des honnêtes gens, comme le souligna l'auteur, qui devant l'intérêt du comédien avait retrouvé l'usage de la parole. L'innovation était totale. Là où on avait l'habitude de forcer le burlesque, l'auteur amenait avec subtilité un comique en demi-teintes. On était aux antipodes des méandres compliqués de la dramaturgie de Hardy, et plus encore de la grossièreté habituelle des comédies qui faisaient s'ébaudir les foules, et que Montdory s'était toujours refusé à mettre en scène et à interpréter. Montdory fut séduit. Il ne résista pas au plaisir de déclamer quelques vers devant l'auteur qu'il mit au comble du bonheur.

— J'aime votre comédie, monsieur, dit-il, si vous me le permettez je l'emporte à Paris. Son public est là-bas et non pas en province.

Et comme l'homme s'en retournait, ébahi, le comédien le rappela.

— Comment vous appelez-vous, monsieur ?

L'autre se retourna. C'était vrai. Où avait-il la tête ? Il avait oublié de donner son nom.

— Pierre Corneille, dit-il du ton contrit dont on s'excuse de n'être pas connu.

# 12

Marie ôtait sa robe de scène, la très ordinaire défroque qui était la sienne dans *Mélite*, et qu'elle aurait tout aussi bien pu porter pour retourner à pied jusque chez elle, n'eût été la crainte de la crotter dans le bourbier de la rue. Il y eut un coup sec et rapide à la cloison légère. Sans attendre de réponse, Montdory investissait l'espace.

— Tièdes, dit-il avec une moue. Ils ont été bien tièdes !

— Il faut admettre que tout cela est déconcertant.

— Déconcertant ? *Mélite ?* Des gens qui parlent comme tout un chacun, et portent des vêtements qu'ils auraient pu emprunter au public ! Pourquoi être surpris par des héros que l'on pourrait rencontrer dans la rue ?

— Justement ! On ne vient pas au théâtre pour y rencontrer son voisin !

— Pourquoi pas ? Si l'histoire de ce voisin est captivante, si les sentiments que l'on met en scène sont grands, si les vers sont beaux.

Montdory marchait de long en large dans l'espace étroit dévolu à la comédienne.

— Et puis ce décor..., continua Marie.

— Des maisons, comme celles qui bordent le tripot Berthault !

— Le public est habitué à ce que les personnages se meuvent dans des palais, ou dans des forêts, pas aux abords d'un tripot !

— Des palais, des forêts, des contes pour enfants !

— Les gens viennent au théâtre pour rêver.

— Ils peuvent rêver sur *Mélite.*

Il y eut encore un silence, que Marie rompit.

— Ils viennent pour rire aussi...

— Il y a bien de quoi rire dans *Mélite.*

— Il n'y a pas de personnage grotesque.

— Je hais le grotesque ! Mais il y a des ridicules qui prêtent largement à s'égayer.

— Ils font sourire...

— Et si l'on souriait au lieu de rire comme le vulgaire ? Le théâtre est un art, il faut cesser de le confondre avec la farce.

— Bonne chance pour les tournées en province !

— Nous sommes à Paris.

— Nous sommes à Paris, et ce soir pourtant le public nous a boudés.

— Il y viendra.

— Pourquoi ?

— Parce que le théâtre de ce M. Corneille, c'est celui de demain.

— Dieu t'entende, Guillaume !

Marie sortit d'un pas vif et s'enfonça dans le brouillard glacé de ce 15 décembre 1629.

Montdory n'avait pas longtemps différé de monter *Mélite.* À la fin de l'été il avait loué pour sa troupe le tripot du cul-de-sac Berthault. Bellerose pouvait continuer de se pavaner dans la salle de la rue Mauconseil, en s'installant au Marais Montdory anticipait sur le moment où il serait autorisé à jouer à demeure dans la capitale, celui où, n'en déplaise à Bellerose, il y aurait à Paris deux troupes de comédiens du roi, pour peu qu'un certain cardinal, qui aimait le théâtre, et n'était pas rebuté par la modernité, s'en mêlât.

À ce tournant de sa carrière où d'autres auraient préféré jouer la carte de la prudence, Montdory n'avait pas hésité un instant à monter la pièce d'un auteur dont personne n'avait jamais entendu parler. Le comédien avait le courage de ses ambitions, il n'hésitait pas à prendre des risques. Monter *Mélite*, qui rompait avec toutes les conventions du théâtre du moment, était un pari, mais Montdory avait une faculté particulière d'anticipation, qui lui permettait de pressentir les changements quand ils n'étaient encore que des frémissements confus. *Mélite*, il en était sûr, c'était le théâtre de l'avenir. Toutefois pour réussir ce tour de force de changer les habitudes d'un public, il s'était entouré de quelques précautions. Il s'était d'abord bien gardé de faire figurer sur l'affiche le nom de l'auteur de la pièce comme on s'y était accoutumé. Le nom d'un inconnu pouvait rebuter les spectateurs potentiels. Il avait aussi composé avec le décor indiqué par Corneille. Les maisons contemporaines qui étaient prévues, se limitaient à un décor à compartiments des plus ordinaires, trois demeures accolées, qui n'étaient pas supposées être voisines dans la réalité. Pour le reste, si l'auteur avait encore composé avec la mode en introduisant dans la simplicité de son intrigue des scènes d'égarements, l'ensemble de la pièce montrait des personnages qui se mouvaient dans la réalité du temps, et conversaient entre eux sans un souci constant de lyrisme. La pièce, d'un genre nouveau, accusait une vraisemblance qui n'était pas alors du domaine théâtral.

Le public bouda encore pendant deux ou trois représentations, puis la tendance s'inversa brusquement, et on se bouscula au jeu de paume Berthault, *Mélite* fut un succès. L'auteur, prévenu par son interprète, vint à Paris pour y savourer son triomphe. Ce grand timide, bousculé par la critique, ne manqua pas d'à-propos pour se défendre. À un fâcheux qui lui reprochait de ne pas avoir respecté *les règles*, qu'on venait tout juste d'inventer, il répondit que sa pièce n'avait garde d'être dans les règles, puisqu'il ne savait pas qu'elles existaient. Avec ou sans règles, Corneille venait de s'imposer. Montdory n'était pas perdant, sa compagnie avait gagné ses galons de deuxième troupe établie à Paris, le monopole des comédiens de Bellerose était révolu.

Montdory retourna à Rouen, au début du printemps de 1630, il s'y rendit seul, profitant de quelques jours de relâche de la troupe. Il en revint avec une épouse, la jolie petite Marie-Catherine Berthelin, qui l'avait tant applaudi à Rouen au printemps passé. Pierre Corneille, avocat au Parlement, comme son père, s'était sans doute entremis pour attester de la moralité du comédien.

Montdory confia, sans malice aucune, à Marie, son amie, et souvent sa confidente :

— Elle ne mettra jamais le pied dans ce théâtre. D'ailleurs elle est tellement innocente qu'elle ne se plaît qu'à l'église.

La preuve était donc faite qu'un comédien de bonne renommée pouvait épouser une bourgeoise, Marie pensa, avec un rien d'amertume, que l'inverse n'était pas imaginable.

# 13

Au moment même où Charles de La Tour refoulait Kirke, puis son propre père armé par les Anglais, la France, qui recommençait à se préoccuper des Canadas, menait patiemment des négociations avec l'Angleterre pour récupérer l'ensemble des territoires de la Nouvelle France. L'affaire mit trois bonnes années. Les Anglais ne faisaient aucune difficulté à rendre Québec à la France, mais les tractations traînaient en longueur à propos de la restitution de Port-Royal, occupé par les Écossais de William Alexander. Pour les Anglais la discussion était parfaitement superflue, Kirke n'ayant fait que reprendre une terre qui avait un moment appartenu à la couronne d'Angleterre. Mais surtout, les Anglais refusaient le principe même d'une discussion sur ce point tant que la dot de la reine Henriette n'aurait pas été acquittée. Après beaucoup de palabres, et de menaces bien senties, on parvint enfin à un accord au traité de Saint-Germain-en-Laye le 29 mars 1632. L'Angleterre s'engageait à évacuer *tous les lieux occupez en la Nouvelle France, la Cadie, et Canada.* C'était pour le principe. Les Anglais se maintenaient à Port-Royal, dont l'occupation, réputée provisoire, risquait fort de durer, si une escadre française bien armée n'y mettait pas un terme. Richelieu était parfaitement décidé à employer la force pour retrouver l'intégralité de l'Acadie française, et il était résolu à mener une véritable entreprise de colonisation en peuplant les lieux.

Le cardinal chargea donc le commandeur Isaac de Razilly, qui avait fait ses preuves au combat, de diriger l'opération. L'homme était l'auteur d'un mémoire exposant que la puissance maritime donnerait à la France le pouvoir sur terre, mémoire que le ministre avait pris en considération, il était donc à double titre l'homme de la situation. Razilly partit pour l'Acadie, nanti du titre de lieutenant général du roi en Nouvelle France, et de la cession, à titre personnel, d'un territoire à Sainte-Croix. Trois navires partirent d'Auray, et un quatrième de La Rochelle, emmenant *trois cents hommes d'élite*, quelques gentilshommes, six capucins, des soldats, des marins, des artisans, des journaliers, et quinze familles de colons. Au terme d'un voyage sans difficultés, Razilly parvint en Acadie le 8 septembre 1632, et décida de s'installer à La Hève, pour y établir son quartier général et la capitale de l'Acadie. Il avait fait ce choix en raison du havre excellent qu'il présentait, et des avantages qu'il offrait à la navigation. Sa première préoccupation, avant d'aller guerroyer du côté de Port-Royal, fut de construire un fort. Il lui donna le nom de fort Sainte-Marie-de-Grâce.

La situation en Acadie avait considérablement évolué depuis que Richelieu avait pris les choses en mains, et on était déjà loin du temps où Charles de La Tour, au Cap de Sable, maintenait la dernière présence française. Au nord-est de la péninsule, au Cap Breton, le fort

Sainte-Anne, construit en 1629 par le capitaine Charles Daniel, était toujours en place. Il était maintenant occupé par Pierre Desportes de Lignières, l'un des cent associés, qui venait de fonder sa propre compagnie de commerce. Cela lui vaudrait bientôt le monopole de la traite dans le Cap Breton. Sur le littoral atlantique, Razilly s'était établi dans son fort Sainte-Marie-de-Grâce, des capucins étaient à ses côtés. Charles de La Tour occupait toujours, dans la Baie de Sable, le fort La Tour au Cap Nègre, et le fort Saint-Louis au Cap de Sable. Les renforts, qui lui étaient parvenus, après tant d'années d'attente, lui avaient permis d'accueillir de nouveaux colons, mais aussi trois récollets pour reprendre la mission d'évangélisation. De l'autre côté de la Baie Française, face à la baie de Port-Royal, La Tour avait fait construire le fort Sainte-Marie, à l'embouchure de la rivière Saint-Jean, établissement entièrement dédié à la traite, que Claude de Saint Étienne, maintenant brouillé avec les Anglais, commandait. Un autre établissement de traite était installé à Sainte-Croix, ce domaine appartenait à Razilly. Enfin, les Anglais se maintenaient en dépit du traité à Pentagouët, limite extrême de l'occupation française de l'Acadie. Port-Royal, repris, sans combats, aux Anglais en décembre 1632, était occupé par une partie des colons de La Hève, confortés de la présence de trois capucins.

La présence française avait maintenant essaimé dans tous les points stratégiques de l'Acadie. La multiplication des colons, se doublant de la création de plusieurs compagnies de commerce, était un progrès incontestable. Cependant, la partition de l'autorité sur le territoire portait en elle des risques de rivalités et de mésententes. À la fin de l'année 1635, l'Acadie se trouvait de fait partagée en trois. Le Cap Breton appartenait à la compagnie Desportes. L'île de Sable, La Hève, Port-Royal, la rivière Sainte-Croix, constituaient le domaine de la Compagnie Razilly. Le Cap de Sable et la rivière Saint-Jean avaient été dévolus à Charles de La Tour. Cette division du territoire pouvait se concevoir, mais le danger venait de ce que l'Acadie péninsulaire et continentale relevait de deux chefs, Charles de La Tour, et Isaac de Razilly, l'un et l'autre ayant légitimement reçu la charge de lieutenant général pour le roi. La situation se compliquait encore du fait que l'un comme l'autre des lieutenants du roi reconnaissaient la Compagnie des Cent Associés comme suzerain, même si chacun traitait indépendamment avec elle, qui avait la haute responsabilité du peuplement et de l'exploitation. Le privilège de la traite était partagé à parts égales entre Razilly et La Tour. Le moins qu'on pouvait en dire était que la situation manquait de simplicité. Les choses se mirent toutefois en place avec plus de facilité qu'on pouvait le prévoir. En quelques années la colonie commença de prospérer grâce à la bonne entente des deux chefs dont Richelieu avait pourvu l'Acadie. Cet état de grâce n'eut qu'un temps.

Les problèmes commencèrent avec la mort d'Isaac de Razilly qui survint alors qu'il n'avait passé que trois ans en Acadie. Le commandeur avait amené dans sa suite, au titre de lieutenant, un homme d'une trentaine d'années, d'excellente famille, que tous pensaient promis à l'avenir le plus brillant. Charles de Menou d'Aulnay de Charnisay s'était dépensé sans compter à ses côtés, et avait réussi à chasser les Anglais de Pentagouët. Le frère de Razilly hérita de ses biens en Acadie, mais il n'envisagea aucunement de venir y vivre. Il confia donc tout naturellement l'autorité qui avait été celle de son frère au lieutenant qu'il avait mis en place. Charles d'Aulnay apprécia hautement l'honneur qui lui était fait de défendre en cette terre américaine le Lys et la Croix, il en accepta la charge sans une once d'humilité, son éducation autant que sa nature ne l'y portant pas. Fermé sur lui-même, replié sur un orgueil démesuré, pénétré jusqu'à l'excès d'un sens aigu du devoir qu'une éducation sans faiblesse lui avait inculqué, on pouvait compter sur lui pour exercer sa charge avec exactitude. Il ne pouvait, ayant les pleins pouvoirs, que les exercer de façon pointilleuse, poussant jusqu'à l'extrême limite la mise en œuvre de sa propre gloire. Il lui restait à se frotter à l'autre clan, celui des La Tour père et fils, tout autant que lui investis des mêmes pouvoirs en l'Acadie.

Claude Saint Étienne de La Tour ne nourrissait pas d'aversion particulière pour Charles de Menou d'Aulnay. La seule chose qui intéressait La Tour père, au fort Sainte-Marie comme jadis à Pentagouët, c'était la traite des pelleteries, il pouvait donc supporter Aulnay, jouant les lieutenants du roi, tant qu'il se tenait à sa part du marché. Au-delà on pouvait imaginer le pire, M. de Saint Étienne ne s'étant jamais senti obligé de faire la guerre loyalement. Mais pour ce qui était de la contestation de l'autorité de son benêt de fils, qui n'avait même pas su, en son temps, profiter d'une baronnie en Nouvelle Écosse, qu'ils s'en arrangent entre eux, le problème ne l'intéressait pas.

Il en était autrement de Charles de La Tour. Arrivé si jeune en l'Acadie, et l'ayant défendue pied à pied contre tous les prédateurs, il était viscéralement attaché à cette terre, celle de Poutrincourt, celle de Biencourt, la sienne enfin, et n'entendait pas la livrer aux prétentions du premier venu. Le double commandement que le roi, imprudemment, avait établi en ces lieux, ne le gênait pas dans son principe. Charles avait travaillé en bonne intelligence avec Isaac de Razilly. Il avait reconnu l'autorité de Razilly sur son territoire, comme le commandeur avait accepté la sienne sur les terres qui lui étaient imparties. Alors, Aulnay? Pourquoi pas? Razilly avait compris la nécessité d'une perpétuelle adaptation, il avait su faire sa place sans heurter, sans casser quoi que ce soit de ce qui avait été gagné à grand-peine dans ce monde qui avait commencé de se faire avant lui. Aulnay n'avait pas ce talent, très vite il gêna La Tour, avec ses maladresses et ses prétentions, comme le chien, aussi arrogant que maladroit, qui vient jeter à bas, tout au plaisir égoïste de sa course, un bel alignement de quilles, patiemment et difficilement édifié. L'Acadie que La Tour avait conservée à la France, par piété pour Biencourt, n'était pas parfaite. Elle était loin d'être achevée, mais elle était pleine de promesses. Aulnay, et ses vues étriquées, trop ancrées dans le carcan des usages anciens, venait fausser le jeu. Le choc entre les deux hommes était presque celui de deux mondes.

L'affrontement eut lieu à Pentagouët que Aulnay avait repris aux Anglais sur ordre de Razilly en 1635, peu de temps avant la mort du commandeur, et que le roi venait de restituer en 1636 à Claude de Saint Étienne de La Tour qui en avait construit le fort en 1613. Nul doute que, vu de Paris, tout cela ait paru de la plus évidente logique. La Tour, père et fils, y trouvaient leur compte, et leur ancienneté dans les lieux justifiait la mesure. Pour Aulnay, la possession de Pentagouët, prolongeant la maîtrise de la rivière Saint-Jean, offrait surtout au clan La Tour une voie royale pour la traite des pelleteries. Sitôt la mort de Razilly, il avait de sa propre autorité transplanté la colonie de La Hève à Port-Royal, face à ce débouché magnifique sur le chemin des fourrures, et il se sentait frustré de l'acquis de sa victoire de Pentagouët. Il se présenta au fort de Pentagouët, bien entouré d'une garde armée, pour y revendiquer ce qu'il considérait comme son dû. Charles de La Tour, fort de la décision royale, l'accueillit fraîchement. L'un était strictement dans son droit, étant dûment désigné par le roi pour jouir de l'endroit, l'autre était persuadé de l'être par ses faits d'armes. Il n'y avait guère de compromis possible.

Rapidement, Aulnay s'échauffa :

— Je n'ai pas repris ce fort aux Anglais pour le mettre à la disposition de trafiquants de pelleteries !

— Il se trouve, monsieur, répliqua La Tour qui se maîtrisait encore, que je suis autorisé à faire ce commerce par le roi. Cette colonie a besoin de ce rapport pour prospérer.

— Je sais mieux que vous de quoi cette colonie a besoin !

— L'auriez-vous appris dans les salons, où sans doute vous fûtes avant que d'échouer sur cette terre qui n'avait aucun besoin d'un paltoquet comme vous en avez la figure.

— Attention ! Vous parlez au lieutenant général du roi !

Aulnay avait posé la main sur la poignée de son épée.

— Gardez pour Paris vos manières de cour ! Ici les duels n'ont pas lieu d'être, pour faire le brave on a assez de faire la guerre.

— La guerre ? J'y fus sans doute plus que vous !

— En dentelles, peut-être et bien armé, moi je l'ai faite avec les pauvres moyens d'une colonie que vos pareils avaient abandonnée.

— Pouvez-vous vraiment parler de guerre pour vos combats de sauvages ?

— Les sauvages sont restés fidèles à la France dans des temps où vous étiez à faire des révérences à la cour avant de venir ici pour y semer la discorde.

— Vous répéterais-je encore que je suis le lieu…

— Je suis aussi le lieutenant général du roi en Acadie, et selon le vœu du roi, nous avons à nous arranger l'un de l'autre, en fidèles sujets de Sa Majesté. Aussi, monsieur, je vous demande maintenant de vous retirer.

— Ainsi le ferai-je, n'ayant nul goût à entendre les rodomontades d'un *abatteur de bois.*

Blême de colère à grand-peine contenue, Aulnay qui ne se sentait pas encore assez affermi dans la place pour employer la force contre son adversaire n'eut d'autre choix que de regagner Port-Royal. Charles de La Tour regagna le Cap de Sable pour y prendre les mesures qui s'imposaient. Laissant une garde solide au fort Loméron il se prépara à s'installer lui-même au fort Saint-Jean. Il était patent que c'était le trafic des peaux qui intéressait Aulnay. L'homme peut-être était vénal, c'était le cas de beaucoup de ceux qui étaient passés par l'Acadie. On y avait de tout temps vu neuf trafiquants, comme Rossignol de malheureuse mémoire, pour un illuminé, épris d'idéal comme Poutrincourt. Aulnay, en dépit de ses airs affectés de grand seigneur, était peut-être de la race de ceux qui auraient vendu leur âme pour un profit. L'affaire ne se présentait pas mieux si on lui faisait crédit d'une innocence qu'il n'avait peut-être pas. Quel moyen de faire vivre Port-Royal sans le profit de la traite ? Poutrincourt et Biencourt s'y étaient cassé les dents. Aulnay tenterait donc inévitablement un jour de s'emparer de Pentagouët, et pourquoi pas du poste de la rivière Saint-Jean, parce qu'il avait besoin d'argent, et que la troque seule pouvait en fournir. Il était urgent pour La Tour de s'établir à demeure au fort Saint-Jean.

Charles de Menou d'Aulnay de Charnisay, de retour dans son domaine, ne décolérait pas, il piaffait, il bouillait, il cultivait son ire, il nourrissait son ressentiment comme on entretient un feu qu'on ne veut point voir s'éteindre, muré dans le bastion de ses inattaquables quartiers de noblesse, fortifié par la stricte éducation qu'il avait reçue des Pères, exalté par l'ombre omniprésente d'un père, bien assis en cour, ayant su habilement garder sous Louis XIII l'influence qu'il avait acquise sous Henri II, et préservée sous Henri IV, nonobstant l'interférence de la régente et des ministres qui s'étaient succédé. Charles d'Aulnay se sentait donc, se croyait inattaquable, noble de toute ancienneté, fort d'une famille dont les origines remontaient aussi loin, peut-être plus avant dans le temps, que la famille royale. Il avait à la naissance reçu l'assurance de conserver la suprématie partout où il irait la chercher, et un rustre, un moins que rien, qu'il aurait aimé souffleter comme une valetaille qu'il était, se dressait face à lui quand il aurait dû faire allégeance. Déjà il fourbissait les armes de sa vengeance. Il allait bien leur dire, à tous, ceux d'ici, et à ceux de France, et au roi d'abord, que La Tour, le père, n'était qu'un maçon, qui ne s'était jamais appelé que Turgis, et La Tour, le jeune, un valet de chambre, qui avait été mis au service du jeune Biencourt, et qui avait accaparé son héritage. En marchant à pas vifs, il ruminait sa colère, la tournait dans sa tête comme une inspiration de génie, la montait en épingle, l'enflait, l'entretenait, comme un bien auquel on tient, la cajolait comme un enfant, l'admirait comme un joyau. Charles de Menou d'Aulnay aimait sa propre colère et s'en nourrissait comme d'un élixir.

Les arguments de ce beau courroux étaient pourtant d'une certaine manière malvenus dans le contexte de la querelle. Il était vrai que Charles de La Tour ne lui opposait qu'une noblesse incertaine, dont au contraire de son père il ne faisait état que dans la plus absolue nécessité. La Tour se gardait d'ailleurs généralement d'argumenter en toute circonstance. Il avait pour lui, outre son indéniable faculté de séduire, sa carrure d'athlète, sa réputation de soldat, aussi rusé qu'intrépide, son courage, sa prodigieuse faculté d'adaptation. Les seuls atouts dont il se targuait, ceux qu'il avait avancés dans sa lettre au roi, étaient son expérience, son amitié avec les nations sauvages, sa connaissance indubitable, des choses, des gens, des lieux, lui qui avait su repousser les Anglais malgré le total abandon de la France, lui qui s'était ensauvagé pour survivre, jusqu'à être Micmac au milieu des Micmacs.

Alors ? Valet ? Fils de maçon ? Ou descendant appauvri d'une bonne lignée champenoise ? Qu'importait ? En Acadie toutes choses étaient encore mouvantes, les cadres d'un embryon de société étaient loin d'être fixés, on était là ce qu'on valait, ce qu'on pesait d'énergie, et de résistance, face à l'hiver, et face à l'Anglais. De ces vérités-là Charles de La Tour était pénétré, alors que Charles d'Aulnay, encore empêtré dans les catégories du vieux monde, se trompait de références. Ses repères n'étaient pas de mise dans ce monde en train de se faire.

# 14

Marie inspectait et rangeait ses toilettes de scène avec autant de bonheur que d'application. Leur nombre, leur luxe étaient la manifestation tangible du chemin qu'elle avait parcouru. Les robes de soie et de moire, les dentelles, les rubans, les passements d'or qui les enjolivaient avaient brillé à la lueur des chandelles, et conservaient dans leurs plis le souvenir de ses plus beaux succès. Elle y avait investi beaucoup d'argent, mais leur qualité, leur éclat, attestaient de son statut au sein de la troupe. Dans le métier de l'illusion le costume participe à la gloire. Elle entendit une porte claquer, puis un pas rapide, celui de Montdory. Il effleura la porte d'une chiquenaude, pour la forme, et s'engouffra dans la pièce étroite dont Marie était en train de prendre possession dans le tripot de la rue Michel-Lecomte, où la troupe venait de s'installer en ce mois de mars 1632. Les lieux étaient déserts en ce début d'après-midi, mais Montdory était certain d'y trouver Marie.

— Encore à ranger, Marie ?

— Dois-je te rappeler que nous venons tout juste de déménager ? Et que cela fait deux fois en quelques mois !

Il n'y avait pas d'irritation dans la voix de la comédienne, elle attendait ce que Montdory allait lui confier. Il avait l'habitude de dire devant elle ses soucis du moment. Ce n'était pas pour lui demander un avis, encore moins un conseil, mais le fait d'en parler devant elle, attentive et amicale, l'aidait à y voir plus clair.

— Comme te voilà devenue routinière ! Il fut un temps où nous déménagions tous les jours et tu ne t'en plaignais pas !

— J'étais si jeune et nous nous efforcions tous de faire notre place !

— Crois-tu qu'elle soit faite ?

— Tu nous l'as faite, Guillaume ! Et voilà pourquoi j'ai pris des habitudes de confort.

— Tu sais bien que rien n'est jamais gagné, et dans ce métier-là plus qu'ailleurs. Aujourd'hui adulé, et demain, Marie ? On remet sa mise tous les soirs.

La voix de Montdory était devenue grave. Marie voulut chasser son souci.

— N'est-ce pas une raison de plus pour le faire dans un endroit où on a ses aises, et ses habitudes ? Mais rassure-toi, ce nouveau tripot me convient tout à fait !

— Il serait plus sage de ne pas t'y accoutumer.

Marie fronça un sourcil incrédule.

— Mais nous venons d'arriver.

— Et alors ?

— Nous avons quitté le tripot Berthault en décembre seulement...

— Le bail était arrivé à son terme.

— Nous n'avons passé que trois mois au tripot de la Sphère.

— Il était trop cher !

— Je le sais, mais nous sommes arrivés ici et nous faisons salle comble à chaque représentation !

— Le problème est là, les riverains se plaignent.

— N'aiment-ils pas le théâtre ?

— Ils ne l'aiment pas à leur porte.

— Voyez donc le beau raisonnement !

— Il semble que les gens de pied n'osent plus se risquer dans la rue Michel-Lecomte et la rue Grenier-Saint-Lazare les jours de représentations à cause du grand nombre de carrosses et de chevaux qui encombrent la chaussée.

— Billevesées !

— Les passants se font détrousser par les filous qui se mêlent à la foule agglutinée aux abords du tripot.

— Comme partout dans la ville !

— Les malhonnêtes exercent ici leurs voleries en toute tranquillité et plus d'un quidam y a laissé sa bourse, son chapeau, et jusqu'à son manteau.

— D'où tiens-tu ce récit de catastrophes ?

— Des plaintes que les riverains ont déposées au Parlement, qui a pris fait et cause pour eux.

— Le cardinal prendra fait et cause pour nous.

— C'est fait. Nous ne ferons pas de prison et nous ne paierons pas d'amende.

— Ah !... C'est bien heureux !

— Mais il nous faudra déménager.

C'était la rançon du succès. La troupe de Montdory était maintenant installée dans la place. Deux ans plus tôt, au printemps de l'année 1630 elle avait été priée de représenter la *Virginie* de Mairet à l'hôtel de Rambouillet. Cette invitation prestigieuse entérinait la consécration de la seconde troupe parisienne, et, depuis, le succès ne cessait de s'amplifier, créant des embarras de rues, mais aussi des jalousies.

— De toute façon, il te faut maintenant faire tes

malles, reprit Montdory d'une voix plus joyeuse. Nous partons pour Forges-les-Eaux !

— Forges-les-Eaux ?

— Le cardinal nous y convie, pour distraire le roi et la reine.

Le visage de Marie s'illumina. La faveur du cardinal, l'honneur de jouer devant le couple royal, disaient assez la renommée de Montdory. Les comédiens du roi pouvaient se tenir sur leurs gardes.

Un problème de la plus haute importance agitait la cour, faisait marcher les langues, et plus dangereusement, favorisait les intrigues visant à mettre un jour Gaston d'Orléans, frère du roi, sur le trône. Après dix-sept longues années de mariage, le couple royal n'avait toujours pas d'héritier. Le cardinal de Richelieu avait donc résolu de s'attaquer à ce problème, après tant d'autres, et il avait persuadé le roi et la reine de se rendre en Normandie, à Forges, afin d'y prendre les eaux, que l'on disait souveraines pour résoudre ces sortes de difficultés. Pour que la cure fût encore plus efficace les médecins avaient préconisé que le couple royal ne manquât pas de distraction. On s'était donc empressé de construire un théâtre dans la cour du logis royal, et la troupe requise pour divertir le roi et la reine fut évidemment celle de l'acteur préféré de Richelieu, celle de Montdory.

Forges n'était qu'à neuf lieues de Rouen, Corneille fut donc du voyage, et Montdory mit au programme, non seulement *Mélite*, mais trois autres pièces du dramaturge rouennais, *La Veuve*, *La Suivante*, et *La Place Royale*. Pour Marie c'était l'occasion de révéler ses qualités de comédienne, devant un public de choix, et cette fois dans un rôle de premier plan, la Le Noir et la Villiers ne pouvant pas tout jouer, ce qui ne manquait pas de les chagriner. Depuis le tout premier voyage que Marie avait fait dans les pas de Montdory, elle avait été de tous les spectacles. Isabelle Mestivier, la femme de Charles Le Noir, Marguerite Béguin, la Villiers, épouse de Claude Deschamps, sieur de Villiers, s'étaient souvent réparti, et avec quel brio, les premiers rôles féminins, mais Marie, en comédienne confirmée, partageait parfois la vedette avec Montdory. C'était plus particulièrement le cas lorsqu'il fallait se déplacer, ou quand il y avait un risque, comme pour la création de *Mélite.* Elle recevait plus généralement le second rôle de la distribution. Elle y était applaudie, car sa nature généreuse lui faisait donner le meilleur d'elle-même. Sa prestation, sans atteindre au panache du jeu d'Isabelle Mestivier, ni à l'étincelle de génie de la Villiers, était toujours celle d'une très bonne comédienne.

À Forges, Marie fut l'Angélique de *La Place Royale.* La reine la complimenta, et cette distinction, qui la combla de bonheur, ne la rendit point vaniteuse. Marguerite Béguin pourtant tenta de l'irriter.

— La reine vous a remarquée, lui dit-elle, j'augure que vous en avez la tête pleine !

— Pourquoi l'aurais-je ?

— Parce que vous n'y êtes point accoutumée. Il faut de l'habitude pour ne point s'enfler le cerveau aux compliments, surtout quand ils viennent de si haut !

— Comme c'est curieux, répliqua Marie, vous êtes habituée aux louanges, et je vous vois la tête bien grosse !

Abasourdie par cette volée de bois vert qu'elle

n'avait pas prévue, la Villiers battit en retraite. Marie savait qu'elle était son ennemie déclarée, elle ne s'en inquiéta pas.

Montdory qui passait par là avait tout entendu, il éclata de rire.

— Ne peux-tu pas tenir ta langue ? La voilà prête à te tuer !

— Qu'elle essaie !

C'était sûr, elle n'essaierait pas, Marie avait toujours su se protéger et chacun savait depuis longtemps que qui s'y frottait, s'y piquait. Elle n'y réfléchissait même pas. Un coup de patte ? Elle griffait ! Un coup de griffe, elle mordait ! La Villiers aurait dû s'en souvenir ! Celles qui avaient eu une enfance choyée, celles qui avaient la protection d'un mari, ou d'un amant, ne la comprenaient pas toujours. Marie était seule, et depuis toujours, elle savait qu'elle devait se défendre pour ne pas se laisser dévorer par les plus rapaces.

L'intermède de Forges n'avait fait que reculer l'échéance du prochain déménagement de la troupe de Montdory, les plaintes des riverains amenèrent le théâtre à déménager encore, dès le début de l'année 1634, et cette fois ce fut pour le tripot de la rue Vieille-du-Temple, celui du Marais, qui allait donner son nom à la troupe. Le loyer en était cher, et les travaux nécessaires pour transformer ce tripot en théâtre étaient à la charge du locataire. Ces considérations n'empêchèrent pas Montdory, pourtant avare de ses deniers, de s'engager par un bail de cinq ans, mais il y avait un mécène derrière la troupe, et c'était Richelieu. Pourtant quand tous les aménagements du nouveau théâtre du Marais furent terminés la troupe de Montdory se trouva bien empêchée de jouer. Marie était occupée, une fois de plus, à mettre de l'ordre dans ses robes de scène quand Montdory fit irruption l'air totalement égaré.

— Nous ne pourrons assurer l'ouverture du théâtre vendredi, dit-il.

— Y aurait-il *une peste* qui interdise les représentations ? interrogea Marie sur un ton badin.

— S'il y a la peste à Paris, elle ne touche que le théâtre du Marais, l'hôtel de Bourgogne se porte bien, merci, et Bellerose se frotte les mains.

— Ah, dit seulement Marie.

Montdory était en fureur, il allait bien dire sans qu'elle l'y invite ce qu'il avait sur le cœur.

— Le roi « rééquilibre » ses troupes de comédiens. Il m'enlève Lespy, Jodelet, Le Noir, Jadot, et la Le Noir !

— Tiens, la Le Noir !

— Oui. Je sais c'est une peste, mais…

— Je sais.

— Je n'ai plus qu'à tâcher de réparer mon débris !

— Le cardinal…

— … sera bien empêché de me venir en aide, si c'est pour lui faire un dépit que le roi nous accable.

Mais le roi, toujours soucieux de l'équilibre entre ses comédiens, détachait bientôt Beauschateau de l'hôtel de Bourgogne pour l'introduire au Marais, son épouse suivait, et dans le même temps le cardinal envoyait Baron à Montdory. La troupe se reconstituait, mais la rivalité entre la troupe du Marais et celle de l'hôtel de Bourgogne était plus dure que jamais, le duel entre Bellerose et Montdory, égaux maintenant dans la faveur des grands et dans celle du public, était implacable.

Quelques semaines plus tard, pendant que Montdory donnait *L'Illusion Comique* au Marais, Bellerose créait la Cléoriste de Baro, que jouait à son tour le Marais le 5 février. La guerre était déclarée. C'était à celui qui créerait au plus vite la dernière pièce d'un auteur en renom. Marie s'en amusait. Les rivalités entre comédiens ne lui semblaient pas plus fondées que celles des bandes de gamins de son enfance. Pourquoi se serait-elle inquiétée ? Montdory était le meilleur. À ce jeu de la concurrence, les comédiens ordinaires du roi, plus traditionnels, moins inventifs qu'il s'agisse du jeu, des costumes, de la musique, furent en effet perdants. *La Gazette* s'en fit l'écho et le déclara fort crûment : « *Montdory avait vaincu la cour* ».

# 15

Ce fut cette même année 1636 où il était allé plein de fureur disputer Pentagouët aux La Tour, père et fils, que Charles de Menou d'Aulnay de Charnisay résolut de prendre femme, et sa décision tenait plus du calcul et de la sagesse politique que de son agrément. Pour son plaisir, si tant fût que Charles d'Aulnay y pensât, il y avait assez de jolies sauvagesses dans son fief pour satisfaire son appétit. Les Micmacs n'y voyaient pas malice, accordant à leurs filles toute liberté sur le plan de l'amour tant qu'elles n'étaient pas engagées dans la voie d'un mariage dûment conclu par les familles et reconnu par le clan. Charles d'Aulnay jugeait ces pratiques bien légères, et elles le confortaient dans la conviction qu'il fallait évangéliser les sauvages, autant pour les amener à des pratiques plus rigoureuses, que pour s'assurer leur fidélité au roi de France, au moins en ce qui concernait le commerce des pelleteries, et la lutte contre les Anglais. Pour le reste, si le chrétien en lui condamnait une aussi scandaleuse liberté sexuelle, l'homme s'en accommodait.

Ce fut le souci qu'il avait de sa carrière qui conduisit Charles d'Aulnay à s'engager dans les liens du mariage. Il était profondément convaincu qu'il lui fallait implanter en cette terre du bout du monde une société qui devienne le reflet de la société française. On était encore loin du compte, et la première dissemblance, la plus criante, tenait au fait qu'il n'y avait aucune présence féminine dans la colonie. Les soldats, les artisans, les premiers aventuriers de la colonisation s'en arrangeaient. Les sauvagesses avaient le bon goût de les trouver séduisants, certains des colons allaient même jusqu'à les épouser, et les prêtres n'hésitaient pas à bénir chrétiennement ces unions. Aulnay pensait avec acrimonie que ce traîne-savate de La Tour n'avait pas hésité à franchir le pas, et qu'on voyait bien là quel personnage il était. Lui-même n'était pas venu jusque-là pour s'ensauvager, mais pour apporter la civilisation en ces lieux, et en favoriser la christianisation, il se devait donc de montrer l'exemple et de fonder une famille. En bonne politique, les liens qu'il s'obligeait à nouer par principe devaient, par un juste retour des choses et du sacrifice consenti de sa liberté, le servir. Il choisit donc l'objet de sa recherche, de loin, en fonction des avantages que cette alliance lui vaudrait. L'élue fut Jeanne Motin. Quand l'affaire fut conclue, et ce fut vite, la rencontre eut enfin lieu. Charles d'Aulnay n'en avait pas plus d'impatience que l'on en a de l'issue d'un marché, les quelques colons qui l'entouraient avaient à cet égard plus de curiosité, l'événement d'un mariage, où l'épousée ne fût pas sauvagesse, rompant avec éclat la monotonie de la vie coloniale.

Il fallut bien se rendre à l'évidence, Jeanne Motin n'était pas belle. On aurait pu passer sur ses traits, qui manquaient cruellement de finesse et de distinction, et plus encore de ce rien indéfinissable qui fait le charme de certains visages, mais, pour sa disgrâce, Jeanne mêlait un penchant à l'aigreur à un goût profond de geindre à tout propos. Ses traits ingrats ne reflétaient donc jamais que la plus aride morosité. Tout cela n'avait pas grande importance pour le mariage qu'on lui avait préparé. On n'attendait d'elle, comme de toutes les femmes de la colonie, sauvagesses chrétiennement éduquées, ou «*filles du roi*», que d'être un ventre propre à concourir au peuplement de la Nouvelle France. Tant qu'à être obligé de donner l'exemple du mariage, Charles d'Aulnay avait préféré que le ventre choisi eût un poids dans la société, et si de société il n'y avait point à la colonie, il y avait pourtant des rapports de force, et la puissance ici venait des bailleurs de fonds. C'est donc le plus naturellement du monde que pour conforter sa position Charles d'Aulnay, au moment de prendre femme, s'était tourné vers une riche et puissante société de commerce, celle que Razilly avait créée avec son allié Condomier. Jacques Motin de Courcelles en était l'un des associés, et il avait une fille, un peu ingrate, à marier. Les deux hommes avaient intérêt à traiter au mieux ce marché.

Le comte Henri de Charnisay, père de Charles d'Aulnay, cria à la mésalliance. Ce Motin, n'était que de petite noblesse, ce n'était, à tout prendre, qu'un marchand, et son fils issu d'une longue et noble lignée tourangelle ne pouvait regarder si bas. Charles d'Aulnay en fut agacé. Le comte de Charnisay voyait les choses de Paris, et de la cour, il en jugeait suivant les us du vieux monde qui n'avaient pas cours dans la toute jeune Acadie. La colonie était une jungle où la course à l'argent et au pouvoir laissait peu de place aux traditions. Charles y était devenu pragmatique. Il épousait donc la demoiselle Motin, parce que ce mariage était utile. Il ressentit pourtant comme une offense, et comme une souffrance qu'il garda secrète, que son père, si peu au fait des contraintes de la colonie, lui en tînt rigueur.

Jeanne Motin n'était point aimable et ne suscitait pas la compassion. Mal aimée en sa famille et le sachant, elle en souffrait au plus profond d'elle-même, mais elle était bien empêchée de donner un noble visage à cette douleur intime. Elle geignait, excellait à se rendre odieuse, exaspérait ceux qui la rencontraient, irritait jusqu'à Mme de Brice, la dame de compagnie qu'on lui avait donnée, la plus patiente à son égard, ayant été engagée pour l'être. Jeanne était parfaitement consciente du sentiment d'exaspération qu'elle suscitait et du rejet à son endroit qui s'ensuivait, mais elle était incapable de prendre de la distance avec cette affliction lancinante qui l'habillait comme un vêtement étroit, freinant et empêchant tous ses élans. Elle était venue pleine de crainte vers ce mariage, habitée pourtant d'une infime parcelle d'espoir, comme une toute petite lueur dans les ténèbres de son angoisse, un rien, à peine une étincelle que le moindre souffle pouvait aviver ou éteindre. Elle avait, le temps d'un soupir, porté en elle cette minuscule espérance qui ne peut manquer tout à fait au cœur d'une fille qu'on marie. Son mari, peut-être, allait l'aimer? Peut-être serait-il, lui-même, aimable?

La rencontre des futurs époux avait aussitôt brisé la très fragile illusion qui un instant avait illuminé Jeanne. Charles d'Aulnay n'était pas séduisant. De taille moyenne, le visage fermé, il n'attirait pas. Mieux que cela pourtant il faisait impression, et dès le premier moment il inspirait chez ceux qui le rencontraient le respect et la crainte. C'était à l'évidence un homme de devoir et de rigueur, et cette vérité éclatait à la première rencontre. Il était aussi pétri d'orgueil et dévoré d'ambition, et cela aussi s'inscrivait autant sur son visage que dans son maintien. Jeanne Motin ne découvrit dans le regard de l'époux qu'on lui donnait aucune velléité de tendresse, ou même d'amitié. C'était là des sentiments qui étaient étrangers à la nature et à l'éducation de Charles d'Aulnay, et Jeanne commença de pleurer dès l'instant qu'elle fut en sa présence. Ce fut bien autre chose encore quand il se mêla de lui adresser la parole du ton glacé, qui lui était naturel pour commander à sa garde, et qu'il ne quitta jamais avec elle.

Aulnay se mit tout de suite à l'œuvre de procréation, qui lui incombait, sans doute sans jamais regarder cette épouse qu'on lui avait envoyée du vieux pays pour servir ses intérêts. Le premier des huit enfants que Jeanne lui donna s'annonça très vite après l'arrivée de l'épouse à Port-Royal. La dame y trouva une occasion de gémir, qui s'ajouta aux prétextes faciles du climat, de l'inquiétante proximité des sauvages, et de la terreur, dont elle ne se défit jamais, que lui inspirait son époux. Elle eut au long des années bien d'autres occasions de gémissements et de larmes, ce qui ne lui coûta pas car elle s'entendait fort bien à cette occupation. Mme de Brice l'y encourageait, Charles d'Aulnay ne s'en apercevait seulement pas.

À vrai dire, le sieur d'Aulnay avait bien d'autres préoccupations. Succédant à Razilly, il s'était empressé de transplanter la colonie de La Hève à Port-Royal, se privant ainsi, peut-être un peu légèrement, du produit de trois années de défrichements conduits à La Hève. Il avait cependant d'excellentes raisons de revenir en 1636 au choix de 1605. L'entrée étroite de la Baie du Port-Royal était une garantie de sécurité, l'excellence des terres permettait d'augurer à terme de la prospérité de la colonie, et surtout, le site avait l'intérêt de se trouver au plus près du continent, au débouché des voies de la traite. Il n'en restait pas moins que tout à Port-Royal était à refaire, les constructions et les cultures. Aulnay comptait bien y parvenir, fort qu'il était du renfort de soixante-dix-huit émigrants arrivés à bord du *Saint-Jehan* en cette même année 1636. Il faudrait pourtant attendre quelques années pour que les rendements de la colonie lui permettent de subsister. En attendant, le blé et le vin venaient toujours de France, à grand prix. La recrue, qui était venue conforter la colonie renaissante, coûtait, car elle était nombreuse, et la richesse de son travail ne pouvait venir qu'en un second temps. Aulnay se trouvait dans le même embarras que ses prédécesseurs en quête perpétuelle d'argent. Il y engagea de bon cœur sa fortune, elle était loin de pouvoir y suffire.

En s'établissant à Port-Royal Aulnay, au-delà de toutes les considérations d'ordre matériel, ne pouvait pas être insensible à un lieu dont la renommée était restée prestigieuse. Le souvenir de Poutrincourt, celui de l'aimable Marc Lescarbot, y étaient attachés, mais aussi celui du sac d'Argall, de la résistance acharnée de Biencourt, et celui de l'occupation anglaise de William Alexander. Le site était donc hautement symbolique, et Aulnay en avait compris l'importance pour frapper les esprits. À Paris, où de nouveau on se préoccupait du sort de la Nouvelle France, les puissants du moment connaissaient le nom de Port-Royal. Aulnay pouvait, avec quelque raison, s'appuyer sur la gloire de ses prédécesseurs. Pour donner plus d'éclat à son domaine, il avait entrepris des travaux gigantesques au regard de l'état encore précaire de la colonie. Il réalisait le rêve de Biencourt, en reconstruisant le fort, et de belle façon. Abandonnant le site où de Gua de Monts avait bâti le premier fort, et négligeant de même celui du fort écossais de 1629, il avait érigé sa propre habitation au fond de la baie, sur une étroite bande de terre bordée par deux rivières, et ce fort-là était bien l'emblème de sa puissance.

Il n'en restait pas moins, au milieu de tant de félicités, que la richesse de La Tour, fondée sur la traite, éclatait tous les jours à ses yeux, comme une perpétuelle provocation, comme une épine dans sa gloire, juste en face du Port-Royal, sur l'autre rive de la Baie Française.

# 16

« Le théâtre est un fonds dont les rentes sont bonnes. »

Corneille, *L'Illusion comique.*

— Ce théâtre est trop étroit !

Montdory venait de rejoindre Marie dans la salle basse du tripot du Marais.

— Trop étroit ? Comme tu y vas !

— Il n'y avait plus, ce soir, le moindre recoin où loger même un page !

— Quelle recette ! ironisa Marie.

— Quel bonheur !

Montdory, épuisé, encore habité par son personnage avait du mal à retomber dans sa vie. Une fois encore le miracle avait eu lieu. Il avait occupé la scène, la partageant tout juste avec la Villiers qui savait disputer sa place. Ce soir il avait été, il était encore en cet instant, le Cid, et la salle suspendue à son jeu avait partagé l'éternelle jeunesse du héros. Il n'était que d'écouter les bruissements et les clameurs qui montaient encore du parterre. Ceux qui avaient connu le ravissement de vibrer à l'émotion de Montdory n'arrivaient pas à s'arracher aux lieux du prodige. Chacun voulait encore s'accrocher à son rêve et tous avaient pour le Cid les yeux de Chimène.

— Quel bonheur ! dit encore le comédien.

Une ombre s'approcha d'eux.

— Êtes-vous bien heureux, monsieur Corneille ? demanda Montdory.

— Sans doute.

Marie regardait Corneille s'avancer, toujours un peu maladroit dans l'allure, comme s'il traînait perpétuellement une chaussure béante qui eût embarrassé sa marche, le cheveu plat et le teint gris, et le costume un peu passé de ton, et encore bien plus de mode. Il avait tout à fait la tristesse compassée qu'on attend d'un avocat, ce qu'il était au parlement de Rouen, d'un tabellion peut-être, ou de tout autre rat d'office, mais rien du charme un peu fou que l'on suppose à un poète, et pourtant c'était cet homme-là, bien contrit d'avoir fâché son père en rimaillant, et essayant encore de s'excuser d'avoir bien mal à propos été doué de génie, qui avait écrit de sa plume appliquée, en économisant sans doute la chandelle, car il était pingre autant qu'il était doué :

*Rodrigue, qui l'eût cru ? - Chimène qui l'eût dit ?*
*Que notre heur fut si proche et si tôt se perdît ?*

La musique merveilleuse des vers de ce Corneille, si gauche dans la vie, berçait encore Marie, et avec elle beaucoup d'autres, qui s'étaient laissé emporter par la magie des mots, le rythme des phrases, et la force des sentiments. Comme on se sentait grand ayant vibré avec Rodrigue, et vulnérable, ayant souffert avec Chimène, et glorieux, ayant renoncé avec l'infante. Il fallait bien être Montdory pour avoir su dénicher, dans un tripot de Rouen, celui-là qui venait à eux, ayant enchanté tout son monde, comme si la chose avait été aisée, et ne paraissait point étonné du triomphe de son œuvre.

— N'êtes-vous pas surpris ? reprit Montdory, qui pour sa part l'était, car la partie était loin d'être gagnée avant d'être tentée.

— Je sais ce que je vaux, dit Corneille sans apparente forfanterie.

Montdory faillit se mettre à rire. C'était bien de ce Corneille de se vanter, en toute simplicité. L'homme avait l'air modeste, et sans doute il l'avait été, Montdory s'en souvenait, mais bien fou celui qui se serait aujourd'hui fié à cette apparence.

L'auteur, pourtant, eut l'intuition d'avoir peut-être été indélicat.

— Je sais aussi ce que mon œuvre vous doit, ajouta-t-il autant par sincérité que par souci de bienséance.

— C'est bien galant à vous de me le dire, répliqua Montdory, dont rien n'aurait pu gâcher la bonne humeur. Mais réjouissez-vous, nous tirerons ce soir chacun deux belles parts de la chambrée.

Le visage du poète s'éclaira à l'égal de celui de l'acteur, car sans doute il n'y a personne qui vaille un Auvergnat quand il s'agit de gain, sauf un Normand, et les deux compères avaient en commun le goût du profit, et celui de l'épargne.

La chambrée, c'était la recette d'une représentation, et pour celle-ci où les spectateurs s'étaient entassés comme harengs dans une caque, elle serait belle. Les comédiens et l'auteur allaient en tirer chacun leur part, qui, selon le travail fourni, irait d'un quart de part, à deux parts. Montdory et Corneille tireraient chacun deux parts, ce qui était assez exceptionnel, et en l'occurrence parfaitement justifié. Bien qu'ailleurs les auteurs fussent souvent réduits à la portion congrue, la manne qui venait échoir à Corneille était rare. Montdory aimait l'argent, ce n'était un secret pour personne, mais il avait un sens inné de la justice, et ne l'aurait-il pas eu que Corneille, sous ses dehors timides, aurait très bien su défendre la part qu'il estimait mériter.

Corneille et Montdory avaient tout lieu de se réjouir, ils venaient en fait de gagner leur pari. Quelques semaines plus tôt personne n'eût misé un denier sur le succès d'une tragédie écrite par ce Corneille, dont tout le monde s'accordait à dire qu'il n'était bon que dans la comédie. Pour le tout jeune théâtre du Marais, l'enjeu de la création du *Cid* était d'importance. Bellerose, à l'hôtel de Bourgogne, fort des acteurs de renom qu'on avait retirés du Marais pour le servir, n'était pas prêt à se laisser distancer. La prudence aurait voulu qu'on jouât à la rigueur au Marais une comédie du Rouennais, ou mieux encore qu'on se limitât à la création, ou à la reprise, d'une pièce bien lourde d'intrigue, et de style, dans la manière de Mairet ou de Hardy, dont la mode n'était point encore passée. Mais l'auteur décidément, malgré le peu de succès de *Médée*, se plaisait à la tragédie, et le comédien qui ne haïssait rien tant que les farces, le grotesque, et le mauvais goût, avait envie de mettre en scène des sentiments propres à élever l'âme. N'était-ce pas d'ailleurs cette honnêteté des spectacles qu'il présentait qui lui valait la sympathie du cardinal ? Encore fallait-il attirer le public ! S'agissant de supplanter ceux de l'hôtel de Bourgogne, et osant le faire sur un coup de dé, il fallait aussi être quasi certain de pouvoir se produire devant le roi, la reine, et le cardinal, et les circonstances ne s'y prêtaient pas.

En cette fin d'année 1636, l'atmosphère à Paris n'était pas aux distractions, et il ne s'en fallait pas de beaucoup que l'on interdise les représentations. L'Espagne et l'Empire avaient envahi la Picardie, enlevé La Capelle, et Corbie. Paris était menacé et la cour songeait à se replier sur la Loire. Cela n'empêchait que, pour Montdory, il était urgent de frapper un grand coup, et vite, car le public, versatile, délaissait le Marais et avait retrouvé le chemin de l'hôtel de Bourgogne. Fort heureusement Corbie fut reprise aux Espagnols le 14 novembre, et aussitôt les impériaux levèrent le siège de Saint-Jean-de-Losne. La guerre s'éloignait. La vie reprenait ses droits, le théâtre aussi.

Mais le choix du *Cid* était-il pertinent ? La tragi-comédie de Corneille proposait des Espagnols à l'admiration des spectateurs, et les Espagnols précisément avaient mis, tout l'été, le nord de la France à feu et à sang. Le héros se battait en duel avec une fougue qui frisait l'inconscience, quand on savait quel zèle le cardinal mettait à interdire ces sortes de combats. Il y avait là bien des sujets sensibles. Mais Montdory avait en commun avec Corneille de ne pas s'embarrasser de ce genre de considérations. Quand ils étaient persuadés qu'une pièce était bonne, ils ne s'arrêtaient pas à si peu. Le roi et la reine étaient rentrés à Paris le 31 décembre 1636, le cardinal le 30. Montdory ne différa plus, la pièce fut créée le 2 janvier 1637, deux ans, jour pour jour, après l'installation de la troupe rue Vieille-du-Temple.

Et le miracle eut lieu. L'éternelle jeunesse de Montdory éclata dans l'ardeur du Cid, la Villiers qui ne voulait pas qu'il la surpassât fut une Chimène à fleur d'émotion, Marie jouait l'infante avec une majesté naturelle, et un rien de froideur. Le public était en délire. Montdory laissait loin derrière lui Bellerose et les comédiens ordinaires du roi. Les jaloux pouvaient bien aiguiser leurs plumes et chercher une mauvaise querelle à ce Cid trop somptueux pour ne pas susciter l'envie, le théâtre du Marais ne désemplissait plus.

Marguerite Deschamps, la Villiers, tomba bien malencontreusement malade à la dixième représentation. Un fâcheux refroidissement la privait de sa voix. On n'arrêterait pas pour autant un spectacle qui provoquait tant d'effervescence. De tout temps Marie avait su, au pied levé, remplacer n'importe quelle actrice. Elle avait une mémoire remarquable, une grande faculté d'adaptation, et était tellement imprégnée de la vie du théâtre qu'elle pouvait à l'instant se couler dans le moule qu'on lui proposait. Montdory ne balança pas un seul instant, pour quelques soirs Marie serait Chimène. Elle seule pouvait le faire. Une jeune actrice s'essaierait pendant ce temps à reprendre le rôle de l'infante.

Après la première représentation qui avait vu ce glissement des rôles, Montdory se précipita à la suite de Marie quand elle quitta la scène.

— C'est bien, dit-il.

Au ton de la remarque Marie sut qu'une réserve allait suivre.

— Mais, cela ne vaut pas la Villiers, dit-elle, pour éviter de se l'entendre dire.

— Il ne s'agit pas de cela. Tu n'es pas la Villiers,

et elle n'est pas toi. Tu ne dois pas « jouer la Villiers », tu dois jouer Chimène. Tu dois être Chimène. Quand j'assiste à la représentation du *Cid*, c'est Chimène que je regarde, et je me moque pas mal que l'interprète soit la Villiers ou la Desnoyers !

— Alors ?

— Alors, c'est trop froid ! C'est presque parfait, belle diction, beau maintien, mais où est l'émotion ? Chimène, c'est le feu de la passion sous la glace de la bienséance ! Laisse éclater ton émotion, sors de toi-même enfin, et tu seras meilleure que la Villiers ! Tu as tout pour être la meilleure actrice de la place, mais jamais tu ne te laisses aller. Sois vulnérable, baisse ta garde ! On dirait que tu n'as jamais aimé, que tu ne veux pas aimer !

— Guillaume, nous parlons de théâtre, pas de la vie, dit froidement Marie.

— Eh bien, justement ! On ferait bien de parler de la vie. Le théâtre, c'est la vie.

— Je n'ai pas ton talent.

— Tu as un grand talent, il ne te manque que d'arracher ta carapace.

— La Villiers sera bientôt sur pied.

— La Villiers est une rosse, qui ne cherche qu'à me surpasser. Je l'attends ! L'émotion, elle en donne autant qu'on veut, elle n'a pas ta crainte à se livrer. Elle se sent invulnérable, c'est la clé de son succès.

— Elle est sans doute invulnérable.

— Personne ne l'est.

— N'ai-je donc pas raison de me protéger ?

— Je ne sais pas. Pour ce qui est de moi je n'en suis pas capable.

— Qui de nous, Guillaume, a raison ?

Marie joua Chimène, cinq fois, sans démériter, puis elle reprit son répertoire habituel, grands seconds rôles dans *Les Visionnaires* de Desmarets, et dans *L'Aveugle de Smyrne*, pièce composée, à la demande du cardinal, par les cinq auteurs les plus célèbres du moment. Pour ce dernier spectacle, les deux troupes des comédiens du roi, celle de l'hôtel de Bourgogne et celle du Marais, assurèrent ensemble la distribution, et Marie une fois encore joua devant la cour à l'hôtel de Richelieu.

Depuis le fulgurant succès du *Cid*, le tripot de la rue Vieille-du-Temple ne désemplissait pas. Les représentations se succédaient dans l'euphorie. Depuis longtemps il n'y avait plus pour Montdory et sa troupe de tournées d'été en province, et il créa en cet été 1637 la *Marianne* de Tristan L'Hermite, où il interprétait le rôle d'Hérode. La critique fut unanime, le comédien n'avait jamais été meilleur. La passion qu'il mettait dans son interprétation le transfigurait, et comme il avait incarné l'ardeur et la jeunesse quand il était Rodrigue, il était fureur et passion quand Hérode l'habitait. Sa véhémence semblait ne plus connaître de bornes, un soir de ce mois d'août 1637, quand il s'emportait et s'enflammait au remords du héros. Le public retenait son souffle.

*Punissez aujourd'hui mon injuste rigueur,*
*Accourez me plonger un poignard dans le cœur…*

Accablé, Hérode vibrant de douleur s'écroula sur le sol. Un frémissement d'angoisse ébranla l'assistance, Hérode ne se relevait pas. On interrompit le spectacle et le public comprit alors que l'acteur avait cessé de jouer. Un silence accablant s'étendit sur la salle, puis des chuchotements s'élevèrent, et bientôt de sourdes clameurs atterrées, Hérode était mort, Montdory n'était plus.

On apprit quelques heures plus tard que le comédien avait survécu à l'attaque d'apoplexie qui l'avait foudroyé au sommet de son art. Montdory n'était plus qu'un reflet de lui-même, à peu près muet, le bras droit paralysé. Les comédiens du Marais venaient de perdre leur âme.

Deschamps reprit le flambeau de la direction de la troupe, et la Villiers, son épouse, en releva le col. L'excellence pourtant n'y était plus. Les prestations étaient honorables, mais il y manquait un souffle, un éclair, ce qui faisait la différence entre de bons comédiens et un comédien d'exception. Les autres étaient toujours les mêmes, toujours bons, parfois davantage, mais celui qui les poussait tous à donner le meilleur d'eux-mêmes n'était plus là. Le théâtre du Marais, comme Montdory, se survivait à lui-même, routinier dans sa qualité même, mais sans génie.

Le comédien cependant n'entendait pas se laisser vaincre, fût-ce par la maladie, sans se battre avec acharnement. Patiemment, récitant, pour lui-même et dans la solitude, les tirades qui avaient jalonné le chemin de sa gloire, il rééduqua sa parole embrouillée, au prix d'un travail considérable et d'une concentration extrême, et comme la tête suivait mieux que le verbe, il écrivit sans relâche des lettres aux puissants pour préparer sa rentrée. Il obtint du cardinal de jouer devant la cour pendant le carême de l'année 1638. Une dernière fois, Montdory revint sur la scène, devant la cour et devant Richelieu, pour interpréter, au prix d'un effort surhumain, *L'Aveugle de Smyrne*, mais avant le troisième acte, épuisé, il dut se retirer.

C'était la deuxième mort de Montdory, et avec elle, Marie le comprit aussitôt, la fin d'un temps, la fin d'un monde, où elle avait eu sa place. Elle sut qu'il fallait en faire le deuil, comme jadis de son enfance et de ses amours adolescentes. Un pan de sa vie se refermait.

# 17

« Je connais une fille que j'ai longtemps connue
Dans l'arrière-pays d'une fête antérieure,
Dans l'intime complot, feu lumineux et nu,
D'une nuit fraternelle, d'une enfance meilleure. »

Léonard Forest, *Saisons intérieures.*

Charles de La Tour était riche, ou presque, alors que pendant tant d'années il n'avait cherché qu'à survivre et à sauver ce qui restait de l'Acadie par fidélité au souvenir de Biencourt. Il était riche, était-ce assez pour qu'il soit heureux ? Que de changements en l'Acadie, et dans sa vie même depuis vingt-trois ans qu'il était arrivé sur cette terre neuve. Son père, Claude de Saint Étienne, qui ne lui avait jamais été d'un grand réconfort, était mort en cette année 1636 où il s'était heurté pour la première fois à son rival du Port-Royal, laissant bizarrement un vide. Son épouse souriquoise était partie la même année pour le monde des esprits, après s'être consumée, des mois durant, d'une maladie de poitrine que le jongleur micmac n'avait pas pu enrayer. L'homme-médecine avait seulement déclaré à Charles, comme une évidence que personne n'aurait su nier, que les Micmacs mouraient davantage depuis qu'ils fréquentaient les Blancs, et particulièrement de cette toux inextinguible qui les desséchait comme un arbre privé de pluie. Quand « celle qui a traîné la lune » avait senti que son heure était proche, elle avait cessé de s'alimenter puisque c'était la volonté des esprits qu'elle les rejoigne dans les prairies d'abondance où ses ancêtres l'attendaient, et Charles avait interdit à ceux qui l'entouraient de s'opposer à sa résolution. Les récollets, qui s'étaient depuis si longtemps ensauvagés pour être au plus près de leurs ouailles, avaient été assez sages pour respecter ce vœu et la laisser s'avancer librement vers sa mort, et Karakwinon était partie en paix. Charles l'avait aimée, et son silence lui manqua plus que tous les bruits du monde.

Elle laissait trois orphelins, Jeanne, qui avait presque dix ans, une petite Louise, qui la suivait de peu, et un tout jeune Charles qui n'avait que cinq ans. La Tour n'avait jamais pris de parti sur le chapitre de l'éducation de ses enfants. Ils avaient grandi, librement, comme des petits sauvages qu'ils étaient à moitié, dans l'ombre de leur mère, et les récollets leur avaient donné une teinture d'instruction et les notions les plus élémentaires de la religion chrétienne. La disparition de leur mère venait bouleverser le compromis un peu boiteux de leur éducation, et ceci avec d'autant plus d'acuité, que Charles augurait mal de l'arrivée d'Aulnay dans le monde clos de l'Acadie. L'attentisme n'était plus de mise, il devait trancher. Fallait-il laisser les enfants vivre à la sauvage au milieu des Micmacs, ou les vouer à tout jamais à une vie conventionnelle et « civilisée » ? Le souvenir de sa propre enfance livrée aux hasards de la rue l'engagea à faire le choix d'une éducation traditionnelle, la mort dans l'âme, car il n'aimait pour lui-même que la liberté, et en priver d'autorité ses propres enfants l'affligeait. Mais l'avenir de l'Acadie lui paraissait trop incertain depuis l'arrivée d'Aulnay, pour qu'il prenne le risque de les exposer aux aléas d'une lutte, dont il ne pouvait prévoir les formes. Alors qu'il ne détestait rien tant que de s'éloigner de son fief, il s'embarqua avec sa nichée sur le premier bateau en partance pour La Rochelle. Là, il confia ses enfants, avec un beau paquet d'écus, à un couvent d'ursulines que les récollets lui avaient recommandé. Nantis d'un nom, ce qu'il n'avait point eu lui-même en son enfance, d'argent, dont il avait été tout autant privé, et de la réputation d'un père dont les récollets attestaient qu'il était lieutenant du roi en l'Acadie, les trois petits La Tour devaient pouvoir faire leur chemin. Même si le cœur lui manquait à les quitter, Charles était persuadé de ne pouvoir faire mieux. Plongé dans la désolation, il repartit pour l'Acadie au plus tôt. Comme à la mort de Biencourt il allait y être bien seul.

De sa longue immersion dans le monde des Micmacs, Charles avait gardé le goût du silence. Plus que jamais après la mort de Karakwinon il prit l'habitude de s'isoler, marchant à longues enjambées le long de la rivière Saint-Jean. Il aimait aller jusqu'au sault, où les eaux de la rivière rencontrant celles de la Baie Française rendaient la navigation impossible à cause de *la refoule*. Il y avait là une fosse, entre deux rochers, qui faisait comme un détroit dans le cours de la rivière, c'était là qu'était le manitou. Ce diable à la mode micmac était en fait un fort tronc d'arbre, debout dans la fosse, et qui y flottait sans en sortir jamais, quelle que soit la force du courant. On avait bien essayé de hisser ce fût sur la berge, La Tour lui-même l'avait tenté, mais l'entreprise avait toujours échoué. Les Micmacs révéraient cet arbre, dans lequel ils voyaient la manifestation des forces occultes qui entourent les hommes, et ne passaient jamais là sans lui faire une offrande, celle d'un castor, ou d'une autre pelleterie, qu'ils clouaient sur le tronc avec une flèche en os d'orignal. Il arrivait pourtant que l'arbre restât invisible plusieurs jours durant, rendant toute offrande impossible, et les Indiens alors y voyaient un mauvais présage. À son retour de La Rochelle La Tour s'y rendit. Le manitou était invisible. La moitié de son âme qui était devenue sauvage en frémit. Mais fallait-il être devin pour pressentir que les mois qui allaient venir seraient ceux de tous les dangers ? Charles se sentit las. Il y avait tant de paix autour de lui que la simple idée d'un conflit y était une insulte.

Au début de l'année 1638, la situation, déjà complexe, du partage de l'autorité entre La Tour et Aulnay, se compliqua encore. À Paris, où personne sans doute n'avait jamais vu une carte de l'Acadie, on entreprit, pour apaiser les frictions entre les deux hommes, de simplifier les choses en précisant le domaine d'intervention de chacun. La première conséquence du partage, que fit le roi entre les deux antagonistes, fut la concession de Pentagouët à Aulnay. Pour La Tour, c'était un premier camouflet. Pour le reste, il avait été décidé en haut lieu que la traite se ferait en commun et que les dépenses et les recettes seraient, comme par le passé, également partagées, ce qui était plus facile à décréter qu'à réaliser.

Pour éviter les conflits, les commis de l'un et de l'autre pouvaient exercer une surveillance dans les magasins. Enfin, la lettre du roi, qu'on avait bien mal renseigné, délimitait les domaines des deux lieutenants en en confondant les terres. Aulnay se voyait ainsi nommé *lieutenant en la côte des Etchemins*, soit le territoire qui entourait l'habitation de La Tour au fort Saint-Jean, et La Tour se voyait accorder l'autorité *depuis le milieu de la Baie Française jusqu'à Canseau*, encadrant donc le domaine de Port-Royal, celui d'Aulnay.

En apprenant cette nouvelle répartition des pouvoirs, Charles de La Tout fut atterré. Comment une telle aberration avait-elle pu être mise en place par le roi lui-même ? Il savait déjà que la distance qui séparait la France de sa colonie était la première cause de l'oubli où le roi avait souvent laissé l'Acadie. Il comprenait maintenant que l'incommodité de l'éloignement se doublait de la méconnaissance de la simple topographie des lieux. Il se souvint de son premier voyage, de son ignorance absolue concernant l'Acadie, et des efforts maladroits de Loméron, sommé par Poutrincourt de lui en dessiner les contours. Se pouvait-il que le roi, que son ministre, qu'on croyait si bien averti des choses de la colonie, fussent aussi peu informés de la configuration des territoires ? Ne connaissant point même les contours de l'Acadie, ni la localisation de ses forts, au point de confondre les lieux, comment pouvaient-ils décider en toute justice de la répartition des pouvoirs ? Ou fallait-il imaginer que le roi ait, de sang-froid, décidé de mêler les choses pour neutraliser les velléités de puissance de l'un et de l'autre ? Là encore, la distance faussait le bien-fondé d'une décision aussi hasardeuse.

Comment, de si loin, le roi ou son ministre pouvaient-ils comprendre les rivalités, les tensions, qui faisaient la trame de la vie coloniale, et plus encore se représenter l'incroyable solitude de ceux, qui, comme Biencourt et lui-même, avaient maintenu la présence française sur la terre d'Acadie ? Les choses ayant ainsi été fixées, de très loin, et peut-être un peu vite, les deux hommes n'avaient plus qu'à se battre. Ils n'y manquèrent pas.

Ce fut au milieu du gâchis suscité par les malencontreuses décisions royales, que, la solitude lui pesant, Charles de La Tour se prit à rêver, ce qu'il n'avait de sa vie encore jamais eu le temps de faire. Le mal du pays, celui de l'enfance plutôt, et de ses premières amours, le submergea, et la petite Marie, perdue depuis sa prime jeunesse, vint habiter ses rêves. Le plus surpris de la conséquence inattendue de ses nostalgies fut Desjardins, son agent de La Rochelle, au premier voyage qu'il fit au fort Saint-Jean.

— Desjardins, vous tombez bien, lui dit La Tour à brûle-pourpoint.

— Auriez-vous tant de pelleteries, que vous ne sauriez où les entreposer, pour attendre ma venue avec autant d'impatience ?

— J'en ai, n'en doutez pas, et celles dont vous allez me décharger ne tomberont pas dans les entrepôts de mon voisin ! C'est un avantage.

— J'en suis ravi !

Les deux hommes eurent un rire un peu forcé. La situation nouvelle n'était bonne pour personne. La Tour était depuis beau temps passé maître en fait de troque, depuis vingt-trois ans qu'il tenait la place, il avait établi de solides filières avec les tribus Abénaquis, Maléchites, et Armouchiquoises, qui lui fournissaient chaque année une énorme quantité de pelleteries. Aulnay venait troubler la donne et tout le monde y perdant, personne ne s'en réjouissait.

— Pour cette fois, j'ai une autre mission à vous confier à votre retour à La Rochelle.

— S'il s'agit d'une visite chez les ursulines, vous savez bien que je n'y manquerai pas.

— Pour cela aussi, je compte sur vous. Les religieuses ne doivent pas manquer de recevoir la pension qui leur est due. Mais il s'agit d'autre chose.

— Je vous écoute.

— Il vous faudra, pour m'obliger, vous rendre au Mans.

— Au Mans ?

— C'est dans cette ville que j'ai été élevé.

Desjardins, simple agent d'affaires, qu'aucun lien particulier n'attachait à La Tour, et qui n'avait cure de l'enfance du colon, se demandait bien où il voulait en venir. Une vieille parente, peut-être, à visiter ? Ne risquait-elle pas d'être morte ?

La Tour continuait son idée.

— Il vous faudra y retrouver une certaine jeune fille…

Desjardins se garda de sourire, mais, sachant que La Tour avait dû se rendre en France pour y mettre ses enfants en pension, il imagina quelque aventure. Il attendit la suite.

— Enfin, une femme, maintenant.

Une drôlesse ? pensa Desjardins toujours muet comme un gardon.

— Elle habite rue du Puits-qui-parle.

— Dites-moi son nom, l'affaire est entendue.

— Elle s'appelle Marie.

— Marie ?

— Marie Jacquelin. Son père est barbier.

— Je note, s'empressa Desjardins, Jacquelin, barbier…

— Jacquelin est peut-être mort !

— Ah ! dit le Rochelais, était-il malade ?

— Pas le moins du monde, mais dans mon souvenir je ne le vois pas jeune.

— L'avez-vous vu… ces dernières années ?

— Non. La dernière fois, c'était en 1613, vers Noël.

— Mais nous sommes en 1638 !

— Croyez-vous, Desjardins, que je l'ignore ?

La Tour s'impatientait. Desjardins avait besoin de ses pelleteries, et n'avait garde de le mécontenter.

— Et, la jeune fille ? hasarda-t-il.

— La jeune fille ? Je vous l'ai dit, elle s'appelle Marie et habite rue du Puits-qui-parle.

— Je l'ai bien noté, monsieur. L'avez-vous vue récemment ?

— Desjardins, si je l'avais vue récemment je ne vous demanderais pas de la retrouver, et je ne vous donnerais pas pour cela un sac d'écus.

La mention des écus ranima l'attention et le zèle défaillant de Desjardins.

— Soit, dit-il, je vais au Mans, je m'enquiers de la demoiselle Jacquelin, rue du Puits-qui-parle, j'essaie de la trouver…

— Vous la trouvez, Desjardins !

— Je la trouve, et… je lui dis ?

— Eh, bien… dites-lui… que je veux l'épouser !

Seule la promesse du sac d'écus empêcha Desjardins de s'enfuir du fort Saint-Jean en hurlant que La Tour était devenu fou.

# 18

Desjardins était honnête, tant qu'il y avait intérêt. Le tout était donc de l'intéresser, et dans ce genre de tractation, où l'on ne peut miser sans risque sur la fidélité du commissionnaire, Charles de La Tour, qui n'était pas moins retors qu'un autre, était passé maître. Il sut s'attacher habilement le service inhabituel de son agent commercial. Desjardins s'en fut donc au Mans quérir la belle dont rêvait La Tour, et dont le messager n'était pas loin de conjecturer qu'elle devait être maintenant une matrone, chargée d'enfants, vieillie avant le temps, et rendue acariâtre par les vicissitudes de son état. Qu'importait, il était bien payé, et la commission ne lui serait donnée qu'à son retour, au vu d'un rapport qu'il avait intérêt, quel qu'en fût le résultat, à ne pas travestir, La Tour étant assez malin pour en débusquer les failles. À tout prendre, chercher une femme, perdue depuis si longtemps, le changerait des aléas du commerce des peaux.

Au Mans l'affaire se présentait plutôt mal. Jacquelin était mort, le nouveau barbier qui officiait dans la rue du Puits-qui-parle n'avait jamais entendu parler de la fille, et les voisins se souvenaient à peine du barbier, ils en savaient encore moins sur la fille. Desjardins désespérait de trouver la moindre piste quand une vieille femme, qui semblait s'être desséchée sur pied depuis des décennies, eut un éclair de mémoire.

— Jacquelin ? Le barbier ? demanda-t-elle sans qu'on puisse être certain qu'elle s'en souvenait vraiment.

— Oui, dit Desjardins, plein d'espoir.

La vieille hésita, resta silencieuse un moment, et Desjardins crut même qu'elle avait déjà oublié sa question.

— Jacquelin, dit-elle enfin, il est mort.

C'était avoir attendu bien longtemps pour un renseignement que l'enquêteur connaissait déjà. Desjardins essaya pourtant de pousser la vieille plus avant dans les méandres embrumés de sa mémoire.

— Quand est-il mort ? demanda-t-il sans savoir où cela le mènerait.

— Il y a longtemps ! dit la vieille.

— Et de quoi ?

— Est-ce que je sais… Peut-être d'avoir bu un verre de trop aux Trois marchands !

— Les Trois marchands ?

— C'est tout près, dit la vieille dont la langue décidément se déliait.

Par miracle, le patron des Trois marchands se souvenait de Jacquelin.

— Un brave homme, dit-il d'un ton définitif.

— Vous l'avez bien connu ?

— Ça, c'est sûr, que je l'ai connu ! Tous les jours qu'il était là.

— Sa femme ne le querellait-elle pas, pour être journellement au cabaret ?

— Sa femme, elle était morte !

— Mais, avant d'être morte ?

— Elle est morte tout de suite.

— Tout de suite ?

— Tout juste qu'ils étaient mariés.

— Ils n'ont pas eu d'enfants, alors ?

Cette fois, Desjardins s'y perdait.

— Que si ! Une fille ! Quelle misère ! La pauvre est morte en enfantant, et pour ce qu'elle a mis au monde, c'était pas la peine de mourir !

— Et la fille, vous l'avez connue ?

— Tout le monde l'a connue. Elle était toujours à traîner dans les rues.

— Où est-elle, maintenant ?

— Allez savoir !

— Elle s'est mariée, peut-être ?

— Bof, dit l'homme, une traînée...

— Il y a longtemps qu'elle est partie ?

— Oh, je ne sais pas... Vingt ans au moins.

— Vous vous souvenez de son départ ?

— Si je m'en souviens ! Le vieux Jacquelin il a bu pendant deux jours entiers, et dormi les deux jours d'après. Même que sa pratique s'inquiétait, on avait besoin de lui.

— Pourquoi, comment, est-elle partie ?

— Pourquoi ? Je n'en sais rien, sans doute qu'elle avait le vice chevillé au corps ! Elle a suivi des saltimbanques qui passaient par là.

— Vous ne vous souvenez pas quelle année ?

— Comment voulez-vous ? C'était pas ma fille, c'était celle au barbier ! Ah ! Le pauvre Jacquelin, ce qu'il aimait, c'était le vin de Marçon !

— Eh bien, je le goûterais bien, moi aussi, le vin

de Jacquelin ! Vous en boirez bien une bouteille avec moi ! dit Desjardins que le découragement commençait à gagner.

Le cabaretier se trouva soulagé. Un client qui pose des questions et qui ne boit pas, ce n'est pas normal. Les choses rentraient dans l'ordre. Desjardins le laissa boire et parler. Il y avait peut-être à apprendre. Le soliloque de l'homme tournait autour de Jacquelin, qui tenait si bien le vin, et qui avait la main si sûre qu'il n'avait pas son pareil pour vous faire une saignée. L'enquêteur se laissait endormir par le débit monotone de son interlocuteur et la douce torpeur engendrée par le vin, quand l'homme soudain s'exclama :

— Tiens, je m'en souviens ! C'était l'année de l'éclipse !

— L'année de l'éclipse ?

Desjardins avait décroché du monologue de son vis-à-vis. Pourquoi l'homme lui parlait-il d'éclipse ?

— Oui ! disait l'autre, c'est l'année de l'éclipse qu'elle est partie, la fille à Jacquelin !

Desjardins sursauta. Il y était ! Il ne lui restait plus qu'à s'enquérir de la date de l'éclipse en question, chercher auprès des édiles quelle troupe de comédiens avait été autorisée à donner des représentations au Mans cette année-là, retrouver la troupe, et tenter d'apprendre des comédiens les plus anciens ce qu'était devenue la demoiselle Jacquelin ! C'était mieux que ne rien savoir du tout, mais il y avait encore du chemin avant de trouver la fille.

Le cours récent des événements avait fragilisé le précaire équilibre de Marie. Ce n'était rien qui pût remettre en jeu, au moins dans l'immédiat, son assise matérielle, sa modeste renommée, sa place dans la société étroite et mouvante du Marais. Marie Desnoyers n'était menacée ni de ruine, ni d'oubli. Elle n'en essuyait pas moins des contrariétés qu'elle montait volontiers au rang d'affronts, et qui mettaient à bas sa tranquillité d'esprit. Marie était inquiète. Des négligences, qu'elle ressentait comme des rebuffades, des frustrations, qu'elle montait en épingle dans la spirale de l'anxiété, la replongeaient dans son avidité habituelle. Si un moment elle avait pu se croire « arrivée », il était clair que cet état béni n'avait rien de définitif. Elle avait franchi des étapes, l'une après l'autre, et chaque victoire, si mince fût-elle, avait été le fruit d'un combat, mais le chemin, qui devait la mener plus loin, n'était jamais fini. Marie de nouveau s'impatientait. Elle n'avait rien, puisqu'elle n'avait pas tout. Le temps béni du théâtre du Marais lui avait pourtant permis de souffler dans sa course effrénée à la reconnaissance, qui n'était en fait qu'une quête perpétuelle d'amour. Elle avait cru le pari gagné, et pour toujours, mais elle sentait bien qu'il lui faudrait pourtant recommencer à se battre, et brusquement elle était lasse de lutter. En fait, y avait-il danger ? C'était selon... Les rivalités n'avaient cessé de s'amplifier dans la petite société des comédiens du Marais avec l'arrivée de jeunes actrices aux dents longues, confirmées dans leurs ambitions par leur statut d'épouses légitimes d'acteurs aux réputations bien assises sur la place de Paris. Le fait existait de longue date, mais du temps de Montdory, la comédienne qui ambitionnait de se faire une place à part entière devait posséder un réel talent. La Villiers était certes la femme de Deschamps, mais c'était d'abord une grande comédienne. Le triomphe du *Cid*, et la consécration définitive de Corneille, lui devaient presque autant qu'à Montdory. C'était beaucoup moins vrai de la Beaupré très récemment intégrée à la troupe du Marais, qui ne rêvait pas moins que de détrôner la Villiers, et dans la foulée, puisqu'il fallait bien procéder par étapes, elle ambitionnait en préalable de reléguer Marie aux rôles de soubrette ou de duègne. D'autres avaient suivi, toujours plus jeunes, toujours plus arrogantes, poussant plus ou moins brutalement les anciennes vers une retraite que les intéressées ne souhaitaient nullement. La Villiers ne redoutait rien, Deschamps, son époux, avait succédé à Montdory à la direction du Marais, et son talent ne craignait personne, mais pour Marie, qui n'était qu'une honnête comédienne, qui n'avait plus désormais le moindre appui, la partie s'annonçait plus rude.

L'inquiétude était venue d'abord de sa rivalité naissante avec la petite Beauschateau, qui avait débuté au Marais l'année précédente et dont Paris s'était vite entiché. On murmurait que la nouvelle venue guignait précisément le rôle que Marie répétait à ce moment précis, celui d'Amarante dans *La Suivante* que Deschamps venait de remettre à l'affiche. Pour Marie, la cause était entendue, la petite Beauschateau n'avait aucun titre à la supplanter, la seule raison à ce tissu d'intrigues dont elle risquait de faire les frais était que rien n'allait plus depuis que Montdory avait dû quitter le théâtre, même s'il y regardait encore, de loin, comme pour se prouver à lui-même que son temps n'était pas fini, qu'il monterait à nouveau sur la scène, qu'il dirigerait encore ses comédiens.

Souvent il y avait des rires étouffés, des chuchotements, des mystères que l'on faisait dans la chambre où les femmes s'apprêtaient, qui laissaient supposer à Marie qu'on parlait d'elle, et que ce n'était pas en bien, sans qu'on osât la provoquer franchement. Il y avait aussi quelques mots qu'on disait plus fort, pour qu'elle ne les perde pas tous :

— ... son amant.

— Un amant ? La Desnoyers ? L'avez-vous donc regardée ? Elle a débuté sous le roi Henri !

À coups de bec malfaisants, on tentait de la chasser. Marie avait quarante ans, elle n'en avouait que trente-deux. Mais en aurait-elle eu trente que les pestes se seraient pareillement déchaînées. Le fait en lui-même n'avait pas trop d'importance. Si, dans quelques années, on ne lui concédait plus que quelques rôles de figuration d'une duègne bien raide, ou d'une reine déchue, ce ne serait jamais qu'à son image même, qui avait été reine sur les tréteaux et déjà ne l'était plus, et qui toujours avait été trop raide dans son maintien pour qu'on lui accordât du talent autrement que du bout des lèvres. Mais ce temps n'était pas encore là. Pourquoi s'inquiéter ? Il y aurait toujours, bien plus tard, un rôle qui conviendrait, l'âge venant, à une beauté déclinante. Elle comptait encore au théâtre, la preuve en était qu'on la jalousait assez pour tenter de la blesser. Elle était encore belle aussi. Ce soir même, le marquis de Hurepoix l'avait invitée à souper, et chacun savait bien ce que cela voulait dire. Elle avait accepté, le souper seulement, car il était bon qu'on la voie chez la Bellières, la meilleure table dc Paris, et la plus chère. Une comédienne invitée à souper chez la Bellières n'était pas une comédienne dont les jours étaient comptés.

Marie était plongée dans ses réflexions quand Desjardins se présenta. Il avait trop peiné à retrouver la dame pour s'embarrasser de fioritures, et en arrivant au théâtre il était bien décidé à lui exposer sans embarras son étrange requête. Le commis de Charles de La Tour était las de courir le royaume à la recherche d'une écervelée qui faisait un métier peu recommandable. Le commerce commençait à lui manquer, et il avait grande hâte de s'en retourner à ses occupations. Seul l'appât de la récompense le maintenait en cette ville où tout l'étourdissait. Il pénétra avec circonspection dans la pièce où les comédiennes, ayant quitté leurs atours de scène et revêtu leurs habits de ville, recevaient les compliments d'une poignée d'initiés autorisés à les rencontrer. Il avait fallu, bien sûr, graisser la patte du concierge pour arriver là. Il s'enquit de Marie Desnoyers, à une dame de belle allure, qui n'avait rien à voir avec les gourgandines qu'il s'apprêtait à rencontrer.

— Je suis Marie Desnoyers, dit-elle.

Desjardins en resta coi. Cette dame, au maintien presque sévère, était donc la fille Jacquelin, dont on lui avait tant et tant dit. Que pouvait-il faire, hors l'inviter à dîner ? La dame était déjà retenue ? Il reviendrait le lendemain, et la suivrait dans le meilleur restaurant qu'elle voudrait bien lui indiquer. Il eut le temps de lui annoncer pourtant qu'il était envoyé par M. Charles Saint Étienne de La Tour, lieutenant du roi en Acadie. La comédienne ne sembla pas éblouie.

— Tiens ! Charlet, dit-elle.

Desjardins en fut troublé. Cette jolie femme, apparemment célèbre, qui ne s'étonnait de rien, connaissait Charles de La Tour, et assez intimement pour lui donner un nom d'amitié.

Marie aussi était troublée, étonnée bien sûr, mais ce n'était pas, en cet instant, le sentiment qui chez elle dominait. Elle eut envie de rire, et c'était bon, du rire innocent de l'enfance. Voilà Charlet qui tombait à pieds joints dans sa vie comme à l'époque où il surgissait brutalement à ses côtés, sautant d'un mur qu'il venait d'escalader. C'était bien dans sa manière ! Mais tant d'années avaient passé.

Le lendemain, comme ils en étaient convenus, Marie honora l'invitation de Desjardins. Dédaignant d'entraîner le commissionnaire de Charlet chez la Bellières pour l'éblouir des fastes où elle était supposée vivre, elle l'entraîna, à deux pas du théâtre, chez Coiffier, rue du Pas-de-la-Mule, en lui vantant le pâté de béatilles qui faisait la renommée de la maison. Belle entrée en matière pour Desjardins, qui célébra aussitôt l'excellence des gibiers acadiens. Des gibiers, on passa au pays, et l'agent de Charles de La Tour, qui n'y séjournait que quelques semaines en été, en vanta les douceurs comme s'il y avait passé sa vie.

— On dit pourtant que l'hiver y est terrible ! se contenta de répliquer Marie.

— Les gens disent et n'y sont point allés ! Au fort Saint-Jean, on sait se défendre du froid !

— Le fort Saint-Jean ?

— C'est l'habitation de M. de La Tour.

— Ah ! oui. Parlez-moi donc de Charlet, dit Marie du ton léger dont on demande quelques nouvelles, par pure courtoisie, d'une ancienne relation perdue de vue, et il était vrai qu'objectivement Charlet n'était plus pour Marie Desnoyers qu'un souvenir de jeunesse.

— Il m'a demandé de venir vous saluer, madame…

Marie inclina machinalement la tête pour bien

montrer qu'elle avait appris les manières et savait tenir sa place dans un salon.

— Et, il m'a chargé de vous faire parvenir un présent... d'amitié.

Ce disant, il sortit prestement un écrin de la poche de son habit. Marie laissa voir son étonnement.

— Vous le remercierez, dit-elle, avec la même politesse de convenance.

Elle ouvrit l'écrin et ne put dissimuler sa surprise. Un superbe collier d'or et de rubis flamboyait sur la soie de l'écrin.

— M. de La Tour m'honore d'un présent admirable, dit-elle, et quel goût délicat !

Desjardins, à son tour, s'inclina en silence. Il avait choisi le bijou la veille chez un joaillier de renom, La Tour lui ayant ouvert un crédit à la mesure de l'ambition qu'il avait de conclure ce mariage.

— Me permettrez-vous, madame, ajouta Desjardins conforté de l'avantage que lui avait donné le bijou, de déposer demain à votre domicile quelques fourrures que M. de La Tour vous envoie ?

— Des fourrures ?

— Elles viennent des entrepôts de M. de La Tour.

— Vraiment ?

Marie ne comprenait pas très bien où l'inconnu assis devant elle voulait en venir. Pourquoi Charlet, qui l'avait oubliée pendant vingt-cinq ans, la comblait-il maintenant de cadeaux ? Elle décida de tirer tout de suite l'affaire au clair.

— M. de La Tour m'adresse des cadeaux magnifiques, dit-elle, vous l'en remercierez. Mais je comprends mal cette générosité de la part d'un ami que je n'ai pas rencontré depuis bien des années.

La perche qu'on lui tendait était trop belle, Desjardins qui désespérait d'amener habilement la demande en mariage, se jeta à l'eau.

— M. de La Tour, dit-il, avec la solennité qu'il jugeait requise pour l'occasion, m'a prié de vous faire savoir le désir qu'il avait de vous épouser.

Il y eut un silence, un rien angoissant pour Desjardins, qui s'inquiéta de l'effet de sa déclaration, puis un grand rire éclata. Marie riait comme elle n'avait pas ri depuis des années, depuis le temps des longues pérégrinations avec les comédiens sur les chemins du royaume, un rire de jeunesse, à lui en faire pleurer les yeux, tant cette demande en mariage lui apparaissait incongrue. Elle eut une bouffée de tendresse, vite réprimée, elle avait appris très jeune qu'il ne faut jamais s'attendrir. Le vieux réflexe de défense revint aussitôt.

— Quelle folie ! dit-elle. Je suppose que c'est une plaisanterie. Enfin la farce a réussi. Un moment, j'ai cru que vous disiez vrai, mais à la réflexion je trouve blessant que M. de La Tour se livre à des plaisanteries aussi grotesques.

Desjardins s'affola, s'excusa, s'empêtra dans un flot de paroles qui bientôt n'eut plus rime ni raison, cependant que Marie, jouant les offensées, l'observait, et s'amusait grandement de ses efforts. Son embarras amena Marie à penser que la demande en mariage était crédible, et que Charlet, par un caprice qu'elle ne s'expliquait nullement, avait le désir de l'épouser.

— Soit, dit-elle, je consens que vous êtes sincère, et que M. de La Tour souhaite m'épouser, mais je ne suis en aucun cas décidée à ce mariage. Songez que je n'ai pas rencontré M. de La Tour depuis fort longtemps.

— Certainement, admit Desjardins.

La curiosité de Marie, pourtant, était piquée.

— Quand Charl…, M. de La Tour compte-t-il venir à Paris ?

— Oh, cela n'est pas prévu, madame. M. de La Tour ne quitte jamais le fort Saint-Jean où ses affaires le retiennent. Si cela était, il ne m'aurait pas chargé d'une ambassade aussi importante.

Marie sentit bien que Desjardins se haussait le col d'être investi de cette étrange mission.

— Et comment suppose-t-il que je pourrais répondre favorablement à une demande aussi inconsidérée sans même l'avoir revu ?

— Madame, dit gravement Desjardins, je suis ici pour répondre à toutes vos questions concernant la fortune, ou la… réputation de M. de La Tour.

Encore une fois Marie eut envie de rire. La fortune, et la réputation de Charlet… de ce vaurien, qui aux dires de la mère Turgis, avait pris dès l'enfance tout le chemin de ressembler à son forban de père ! On ne pouvait imaginer situation aussi saugrenue, sauf peut-être dans une pièce de Mairet ou de Hardy. Enfin, il avait fait fortune, cela au moins était vrai, elle en avait vu les signes tangibles.

— Je ne doute pas un instant de la notoriété du lieutenant du roi en Acadie, dit-elle, mais il faudra bien que M. de La Tour vienne jusqu'à Paris s'il a véritablement le désir de m'épouser !

— Vous m'avez mal compris, madame, ou peut-être n'ai-je pas été clair. Je suis chargé de vous emmener en Acadie pour y rejoindre M. de La Tour et y devenir son épouse.

L'espace d'un instant Marie se sentit envahie par le froid implacable qui l'avait si longtemps tétanisée dans le logis sans confort de la rue du Puits-qui-parle.

— Aux Canadas ! Jamais ! s'écria-t-elle. Je ne poserai jamais de ma vie un soulier sur le sol d'une contrée où je vais geler toute vive sous mes fourrures.

— Je vous assure, madame, que tous les colons que j'y ai rencontrés se sont parfaitement acclimatés.

— C'est sans doute, monsieur, que ceux qui ne s'y étaient pas habitués sont morts !

Desjardins eut l'air navré. Marie se radoucit.

— Sachez, monsieur, que ma vie est ici. Je suis comédienne, et au théâtre du Marais, dans une troupe de renom, où l'on me confie des rôles d'importance. J'aime mon métier, et si j'avais été tentée par l'état de mariage…

— Bien sûr, acquiesça Desjardins à tout hasard. Toutefois me permettez-vous au moins de vous revoir dans quelques jours ? Je vous demande seulement de réfléchir à la demande de M. de La Tour. C'est un homme riche, puissant, et qui a gardé de vous le meilleur souvenir.

Marie pensait bien avoir répondu à Desjardins avec le plus grand bon sens. Elle était pourtant encore troublée en regagnant son logis. Comment pourrait-elle s'en aller au bout du monde pour y épouser Charlet qu'elle n'avait jamais revu depuis ses jeunes années ? Et dans une contrée où chacun s'accordait à dire que les froids y étaient excessifs ! Serait-elle jamais assez folle pour aller se jeter dans un gouffre de glace ? Elle eut un moment de colère, comme elle en avait souvent, quand les choses brusquement s'accéléraient et que des événements, qu'elle n'avait pas prévus, s'imposaient à elle. Les hommes étaient fous, surtout celui-là, qui l'avait abandonnée quand elle l'aimait avec toute la folie de sa jeunesse, et qui croyait, parce qu'il était riche, qu'il pouvait tout acheter, même une vie, qui s'était construite sans lui. Était-il de même sorte que le marquis de Hurepoix qui lui proposait tout autant d'acheter, sa compagnie, sa beauté, ce qui lui restait de jeunesse ? En ce qui concernait le marquis, le marché était clair, et la veille, il l'avait à peine enrobé de compliments, tout juste enjolivé d'un superbe saphir qu'elle portait ce soir à son doigt. Si demain elle acceptait de devenir sa maîtresse, et que tout Paris le sache, car il l'achetait comme un bel ornement, elle aurait voiture, chevaux, et hôtel place Royale. Mais non, décidément elle n'était pas à vendre ! Pourtant, à tout prendre, et s'il fallait pour survivre se perdre à ses propres yeux, une liaison confortable à Paris n'était-elle pas moins aventureuse qu'un mariage dans une tempête de neige ? Elle avait, au Marais, mené une vie fort sage, se refusant à ce qu'on la confonde jamais avec *les demoiselles* de ce quartier, et voilà qu'en deux jours un barbon mettait une fortune à ses pieds pour qu'elle soit sa maîtresse, et qu'un fou, qu'elle avait autrefois aimé, la demandait en mariage. Elle venait, sans coup férir, d'y gagner bijoux et fourrures, sans en éprouver grand plaisir. Là où elle en était de sa vie, c'était peut-être trop tard pour prendre le goût du luxe et des futilités. Elle se sentait lasse, inquiète, indécise, et plus seule que jamais, alors que brusquement on s'empressait autour d'elle. À qui en parler ? Montdory, malade, avait bien d'autres soucis. À Pierre Corneille, peut-être, qui hantait toujours le théâtre ? Il avait imaginé des personnages excessifs, extravagants, qui exprimaient au travers de passions déraisonnables leur droit inné à une absolue liberté. Mais où était la liberté pour elle, poussée hypocritement mais fermement hors du théâtre par de jeunes ambitieuses, talonnée par le temps qui lui ferait bientôt perdre sa beauté ? La liberté, comme l'amour, était-elle une invention de théâtre ? Quelque chose pourtant, qui ressemblait à une obsession, ne cessait d'occuper son esprit. Pourquoi Charlet, disparu depuis si longtemps, se manifestait-il au moment précis où l'univers, qu'elle avait patiemment édifié après son départ, comme un rempart autour de sa vulnérabilité, s'effondrait ? Le fait était troublant. Était-ce un signe ? Devait-elle y voir la manifestation d'une réalité qui lui échappait, et décidait pour elle des grands tournants de sa vie ? Devait-elle, un jour, retrouver Charlet ? Elle s'endormit insatisfaite, sans rêver de grands espaces, et encore moins d'une maison sur la Place Royale.

Le jour ayant dispersé les angoisses de la nuit, ce fut d'un pas alerte qu'elle se dirigea le lendemain vers le théâtre. Desjardins avait changé sa programmation, et avait finalement décidé de reprendre le *Cid*. Marie se doutait bien que c'était parce que la Villiers avait grand désir de briller encore dans le rôle de Chimène. Elle reprenait donc le rôle de l'infante où elle se sentait parfaitement à l'aise et s'en réjouissait. Elle arrivait toujours très tôt au théâtre pour les répétitions, et elle était à relire son texte quand Deschamps se présenta à elle.

— Ah ! Marie, dit-il, je voulais te parler.

Marie ne répondit rien, laissant venir les propos que le nouveau chef de la troupe semblait avoir quelque mal à formuler. Elle y pressentit quelque traîtrise. Qu'avait donc encore inventé la Villiers ?

En bon comédien, Claude Deschamps prit son souffle avant de parler.

— J'ai décidé de remanier un peu la distribution du *Cid*, dit-il, il n'est pas bon que les comédiens jouent toujours le même rôle. Il faut éviter la routine. La petite Beauschateau sera, pour cette fois, l'infante.

Le coup était bas, et rude, mais les Deschamps n'auraient pas la joie de la voir s'effondrer.

— Je suppose alors, répliqua-t-elle, que je joue Chimène pour que ton épouse ne s'accoutume pas trop au rôle.

Deschamps resta muet un instant, puis il manifesta sa mauvaise humeur dans la sécheresse de sa réponse.

— Les emplois ne manquent pas dans un théâtre, dit-il. Nous t'en trouverons un.

Visiblement il n'y avait pas réfléchi.

Marie rentra chez elle le cœur en berne. Ses rivales donc avaient gagné. Le théâtre la quittait, comme il avait délaissé Montdory, mais du fait des hommes et de leur jalousie, et non par un coup du destin. Elle restait sur le côté de la route tandis que les « nouvelles » marchaient vers le succès. Un instant elle eut l'idée de se battre. Peut-être pourrait-elle se faire soutenir par le cardinal ? Par la reine même ? Non ! Elle n'était pas Montdory, elle était trop petite pour espérer un tel appui. Corneille ? Là encore, il y avait peu à attendre, une véritable amitié liait l'auteur à Montdory, mais là s'arrêtait l'intérêt du dramaturge pour la troupe. Décidément le marquis de Hurepoix arrivait à point nommé. Elle y perdrait sa réputation ? Qui se souciait de la réputation d'une comédienne ? Et encore moins quand on était en train de l'écarter de la scène ! Elle avait envie de vengeance. Elle pénétra chez elle d'un pas décidé, ce soir le marquis l'emmenait dîner chez Renard, elle y exhiberait son collier de rubis !

À peine était-elle au logis que la servante lui remettait un billet du marquis de Hurepoix dont la lecture la fit trépigner de rage, il la priait de l'excuser et remettait le dîner au lendemain. Apparemment sûr de lui, le marquis la traitait déjà comme un accessoire. Elle comprit à l'instant qu'il en serait toujours ainsi. Elle aurait bijoux et toilettes, et tout le Marais envierait son train, mais elle serait de peu d'importance dans la vie de l'homme qui assurerait son confort en échange de sa docilité. Elle serait toujours seconde, après l'épouse, la société, les obligations mondaines. Il était grand temps d'être la première. L'incident balayait ses derniers doutes. Était-ce pour l'aider à faire son choix ? Une volonté qu'elle ne maîtrisait pas la poussait maintenant vers Charlet. Elle envoya la servante héler un gamin, et lui confia un billet pour le sieur Desjardins, à l'enseigne de La Cage de fer, rue Saint-Denis, face à l'église Saint-Jacques, pour le prier à dîner au Pas de la Mule.

Desjardins était circonspect. La dame allait sans doute lui apprendre qu'elle quittait la ville pour une quelconque tournée. On savait bien que les saltimbanques étaient toujours par monts et par vaux, et le succès de son ambassade, qu'il n'espérait plus guère, allait lui échapper, et du même coup le sac d'écus qu'il espérait tirer d'un franc succès, sans compter sa vanité personnelle quand il aurait à reconnaître son échec devant un homme qu'il estimait et qui l'honorait de sa confiance.

— Monsieur Desjardins, lui dit Marie d'entrée, je suis résolue à épouser M. de La Tour. Quand partons-nous ?

Desjardins en resta coi, mais il n'était pas dans son rôle de poser des questions, ni d'afficher sa surprise. La conversation ne porta que sur les modalités pratiques du voyage.

Le pâté de béatilles eut ce soir-là pour Marie un arrière-goût de rage, de rancœur, de revanche, et peut-être aussi l'arôme délicat du miel et des framboises, qu'avec Charlet elle avait tant aimé dans son enfance. Desjardins y sentit le parfum délectable du succès, et celui du profit.

Marie ne se préoccupa ni de prévenir Deschamps, ni d'avertir le marquis de Hurepoix, ni l'un ni l'autre ne méritaient une explication, mais il lui fallait dire adieu à Montdory, il avait toujours été son ami. Le cœur un peu lourd de quitter ses attaches, la ville qu'elle aimait, le quartier où elle avait connu ses succès de comédienne et des moments si forts avec la troupe du théâtre du Marais, elle prit le chemin de la rue Saint-Gilles où le comédien demeurait, face au couvent des Minimes. Ce fut Catherine Dosgilbert, son épouse, qui l'accueillit, et la joie se peignit sur son visage. Elle savait combien son mari souffrait d'être coupé du théâtre, et comme il appréciait les visites, de plus en plus rares, des comédiens. Marie Desnoyers était une des fidèles, et elle savait l'amitié qui liait Guillaume et Marie.

— Entrez, dit-elle, vous savez où le trouver. Il est avec ses livres !

En parcourant le couloir sombre et étroit qui conduisait à la chambre où se tenait Montdory, Marie entendit sa voix, et son cœur se serra. Le ton en était maintenant étrangement voilé. La chaleur y était encore, mais comme assoupie. L'élan superbe qui avait été le sien n'était plus qu'un souffle. Montdory, pourtant, déclamait, seul, dans le silence d'une pièce déserte, ressassant interminablement les tirades qui avaient fait sa gloire. Marie se demanda pourquoi. Un an plus tôt le comédien avait encore l'espoir de remonter sur les tréteaux, maintenant il savait que c'était impossible. Alors, était-ce pour entretenir sa mémoire ? Pour éprouver sa parole toujours hésitante ? Ou pour se nourrir encore des relents de son bonheur passé ?

*Misérable vengeur d'une juste querelle*
*Et malheureux objet d'une injuste rigueur,*
*Je demeure immobile, et mon âme abattue,*
*Cède au coup qui me tue.*

Il l'avait entendue approcher.

— Entre, Marie !

— Tu reconnais même mon pas ?

— Qui viendrait me voir ?

Marie ne répondit pas. La vie continuait, le théâtre aussi, et les gens qui sont occupés n'ont pas de temps pour ceux que la vie a laissés sur le bord du chemin. Avait-il saisi sa pensée ?

— Deschamps est venu, la semaine passée, dit-il d'un ton neutre.

— Vraiment ? Sa femme l'accompagnait-elle ?

— La Villiers a bien trop à faire !

Encore une fois, Marie ne trouva rien à répondre. La Villiers était une actrice inégalée, peut-être inégalable, c'était vrai, elle était aussi égoïste en diable, soucieuse de sa propre gloire, jalouse, tout le temps de leur carrière commune, de la gloire de Montdory. Peut-être avait-elle été aussi excellente actrice seulement parce qu'elle essayait toujours de lui voler un peu de renom. Serait-elle aussi bonne demain, privée de l'ombre de l'acteur qu'elle exécrait, bien obligée qu'elle était de l'admirer, à son cœur défendant ? Chimène pouvait-elle exister sans Rodrigue ? Deschamps n'était guère avisé de remettre *Le Cid* à l'affiche.

— Viens-tu pour que je te donne la réplique ? Mais prenons plutôt *Mélite* veux-tu ? *Le Cid* m'épuise.

Montdory l'accueillait avec un sourire, sans effusion particulière, comme s'ils avaient la veille joué ensemble la comédie. C'était sa façon de survivre, ignorer le mal qui le tuait, n'en point parler, gommer la réalité puisqu'elle était décidément trop rugueuse.

— Je suis venue te dire adieu, Guillaume.

— Adieu ?

Il parlait toujours difficilement, obligé qu'il était de s'appliquer à chaque syllabe. Ce n'était pourtant pas dans sa diction que Marie perçut son angoisse, mais dans l'expression de son visage, dans l'infime crispation d'un muscle, dans l'ombre plus intense du jais de ses prunelles. Marie savait pourquoi, d'instinct, il avait peur. Avec son départ, un peu de sa vie s'en allait encore, un peu de théâtre, un peu d'amitié, des souvenirs qui n'auraient plus de suite. Elle répondit avec douceur, et c'était bien parce qu'elle l'aimait d'une si tendre amitié, qu'elle parvenait, elle si roide et si mordante, à mettre ce miel dans sa voix.

— Je vais aux Canadas, dit-elle.

— Comme tu l'as bien dit! Que je t'apprenne encore un peu et tu détrôneras la Villiers! Et ce sera du pain bénit pour cette prétentieuse!

Marie ne put se retenir de rire. Comment ces deux monstres de la scène avait-il pu tirer tant de larmes à des publics ébahis, et se détester si bien?

— La Villiers est inaccessible, dit-elle, comme toi!

Elle regretta aussitôt sa spontanéité. Le théâtre venait de manquer à Montdory, comme on dit que le cœur vient à vous manquer, et il savait que c'était pour toujours.

— Pourquoi pars-tu?

— Il le faut bien.

— Pourquoi, Marie, vas-tu toujours plus loin? Tout ce chemin que tu as fait, n'est-ce pas assez?

— Il faut que je parte.

— Mais le théâtre?

— Je n'y ai pas trouvé ma place.

— Peut-être ne l'as-tu pas voulu.

— Je ne suis pas la Villiers! Je joue la comédie, c'est tout. Je peux « jouer » Chimène, je ne « serai » jamais Chimène. Je besogne sur un théâtre, comme d'autres s'échinent au lavoir, ou aux champs.

— Tu es meilleure que la Beaupré! Et meilleure aussi que la petite Beauschateau.

— Deschamps en fait pourtant grand cas! Elle jouera l'infante dans la reprise du *Cid*.

— Sur les conseils de sa femme qui ne craint pas que la jeune bécasse lui tienne tête!

— Sans doute.

— Ce n'est pas une raison pour partir. Tu as interprété la Veuve devant le roi, devant la reine...

— Et devant le cardinal ! dit Marie, la voix un peu fêlée.

— Et tu as joué Mairet à l'hôtel de Rambouillet. Il y aura d'autres pièces, Corneille n'a pas écrit son dernier vers. La Beauschateau se cassera les dents, et toi tu seras encore là.

— N'importe ! Je pars.

— Que vas-tu chercher ? N'es-tu pas heureuse au Marais ?

— Je l'ai été, Guillaume.

— Il ne te manque rien.

Marie ne savait que répondre.

— Est-ce l'amour qui te manque ?

— L'amour, Guillaume n'existe pas.

Montdory ne répondit pas. Puis il appela :

— Catherine !

La silhouette menue de Catherine Dosgilbert s'encadra dans la porte de la chambre. Elle souriait, son visage rayonnait, derrière elle on entendait, dans la chambre voisine, le brouhaha joyeux d'une bande d'enfants. Guillaume et Catherine Dosgilbert avaient maintenant cinq marmots.

— Oui, Guillaume ? interrogea-t-elle.

— Catherine, prépare-nous donc un chocolat.

Catherine, toujours souriante, se retira dans la pièce voisine.

— Tu as vu son visage, Marie ?

— Oui, elle est radieuse.

— Tu vois bien que l'amour existe.

Marie soupira, et sourit.

— Je vais me marier aux Canadas, Guillaume.

— Enfin, tu fais quelque chose de sensé. Mais pourquoi si loin ?

— C'est toute une histoire...

Et cette histoire Marie la raconta. Montdory resta silencieux.

— C'est loin, Marie, les Canadas, dit-il enfin, et tant d'années vous séparent maintenant, ce prétendant et toi, de vos souvenirs.

Il y eut un silence, et Marie changea de conversation. Pour Montdory le message était clair, elle verrouillait son âme.

— Je n'ai pas vu Marquise, dit-elle, généralement elle te tient compagnie.

— C'est qu'elle a chatonné ! Et depuis elle ne quitte guère le panier où nichent ses petits. Mais je vais la sonner, qu'elle te salue.

Et, ce disant, Montdory agita une petite cloche d'argent qu'il avait à portée de main. Quelques instants plus tard, Marquise, une superbe chatte rousse, délicatement zébrée du plus beau cuivre, le poil long et gonflé, dotée, pour la parfaire encore, de superbes prunelles d'or, entrait en minaudant comme une marquise, dont elle portait si bien le nom, qu'on aurait dérangée avec bien de la légèreté.

— Cette chatte vient quand on la sonne ? demanda Marie, incrédule.

— Tu le vois bien.

— Je n'ai jamais rien ouï de semblable.

Marie paraissait médusée.

— Je vais t'en donner le secret, dit Montdory en riant. Catherine avait remarqué que Marquise, la bien nommée, apparaissait à chaque fois qu'on sonnait le dîner. Par plaisanterie j'ai sonné, elle est venue ! Aussi, quand je désire sa compagnie, je m'empresse de tinter la cloche.

— Je pense, dit Marie, qu'elle apprécierait peut-être une tasse de chocolat.

— Hélas ! Elle n'est pas pensionnée de cinquante livres par an comme ma mie Piaillon !

Cette réplique eut le don de faire rire aux éclats Catherine Dosgilbert qui apportait le chocolat. Tout le monde connaissait dans le Marais l'histoire de « ma mie Piaillon », la très célèbre chatte de Mlle de Gournay, que le cardinal avait dotée pour se faire pardonner une plaisanterie indélicate.

La conversation était redevenue légère. On ne parla plus de départ, et pas davantage de théâtre. Montdory et Marie savouraient le goût amer des dernières fois, en veillant bien à ne pas y mêler l'angoisse des lendemains et le regret des bonheurs disparus.

Quand Marie reprit lentement le dédale qui la menait de la rue Saint-Gilles à la rue des Lions où elle résidait maintenant, elle emportait, comme un dernier trésor, la nostalgie d'un bonheur bourgeois, d'une maison où les rires d'enfants troublaient seuls le silence, où l'épouse, sage et discrète, servait le chocolat, où une chatte familière accourait au son de la cloche du dîner. Le bonheur était-il là ? Montdory pourtant avait passionnément aimé le théâtre, et tout en lui souffrait encore que ce grand bonheur lui eût à jamais échappé. Qui était donc cet homme ? Guillaume Dosgilbert, heureux dans un cocon bourgeois fidèlement calqué sur la vie tranquille de Thiers, sa ville natale ? Ou Montdory, le comédien qui avait tout donné à son art, jusqu'à en mourir à lui-même ? Qui était-elle, elle-même, toujours poussée dans une fuite en avant où le bonheur précisément était toujours plus loin ?

Au dernier soir qu'elle vivait dans le Marais, Marie ne savait pas plus ce que le lendemain lui réservait que lorsqu'elle s'était accrochée, bien des années plus tôt, à la troupe de Montdory.

# 19

Marie arriva au fort Saint-Jean à la fin de septembre 1639, et grand fut son étonnement de voir qu'il n'y gelait pas. Quand elle posa le pied sur le sol acadien, l'été sauvage éclatait de tous ses feux dans les ors et les cuivres des arbres, le vent très léger qui effleurait son visage était tiède, et les eaux de la Baie Française étaient à cet instant étales. Elle en soupira d'aise, et de soulagement, car les brumes épaisses que le *Cheval Blanc*, qui l'avait amenée, avait traversées aux abords de Terre-Neuve n'avaient pas manqué de l'inquiéter.

L'arrivée d'un bateau était en tout temps un événement dans un port acadien, et les colons s'étaient portés au-devant des arrivants, La Tour tout le premier. L'impatience de Charles de La Tour était cependant mitigée, et il avait davantage en tête en cet instant les marchés fructueux qu'il allait préparer avec Desjardins, que l'étrange démarche qu'il avait confiée à son agent. Pour un peu il aurait souhaité que les recherches de Desjardins n'eussent pu aboutir, et il se morigénait en son for intérieur d'avoir sottement cédé à une nostalgie ridicule en l'envoyant quérir une gamine qui n'avait pas manqué de vieillir entre-temps, et peut-être de devenir une insupportable mégère, si Dieu lui avait prêté vie. Une bouffée d'optimisme l'amena à imaginer que Desjardins n'avait pas pu la retrouver, mais il lui fallut vite se rendre à l'évidence, une femme se tenait sur le pont aux côtés de son agent. Marie était là.

Les pensées qui se bousculaient dans la tête enfiévrée de Marie n'étaient pas loin de suivre le même cours. Avec sa nature emportée elle avait pris une décision, pour y réfléchir après coup. À quoi pouvait donc bien ressembler Charlet après tant d'années dans un pays sauvage ? Il n'était plus temps cependant de différer la confrontation du rêve à la réalité. Un homme s'avançait vers elle, et sa stature déjà révélait que c'était Charlet. Son pas était ferme et résolu, c'était celui du chef dont il avait toujours eu la vocation. La blondeur des cheveux était toujours là, et surtout la luminosité des yeux, bleus à en rendre jaloux le ciel et la mer. Alors, changé Charlet ? Le sourcil froncé, et le nez de même, car depuis son enfance elle n'avait jamais su plisser l'un sans chiffonner l'autre, Marie s'interrogeait. Non, il n'avait pas changé ! Elle l'aurait reconnu n'importe où ! Pourtant il était différent, le regard était plus dur, et il ne lui avait pas encore adressé la parole.

La mimique qu'elle avait faite, celle qu'elle faisait déjà au Mans, quand elle était intriguée ou perplexe, avait déridé Charles qui avait plus de mal qu'elle à retrouver la trace du passé, et à reconnaître la gamine, dont il avait le souvenir, dans l'élégante qui s'avançait vers lui.

— Bonjour Marie, dit-il.

— Bonjour Charlet, dit-elle aussitôt, et du même élan elle lui sauta au cou à la grande stupéfaction du modeste public de son nouveau rôle.

Charles en resta le premier ébahi.

— Cela ne se fait pas? demanda-t-elle avec un fausse ingénuité.

Pour le coup Charles éclata de rire, la glace était rompue. Ils n'en étaient pas franchement à l'aise l'un avec l'autre pour autant. Le temps avait passé et l'innocence les avait quittés. Ils pouvaient composer, mais l'épaisseur d'une vie les avait séparés.

Marie ramassa ses jupons, trop larges, trop fragiles, incongrus sur les bords de la rivière Saint-Jean, et se dirigea d'un pas ferme vers le fort où elle avait laissé le destin la conduire. Elle pensa aussitôt qu'elle devrait commander à Desjardins une pleine malle de jupons de serge et de droguet, de caracos confortables, tous habits de bourgeoise modeste et même de servante. Il faudrait qu'elle se préoccupe aussi de lui faire porter à son prochain voyage une paire de souliers robustes. Le peu qu'elle voyait de son nouveau royaume promettait des jours difficiles à une Parisienne vêtue de velours et de satin. Il fallait remiser d'urgence dans la malle aux accessoires inutiles la livrée de Marie Desnoyers. Cela n'était pas pour la décourager, elle avait sacrifié aux apparences le temps qu'elle était comédienne, un nouveau rôle l'attendait dont elle ne savait rien, elle allait commencer par en prendre le costume.

Charles de La Tour, toujours aussi mal à l'aise, lui fit les honneurs de sa maison. Elle était d'un grand confort pour l'Acadie, d'une étonnante pauvreté pour qui venait de Paris. L'ombre du marquis de Hurepoix plana un instant sur le décor, et Charlet qui, peu à peu, retrouvait Marie, à un geste, à un sourire, à un regard, perçut le regret fugace qui assombrissait ses traits.

— Je ne sais plus à quoi ressemble une maison en

France, dit-il, mais je me souviens bien qu'aucune n'est à l'image du fort Saint-Jean.

— Sans doute, admit Marie.

— Cette bâtisse est solide. Son bois épais nous garantit des excès du climat. Les canons et les soldats nous protègent des ennemis.

— Pourquoi des canons ? s'étonna Marie. M. Desjardins m'a assuré que les sauvages étaient de bons compagnons.

— Les Anglais le sont un peu moins !

Marie soupira faiblement. Ainsi il pouvait y avoir la guerre ? C'était à prendre en considération. En croyant retrouver Charlet, elle rencontrait en fait un monde totalement inconnu, dépaysant, étrange, inquiétant, à la limite de ce qu'on pouvait raisonnablement accepter de bon cœur. Silencieux, Charles de La Tour mesurait la distance qui les séparait. Tant d'années avaient passé, peuplées de tant d'événements, dans des mondes parfaitement étanches. Quelle avait été la vie de Marie ? Et comment pourrait-il jamais lui permettre, par le récit, d'imaginer la sienne ?

— Je ne sais pas pourquoi tu es venue... commença-t-il.

— Parce que tu m'as appelée !

Charles sourit.

— Je te croyais plutôt fâchée quand nous nous sommes quittés !

— Il y avait de quoi être en colère ! dit Marie.

Et, disant cela, elle avait repris le visage buté qu'il connaissait bien.

Il rit. Elle aussi.

— Cela n'a plus beaucoup d'importance, dit-elle. Je ne sais pas trop pourquoi je suis venue. Une envie de partir, comme lorsque j'ai quitté la maison de mon père.

Ce n'était qu'une demi-vérité, elle en était consciente, et Charlet le devinait.

— Et ce que tu trouves ici ne ressemble pas à ce que tu avais imaginé ?

— Pas du tout !

— Tu n'es pas obligée de rester, Marie, dit Charlet sans brutalité, par amitié et non par dépit. Desjardins repart dans quelques semaines, il a peur de l'hiver !

— Moi aussi j'ai peur de l'hiver.

— Alors pars.

Charles de La Tour insistait, par gentillesse, par un reste de tendresse. Il la regardait avec ses falbalas. Que ferait-elle en ce désert ? Il avait été fou de la faire venir, et il s'en repentait. La gamine loqueteuse qui l'avait suivi toute son enfance s'était transformée en citadine raffinée. Même en relevant ses jupons, elle aurait bien du mal à marcher sur des raquettes !

— Je n'ai pas l'habitude de retourner en arrière, affirma-t-elle. Quand nous marions-nous ?

Charlet pensa qu'elle allait bien vite, et ses pensées semblaient courir tout à rebours des siennes.

— Si nous mangions d'abord un peu ? proposa-t-il.

Il lui tendit la main, pour l'entraîner comme lorsqu'ils étaient enfants et qu'il s'agissait en fait d'agapes d'aller chaparder le nécessaire. Elle éclata de rire.

— M'emmènes-tu faire la cueillette pour notre collation, ou tuer un volatile qu'il faudra que je plume avant de le rôtir ?

— Non, madame, moi aussi j'ai grandi, j'ai même vieilli. J'apprécie le confort et la bonne chère.

— Vraiment ?

Il y avait une ironie à peine voilée dans la voix de Marie. Elle pensait au pâté de béatilles de la rue du Pas-de-la-Mule. Charlet n'y prit pas garde. Il était sûr de l'étonner. Il appela un domestique, et, comme il s'adressa à lui en langue algonquine, Marie ne comprit pas un seul mot. Quelques instants plus tard, de retour dans la grande commune après une dernière flânerie dans la douceur du soir, elle découvrit le couvert mis, pour eux seuls. Desjardins avait disparu dans les profondeurs modestes du fort Saint-Jean. Marie prit donc place, vis-à-vis de Charlet, avec la grâce d'une reine invitée pour un festin. Au premier regard, le mobilier lui avait paru rudimentaire, mais elle nota qu'elle était confortablement installée. Il n'y avait plus qu'à évaluer la cuisine, et là elle n'était sûre de rien. La vaisselle, venue de France, était rustique, les colons n'avaient point de prétentions somptuaires, et les gobelets, solides plus qu'élégants, étaient d'étain, mais Charlet y versa un vrai nectar de vin d'Espagne.

— Du vin d'Espagne ? s'étonna Marie.

— T'attendais-tu à boire l'eau de la rivière Saint-Jean ?

— Presque, dit-elle en riant de bon cœur, car il en fallait plus pour l'embarrasser.

Charles la regardait, un peu perplexe. La femme qui était devant lui, inquiète du repas qui l'attendait, cette Parisienne, qui se retenait mal de faire la fine bouche, n'était pas Marie, pas la sienne en tous cas. Mais, lorsqu'elle riait franchement d'elle-même, il retrouvait sa compagne d'enfance. Où était la vraie Marie ?

Ils s'observèrent pendant tout le repas, évoquant le passé, peut-être parce que c'était le meilleur moyen de ne pas parler d'avenir. Ce fut Marie, directe, et têtue, qui revint au cœur du problème.

— Alors, quand nous marions-nous ? demanda-t-elle à nouveau.

— Encore ! s'impatienta Charlet plongé dans leurs souvenirs d'enfance et qui n'entendait point s'en évader.

— N'est-ce pas la raison pour laquelle tu m'as fait venir ?

— Oui... soupira Charlet visiblement embarrassé.

— Alors ?

— Cela a-t-il de l'importance ?

— Beaucoup !

— N'essaie pas de me faire croire que tu viens de tomber amoureuse de moi !

Charlet était presque furieux. Quel jeu jouait-elle ?

— Je ne suis pas amoureuse de toi, ni de personne. Nous parlons de mariage, pas d'amour !

— Tu pourrais me détester et devenir ma femme ?

— Non ! Je t'aime bien.

— Moi aussi, je t'aime bien, et il est vrai que cela doit suffire.

Charlet se sentit las, comme si toute la fatigue du monde brutalement tombait sur ses épaules. Marie se radoucit.

— Charlet, dit-elle, à voix presque basse, pourquoi m'as-tu fait venir ?

— Je ne sais pas. Je n'avais peut-être plus envie d'être seul, je vieillis sans doute.

— Cela ne se voit pas.

— C'est dans ma tête. Et toi ?

— Moi ? Que veux-tu dire ?

— Pourquoi es-tu venue ? Dis-le-moi ! Je ne me souviens pas que tu aies jamais été cachottière.

Marie se sentait acculée. Toujours les souvenirs ! Et le balancement entre celle qu'elle était, et celle qu'elle avait été ! Était-ce sa faute à elle si elle avait changé ? Qui avait fait basculer sa vie ? Tant de jours avaient passé, une vie entière, qui les avait séparés.

— Je te l'ai dit, l'envie de partir.

Charlet avait pris un air buté. Ce n'était pas une explication. Marie avait-elle pris le goût de la duplicité ? Cela ne ressemblait pas à celle qu'il avait connue, aimée, regrettée.

— J'étais comédienne, reprit Marie comme si elle avait deviné ses pensées, et j'ai eu mon heure de gloire. Je me croyais encore au faîte de ma renommée. Les choses ont brutalement craqué, comme si le plancher du théâtre soudain se dérobait sous moi...

— Pourquoi ?

— Les jeunes comédiennes ont les dents longues... C'est à ce moment même que Desjardins est arrivé.

— Si tout s'était bien passé pour toi, serais-tu venue ?

— Je ne sais pas, peut-être...

Là, Marie était sincère, et Charlet la retrouvait.

— Quand nous étions enfants, dit-elle, tu m'as toujours protégée. Peut-être ai-je envie de retrouver cette défense.

— Quand nous étions enfants, dit Charlet, tu as toujours été près de moi, et bien décidée à m'aider.

Il rit.

— Un jour que je parlais de toi, j'ai dit que tu avais toujours été un bon petit soldat !

— Je peux l'être encore, dit-elle.

— Avec ces jupons-là ?

— Il me suffira de changer de costume pour changer d'emploi. Les comédiennes savent faire cela !

— Alors tu restes ?

— Bien sûr !

— Y trouveras-tu ton compte ?

— J'ai besoin d'une autre vie.

— Je peux te promettre que la vie qu'on a ici ne ressemble à aucune autre.

Ils en étaient restés là. L'essentiel n'était pas dit, seulement deviné, pressenti. En parler sans doute eût été douloureux, inutile aussi. Charlet et Marie étaient à la croisée des chemins, ils laissaient beaucoup derrière eux et tentaient le pari d'avoir ensemble un futur. Mais étaient-ils encore à l'âge où l'on bâtit ? Marie avait abordé aux rivages acadiens toute parée des atours dont Paris connaissait la mode, elle ne manquait pas d'avoir à sa ceinture la dernière innovation de la mode, un délicat miroir, chef-d'œuvre d'orfèvrerie, pendu à un ruban de soie. La fantaisie en était ici dérisoire, à Paris elle avait été cruelle. La nature pourtant lui avait été indulgente, alors que certaines de ses rivales sur les scènes parisiennes étaient déjà flétries, et n'avaient point son âge. Le maquillage, indispensable au théâtre pour affronter la brutalité des lumières, accentuait plus souvent leurs rides qu'il ne les estompait. Marie, elle, avait encore un joli teint et sa peau était à peine griffée, mais le diabolique accessoire qui lui renvoyait son image lui dévoilait avec impudence les premières atteintes du temps. C'était ce flou du menton, cette mollesse d'un ovale qu'elle avait connu ferme, un « collier de Vénus » qui déjà s'esquissait sur un cou qui avait été superbe, un pli amer qui partait des ailes du nez, et disparaissait pourtant quand elle souriait. Mais peut-on toujours sourire ? Et puis il y avait ces fils blancs, qu'elle était habile à faire disparaître, mais qui toujours revenaient, et déparaient le brun profond de ses cheveux. Le miroir était bon prince. Il mentait mal, mais lui disait, « tu es *toujours* belle, *encore* belle ». C'était deux adverbes de trop ! Au fort Saint-Jean, comme elle l'avait fait à Paris, par habitude, ou par inquiétude, elle l'interrogeait. La beauté était-elle encore, ici, un enjeu ? Peut-on être femme et d'un cœur vaillant renoncer à l'apparence ? À Paris, les marques du temps menaçaient sa carrière, au fond de son désert c'était pire, elles lui rappelaient, inexorablement, que son temps était compté. Le temps devant elle rétrécissait comme une peau de chagrin, et cette rémission qui lui était allouée, ce supplément qui lui était donné, s'alourdissait des erreurs, des échecs, des défaites du passé. À vingt ans, elle s'était engouffrée dans le théâtre comme dans la quête d'un Eldorado, et elle avait un moment bien cru qu'elle y était parvenue. Elle s'était seulement approchée de l'instant terrible et imminent où elle allait commencer de vieillir.

Qu'avait-elle fait de sa vie ? Il ne lui en restait rien. Comment vivre alors avec le poids d'un passé inutile, avec les multiples blessures qu'elle avait supportées, avec un bagage si mince et pourtant si pesant ? Au bout de tant d'années, Marie était encore l'adolescente blessée des rues du Mans, qui cherchait, à coup de bec et d'ongles, à tailler sa place dans la vie. Pouvait-elle encore se faire une place ? Et dans cette Acadie dont elle ne connaissait rien ? Elle avait usé ses griffes, et sa hargne, mais elle avait encore son appétit de vivre, et dans l'existence nouvelle, qui miraculeusement s'offrait, elle était décidée à mettre toutes ses forces.

Charlet aussi était au croisement des routes. Sa jeunesse était derrière lui, et personne ne lui rendrait jamais l'amitié de Biencourt, l'amour fou qu'il avait connu avec « celle qui a traîné la lune », les courts moments de paix que lui avait accordés la faveur du roi Louis le treizième et de son ministre, le temps préservé du fort Loméron. Karakwinon était morte, et Biencourt, le fort Loméron était détruit, et cela avait été par un Français. La paix avait vécu, et la guerre qui se profilait, il faudrait la mener contre un Français.

Le mariage de Marie et de Charlet fut béni quelques jours plus tard par un père récollet. Marie était venue pour se marier, et n'entendait pas, si elle devait un jour s'en retourner en France, le faire sans le certificat d'honnêteté que le mariage lui délivrait, et surtout le mariage entérinait sa décision, lui interdisait de retourner en arrière. Elle avait balayé d'une ou deux remarques bien senties les tergiversations de Charles, qui paraissait maintenant moins pressé de convoler. Il avait toujours vécu hors normes, sans l'avoir jamais résolu, et s'en était bien accommodé. La bénédiction du récollet ne représentait pas grand-chose pour lui, sauf à faire plaisir au bon père qu'il aimait bien, et apparemment à Marie qu'il aimait bien aussi. Mais, à tout prendre, puisqu'on en était là, il pouvait admettre que cette nouvelle respectabilité pourrait lui servir en face d'Aulnay, entiché des usages du vieux monde. Aulnay s'était marié, lui aussi. Ils étaient à égalité d'honorabilité. Personne ne saurait jamais que Marie était la fille d'un barbier, et qu'elle avait été comédienne, il suffirait de lui inventer une noblesse qui sonne bien. Il eut, une fois n'est pas coutume, une pieuse pensée pour son père, Claude de Saint Étienne, qui se serait entendu à merveille à imaginer pour Marie un arbre généalogique plus beau qu'un vrai.

L'ordinaire du fort Saint-Jean reprit son cours. C'était pour Charles le soin de sa petite colonie, le souci de la traite, et la vigilance face au seigneur du Port-Royal. Pour Marie il s'agissait de s'accoutumer, de s'ajuster aux choses, au cadre, aux gens, car elle n'avait rien imaginé qui pût ressembler à son nouveau séjour. Une maison de bois, qu'on appelait fort, comme un château, était bien faite pour l'étonner. Le moindre tripot dans lequel elle avait joué la comédie avait des murs de pierre, et quand on lui assurait que le bois conservait la chaleur, elle ne protestait pas, mais attendait de voir. Elle avait remisé ses atours, dont elle sentait bien le ridicule, se contentant des vêtures les plus chaudes, et les moins délicates, dont elle avait bourré ses bagages, tant on lui dit de bien se défendre de l'hiver. Ensuite il fallait s'occuper, elle n'était pas dans ce lieu en transit, elle était venue pour y vivre le reste de sa vie, il fallait qu'elle y trouve sa place. Les premiers temps, elle songea avec une nostalgie qu'elle dissimulait bravement, à l'agitation du Marais, comme à un paradis perdu. Charles n'était pas dupe de la mine de contentement qu'elle affichait un peu trop. Il ne lui en tenait pas rigueur, et se proposait, dans l'avenir, de l'engager à retourner de temps en temps en France, sur un des bateaux qui venaient régulièrement de La Rochelle. Il appréciait pourtant sa compagnie. Leur amitié était restée intacte, même si l'amour fugace de leur jeunesse n'avait pas rejailli de ses cendres. Le désir brutal, qui avait saisi les deux adolescents dans les jardins du Mans, n'avait pas resurgi. Marie pourtant était belle, et Charlet n'avait rien perdu de sa séduction, mais entre eux le moment fugace de la passion amoureuse était passé. Ce qu'ils retrouvaient, et c'était un bonheur, c'était leur complicité, aussi fraîche et vivante que s'ils ne s'étaient jamais quittés, et la tendresse aussi, qui embellissaient leurs jours. L'amour, celui dont on parle au théâtre, n'avait pas été au rendez-vous. Il n'y avait là nul souci, leur union serait tranquille, à l'abri des égarements de la passion. Marie avait un caractère égal et Charlet n'était point tracassier, si l'épouse s'adaptait à l'hiver, leur union avait des chances d'être heureuse.

Marie ne demandait qu'à trouver ses repères, l'un d'eux aurait pu être de rencontrer d'autres colons. Sans qu'elle imaginât tenir un salon au bord de sa rivière, elle supposait qu'il était possible de rencontrer, de loin en loin, quelques Français.

— Charlet, demanda-t-elle un jour, n'avons-nous pas de voisins, à quelques lieues d'ici ?

— Nous avons un voisin, répondit Charles, juste en face, au Port-Royal.

— Un Français ?

— Oui.

— Tant mieux !

— Dis plutôt tant pis, Marie. Celui-là est mon pire ennemi.

La nouvelle n'alarma pas Marie. Avec Charlet, elle en avait vu d'autres toute son enfance dans les rues du Mans. Elle se crut revenue au temps de son adolescence. Au Mans il y avait toujours une bande rivale de celle de Charlet, ce qui n'avait guère d'importance, puisque Charlet était le plus fort. À voir sa stature et son air tranquille, cela n'avait sans doute pas changé.

— Un seul ennemi ? demanda-t-elle en manière de plaisanterie.

— Il y a aussi ceux de la Grande Rivière. Pour le moment ils se tiennent tranquillement sur leurs bases, mais ils ont souvent essayé de m'abattre, on ne peut pas les oublier.

— Ceux de la Grande Rivière ? Ce sont des sauvages ?

— Non des Français. Enfin, ils se disent français, mais je les tiens pour des pirates, et des forbans !

La situation se compliquait, d'autant qu'il fallait compter avec les Anglais, dont elle savait déjà qu'ils convoitaient l'Acadie. Cela faisait donc trois ennemis différents prêts à fondre sur le fort Saint-Jean s'ils en avaient l'occasion, et deux des troupes ennemies étaient françaises.

— Tout cela n'est pas si grave, dit-elle, un peu pour se rassurer, ils ne peuvent guère s'attaquer à toi.

— Qu'est-ce qui te fait dire cela ?

— C'est toi le lieutenant général du roi en Acadie.

— L'autre aussi !

— L'autre ?

— Charles de Menou d'Aulnay qui campe au Port-Royal sur ses ergots de jeune coq !

Marie avait du mal à suivre. La situation était beaucoup plus compliquée qu'il y avait d'abord paru. Les Français se battaient entre eux, et le roi, par un quelconque égarement, avait nommé deux chefs pour l'Acadie. Cela dépassait l'imagination de tous les dramaturges, mais quel beau sujet pour Pierre Corneille ! Buté, le regard dur, Charlet s'était muré dans un silence hostile, comme si le fait même de parler de son ennemi aiguisait son appétit de vengeance.

— Je le hais, dit-il au bout d'un moment.

Marie en resta abasourdie, elle n'avait jamais supposé que la haine puisse habiter un jour le cœur joyeux de Charlet. Elle ne répliqua pas.

— Viens, dit enfin son époux. Le temps est sec, allons jusqu'à la rivière.

Il était clair que Charlet ne voulait plus s'entretenir de ce sujet. Marie comprit qu'elle tombait au plein milieu d'une querelle d'hommes, où ce n'était pas l'usage que les femmes soient mêlées. Mais, avant d'être une femme, Marie n'était-elle pas d'abord, de toute éternité, le second de Charlet ?

Le Marais, le théâtre, les falbalas, et les bijoux, s'estompèrent dans la vapeur imprécise des choses du passé. Charlet l'avait appelée, il avait besoin d'elle, comme au temps du Mans elle saurait être un bon lieutenant.

# 20

« Je suis nostalgique d'un temps (d'une époque) où, eussé-je regardé le ciel, je ne l'aurais pas vu à cause des oiseaux. »

Yves Berger, *Dictionnaire amoureux de l'Amérique, Audubon.*

Il y avait d'abord eu un hiver, et bien avant qu'il fût là, Marie l'avait redouté, jusqu'à se demander, en de rares moments de faiblesse et de nostalgie, quelle folie l'avait poussée à courir vers un pays dont on savait que les températures hivernales étaient excessives. Mais il n'était plus temps pour elle de philosopher sur les climats et de les comparer, il lui fallait donc attendre que le monstre fasse son apparition, et elle était bien tentée d'en oublier l'imminence, tant l'été, qui avait été torride, semblait vouloir se prolonger à l'infini. Un matin pourtant, c'était à la fin du mois d'octobre, l'hiver fut là, et d'un soir au matin le monde en fut transformé. Quand le soleil s'était levé, au premier matin, du premier hiver de Marie, mille perles de givre s'étaient déposées sur les piquets de palissades, sur les toitures, et plus magnifiques encore sur chaque branche, de chaque arbre. Le fort Saint-Jean s'était paré de ses joyaux, et le spectacle était émerveillant. Marie sortit dans un élan de vrai bonheur. Le froid était très vif, mais sous une fourrure il n'y paraissait pas. Elle était donc là, cette saison, qui lui faisait si peur, et qui était si belle. Il y eut alors une grande semaine de froid intense où le ciel jamais ne céda sa lumière, puis brutalement la première tempête de neige commença, et tout fut différent. Marie eut alors le sentiment d'être transportée dans un autre monde. Le fort était totalement cerné, bloqué par la neige qui s'accumulait autour des bâtiments comme un mur second et glacé. Les hommes en étaient prisonniers, aucun travail n'était possible, la vie s'arrêtait. Dans le même temps les bruits s'étaient assourdis, le fort Saint-Jean était devenu un univers fantastique de silence et de blancheur. Les hommes ne reprirent leurs activités que lorsque la tempête se fut apaisée. On déblaya alors les amas neigeux, on dégagea des chemins, les hommes chaussèrent leurs raquettes, la vie pouvait continuer. Marie aussi chaussa des raquettes, le temps était redevenu sec et elle n'avait pas l'intention d'hiberner comme un ours.

Autour du fort la forêt était en pleine splendeur. À l'entour de l'habitation, les pins, sapins, *prusses*, s'étaient joliment alourdis de paquets neigeux tranchant sur le vert profond de leurs aiguilles, plus loin les feuillus, *bouleaux rouges*, bouleaux noirs, hêtres, dénudés, donnaient à la forêt des airs de bois dormant, dont les rameaux graciles pointaient, pathétiques, vers le ciel, enrobés d'une manière de brume qui hésitait entre le blanc laiteux et le brun doux, compromis lumineux de la neige et du bois. L'hiver fut beau, bon, et bien long, comme il sied à l'hiver acadien, qui vient en son moment et demeure tout son temps. Marie n'en souffrit pas, Charlet et ses hommes avaient « apprivoisé » la saison depuis si longtemps qu'elle avait assez de fourrures pour s'en faire une armure, assez de bois pour que dans la cheminée le feu ne baisse jamais, assez de gibier pour sa table.

Après l'hiver, avant l'été, il y eut seulement la fin de l'hiver, car là où elle était venue le printemps n'existait pas. Marie continua ses errances heureuses. La neige venait de fondre, et le miracle était, pour la Parisienne qu'elle avait été, qu'il n'y avait pas de boue. Elle marchait dans les plaines, se risquait au bord des marais. Partout la vie foisonnait, explosait. Les fleurs firent un tapis où éclatèrent d'abord les jaunes les plus éclatants, bientôt relayés par la palette de tous les roses, les rouges, les mauves, les violets. Elle connaissait, près de la côte, un paysage qui la ravissait. Un pré y descendait en pente douce jusqu'à la mer, où les herbes, folles et drues, se mélangeaient d'abord au jaune roux des graminées, et quand enfin la terre touchait l'eau jusqu'à s'y mélanger, une barrière de fleurs, du rose le plus intense, marquait insolemment la limite entre l'herbe et l'étendue marine, où le bleu foudroyant du ciel se noyait.

Un matin qu'elle abordait un creux entre deux minuscules collines elle eut comme un vertige, le ciel au-dessus d'elle se dérobait. Les oies sauvages, en multitude, ailes grises et ventre blanc, frôlant le marais en vol compact, occupait tout l'espace entre le ciel et la terre, et c'était un monde prodigieux que celui dont les habitants semblaient n'être que des oiseaux. Il y eut bien d'autres miracles, un cerisier sauvage couvert de fleurs en un matin, le sault sur la rivière, libéré de ses glaces qui reprenait toute sa force dans un bruit d'apocalypse, et la douceur d'un lever de soleil sur l'eau tranquille de la rivière Saint-Jean, le gris de la nuit finissante se fondant dans le bleu du matin qui naissait, une lumière indécise, hésitante, ondoyante, jouant sur tous les tons du rose et de l'or, et l'eau qui la réfléchissait en lui prêtant le chatoiement de son satin.

Et puis, il y avait les oiseaux, par centaines, par milliers, de toutes tailles et de tous plumages, habillant de leur chant le silence habité. Marie les guettait, les épiait, les admirait, et les aimait d'un amour infini. Les bécasses, les bécassines, les bécassaines, toutes au long bec, la bécasse d'Amérique, la plus drue, mais la plus petite, le chevalier, leur frère, haut perché sur ses pattes fines, les tournevires, et, roi en leur peuple, le grand héron bleu, qui n'était ni bleu, ni vert, ni gris, paré d'une robe couleur du temps changeant à l'infini, à la fantaisie des nuages qui tamisaient par instant la lumière. Il y avait aussi l'esterlais, les mauves, et le plongeon, et la poule d'eau, et le pluvier, tous les pluviers, le pluvier à collier, le pluvier argenté d'Amérique, le pluvier doré, et tous ceux dont elle ne connaissait pas le nom, mais elle allait les apprendre, puisque le monde ici était peuplé d'oiseaux.

L'été, vite venu, déploya sa gloire, et comme à l'arrivée de Marie il fit semblant d'être doué d'éternité, se prolongeant, et cela semblait être indéfiniment, dans la splendeur de l'été sauvage, et il y eut des ors, éphémères, somptueux, grimpant au long des arbres en colonnes flamboyantes, à l'assaut d'un ciel impassible, lumineux comme au premier jour. Il y eut enfin des écharpes de brume, draperies somptueuses accrochées aux arbres du marais, premiers signes d'une mutation, mais l'hiver pouvait venir, Marie ne le redoutait plus.

# 21

Charles de Menou d'Aulnay aimait, lui aussi, l'Acadie. Il l'aimait d'une autre façon, à sa manière qui était possessive, comme un bien qui lui appartenait, et qu'il pouvait, qu'il devait, modeler à sa guise. Le beau nom de Nouvelle France, donné par le roi aux Canadas, était pour lui à prendre au pied de la lettre en ce qui concernait l'Acadie, il avait un modèle à reproduire, dont il était seul juge. Son rapport personnel à l'Acadie s'inscrivait donc en termes de puissance, et s'il se sentait incontestablement lié à cette terre, c'était parce qu'elle était sa chose, ou qu'il entendait bien qu'elle le devienne. Comment pouvait-il comprendre La Tour, qui n'ayant eu aucune attache antérieure, et donc aucun modèle qu'il voulût imprimer, s'était coulé dans le moule de la terre qui l'avait accueilli ?

Le problème de l'argent, nécessaire à Aulnay autant qu'à La Tour, pour se maintenir dans ses fonctions et dans son rôle, et pour servir ses propres ambitions, rendait leur rivalité encore plus âpre, et l'argent ne pouvait leur venir que de la traite dont ils devaient partager, à égalité, les profits. La surveillance, qu'ils étaient autorisés à exercer l'un vis-à-vis de l'autre, était l'exercice le plus périlleux qui fût. L'étincelle de colère, la flambée de violence, ne demandait qu'à naître de l'hostilité larvée qui régissait leurs relations. La brutalité était en germe sur un fond latent de discorde.

La première explosion d'agressivité prit prétexte d'un contrôle inopiné des hangars recelant les pelleteries dans l'attente de leur acheminement. La pratique n'avait jamais généré d'incident du vivant de Razilly. Les contrôles, de pure forme, entre hommes qui se faisaient confiance, s'étaient toujours effectués dans la plus parfaite courtoisie. Quand il s'agissait d'hommes qui se haïssaient et se méfiaient l'un de l'autre, autant qu'Aulnay et La Tour, la même pratique se prêtait à toutes les tentatives d'intimidation, à toutes les vexations. Ce fut Charles d'Aulnay qui ouvrit les hostilités au printemps de 1639. Un matin, Charles de La Tour vaquait le plus tranquillement à ses occupations quand un des colons vint l'avertir que des étrangers avaient pénétré dans l'entrepôt des pelleteries, et semblaient s'y être enfermés. La Tour ne douta pas un instant de l'identité des intrus, et bouillant de rage, il gagna son magasin à grandes enjambées. Les hommes de Menou d'Aulnay étaient occupés à compter scrupuleusement les peaux de castors quand il surgit avec fracas dans le bâtiment.

— Ainsi, monsieur, vous pénétrez sans agrément dans la propriété d'autrui ! Mais vous voilà pris, comme larron dans une nasse !

— Doucement, monsieur, vous parlez à un lieutenant du roi !

— Êtes-vous donc mon égal, vous qui avez des manières de détrousseur ?

— Ah, je vais vous en demander raison! hurla Aulnay en portant la main à son épée.

— Rangez donc votre jouet, j'ai le même!

— Ne me dites pas La Tour, que vous savez manier l'épée. Rares sont les valets qui sont capables de faire illusion à ce jeu!

— Ce mot-là est de trop. Prenez garde que je ne vous fasse rosser par mes gens.

— C'est sans doute la seule méthode que vous ait transmise votre maçon de père.

— Comme vous le savez bien, mon père n'était pas maçon, mais gentilhomme.

— Allons, gardez vos fables pour les sauvages!

— Les sauvages ont une noblesse qui vaut bien celle des mirliflores de votre espèce.

— Taisez-vous!

— Sortez d'ici! Vous êtes sur ma propriété!

— J'ai le droit d'y être pour exercer mon contrôle.

— La moindre courtoisie vous ordonnait de venir d'abord me saluer et m'en avertir.

— Il n'y a pas de courtoisie à avoir avec un laquais.

— Sortez, vous dis-je!

Ivre de rage, La Tour avait saisi Aulnay par le col.

— Soit, je m'en vais, et je rendrai compte que vous vous opposez à la vérification à laquelle nous sommes assujettis.

— Faites donc cet examen à l'instant, quand je suis présent, pour m'assurer, moi aussi, que vous n'emportez rien.

— Je ne me laisserai pas traiter de canaille par un parvenu, débarqué de je ne sais quel ruisseau.

— Je suis chez moi, et je traite ceux qui s'y introduisent comme ils le méritent.

— Prenez bien garde La Tour, vous ne serez pas longtemps le maître céans. Je vous en chasserai !

— Il faudra d'abord me tuer.

— Je n'y manquerai pas !

Charles de La Tour n'était pas près d'oublier l'injure des manières arrogantes de son rival, mais l'Acadie lui avait appris la patience. Pour prendre sa revanche il saurait attendre son heure.

L'occasion se présenta au début de l'été 1640, moins d'un an après l'arrivée de Marie au fort Saint-Jean. Aulnay venait d'apprendre que les Anglais de Plymouth, établis à quelques encablures de la rivière Pentagouët et du fort qu'ils y avaient un moment occupé, s'apprêtaient à attaquer le fort qui avait été remis en ses mains. La même nouvelle parvint aussitôt à Charles de La Tour par le rapport que lui en fit le fidèle Desjardins, plus que jamais son homme lige, son agent pour tous commerces, son œil et son oreille là où il n'était pas. C'était l'été, seule saison que l'homme de La Rochelle pouvait supporter de vivre en Acadie.

— Voici une nouvelle, monsieur, annonça Desjardins à La Tour, qui ne peut manquer de vous intéresser, et sans doute vous agréera.

— Allons donc, laissez-moi deviner. Menou d'Aulnay serait-il mort ?

Desjardins éclata de rire.

— Il ne l'est point encore !

— Mourant, peut-être ?

— Je n'avancerais pas que les événements vont le tuer, mais il est sans doute, pour le moins, dépité. Les Anglais se préparent à lui ravir le fort de Pentagouët.

— Vive les Anglais !... Quand ils s'attaquent à cette vipère d'Aulnay !

— Ce n'est pas tout !

— Je n'ai d'oreilles que pour cette nouvelle...

— Aulnay envoie des secours à ses hommes de Pentagouët, leur navire ne tardera pas à passer au large de la rivière Saint-Jean.

— Non ! Il ne passera pas !

Desjardins ne fut qu'à demi étonné, la réaction de Charles de La Tour était celle qu'il attendait.

— Nous l'arrêterons avant, continuait La Tour, les secours destinés à Pentagouët seront plus utiles à Saint-Jean, et les hommes...

— Les hommes ?

— Croyez-vous, Desjardins, que je sois d'humeur à nourrir des prisonniers qui ne seraient d'aucune utilité ? Nous saurons bien les mettre au travail !

Le plan, en un instant conçu, ne manqua pas d'être exécuté. Quand il apprit les événements, Aulnay en personne se porta au secours de Pentagouët, ayant équipé deux vaisseaux, le *Notre-Dame*, et le *Saint-François*. L'occasion était trop belle pour Charles de La Tour de tenter de s'introduire à Port-Royal pour vérifier les magasins de son rival en son absence. Sachant bien que les gardes d'Aulnay lui en refuseraient l'accès, il imagina une parade habile pour forcer la résistance qu'on ne manquerait pas de lui opposer, et embarqua avec lui Desjardins, qui épousait sa cause en toutes circonstances, et Marie, ravie de l'expédition, qui lui rappelait son adolescence débridée. Il mit à la voile sitôt qu'il sut le maître des lieux à Pentagouët, cingla vivement vers Port-Royal, et se présenta à l'entrée du bassin. Comme il s'y attendait, on lui refusa l'entrée.

— M. de Menou d'Aulnay est absent.

— J'en suis désolé, protesta La Tour, néanmoins je désire présenter mes hommages à Mme de Menou d'Aulnay de Charnisay.

— Madame ne reçoit aucune visite en l'absence de son époux.

— Prévenez-la pourtant, car voici Mme de Saint Étienne de La Tour, mon épouse, que je viens lui présenter.

Malgré ces belles raisons, que Charles de La Tour avait cru bonnes à séduire une dame, sans doute moins sotte qu'il l'avait un peu vite supposée, la porte resta close. Mme d'Aulnay ne mettait de toute évidence aucun empressement à connaître sa voisine. Furieux, Charles de La Tour dut faire machine arrière et reprendre la direction du fort Saint-Jean avec femme, escorte, et bannières qu'il n'avait pas hésité à arborer.

La colère et le dépit de Marie valaient bien en vigueur le ressentiment de Charles de La Tour. Les époux rentraient au logis en ruminant leur amertume quand le sort sembla tourner en leur faveur. Le bateau qui ramenait Aulnay se dirigeait vers eux. Fou de rage, et puisque la ruse avait été inopérante, La Tour résolut dans l'instant de tenter la force, il fit donner ses canons. Aulnay répliqua, et le combat tourna rapidement à son avantage. Force fut à La Tour de s'incliner et de reprendre la direction de Port-Royal. Aulnay envoya alors un émissaire à son rival pour s'enquérir de la raison de l'attaque dont il avait fait l'objet, et lui signifier qu'il était en état d'arrestation. Grande fut sa surprise d'apprendre alors que M. de Saint Étienne de La Tour demandait raison de l'outrage fait à son épouse qu'on avait refusé de recevoir. Contre toute attente l'argument, cette fois, ne fut pas négligé. Charles de Menou d'Aulnay alla même jusqu'à admettre, ou à en faire semblant, que La Tour faisait preuve d'allégeance en venant lui présenter son épouse. À peine fut-il à terre qu'il salua le plus galamment du monde la nouvelle Acadienne, et pria les époux de bien vouloir s'attarder jusqu'au soir pour qu'il puisse leur offrir un souper. Il n'était apparemment plus question d'arrestation.

Pour Marie la preuve semblait faite que le mariage lui ouvrait la voie des honneurs et la reconnaissance de la société, et que ce n'était manifestement pas rien d'être Mme Saint Étienne de La Tour. Pendant quelques heures elle crut bien que les accusations de Charlet concernant son ennemi tenaient de la fantaisie, et que son mari continuait à jouer à la petite guerre comme dans les faubourgs du Mans. Elle en fut soulagée. L'hostilité entre les deux hommes n'avait peut-être pas de fondement, et il suffirait peut-être d'un peu de diplomatie pour remettre tout ce beau monde d'accord.

Grand seigneur, Aulnay s'empressa, sous le fallacieux prétexte de meubler le temps en attendant le souper, d'emmener La Tour vérifier les magasins, rappelant fort à propos, et avec un sourire qui semblait d'excuse, qu'ils étaient tenus à le faire. Sans laisser à ses visiteurs le temps de souffler, ou de se reprendre, il proposa à Mme de La Tour de les accompagner.

— Je suis sûr, madame, dit-il, que vous avez à

cœur de tout connaître des obligations de votre époux pour mieux le seconder.

Avant même que Marie ait pu émettre une habile protestation, car elle se souciait comme d'une guigne d'aller compter des pelleteries, il avait déjà entraîné ses hôtes du côté des entrepôts. Marie fit contre mauvaise fortune bon cœur, soupira discrètement de déconvenue, en traînant ses souliers, trop fragiles pour l'endroit, du côté des bâtiments où s'entassait le produit de la traite, et se consola en supposant que Mme d'Aulnay se préparait pour le souper, et ne pouvait donc lui tenir compagnie dans l'instant. Elle emboîta vaillamment le pas aux deux hommes.

Charles de La Tour, plus lucide, ne décolérait pas. Son ennemi gagnait sur toute la ligne et ne lui laissait aucune échappatoire. Lui faisant visiter lui-même ses magasins, Aulnay ne lui montrerait que ce qu'il ne voulait point cacher, et, faisant assaut d'élégance et de courtoisie, il interdisait par là à La Tour de hausser le ton en présence de son épouse. Les entrepôts seraient donc vérifiés à l'avantage du sieur d'Aulnay et le résultat ne pourrait jamais en être contesté. Pour neutraliser encore mieux son visiteur, Aulnay avait invité un capucin, le père Pascal de Troyes, que La Tour, encouragé dans son jugement par les récollets de Saint-Jean, n'hésitait pas à identifier comme l'âme damnée d'Aulnay. Devant le roi, la reine, le ministre, devant Dieu même, et La Tour en lui-même ajoutait le diable à la liste, le père Pascal de Troyes attesterait, et jurerait au besoin sur Bible et reliques, qu'Aulnay, au grand jamais, n'avait voulu tromper son partenaire de traite. La chausse-trappe, que Charles de La Tour avait cru mettre habilement en place pour piéger Aulnay, se refermait sur lui.

Bien loin de ces calculs, Marie jouissait de ce qu'elle prenait encore en cet instant pour une simple mondanité. La bonne volonté et la tranquillité d'esprit, qu'elle était bien la seule en cette compagnie à éprouver en toute innocence, la quittèrent aussitôt qu'elle gagna la table du souper.

— Mme d'Aulnay est fatiguée, déclara le maître des lieux, elle ne se joindra pas à nous.

Marie en reçut l'annonce comme un soufflet, d'autant qu'en regagnant l'habitation, elle avait aperçu deux femmes qui marchaient alentour en devisant. Marie en savait assez maintenant sur ce qu'était un établissement colonial, et particulièrement la part réduite de la compagnie féminine qu'on pouvait espérer y rencontrer, pour être certaine que les promeneuses ne pouvaient être que Mme d'Aulnay et sa dame de compagnie. Elle ne pensa pas un instant que l'affront était dû aux relations tendues d'Aulnay et de son époux. Charles d'Aulnay le premier avait, en raison de sa présence, gommé les dissensions latentes, et elle connaissait assez Charlet pour voir qu'il n'était pas dupe de l'amabilité ostensiblement déployée par son rival. L'injure était donc pour elle. Mme d'Aulnay ne voulait pas recevoir à sa table une comédienne. Le père Pascal de Troyes lui-même se retira en évoquant des occupations urgentes. La table se réduisait donc à quatre convives, Desjardins étant du lot, dont le plus ardent désir était, pour chacun, d'être ailleurs.

Charles de Menou d'Aulnay déploya d'abord de louables efforts de courtoisie, froidement accueillis par La Tour, et totalement ignorés de Marie murée dans un silence glacial. La pomme de discorde fut cependant évoquée, à mots couverts, dans un débat à fleurets mouchetés, qui ne manquait pourtant aucune cible.

— Puisque aussi bien nous sommes à causer, attaqua Aulnay, conscient que son masque de galant homme ne suffisait plus à cacher la vérité des choses, il convient de parler franchement.

— Ce langage me convient, assura La Tour. Nous ne sommes point ici des galants ou des courtisans, mais des soldats, et des colons, garants sur cette terre de l'autorité du roi de France.

Charles d'Aulnay sentit son sang bouillir, il n'aimait pas qu'on lui dispute le titre de *lieutenant du roi en toute l'Acadie et côte des Etchemins*, qu'il s'était à lui-même récemment accordé. Le rappel de la charge dont La Tour pouvait légalement se prévaloir le fit sortir de sa réserve.

— Il se trouve, monsieur, dit-il d'un ton glacé, que malgré les fonctions que vous revendiquez, vous m'avez cependant indûment attaqué.

— J'y avais des raisons.

— Elles ne me semblent point bonnes.

— Vraiment ? Pourquoi, dans ce cas, ce souper ?

— Lors de notre affrontement les armes ont tranché en ma faveur. Vous êtes mon prisonnier.

— Votre geôle est, dans cet instant au moins, accueillante.

— Mon accueil est celui d'un gentilhomme.

— Allons, Aulnay, nous avons résolu de parler clairement. Que voulez-vous ?

— La paix, pour que l'Acadie prospère.

— C'est vous qui y mettez la discorde ! Parlons

sans détour, vous avez besoin d'argent, c'est ma part de la traite qui vous intéresse !

— La traite ne doit servir qu'à la colonie.

— Encore faut-il y être habile pour que les profits en soient substantiels, et vous ne vous y entendez pas. L'école de la cour ne prépare pas les hommes à vivre ici.

— Vous préférez sans doute que les forbans y règnent ?

— Doucement, vous vous égarez. Je suis ici, comme vous, sur commission du roi.

Les esprits s'échauffaient, le ton montait. Marie observait les protagonistes. La colère, la haine même, étaient maintenant à fleur de peau et de visage. Sa présence seule maintenait, et c'était à l'extrême limite du possible et du supportable, le conflit au bord de l'explosion. Un mot de plus, un geste malencontreux, on en viendrait aux mains. Un instant elle en rêva, avec malice. Charlet était plus grand que son rival d'une bonne tête, plus lourd aussi, aguerri depuis l'enfance aux échauffourées de quartiers, entraîné depuis des années aux guerres de toutes sortes, il n'avait rien à craindre d'une rixe. Desjardins était là, sans doute moins efficace, mais belliqueux en diable, comme un coq de basse-cour, il pourrait aider à l'heureuse issue du combat. Le spectacle pouvait être amusant. Elle renonça à ce plaisir. Ils étaient les prisonniers. Il était sage de composer.

— À Paris, dit-elle d'un ton détaché, les gentilshommes règlent leurs différends sur le pré, quand ils le peuvent, car le cardinal, comme vous le savez, l'interdit, mais ils n'y invitent jamais les dames.

Aulnay reçut la remarque comme une douche glacée. Il s'était laissé emporter et la fine mouche n'avait pas manqué de le servir.

— Il est certain, reprit-il en se maîtrisant à grand-peine, que la situation est difficile pour chacun de nous. Le plus sage est de s'en remettre au roi, en lui demandant de nous départager. Nous nous tiendrons donc chacun en notre cantonnement en l'attente de son jugement. C'est la sagesse.

C'était annoncer aux « prisonniers » qu'ils étaient libres.

— Soit, approuva La Tour.

L'important était de sortir de la nasse où ils s'étaient fourrés. On aviserait ensuite.

L'essentiel étant dit, qui fâchait plus qu'il ne rapprochait, on fit des efforts, puisque réception il y avait, pour rajuster la conversation, qui enfin languit tant que le malaise devint bientôt presque palpable. Si Marie ne parlait pas, elle observait Aulnay. L'homme incontestablement avait une élégance naturelle qui compensait un visage impassible et un maintien rigide. Il était de toute évidence rompu de longue date à l'exercice de la bienséance dans la meilleure société, il en jouait, comme d'un atout, pour mieux écraser son vis-à-vis, qui, lui, n'avait guère eu le loisir de se policer. La Tour cependant était bien trop fin pour se laisser piéger par ses manières affectées, il avait trop longtemps vécu dans le sillage de Biencourt et de Poutrincourt pour être le rustre que l'autre imaginait, et la fréquentation, même épisodique et souvent conflictuelle, de Claude de Saint Étienne son père, l'avait initié aux roueries d'une politesse trop belle pour être vraiment honnête. Il pouvait renvoyer la balle. Marie se tut longtemps. Elle aussi s'était au Marais frottée à ceux qui comptaient, par leur naissance, et par leur esprit, elle pouvait d'une remarque bien sentie acculer son hôte à la défensive. Aulnay n'était point sot, mais il ne pouvait rivaliser d'esprit avec la marquise de Rambouillet, Mlle de Gournay, ou Mlle de Scudéry, que Marie avait assez souvent rencontrées pour s'imprégner de leur finesse. Mais, ce soir, elle n'était point disposée à faire assaut d'intelligence, elle préférait laisser Aulnay s'enliser dans de maladroites politesses. Elle venait de se trouver un ennemi et ne le mésestimait pas.

Charles d'Aulnay observait Marie, et c'était avec étonnement. Il ne connaissait pas les femmes, le monde où il se mouvait, celui qui avait toujours été le sien, était un monde d'hommes. Quand il avait atteint son septième anniversaire, on l'avait confié à un écuyer de son père. Adieu nourrice, mère, et servante, on allait faire de lui un soldat. De ce moment, la figure des femmes lui avait échappé. Sa mère n'avait plus été qu'une silhouette, raidie dans un maintien de représentation, un visage lisse, inexpressif, car il est indécent de laisser paraître des sentiments, et Mme de Charnisay faisait donc docilement figure de n'en avoir point. L'enfance, l'adolescence, avaient gommé en lui l'idée des femmes, puis il y avait eu l'Acadie, les belles sauvagesses pour le plaisir d'un instant, quand la soudaine langueur d'un printemps brutal, ou les ardeurs de l'été sauvage, rendaient au corps ses exigences. Mme d'Aulnay, son épouse, n'avait ni l'agrément des douces Indiennes, ni la hauteur aristocratique de Mme de Charnisay, elle pleurait trop, c'était commun. Et ce soir devant lui, quand il ne s'y attendait pas, une femme s'imposait, avec sa beauté, sa grâce, et aussi, ce n'était pas le moins surprenant, son caractère bien trempé, et, à n'en pas douter, une intelligence aiguë. Charles d'Aulnay en était troublé, agacé plutôt, dérangé. Il se sentait presque contesté. Cette femme ne correspondait à aucune des images qui lui avaient été transmises, et ne sachant comment l'aborder pour mieux la combattre, il s'en trouvait fragilisé. On disait qu'elle avait été comédienne ? Elle n'avait en rien l'apparence qu'il imaginait à ces sortes de créatures. Que faisait-elle dans cet imbroglio des affaires acadiennes dont les hommes eux-mêmes n'arrivaient pas à se dépêtrer ? Il eut l'impression, inexplicable, désagréable aussi, que l'affaire en devenait encore plus compliquée.

Au moment de quitter les lieux Marie, qui s'était drapée dans un silence glacé, lança une flèche, une seule, bien acérée, bien ajustée.

— Cette soirée était bien intéressante, dit-elle, je me garderai toutefois de vous engager à nous rendre la visite que nous avons eu le plaisir de vous faire. J'ai bien compris que la santé de Mme d'Aulnay ne supporterait pas la traversée de la Baie Française.

Charles d'Aulnay en resta muet. Marie venait de gagner la première de leurs joutes.

# 22

Si l'entrevue de Port-Royal avait laissé à Marie et à Charles de La Tour un goût amer, Aulnay ne se sentait pas triomphant pour autant. Il avait humilié son ennemi, et la gourgandine qu'il avait épousée, l'un et l'autre n'en restaient pas moins dans la place. L'affaire était loin d'être simple, si lui-même avait jusqu'ici été conforté par la Compagnie Razilly-Condomier, La Tour était protégé par la puissante Compagnie des Cent Associés. Enfin, Aulnay était pressé d'argent autant qu'il était avide de pouvoir. Il s'ouvrit de ses soucis au père Pascal de Troyes, à mots couverts, car il n'est jamais souhaitable de dévoiler le fond de sa pensée. Le capucin pouvait comprendre à demi-mots les tracas de son protecteur, et d'autant mieux que leurs intérêts étaient liés, la ruine de La Tour entraînerait inévitablement celle des récollets, laissant aux capucins la voie enfin libre dans l'évangélisation de l'Acadie. Cependant aucun progrès décisif nc pouvait se faire en campant sur ses bases à Port-Royal. Les rivalités se manifestaient en Acadie, les échauffourées s'y produisaient, mais c'était à Paris, auprès du roi, de la reine, de Richelicu que les décisions étaient prises. C'était dans les murs du Louvre qu'il fallait aller chercher la victoire de l'enjeu acadien.

Charles d'Aulnay et Pascal de Troyes se rendirent donc ensemble en France à l'automne de 1640. À Paris les choses avaient changé, Richelieu, absorbé par sa lutte contre la maison d'Autriche, était moins disponible pour se préoccuper des colonies, Louis XIII n'en avait cure, et la reine pouvait en faire à sa tête sur des problèmes qui leur semblaient mineurs. Or Anne d'Autriche n'avait jamais eu rien de plus pressé que de contrarier Richelieu, qui avait conforté La Tour dans ses prérogatives, et du même coup étendu sa protection aux récollets, et c'étaient les capucins qui avaient l'oreille de la reine. Il y avait là au moins deux raisons de donner suite à la requête d'Aulnay. La maître de Port-Royal, bien épaulé par le père Pascal de Troyes, s'en revint donc au début de l'année 1641, chargé de porter à La Tour l'ordre de venir s'expliquer à Paris, faute de quoi, lui, Aulnay, devait se saisir de celui qui faisait maintenant figure de dissident. Pour faire bonne mesure, Aulnay était confirmé dans la possession de Pentagouët et nommé commandant du Cap de Sable, qui appartenait à La Tour.

Dès son retour Aulnay décida de porter les ordres du roi à son rival. C'était une très belle journée de l'été 1641, La Tour séjournait alors en son fort Saint-Louis du Cap de Sable, quand son rival lui asséna la nouvelle sans précautions oratoires.

— Ainsi, monsieur, conclut Aulnay, vous feriez bien de vous rendre au plus tôt auprès du roi qui m'a donné mission de mettre des gens sûrs en place pour prendre soin de vos biens pendant votre absence.

— Avez-vous dit au roi que vous souhaitiez, précisément, vous emparer de mes biens en mon absence ?

rétorqua La Tour. Je serais bien crédule de m'en aller en France !

— C'est de la rébellion !

— Allez le dire à Paris puisque vous aimez les voyages !

— C'est à vos risques et périls que vous refusez d'obtempérer.

— Je crois le risque plus grand d'abandonner mon habitation.

— Vous le paierez un jour.

— Au moins le prix en sera-t-il différé.

— Il faut pourtant, et cela dans l'instant, remettre en mes mains votre fort Saint-Louis du Cap de Sable, dont le roi m'a nommé commandant. Je suis chargé d'en prendre soin.

— Je ne doute pas que vous le ferez.

— Vous seriez avisé d'en faire sortir à l'instant votre famille, vos domestiques, et les récollets qui s'obstinent à demeurer sur cette terre alors même que les capucins viennent de se voir confier toute la mission d'Acadie. Ils seraient sages de regagner la France avant d'être chassés.

Sans attendre de réponse Aulnay regagna son embarcation pendant que La Tour, la mort dans l'âme, s'apprêtait à donner l'ordre du repli au fort Sainte-Marie sur la rivière Saint-Jean. Ses compagnons les plus proches, ceux qui avaient été de tous les combats, Pierre Chabran, Pierre Baudé, Pierre Marquis, Michel de Nougarète, Robert le Manseau, Moïse Gallot, Damien Deveschau, se pressaient autour de lui. Que pouvait-il dire ? Prêcher la rébellion ? Préparer l'insurrection ? Il avait lu l'ordre du roi, et comme Poutrincourt sommé de rentrer en France quand sa première récolte était prête à donner ses fruits, il s'inclinait, il abandonnait à son ennemi le fort qu'ils avaient tous ensemble bâti de leurs mains, de leur sueur, défendu de leurs armes et de leur sang. Avait-il les moyens de résister ? Un des pères récollets avait assisté à la scène.

— Le roi l'ordonne, dit-il en se tournant vers lui.

Les récollets, premiers sur la terre d'Acadie, chassés, puis revenus, connaissaient l'aune des revirements royaux. Le moine baissa la tête, La Tour aurait juré qu'il y avait des larmes dans ses yeux.

Marie n'avait pas assisté au triomphe d'Aulnay, elle s'initiait alors aux joies de la botanique à une lieue et demie du fort Saint-Louis. Le père André Ronseau, moine récollet attaché depuis plusieurs années au Cap de Sable, lui avait ce jour-là proposé d'aller visiter le jardin qu'il avait aménagé sur la rive de la Baie de Sable, face à la hauteur où Charles de La Tour avait édifié le fort Saint-Louis. Le voyage jusque-là était déjà toute une aventure, la navigation se faisant sur un de ces canots indiens d'écorce, si légers que tout mouvement pouvait précipiter ses occupants dans les eaux de la baie. La beauté du jardin valait bien le risque. Marie y découvrit, sur un demi-arpent de terre, des choux pommés à souhait, et toutes les herbes potagères qu'on pouvait espérer trouver en un jardin. Elle y admira aussi les pommiers, et les poiriers, venus de France quelques années plus tôt, qui déjà avaient atteint une belle taille et portaient des fruits en grand nombre. Elle fit promettre au jardinier de la ramener là, un peu plus tard dans la saison, pour en sentir l'odeur, et en connaître le goût. Avec un peu de nostalgie elle pensa aux vergers du Mans, qui avaient abrité ses jeux d'enfants et ses premières amours, mais déjà le récollet l'entraînait vers les pois, soigneusement ramés, et couverts de gousses au point de s'en émerveiller. Mais ce dont le récollet était le plus glorieux c'était de son blé, où chaque épi portait quantité de grains. Et le bon père de rappeler l'admiration du roi Henri devant le blé acadien. Marie connaissait l'anecdote, maintes fois racontée par les amoureux de l'Acadie, et qu'elle ne se lassait pas d'entendre, car ces épis-là portaient la promesse de tous les lendemains. Elle ne manqua pas de poser quelques questions, d'ordre pratique, car le projet de se faire un jardin commençait de mûrir en elle.

— N'avez-vous pas de fleurs, mon père, dans votre jardin ?

— Des fleurs ? s'étonna le récollet qui, en bon colon qu'il était, n'avait songé qu'à semer et planter que ce qui pouvait servir à la survie de la colonie.

— Elles seraient utiles pour… fleurir la chapelle ! lança-t-elle à tout hasard, consciente d'avoir paru futile.

— Oui, sans doute, admit le père Ronseau, mais avant de fleurir notre église il m'a semblé plus urgent de maintenir en vie ceux qui viendraient y prier.

Marie ne répliqua pas. Elle avait entendu Charlet évoquer la dureté des premiers temps de la colonie, c'était une chose qu'elle savait, mais qu'elle n'avait pas éprouvée. L'Acadie qu'elle connaissait, encore balbutiante et fragile, n'était déjà plus celle de l'extrême souffrance des premières années. Elle rangea ses fleurs au plus profond de ses projets, bien décidée à les ressortir quand les temps seraient encore meilleurs que ceux que le père récollet prenait déjà pour un nouvel Éden.

Cette vision paradisiaque s'évanouit dès que les deux promeneurs, ivres de jardins, de conversations, et de plans pour l'avenir, parvinrent au fort Saint-Louis.

Marie tomba du haut de son rêve. La guerre commençait et ce n'était même pas avec l'Anglais. Charlet, elle le vit bien, était profondément ému et peiné, encore qu'il fit face et garda, devant les siens, la mine haute. Tendrement, elle lui toucha le bras.

— Nous reviendrons, Charlet, dit-elle.

Le cœur de Charles de La Tour se serra un peu plus. La réaction, courageuse et pleine de compassion de Marie, lui rappelait brusquement Biencourt s'adressant à son père devant les ruines de Port-Royal, et lui assurant : « Nous rebâtirons. » Poutrincourt, ni Biencourt, n'avaient pu jamais rebâtir le Port-Royal, ils étaient morts, abandonnés de tous, et d'abord de la France. Charlet serra les poings, la rage, en lui, le disputait au chagrin.

— Peut-être, répondit-il.

Marie y entendit un désespoir profond qu'elle ne lui avait jamais connu.

C'était l'été. Desjardins était là, qui vaquait au trafic des fourrures. Il apprit bientôt comment Aulnay avait veillé sur le Cap de Sable. Alerté, La Tour fit aussitôt voile vers la Baie de Sable. Il emmenait avec lui quelques hommes, les trois récollets, et Marie. Le spectacle était pire que tout ce qu'ils avaient imaginé. Du fort Saint-Louis, il ne restait plus planche sur planche. Les bâtiments étaient réduits en cendres, l'église, le couvent des récollets, la « vieille maison » où avaient trouvé asile Claude de Saint Étienne et son épouse, étaient pareillement détruits. Il n'était jusqu'au jardin du père Ronseau qui avait été piétiné et saccagé dans une rage aveugle de détruire.

# 23

Enhardi par sa victoire, Aulnay retourna en France pour la parachever, à la fin de la même année 1641. Le père Pascal de Troyes était encore du voyage, il accrédita à la cour les bruits, habilement répandus par Aulnay, selon lesquels La Tour avait une conduite désordonnée et qu'il était la cause que l'évangélisation n'avait pas progressé. En matière d'évangélisation la parole d'un capucin ne pouvait être mise en doute. Le maître de Port-Royal décrocha donc sans coup férir un ordre du roi *de se saisir de La Tour pour le conduire en France, avec défense à toutes personnes de lui prester aucune assistance.* Il allait de soi que pendant l'absence de La Tour Aulnay installerait dans ses possessions *des personnes de toute confiance.* En attendant de pouvoir se saisir de La Tour, Aulnay obtint de faire emprisonner Desjardins, qui était malencontreusement rentré en France avant la fin de l'été sauvage.

Au fort Saint-Jean, Charles de La Tour ignorait tout des intrigues de son rival, mais sachant qu'il était retourné vers le roi il n'avait pas besoin de faire appel à un jongleur micmac pour deviner qu'il était en train de lui nuire. Charles n'avait jamais attendu les bras croisés que la foudre lui tombe sur la tête. Dès l'automne de l'année 1641, sitôt que son fort du Cap de Sable eut été détruit, il se tourna vers la Nouvelle Angleterre à des fins commerciales, et y dépêcha Nicolas Gargot, un marchand protestant de La Rochelle. Marie s'en étonna.

— Charlet, les Anglais sont nos ennemis !

— Où donc as-tu pris cela ?

— Ils ont toujours été nos ennemis, je ne vois pas pourquoi cela changerait !

— Cela change quand un traité de paix a été signé.

— Ah ? dit Marie dubitative.

— Il se trouve que nous sommes aujourd'hui en paix avec le royaume d'Angleterre, et rien ne nous empêche de faire du commerce avec les Anglais.

— Le commerce avec la France ne te suffit plus ? Pourquoi chercher des profits ailleurs ?

— Parce qu'Aulnay va peut-être réussir à m'en écarter.

— Et comment cela ? Par un ordre du roi ?

— Peut-être. Ou plus simplement en arraisonnant mes bateaux.

— C'est le fait d'un pirate !

— En effet.

Marie parut réfléchir, puis elle demanda :

— Que vont dire les récollets d'une alliance avec les Anglais ?

C'était la dernière réflexion que Charles attendait. Il ne put s'empêcher d'en rire. C'était bien d'une femme d'être aussi naïve.

— Les récollets, Marie, ont eu assez à souffrir du sieur d'Aulnay et de ses capucins pour fermer les yeux sur la fréquentation de quelques mécréants. S'il y a quelque souci à nourrir sur cette démarche, je crains davantage la méfiance des Anglais vis-à-vis des « papistes » que nous sommes à leurs yeux.

La Tour connaissait bien son monde, les Anglais autant que ses compatriotes. Comme il le craignait les puritains de Boston repoussèrent ses avances. Ce n'était pas pour le décourager, et il n'avait d'ailleurs plus d'autre choix que de faire commerce avec l'ennemi qu'il avait harcelé depuis dix ans, ce que l'Anglais, traité ou pas, n'avait pas forcément oublié. À l'automne suivant ce fut toute une députation qu'il adressa aux autorités bostoniennes. Le chef en était un certain Lestang, qui présenta au gouverneur Winthrop une lettre de compliments. Les députés eurent à cœur de prévenir toute hostilité à l'égard de celui qui les envoyait. Bien que de confession catholique, ils assistèrent aux offices, et Lestang se vit offrir une bible qu'il s'engagea à lire. La troque valait bien un prêche ! Tant de bonne volonté paya. Les Bostoniens envoyèrent au fort Saint-Jean une pinasse pour y traiter des pelleteries. Ce fut à peu près le moment que choisit Aulnay revenu de son voyage, pour faire porter à La Tour l'ordre qu'il avait de l'envoyer en France ou de se saisir de lui. L'ordre du roi finit dans la cheminée, et les envoyés d'Aulnay en prison. La guerre cette fois n'était plus larvée. Et puisqu'un Français était devenu l'ennemi, il ne restait que les Anglais pour essayer de s'en faire des alliés.

Toutefois, et malgré la récente avancée commerciale avec les Anglais de Boston, Charles de La Tour était acculé. Devant son refus d'obtempérer, Aulnay barrait l'entrée de la Baie Française avec ses navires, refusant aux assiégés toute sortie et tout commerce. La situation n'avait jamais été aussi dramatique. Charles en débattit avec son épouse et les trois récollets. Aulnay avait arraché du roi l'ordre de le mettre à merci. Le roi seul pouvait défaire ce qui venait d'être fait, et pour le convaincre il fallait aller le trouver. La démarche était risquée, La Tour était en grand danger de se retrouver en prison, si toutefois il réussissait à s'échapper sans tomber sous les boulets d'Aulnay.

— Je crois bien, se permit de conseiller l'un des pères, qu'il n'y a plus d'autre solution, malgré le danger, que de vous rendre auprès du roi pour défendre notre cause. Il n'a jusqu'ici entendu que le discours de notre ennemi.

— Partir pour la France, sous les yeux d'Aulnay qui me guette ? Sous sa surveillance peut-être ? Comme un prisonnier ? Vous savez bien qu'il ne faudrait pas plus d'un jour ou deux avant que je ne sois victime d'un fâcheux accident qui me ferait vivement passer de vie à trépas, malgré tout le regret que M. d'Aulnay en afficherait.

— C'est probable, ironisa le récollet. Il est vrai pourtant que cela vous permettrait d'aborder l'autre monde avec la bénédiction des capucins.

— Sans doute, mais je ne la recherche pas. Je préfère vivre… avec celle des récollets.

Il y eut un rire peu convaincant, chacun savait que l'heure était grave.

— Je pourrais tenter de m'enfuir en échappant à leur surveillance, reprit Charles.

— C'est difficile. Ils vont le craindre et vont faire le guet. Votre silhouette est facilement identifiable.

— Je sais ! Il y a aussi un autre danger. Las d'attendre, un jour ils donneront l'assaut. Comment résisterez-vous en mon absence ?

— La famine nous aura peut-être tués avant, dit le père Ronseau. Que n'ai-je fait mon jardin en ce lieu ?

Et il coula un regard en direction de Marie qui voulait cultiver des fleurs.

— Pourtant, reprit un des moines, il n'y a pas d'autre remède que d'aller trouver le roi.

— C'est facile, dit Marie, je vais y aller !

Les quatre hommes la regardèrent avec un étonnement mêlé d'effroi. Charlet se remit le premier de sa surprise. Les récollets, pleins d'indulgence à l'ordinaire pour la dame de ces lieux, inclinèrent cependant à penser que Mme de La Tour, comme toute femme, avait l'esprit un peu faible.

— Ma fuite, reprit Marie, passera plus facilement inaperçue que celle de mon époux, et puis j'ai déjà eu l'occasion de rencontrer le roi, la reine, et le cardinal.

— Le cardinal est mort, nous en avons été avisés par le dernier courrier de France, laissa tomber froidement un récollet.

— J'en suis navrée, dit Marie, mais si aucune peste ne sévit sur Paris, le roi et la reine doivent encore être vivants.

Il y eut un silence.

— Et puis, ajouta Marie, si mon absence dure, le père Ronseau saura vous nourrir en cultivant la terre.

Le père Ronseau, qui préférait les herbes potagères aux fleurs, et c'était bien là pour Marie son principal défaut, ne pipa mot.

— Je crois bien, dit enfin Charles, que Mme de La Tour a raison. La sagesse est de l'envoyer vers le roi.

Marie n'avait pas eu un instant d'hésitation à proposer sa médiation, et si les récollets en avaient été étonnés, son époux y avait tout de suite reconnu son petit soldat du Mans. L'affection et la complicité de Charles et de Marie s'étaient renouées dans l'adversité aussi aisément que s'ils s'étaient quittés de la veille. Comme dans leur jeunesse ils se comprenaient sans discours, allant à l'efficacité d'une même rapidité de mouvement, et dans le cas présent il fallait, très vite, se présenter devant le roi. La différence avec les expéditions de leur adolescence était que la mission cette fois était dangereuse, et lourde de conséquences. Un échec entraînerait la chute définitive de Charles de La Tour, il y avait donc pour Marie une obligation absolue de réussite. Quand ils furent seuls Charles tint à préciser les choses.

— Marie, dit-il, ce n'est pas un jeu. Ce que tu vas entreprendre est dangereux.

— Ai-je dit que je voulais me divertir ?

Charles négligea l'argument.

— La première difficulté est de sortir d'ici. Aulnay nous guette comme un fauve.

— En cette saison, le brouillard enveloppe toute chose sur la fin de la nuit, on n'y voit guère à plus de deux pas. Bien malin qui me verra alors quitter les lieux ! Je partirai juste avant l'aube.

— Il est impossible de mettre à l'eau la moindre barque qui te conduirait vers un port. Aulnay a fermé la baie.

— Aussi je dois partir par la rivière, la remonter, puis...

— Puis ?

— Il me faut un guide.

— Il t'en faut deux.

— Deux ?

— Un sauvage pour remonter la rivière, puis te conduire à travers les chemins de traite jusque... Ah, je ne sais pas ! La Grande Rivière ? Mais les Français de là-bas t'aideront-ils ?

— Comment le savoir ? soupira Marie, peut-on deviner, ici, qui aidera qui ? Et même si quelqu'un sera jamais d'un quelconque secours.

— Il est sans doute plus sûr de passer par la Nouvelle Angleterre. Les Anglais ne sont pas forcément décidés à m'aider, mais ils n'ont pas davantage d'intérêt à me nuire. Et tu ne seras à leurs yeux qu'une voyageuse, pas un soldat.

— Soit. Mais pourquoi un deuxième guide ? Il suffit qu'on me mène là.

— Non.

— Pourquoi ?

— Je ne sais pas. Personne ne peut prévoir ce que réserve une pareille équipée. C'est plus facile à deux.

— Tu ne peux te priver d'un seul de tes soldats.

— C'est vrai. Mais trois prêtres pour quinze soldats, c'est trop ! Un des pères t'escortera.

Ce fut finalement le père Ronseau qui se dévoua.

— Je ne manquerai pas ici, dit-il, je suis bien trop maladroit pour manier le moindre mousquet.

— Ce n'est pas votre rôle, mon père, répliqua La Tour.

— En temps de guerre un prêtre doit être capable de s'adapter et de manier les armes tout comme un autre, mais j'ai en ce domaine comme une infirmité, et je ne suis plus assez jeune pour apprendre !

— Êtes-vous assez gaillard pour entreprendre un tel périple ?

— Ce qu'une femme n'hésite pas à entreprendre, un homme, fût-il un récollet inapte à la guerre, doit pouvoir le faire.

— Quand partons-nous ? demanda Marie.

— Dès la nuit prochaine. Le temps nous est compté, nous ne tiendrons pas longtemps, répondit Charles.

La nuit tirait à sa fin quand Charles accompagna Marie et le père Ronseau jusqu'à la rivière. Charles, qui s'était si longtemps immergé dans la vie sauvage, avait gardé de ce temps un pas souple et silencieux qui ne le trahissait pas. Marie d'instinct l'imita. Le récollet ne faisait pas davantage de bruit. Charles en fut aise, et il se demanda si le moine avait acquis cette démarche silencieuse au contact des sauvages, ou, bien plutôt, dans le silence d'un couvent où l'on ne va qu'à pas feutrés. Il côtoyait le récollet depuis des années, et savait bien peu de choses de lui. Leurs échanges s'étaient toujours limités aux questions qui intéressaient la colonie, et davantage aux perpétuelles luttes intestines qu'à l'évangélisation. Il en eut un bref instant un regret poignant. Regardait-il si intensément cette terre qu'il en oubliait de voir les hommes ? Mais l'instant n'était pas à la philosophie, il fallait faire vite, la barque devait être hors de vue quand la brume se lèverait. La réponse à son angoisse passagère était d'ailleurs sans doute là, il y avait toujours une urgence. Aurait-il jamais le temps de regarder les choses et les gens ?

L'Indien les attendait au bord de la rivière. C'était un chasseur etchemin qui était venu jusqu'au fort Saint-Jean pour les besoins de la traite et qui s'en retournait vers son village d'hiver. La Tour lui dit quelques mots,

Marie et le père Ronseau embarquèrent dans le canot d'écorce. L'un comme l'autre savaient s'y tenir immobiles, accroupis, pour ne pas risquer de chavirer la barque.

— Dieu vous garde ! dit La Tour à voix basse.

L'Indien donna le premier coup de pagaie.

Le brouillard se déchira comme un voile fragile aux premiers rayons du soleil. Le canot léger de l'Etchemin avait déjà dépassé la fosse où reposait le Manitou. Marie y songea. L'arbre était-il visible dans son trou d'eau, augurant la réussite de leur voyage ? L'Etchemin, impassible, ne s'était pas approché du trou d'eau, dédaignant de faire une offrande à l'esprit de la rivière, le récollet indifférent était plongé dans ses pensées, ou dans ses prières. Elle n'osa lui parler de l'arbre sacré. Le jour était là, si vite venu, quand ils arrivèrent au sault. Sans un mot ils accostèrent. L'Indien retourna le canot qu'il porta sur sa tête, Marie et le récollet lui emboîtèrent le pas. Un peu plus haut, toujours sans échanger un mot les trois voyageurs reprirent leur navigation. La rivière Saint-Jean était ici plus large, et des îles en occupaient le centre. Marie était tout entière baignée par la sérénité qui émanait du cours d'eau et de ses abords. Les rives, incertaines, car en cette saison elles étaient emmitouflées de neiges, s'enorgueillissaient de chênes, de noyers sauvages, dépouillés par l'hiver, dont le tronc seul attestait la vigueur. Ses yeux se voilèrent d'un regret fugace. Encore quelques semaines et le brusque foisonnement des feuilles habillerait les fûts de toute la palette des verts, du bronze le plus profond au vert de tilleul le plus tendre. Malgré le froid qui engourdissait tout, les oiseaux déjà manifestaient leur présence au passage de la barque. Le tintamarre de leurs cris dégringolant des plus hautes branches répondait au clapotis de l'eau quand une cercelle ou une outarde plongeait, puis remontait, et replongeait encore. Où Marie serait-elle quand les fleurs et les feuilles éclateraient de toutes leurs couleurs autour du lit de la rivière Saint-Jean ? Pourquoi fallait-il qu'elle parte encore, quand elle avait trouvé la paix ? Quelle était l'urgence qui la chassait, quand tout était si beau et si paisible ?

L'Etchemin poursuivit sa route quelques lieues sur le cours de la rivière Saint-Jean, qui par bonheur n'était pas encore prise par la glace, puis il dirigea son canot vers un bras d'eau qui s'y jetait. Le nouveau cours d'eau coulait largement au nord du fort de Pentagouët qu'il fallait éviter. Enfin ils quittèrent la rivière pour un nouveau portage du canot sur une distance que le récollet estima à cinq ou six lieues. Le soir tombait quand ils s'arrêtèrent pour cabaner auprès d'une autre rivière dont l'Indien leur dit le nom. Ils partagèrent de la viande séchée qu'ils avaient emportée, puis chacun s'enroula pour la nuit dans une couverture moelleuse de peau d'orignal.

Le plus court pour joindre un port, et de là prendre le premier bateau pour la France eût été de se rendre à Plymouth, qui n'était qu'à quelques lieues de Pentagouët, après avoir fait le crochet pour éviter le fort qui était maintenant la propriété d'Aulnay, mais le récollet, qui en avait débattu avec La Tour, expliqua à Marie que c'était imprudent, le fort anglais était trop proche de Pentagouët pour offrir un abri sûr. Il fallait donc aller jusqu'à Boston, et bien entendu à pied quand les cours d'eau auraient la fantaisie de s'écarter de la direction que les voyageurs s'étaient imposée, ou lorsqu'ils seraient déjà gelés. Marie, à cette nouvelle, sentit sa patience voler en éclat.

— Quand, demanda-t-elle au récollet qui n'en pouvait mais, quand atteindrons-nous Paris ?

Le père Ronseau eut un geste évasif.

— C'est à la grâce de Dieu, dit-il.

À Boston il fallut raser les murs. Les « papistes » étaient mal venus, et il n'était pas bon pour les deux transfuges de s'y arrêter. Le sort leur fut imprévisiblement favorable en leur faisant rencontrer, quand ils erraient sur le port à la recherche discrète d'un embarquement, le capitaine François Sorreau, qui avait noué des liens d'amitié avec Charles de La Tour, au temps où il naviguait pour l'armateur Maquin de La Rochelle. Il voyageait maintenant pour un armateur protestant, avec qui les Anglais acceptaient de commercer en raison de son appartenance religieuse. Soreau n'hésita pas un instant à les embarquer.

Cinq semaines plus tard, à la fin du mois de janvier 1643, après une très rapide escale à La Rochelle, et un éprouvant voyage en coche, ils faisaient enfin leur entrée à Paris, et ce ne fut guère une entrée triomphale que celle d'un récollet vêtu comme un trappeur, et d'une dame en robe paysanne. Par bonheur pour compenser l'aspect peu engageant de leur habit, leurs poches étaient cousues d'or. Charles de La Tour était peut-être dans le moment réduit à l'impuissance et acculé dans son propre fort, il était encore riche, ce que son rival n'était pas. Mme de La Tour ne se présenterait donc pas à la cour en tenue de souillon, et le récollet pourrait rencontrer ses semblables, dignement revêtu de l'habit de son ordre. Toutefois, avant de se soucier de ressembler à ce que l'on était, il fallait trouver un gîte. Tout naturellement ce fut au Marais que Marie le chercha, ce fut *Le Chapeau rouge*, rue du Pont-aux-Choux, à quelques rues du tripot qu'occupait toujours le théâtre du Marais, rue Vieille-du-Temple. Dès le lendemain, avec l'aide des associés de la Compagnie de la Nouvelle France, elle s'occupait à avoir une audience avec le ministre en charge des affaires coloniales dont l'appui n'avait jamais manqué à Charles de La Tour. Elle vit en premier Mathieu Clarentin, il était chanoine de Notre-Dame et venait d'hériter de la part de Simon Clarentin, maître chapelier de Paris, qui avait participé dès son début à la Compagnie, intéressé qu'il était au premier chef par les peaux de castor, matière première des chapeaux dont raffolaient les Parisiens. Elle obtint ensuite un rendez-vous d'Octave Périgny, conseiller du roi en ses conseils et président es enquêtes au parlement de Paris, lui aussi venait d'hériter de participations à la compagnie, il habitait dans le quartier du Marais, rue Saint-Anastase en la paroisse Saint-Gervais. Elle vit aussi François Robineau de Fortel, qui demeurait pareillement dans le quartier du Marais, rue de Berry, en la paroisse Saint-Nicolas, à qui venait d'échoir une des deux parts de son père. Puis elle rendit visite à Jean Vernières, marchand chapelier de Paris. Tous étaient intéressés au destin de La Tour, pour leurs rentes et pour leurs affaires. Ce fut en les sollicitant qu'elle retrouva Desjardins, libéré grâce à l'intervention de ces mêmes associés, et qui ne pensait qu'à obtenir raison du sort qu'Aulnay lui avait valu.

Une audience à la cour ne s'obtenait pas en quelques heures, pas même en quelques jours, même pour l'épouse du lieutenant général du roi en Acadie, même par l'entremise d'un conseiller du roi. Marie eut donc à dompter son impatience naturelle. Le mieux qu'elle eût à faire était de se reposer, le voyage ayant été éprouvant, et dans la mesure du possible de se distraire. Elle résolut donc de se rendre au théâtre, et quand bien même elle n'eût pas eu à attendre son audience, elle se serait empressée d'aller respirer l'odeur du tripot de la rue Vieille-du-Temple, tant la nostalgie du passé l'avait reprise à fouler les pavés du Marais. Elle y entraîna Desjardins, le père Ronseau allant à vêpres, chacun retournait vers les siens. Ce dimanche de juillet, on donnait en matinée la dernière pièce de Pierre Corneille, *Le Menteur*, et Marie s'attendait bien, avec un pincement au cœur, à y retrouver ses meilleurs ennemis, la Villiers, et Deschamps, son couard de mari, qui l'avait évincée pour avoir la paix au logis, la Beauschateau, bien établie sans doute désormais dans la place, la Beaupré, qui ne valait pas mieux. À y bien penser ce n'était pas le fiel qui lui nouait la gorge, elle était bien loin de toutes ces vanités, mais la douleur sourde, la morsure mal cicatrisée, des mépris qu'elle avait essuyés quand Deschamps avait succédé à Montdory. Elle découvrait que les vieilles brûlures, qu'elle croyait oubliées, avaient une imprévisible disposition à resurgir, à s'enflammer encore. Sans Desjardins, devant qui elle ne voulait pas baisser la tête, elle aurait tourné les talons, et s'en serait allée tout droit chez Coiffier, rue du Pas-de-la-Mule, pour s'y perdre dans la béatitude d'un pâté moelleux et d'un vin effervescent. Mais qu'importait, elle pouvait fièrement arborer sa revanche. Robe, et bijoux, achetés à la hâte pour faire bonne figure à la fameuse audience, attestaient son nouvel état. N'était-elle pas aujourd'hui une dame de condition ? Il lui suffirait de placer, sans y paraître, quelques allusions dans la conversation. « Mon époux, le lieutenant général du roi en Acadie... » Elle se ferait d'ailleurs annoncer par Desjardins auprès du ménage Deschamps : « Madame de Saint Étienne de La Tour désire vous rencontrer... » Vanités ? Soit ! Mais en son temps elle avait reçu quelques gifles qu'elle n'avait pas tout à fait oubliées.

Dans l'immédiat le spectacle commençait, et Marie aimait le théâtre. Quel étonnement peut-être, quel bonheur sans doute, lui réservait ce *Menteur*, que M. Corneille venait d'écrire ? Une comédie ? Pierre Corneille revenait-il à ses premières amours ? Marie se laissait prendre aux vers de l'enchanteur qu'elle avait aimé interpréter. Une chose la gênait pourtant, les minutes passaient, les vers succédaient aux vers, une scène à une autre, un acte bientôt serait joué. Où était la Villiers ? Et Deschamps ? La Beauschateau ? Une peste s'était-elle déclarée au Marais en décimant la troupe ? Avait-elle été si longtemps absente que les choses ici à ce point soient changées ? À leur place, elle identifia Floridor, il jouait Dorante, et sa femme Marguerite Baloré, en Clarice. Ah ! L'Espy était toujours là, fidèle à l'emploi de valet. La Beaupré aussi était en scène, si peste il y avait eu, elle avait été assez coriace pour résister !

À l'issue du spectacle la cohue habituelle se répandit de la salle dans la rue, on discutait, on débattait, on s'extasiait aussi, Corneille faisait toujours recette. Puisque les Deschamps n'étaient plus là il n'y avait plus de vengeance qui tenait, Marie renonça à la mise en scène qu'elle avait imaginée, elle eut juste assez de nostalgie pour aller vers les comédiens. Personne ne lui prêta attention. Elle était partie depuis quatre ans, autant dire un siècle au Marais. Qui se souvenait d'elle ? L'Espy pourtant la regardait, incrédule.

— Bonjour, François, dit-elle avec chaleur.

Il l'avait souvent agacée autrefois, mais elle ne connaissait plus que lui. Elle s'y raccrocha.

— Marie !

Il avait reconnu sa voix. Dans un sursaut de vanité elle pensa qu'elle avait été assez bonne comédienne pour que l'on n'oublie pas le timbre de sa voix, puis elle se cingla elle-même d'une pensée amère, tout le monde aurait reconnu la Villiers rien qu'à sa démarche.

Elle apprit de L'Espy que le roi avait, l'année passée, démembré la troupe du Marais pour conforter celle de l'hôtel de Bourgogne. L'histoire donc se répétait. Le tripot de la rue Vieille-du-Temple n'avait gardé que cinq comédiens et deux comédiennes, et le départ de Deschamps la laissait sans tête. Floridor avait pris la relève, il en avait l'étoffe, et Pierre Corneille lui confiait toujours la création de ses pièces. Floridor avait dû recruter. Rien n'était pareil et tout continuait. Marie n'était plus de ce pays-ci.

Le jour de l'audience vint enfin. Ce fut Arnaud de Maillé, qui avait succédé à Richelieu dans la charge de chef et surintendant de la Navigation et du Commerce de France, qui reçut Marie, escortée du père Ronseau, qui portait ses doléances pour la destruction de son église et de son couvent. Marie, d'instinct, savait plaider. N'avait-elle pas été comédienne ? Ce ne fut point son art cependant qui emporta l'adhésion du ministre, mais sa sincérité. Cette femme-là savait le toucher, qui racontait, sans formules ampoulées, dans une langue simple, claire, émouvante, les ruines encore fumantes du fort Saint-Louis que son époux avait bâti, la destruction de la mission que les récollets avaient établie, le saccage du jardin du père Ronseau, car elle osa l'évoquer, avec humilité et chagrin.

— Croyez-vous, monseigneur, demanda-t-elle, qu'on puisse impunément détruire de ses mains les beaux épis que les hommes, avec l'aide de Dieu, ont fait lever pour nourrir les colons ?

M. de Maillé en fut bouleversé. En dépit des arrêts portés contre Charles de La Tour, il ordonna de faire expédier au fort Saint-Jean un navire équipé en guerre, chargé de provisions et de munitions, et de soldats pour le défendre.

À peine les solliciteurs eurent-ils quitté le ministre que le père Ronseau laissa éclater sa joie.

— Madame, dit-il à Marie, je vous promets bien que sitôt que nous serons au fort Saint-Jean, je vous ferai pousser des fleurs !

Le père Ronseau se prépara à regagner aussitôt le fort Saint-Jean avec les renforts que le ministre y envoyait. Paris, la cour, et jusqu'au couvent parisien des récollets, lui pesaient. Depuis trop d'années il avait quitté l'agitation des villes pour l'isolement de sa mission, et puisque La Tour obtenait gain de cause, il escomptait y retrouver la paix. Il ne l'aurait jamais avoué, mais il était taraudé par l'idée qu'un jardin n'attend pas, et il avait promis des fleurs à l'infatigable Mme de La Tour. Il embarqua le 15 avril 1643 à Chef-de-Baye sur le *Saint-Clément* que commandait Étienne de Mouron. L'équipage, mi-catholique, mi-protestant, comptait cent quarante personnes, et comme l'avait promis le ministre il emportait à la fois des provisions pour les assiégés et des munitions pour défendre le fort Saint-Jean. Le 20 mai le *Saint-Clément* entrait dans la Baie Française toujours occupée par Aulnay, qui lui donna aussitôt la chasse avec trois navires. Le capitaine Étienne de Mouron fut assez habile pour échapper à ses poursuivants et gagner la haute mer. Quand la nuit fut épaisse il dépêcha une chaloupe vers le fort Saint-Jean. Charles de La Tour gagna le bord du *Saint-Clément* et persuada le capitaine de le mener chercher des renforts à Boston.

La Tour se montrait peut-être opportuniste, ses ennemis ne manqueraient pas d'en faire des gorges chaudes, il le savait. On rappellerait aussi comment son père si facilement changeait sa foi. La similitude n'était qu'apparente. Charles de La Tour ne trahissait pas, il s'adaptait aux circonstances et seulement parce qu'il y était acculé. Que pouvait-il faire d'autre ? Il lui fallait survivre à ces nouvelles attaques. Il fallait aussi, et surtout, que l'Acadie survive, la sienne, celle de Biencourt, et non pas une maladroite imitation de la vieille Europe, une copie conforme des sociétés anciennes. L'Acadie de Charles de Menou d'Aulnay sentait la poussière et le rassis, on y accommodait des vieilles recettes à la sauce coloniale. L'Acadie de son rêve, celle que Biencourt lui avait confiée, était jeune, et libre, et si les Anglais pouvaient la sauver, il fallait faire appel aux Anglais.

Si Charles avait séduit sans peine le capitaine du *Saint-Clément* il lui fut beaucoup plus difficile d'obtenir les renforts anglais qu'il avait eu la folie, ou peut-être la sagesse, d'aller chercher. La démarche qui selon son discours était le fruit d'une bonne logique avait de quoi effrayer plus timide que le gouverneur de Boston, et le moins que l'on pût dire était que le gouverneur Winthrop, encore que l'ayant reçu civilement, n'était ni ravi de sa visite, ni convaincu de son innocence. Charles de La Tour, au contraire de son père, avait au cours de sa carrière rudoyé de méchante manière les Anglais qui s'étaient frottés à lui. Il pouvait en toute bonne foi alléguer que c'était en temps de guerre, mais la guerre laisse des séquelles, et Charles de La Tour avait été pendant un long moment le dernier et seul obstacle à la mainmise totale des Anglais sur l'Acadie, et tout cela après avoir refusé une baronnie écossaise offerte en toute amitié. Il avait donc autant à faire pour persuader les Anglais de sa sincérité, que pour convaincre les Français qu'il ne trahissait pas.

Le *Saint-Clément* avait abordé la côte anglaise au grand effroi des habitants de la colonie, qui crurent dans un premier temps à une attaque surprise des Français. Charles de La Tour parlementa, il savait le faire à merveille, sauf avec Aulnay, pour leur plus grand dommage à l'un et à l'autre. Les puritains admirent son bon vouloir, le premier pas était fait. Ce n'était pas pour autant que les colons anglais étaient prêts à intervenir militairement contre un ressortissant français, éventuel partenaire de commerce, et dans une affaire à laquelle ils ne comprenaient rien. Charles de La Tour, plus gentilhomme que jamais, déploya les trésors inépuisables de sa diplomatie, allant jusqu'à assister pieusement chaque jour aux offices aux côtés de ses hôtes.

Au bout de tant d'efforts, et sans que les Anglais s'engagent à intervenir militairement, Charles de La Tour fut autorisé à louer trois navires, à les équiper, et à recruter des volontaires. Les navires anglais et le *Saint-Clément* se dirigèrent aussitôt vers l'embouchure de la rivière Saint-Jean, obligeant Aulnay à se réfugier à Pentagouët. La Tour l'y poursuivit, exigea réparation des dommages qu'il avait subis. Aulnay refusa. Pour La Tour la solution était évidente, il allait donner l'assaut au fort de Pentagouët, mais les troupes mercenaires s'y refusèrent. Force lui fut donc de retourner en son fort Saint-Jean tandis que les Bostoniens, leur contrat terminé, regagnaient leurs bases et que le *Saint-Clément* faisait voile vers la France.

# 24

Marie s'attardait à Paris. Ce n'était point que la vie parisienne l'ait à nouveau absorbée, elle n'y trouvait plus de goût, mais les Associés qui l'avaient aidée dans ses démarches lui conseillaient vivement de ne pas s'en retourner si tôt. Aulnay n'allait pas manquer de réagir à ce retournement de fortune, mieux valait être alors en place pour parer aux coups. Dans l'immédiat elle avait rempli sa mission. Desjardins avait regagné La Rochelle, le père Ronseau voguait vers son jardin, il était temps pour elle de remplir un devoir d'amitié que rien ne justifiait plus de différer. Quelques jours après son entrevue avec M. de Maillé elle se rendit rue Saint-Gilles. C'était à deux pas, et pourtant elle avait plusieurs fois retardé sa visite, sachant fort bien que le prétexte d'être absorbée par l'affaire qui l'amenait à Paris n'était qu'un faux-fuyant. Elle n'avait rien demandé à L'Espy, qui n'avait dit mot de Guillaume. Montdory était-il déjà oublié ? Le cardinal qui l'avait toujours protégé était mort, et après lui deux comédiens déjà s'étaient succédé à la direction du théâtre du Marais. Guillaume était-il encore vivant, et s'il l'était, était-il encore lui-même ? Il fallait pourtant affronter aussi cette vérité-là. Qu'avait fait le temps du grand Montdory ?

Ce fut encore Catherine qui accueillit Marie. Elle avait à peine vieilli. Un peu plus pâle peut-être, la jambe gauche un peu raide semblait-il, mais il fallait l'observer attentivement pour déceler une gêne légère dans sa marche. Était-ce d'avoir tant monté l'escalier bien raide de la maison de la rue Saint-Gilles chaque fois que l'impétueux Guillaume, rageant de ne pouvoir bouger, lançait son lancinant « Catherine » ? Était-ce d'avoir suivi Guillaume aux eaux d'Archambault, dernier espoir de retrouver sa santé ? Ou de lassitude d'avoir tant espéré se réveiller un matin et le trouver debout, en train de déclamer des vers en plein milieu de la chambre ? Catherine, qui n'avait pas une ride, avait le pas plus lent. Marie pourtant revoyait en elle la jeune épousée « qui ne se plaisait qu'à l'église », la jeune femme rayonnante quand cinq marmots s'accrochaient à ses basques, la bourgeoise épanouie portant sur les fonts baptismaux sa filleule, Marie, fille du peintre Jehan Angelain, preuve s'il en fallait, que l'épouse d'un comédien était une honnête femme autant que toute autre. Marie se souvenait encore de l'indéfectible gaîté de l'épouse d'un jeune paralytique qui puisait à sa joie la force de survivre.

— Marie ! dit-elle, à peine étonnée. Montez, il est avec ses livres.

La formule était toujours la même, la maison n'avait pas changé, et Catherine si peu.

Guillaume, dans son fauteuil, semblait n'avoir bougé d'un pouce depuis la dernière visite de Marie. Il était plongé dans un livre mais ne déclamait plus. Sa voix, quand il s'adressa à elle, était toujours hésitante. Elle remarqua son bras figé, et supposa à son maintien que les jambes peut-être répondaient mal. Il leva les yeux, posa son livre.

— Pierre Corneille, dit-il, publie maintenant ses tragédies à peine sont-elles jouées. Quelle impatience ! mais il y gagne…

Marie sourit. Guillaume Dosgilbert et Pierre Corneille avaient toujours aimé l'argent.

— Oh ! reprit Montdory, je ne me plains pas, le cardinal m'a bien doté. Sais-tu qu'il est mort ?

La conversation dura un moment, à bâtons rompus, mais le comédien ne parla pas de théâtre. Catherine, dûment hélée par son impatient époux, porta le chocolat, et Marquise vint faire ses civilités quand Montdory la sonna. Ce ne fut que lorsque Marie lui fit ses adieux que Guillaume Dosgilbert dit, comme d'une chose de peu d'importance ce qui sans doute le blessait le plus.

— Quand tu reviendras Marie, ne me cherche plus rue Saint-Gilles, je vais m'en retourner à Thiers. J'y suis né.

Tout était dit, le renoncement maintenant accepté, la maladie qui s'était installée, la mort qui allait venir.

Depuis son retour à Paris, Marie éprouvait tous les jours combien il était dur de remettre ses pas dans ses pas. Par nature elle n'aimait pas regarder vers le passé, elle avait intimement le sentiment que le destin la poussait en avant. Elle n'était plus de ce pays. Elle ne manquait pas plus à Paris, que Paris lui avait manqué. Sa patrie, c'était maintenant quelques arpents des Canadas, auprès d'une rivière aux bords marécageux, où les outardes s'ébattaient, où un récollet allait lui faire un jardin, où son plus vieil ami, qui était devenu son époux, faisait commerce des pelleteries. Son univers, celui qu'elle aspirait à rejoindre au plus tôt, c'était un monde de silence, peuplé pourtant de mille bruits, froissements d'ailes, murmures du vent dans les branches, grondement de l'eau dans un sault, et le chant, plus nuancé et plus divers que le livret du plus bel opéra, le chant subtil et parfois entêtant de centaines d'oiseaux des prairies, des forêts, des marais, des rivières, qui n'avait d'égal en beauté que la variété et l'éclat de leurs habits couleur d'arc en ciel. Elle fermait les yeux, elle écoutait dans sa tête, elle s'évadait, mais toujours les cris de Paris, plus têtus que tous les rêves, la ramenaient en la ville où tout n'était que remue-ménage, agitation, tapages et vacarmes, tous engendrés par l'homme dans sa fièvre dérisoire. Pourquoi y avait-il tant de monde dans un espace aussi étroit, et pourquoi chacun tenait-il tant à crier plus fort que son voisin ?

Au terme de ses pensées nostalgiques, Marie secouait sa mélancolie. Elle était en France précisément pour sauver son coin de paradis. Pour prévenir les manœuvres possibles d'Aulnay, il fallait traîner ses falbalas, ses jupons brodés, et ses bijoux, dans le sillage des grands, écouter, apprendre au hasard d'un aparté ce qui se tramait dans l'ombre, être présente, sans être pesante. Elle s'y appliquait, rendant visite à celles qui l'avaient jadis reçue en leur salon. Elle ne pouvait prétendre à *La Chambre bleue* de Mme de Rambouillet, elle n'y avait mis qu'un pied, quand elle jouait la comédie, encore n'était-ce que du bout du soulier, elle ne pouvait pas davantage fréquenter *les samedis du Marais*, où Mlle de Scudéry dressait *la Carte du Tendre*. Qu'y aurait-elle appris d'ailleurs ? M. de Charnisay, le père de Charles d'Aulnay, vieillard austère solidement campé sur des certitudes ancestrales, ne fréquentait pas les beaux esprits qui ne rêvaient que de mettre à l'envers un monde qu'il voulait au contraire bien droit, et bien rigide. Il fallait donc le suivre à la cour, où pour le bien de son fils, et le malheur de Charles de La Tour, il semblait avoir encore quelque crédit. On disait qu'il avait l'oreille de la reine, par le truchement des capucins sans doute. Il fallait donc aller vers la reine. Par bonheur Anne d'Autriche raffolait de théâtre, Marie avait joué souvent devant elle et l'on disait que la reine n'oubliait jamais un spectacle qui lui avait plu. Elle demanda une audience. Son audace fut récompensée.

— Mesdames, dit plaisamment la reine à ses dames de compagnie à l'entrée de Marie, la Desnoyers !

Il y eut des murmures effarouchés. Les dames se trémoussèrent. Elles ne souhaitaient pas avoir été vues en compagnie d'une comédienne. C'était bien sur cette crainte que la reine jouait.

— Disposez donc de vous-mêmes, dit-elle, Marie Desnoyers me tiendra compagnie.

Les dames s'égaillèrent, Marie en fut ravie, Anne d'Autriche aussi.

— Voyez donc comme elles sont sottes ! s'exclama-t-elle.

La reine riait, Marie pensa de bon cœur avoir gagné ses entrées.

Le mois de mai vint, Marie se réhabituait à un pays qui avait quatre saisons. Le *Saint-Clément* ne pouvait encore avoir atteint les côtes d'Acadie, Marie patientait. Le vieux Charnisay, quatre-vingts ans et la fibre courtisane toujours aussi verte, ne manquerait pas de se mettre en branle dès que son fils lui aurait fait savoir que le roi avait envoyé des secours à Charles de La Tour. Elle comptait bien sur ses nouvelles, et modestes, entrées à la cour pour tout savoir des manœuvres de l'ennemi. Le sort encore une fois en avait décidé autrement. Le 15 mai, le roi Louis XIII mourait, suivant de si peu son ministre. La reine, qui n'était sans doute pas celle que l'on croyait, et certainement pas une femme qu'on pouvait écarter d'un revers d'intrigue, fit aussitôt casser par le parlement le testament de son royal époux, ceci afin que la régence lui revienne selon la coutume. Contrairement aux usages elle n'imaginait pas un instant passer un mois étendue sur son lit, drapée dans la robe blanche des veuves royales, et n'avait aucune intention de se tenir à l'écart des affaires de l'État. Elle prit aussitôt la politique en mains, c'était bien assez pour occuper ses jours. La Régence commençait, et c'était d'un train d'enfer. Anne d'Autriche, qui avait assez longtemps piaffé à l'écart du pouvoir, n'avait plus de temps à consacrer aux comédiennes.

Marie s'en retourna donc chercher ses informations auprès des Associés qui étaient dans la place. On lui conseilla de patienter, la Nouvelle France était loin, les nouvelles n'en venaient pas si vite. Après un printemps humide et maussade dont elle avait perdu le souvenir, un temps qui lui semblait maintenant hybride comme une saison qui n'en était pas une, Marie vécut un été moite dans la puanteur de la ville qui s'exhalait de tous les ruisseaux, véhiculée mieux que jamais par un temps souvent orageux. L'automne vint enfin, qu'elle avait aussi oublié, et la ville fut mouillée sans être rafraîchie, puis on s'enfonça dans l'hiver. La neige, vite fondue, se mélangea à la crotte plus collante que jamais, et aussi nauséabonde qu'en toute autre saison. Marie, excédée, avait le sentiment de s'engluer dans la stérilité de son attente, comme elle s'enfonçait dans le bourbier de la rue. En février enfin les choses bougèrent. Elle apprit que Charles d'Aulnay était à Paris. Il séjournait chez son père, M. de Charnisay, rue de Grenelle, en la paroisse Saint-Eustache. Aulnay n'était point homme à faire un séjour d'agrément. Quel agrément d'ailleurs pouvait-il trouver à la vie, tout absorbé qu'il était par une perpétuelle quête du pouvoir ? Son seul but à Paris était de toute évidence de nuire aux intérêts de Charles de La Tour. Le premier mouvement de Marie fut de se tourner vers la régente. Elle se rendait au Louvre, en chaise, pour ne pas gâter ses souliers, quand elle fut hélée aux abords du palais par François Robineau de Fortel, qui s'en revenait d'une audience, et la pria de prendre place dans son carrosse car il avait des nouvelles. Elle le suivit donc en sa maison de la rue de Berry, où il lui fit servir aussitôt un chocolat pour la réconforter.

— Madame de La Tour, lui dit-il alors gravement, les nouvelles ne sont pas bonnes. Votre ennemi est dans la place.

— Je ne le sais que trop, monsieur, répondit Marie, et voilà pourquoi je m'en allais demander audience à la reine.

— Gardez-vous-en bien ! Le vieux Charnisay y est passé avant vous.

— J'eusse donc mieux fait d'entreprendre plus tôt cette démarche.

— Cela n'eût rien changé.

— La reine m'a toujours manifesté de la bonté.

— Pardonnez-moi, c'était au temps où vous l'amusiez, et parce qu'elle aimait le théâtre. Elle était reine alors, et se plaisait à en faire à sa tête pour contrarier le roi et le cardinal. Anne d'Autriche est aujourd'hui régente, et elle poursuit son travail, au grand dam des Importants, comme on nomme ceux qui comptaient sur sa nouvelle puissance pour défaire tout ce qu'avait fait le cardinal qu'ils exécraient. Richelieu avait, vous le savez, abandonné de longue date ses parts de la Compagnie de la Nouvelle France...

— En quoi cela concerne-t-il M. de La Tour, mon époux ?

— Le cardinal n'avait fait que transférer ses fonds, car il ne dédaignait pas l'argent plus qu'un autre. Il avait pris des parts dans la Compagnie Razilly-Condommier, dont Louis Mottin le père de Mme d'Aulnay est actionnaire. Il aidait plus volontiers cette compagnie que celle des Cent Associés, à laquelle votre époux est lié.

— Le cardinal est mort.

— Soit, mais pour aider la régente à rester dans le droit fil des opinions du ministre, M. de Charnisay est là. Il était tout à l'heure au Louvre.

— Mais M. de Maillé...

— La régente n'aura aucune peine à revenir sur les conclusions d'un ministre.

— Avez-vous appris ce qu'Aulnay fait ici ? Et ne me dites pas qu'il fait à son père une visite de bienséance !

— Que non pas ! Il comparaissait ce tantôt devant le notaire Jean Marreau, pour lui déclarer qu'il avait acheté, en la ville de Dunkerque, par l'entremise d'un marchand de Londres, un vaisseau de deux cents tonneaux, qu'il doit faire passer à Douvres, en Angleterre, et de là à La Rochelle.

— Pourquoi était-il tenu à cette déclaration ?

— Il craint sans doute que les navires de Hollande et de Zélande, qui croisent devant Dunkerque, ne s'en emparent. La déclaration étant faite, il pourrait le réclamer comme le sien.

— Il va donc envoyer en Acadie un nouveau vaisseau, bien armé et chargé de vivres et de munitions. Il ne renonce pas à la guerre.

— Je le crains !

— Mon époux ne le laissera pas faire, et je lui apporterai toute l'aide possible.

— Vous en serez bien empêchée, madame.

— Et comment ?

— Le chancelier Séguier a signé aujourd'hui une lettre qui vous sera bientôt portée en votre auberge, vous interdisant, ainsi qu'au sieur Desjardins, de quitter la France. Il vous conseille d'envoyer un vaisseau quérir votre époux pour qu'il vienne au plus tôt se justifier devant le roi, c'est-à-dire en fait devant la régente, que vous n'amusez plus, et qui est tout acquise au vieux Charnisay, et aux capucins, ce qui n'est pas négligeable.

— Que faire ? demanda Marie.

— Envoyer au plus tôt une lettre à votre époux pour bien le mettre en garde, et…

— Et ?

— Je ne saurais trop vous conseiller de conserver de la distance entre vos ennemis et vous. On commence par être consigné sur place, on peut le lendemain se retrouver en une prison.

Le lendemain à l'aube, bien sanglée dans un habit de cavalier, Marie galopait à bride abattue en direction de La Rochelle. Rien n'était gagné pour autant. Même avec la complicité de Desjardins qui était déjà dans la place il était quasiment impossible pour elle d'embarquer sur un navire français. Les ordres du roi, qui n'avait que sept ans, ceux donc de la régente, du duc d'Orléans, oncle du roi, et du chancelier, interdisaient à tout capitaine de la laisser embarquer, et aucun maître de vaisseau n'était assez fou pour braver les ordres royaux au bénéfice d'une cause perdue. L'affaire se compliquait encore du fait qu'au moment même où Marie cherchait à s'embarquer clandestinement dans le port de La Rochelle, à la mi-juillet 1644, Aulnay y était présent, achevant les préparatifs de son propre embarquement sur *Le Cardinal*, appartenant à Emmanuel Le Borgne, autrefois en affaires avec La Tour.

Marie avait la chance d'avoir encore un peu d'or. Elle acheta à grand prix la complicité d'un capitaine anglais, qui tenait plus du corsaire que du marchand. Le 17 juillet 1644 elle embarqua sur le vaisseau commandé par le capitaine Bailey, et s'en trouva fort aise. Elle n'était toutefois pas en mesure de s'opposer au périple en zigzags qui l'attendait, et, après l'avoir menée à Londres, la promena à petites étapes sur différents lieux de pêche des côtes canadiennes. Le clou du voyage fut la rencontre du vaisseau qui transportait Aulnay au large du Cap de Sable, circonstance qui l'obligea à se cacher. Marie ne pouvait deviner qu'Aulnay, qui louchait à son tour vers les Anglais, pour s'en faire des alliés, ne tenait pas à inquiéter un de leurs navires. Elle parvint finalement à Boston, après plusieurs mois de navigation. Il lui restait à persuader les Anglais de la reconduire au fort Saint-Jean.

Les tractations furent longues, et compliquées, Aulnay ayant menacé de s'en prendre aux vaisseaux anglais qui porteraient assistance à La Tour ou à son épouse. Les Anglais hésitaient, ne penchant ni pour l'un, ni pour l'autre des Français, soucieux de ménager des relations commerciales avec les deux. Le gouverneur finit par trouver un accord avec Aulnay, et une escorte de trois vaisseaux ramena Marie au fort Saint-Jean. C'était le 29 décembre 1644.

# 25

Marie, épuisée, retrouvait enfin sa maison, sa rivière, les arbres, et les oiseaux, qui ici enchantaient sa vie. Elle n'en bougerait plus, disait-elle, autant pour conjurer le sort que pour persuader tous ceux du fort Saint-Jean que la paix allait revenir. Et n'était-il pas vrai que le père Ronseau allait, dans son nouveau jardin, pour son bonheur, semer des fleurs ? De ce jardin, de ses chimères, elle parlait volontiers, noyant ses propres angoisses dans la litanie de ses rêves. Peut-on porter la guerre là où s'épanouissent des fleurs ? Comme dans son enfance, elle fermait les yeux et se livrait à ses incantations. « Si j'y crois assez fort, il n'y aura plus de combat. » Y croyait-elle assez fort ? Les récollets eux-mêmes étaient persuadés que leurs prières étaient trop faibles, ou trop tardives, pour enrayer le cours désastreux des événements. Les soldats avaient la mine chagrine. Charlet, les pieds bien ancrés sur sa terre, pragmatique, comme il l'avait toujours été, redoutait par-dessus tout de s'enliser dans l'attente. Il sentait l'hostilité, silencieuse, feutrée, autour de lui, il devinait l'éloignement impalpable et progressif des récollets qui l'avaient toujours soutenu. Tout cela était larvé, celé, drapé comme un mensonge constant dans une politesse de convenance. Rien n'était dit, et tout éclatait au premier regard. Personne ne se hasardait à proférer un mot plus haut que l'autre, pour ne pas déchaîner l'ire du maître des lieux. Il fallait qu'on en parle pourtant, de tout ce qui blessait, de ce qui minait le goût de vivre, et que l'abcès, qui montait en puissance, crève enfin dans le déballage des raisons de chacun, bonnes ou mauvaises. Rien ne servait plus de se voiler la face, ceux du fort Saint-Jean étaient peut-être chez eux, mais ils étaient pris dans leur habitation comme des poissons dans la nasse. Et Charles de La Tour ne savait qu'une chose, c'était qu'il fallait en sortir.

Ce fut un soir, après souper, qu'il décida d'exposer aux siens la stratégie qu'il avait élaborée.

— Regardons les choses en face, dit-il, Aulnay peut nous maintenir isolés dans ce fort aussi longtemps qu'il le voudra.

— Tant qu'il ne se décidera pas à donner l'assaut et finalement à nous défaire, approuva le plus jeune des trois récollets, qui n'avait pas l'âme guerrière et s'ennuyait fort sur la rivière Saint-Jean, n'ayant point de sauvages à évangéliser.

— Nous défaire ? s'exclama La Verdure, le capitaine des gardes de Saint-Jean. Nous avons de quoi les attendre !

— Pour le moment, oui, commenta La Tour, mais la régente ne semble pas disposée à nous envoyer des secours comme l'avait fait le défunt roi, et un jour les moyens de lutter nous manqueront.

— La régente est entichée du vieux Charnisay, murmura Marie.

— Et des capucins ! s'enflamma le père Ronseau.

— Rien ne sert de gloser sur les intrigues qui se jouent loin de nous, reprit La Tour. C'est ici que nous sommes, et la solution doit venir de nous.

— La chose est plus facile à dire..., tenta le seul récollet qui était jusque-là demeuré coi.

Charles de La Tour le fusilla d'un regard froid.

— Que ce soit facile ou pas, il nous faut agir. Voilà toute une année que les navires n'ont pu aborder ici, et que nous ne pouvons plus commercer. Bientôt, nous serons asphyxiés.

— Retourner à Paris semble bien hasardeux, risqua le père Ronseau.

— À Paris ? Je ne recherche pas la mort, mon père ! Si on m'y invite c'est pour mieux m'y condamner !

Les questions fusèrent de toutes parts.

— Mais, pour quels forfaits ?

— Les juges, bien chapitrés, trouveront !

— Alors ?

— Nous ne pouvons attendre des secours que des Anglais, assena La Tour avec force.

— Pourquoi nous aideraient-ils ? demanda Marie. Ils semblent s'entendre si bien avec Aulnay !

— Ce sont d'abord des marchands, rétorqua Charles. Ils me savent assez habile à la troque pour hésiter à se priver de moi.

— Encore faudrait-il pouvoir les rencontrer. Et qui le ferait ?

— Moi, dit La Tour.

— Comment ferez-vous ? Nous sommes assiégés, s'insurgea un des récollets.

— Comment fit donc Mme de La Tour, l'an passé ?

— Quand bien même vous réussiriez, dit le père

Ronseau qui était mieux placé que quiconque pour savoir que l'entreprise était possible, le roi...

— Le roi a sept ans.

— Soit, la régente, le conseil du roi, je ne sais, la France, ne manquerait pas de vous le reprocher.

— Sans doute, mais aussitôt Aulnay délogé, je me rendrai à Paris, comme « le roi » me l'ordonne, et là je donnerai mes raisons.

— Laisserez-vous votre fort sans défense ?

— Je réponds de la garde, dit La Verdure, blessé.

— Je n'en doute pas ! trancha La Tour. Mais nous sommes au cœur de l'hiver, Aulnay, qui ne pourra apprendre mon absence, n'attaquera pas pendant cette saison.

L'hiver était des plus rigoureux en cette année 1645, et chacun au fort Saint-Jean s'en réjouissait. Le froid tenait le loup à distance.

Marie se lova frileusement dans le bien-être éminemment précaire de son asile acadien retrouvé. Elle profitait d'autant plus de la beauté magique du lieu qu'elle avait passé l'hiver précédent à Paris, dans la « crotte » et la grisaille, transpercée jusqu'aux os de l'humidité des maisons, baignée dans la morosité des Parisiens qu'un hiver sale et mou rendait chagrins. En Acadie, l'hiver était gai. La neige, qui y demeurait ferme et blanche de novembre à avril, ne portait que les traces vite effacées des raquettes dont les hommes du fort usaient pour se déplacer. Le froid était rude cet hiver-là, mais il y eut peu de brumes et point d'humidité. Le ciel que Marie retrouvait était bleu, et elle reconstituait ses forces, entamées par un séjour parisien en tous points décevant, au spectacle d'une nature si belle et si paisible qu'elle parvenait à en oublier le conflit latent qui condamnait l'avenir. Tous les jours, elle sortait aux alentours du fort, raquettes aux pieds, bien enveloppée dans ses fourrures, les mains protégées de mitaines, et dirigeait ses pas en tournant résolument le dos à la baie pour ne point apercevoir les navires d'Aulnay qui en interdisaient l'accès. Elle suivait le cours sinueux de la rivière, prise par les glaces, aspirait autant qu'il était possible l'air vivifiant qui fouettait son visage, puis rentrait en son fort, se réchauffait au feu bien nourri des bûches amassées avant la saison froide, se régalait d'un gibier, car c'était la saison de chasse, s'endormait bercée par le vent qui soufflait de la mer.

Charles était parti dans les derniers jours de janvier. Marie n'avait pas d'inquiétude à son endroit, il avait l'habileté et la science d'un coureur de bois. Le seul souci était de savoir quand il reviendrait, et si ce serait pourvu de forces nouvelles concédées par les Anglais. Le train fut calme dans le fort tant que dura l'engourdissement hivernal, chacun, semblait-il, s'était remparé dans son attente, attendant de voir comment la chance tournerait avant de prendre un parti. Marie était cependant convaincue que le calme affiché était illusoire et pouvait voler en éclats au premier incident. De toute évidence, les récollets boudaient. Ils n'étaient pas venus jusque-là pour se laisser engourdir, inactifs dans un fort assiégé. Leur mission était de convertir les sauvages, et les seuls qu'ils rencontraient étaient déjà baptisés. Et puis, trois prêtres pour dire une messe, même quotidienne, aux colons qui n'étaient qu'une poignée, c'était trop. Enfin, ils n'auraient pas répugné à se battre contre des sauvages récalcitrants, à l'instar des combats héroïques des jésuites contre les Iroquois, mais se transformer en soldats pour batailler Français contre Français, dans une lutte de pouvoir et d'argent, à laquelle ils ne comprenaient rien, n'était pas leur vocation. La fronde venait des deux jeunes recrues, impatients de remplir le rôle auquel ils avaient été préparés, et fort sévères à l'égard des autorités acadiennes. Le père Ronseau essayait de mettre du baume sur leur amertume, il aimait bien Charles de La Tour, qu'il avait vu lutter avec intelligence et opiniâtreté, il avait aussi la nostalgie du joli temps du Cap de Sable, de son jardin, et de la vieille maison où Charles de Saint Étienne avait un moment coulé des jours paisibles auprès de son épouse anglaise. La destruction du fort Saint-Louis et de tout ce qui était alentour lui avait laissé une blessure profonde. On aurait pu ajouter qu'il aimait bien maintenant la courageuse Mme de La Tour, et il se plaisait à voir dans son amour irraisonné des fleurs un reste d'enfance et d'innocence que Dieu lui avait préservé. Mais ses deux frères en saint François étaient jeunes, et le père Ronseau savait à quel point la jeunesse, dans son impatience, était intransigeante.

Le redoux vint soudainement, sans que Marie en fût surprise. Elle était accoutumée à cette brusque succession des saisons. Hier l'hiver, demain l'été, elle ne connaissait plus que deux saisons. La neige se changea en eau, jamais en boue, et la rivière Saint-Jean roula à grand bruit des flots tumultueux. L'été, qui n'allait plus tarder, s'annonçait déjà au grand fracas de l'eau, et pareillement dans le superbe choral des oiseaux qui s'ébattaient sur les branches encore nues, comme si leurs piaillements frénétiques avaient quelque chance de faire venir les feuilles plus vite. Marie plaisanta gentiment le père Ronseau.

— Voici le temps de jardiner, dit-elle, ayez garde de ne pas oublier mes fleurs.

Le récollet n'avait plus le courage de sourire.

— Je crains fort, madame, répondit-il, qu'il n'y ait plus désormais de jardin en ces lieux.

Marie fronça le sourcil, comme elle faisait, toute jeune, avec tant de charme.

— Comment l'entendez-vous ? demanda-t-elle.

— C'est que je venais, madame, vous faire mes adieux.

— Vos adieux ?

— Le sieur d'Aulnay nous a envoyé une ambassade…

— C'est trop fort ! Et comment l'a-t-il pu faire ?

— J'ai bien peur que vos hommes ne soient pas tous sûrs.

— Cette ambassade ?

— Il nous prie de venir le rejoindre à son bord avant qu'il ne donne l'assaut au fort.

— Et vous vous empressez. Quel courage !

— Mes jeunes frères sont las d'être ici prisonniers. Leur vocation…

— … N'est pas celle du martyre ! Ils se sont trompés de route en venant aux Canadas.

— Le martyre ne les effraie pas, mais…

— Il suffit mon père, dispensez-les de me rencontrer avant de fuir.

— Je dois les suivre, pour les protéger, mais je vous en prie, madame, rendez-vous, il est encore temps. Aulnay sait que vous êtes seule pour commander la défense, il ne vous fera pas de quartiers.

Marie tourna les talons sans répondre. La trahison n'avait donc pas d'habit. Elle pouvait prendre la robe d'un franciscain.

Les récollets abandonnèrent le fort quelques heures après, à bord d'une chaloupe qu'Aulnay leur avait envoyée. C'était le 11 avril 1645. La Verdure, au comble de la fureur, voulait tirer sur leur embarcation.

— Je vous l'interdis, intervint Marie. Respectez leur habit, quand bien même ils le trahissent. Vous aurez bientôt d'autres cibles et nous allons nous préparer à bien accueillir l'assaillant. Je vous prie de me considérer à partir de cet instant comme votre commandante. Faites-le savoir à vos hommes.

Marie enfila chausses et pourpoint comme elle l'avait si souvent fait d'un costume de scène dans l'allégresse d'un nouveau rôle qu'on enfile comme un vêtement, et qui commence à vous habiter quand on en a revêtu l'habit. Ce n'était pas la première fois qu'elle endossait un habit d'homme. Aux premiers temps de son errance dans les pas de Montdory elle avait parfois remplacé des acteurs, quand elle était la seule disponible. Les circonstances l'exigeant, elle allait sans difficultés, ni états d'âme, jouer au soldat. Mieux encore, elle allait faire la guerre, la vraie, ou presque, car l'ennemi qui croyait le poste sans défense ne manquerait de s'enfuir au premier coup de bombarde. Elle allait jouer au capitaine, et dans ce rôle elle serait excellente, elle allait jouer, et elle allait gagner.

Le 13 avril, c'était le Jeudi Saint, Aulnay, qui s'était approché pendant la nuit, attaqua le fort Saint-Jean. Mal lui en prit, car à peine fut-il à découvert que les canons du fort le mirent à mal. Les coups furent si bien dirigés contre lui qu'il fut contraint de se retirer et d'abriter son vaisseau en arrière d'une petite élévation de terrain. Le combat fut acharné tout le jour, et le soir Aulnay fit le compte de ses pertes avec stupéfaction. Il avait perdu vingt de ses hommes et treize autres étaient blessés. Il avait escompté que La Tour avait emmené avec lui une bonne partie de ses hommes, laissant le poste démuni. Sans doute avait-il été mal renseigné. Il restait au fort suffisamment d'hommes d'armes pour compromettre sa victoire. Il lui faudrait ruser pour arriver à ses fins. Les combats durèrent encore deux jours entiers, moins meurtriers, mais encore lourds en pertes pour l'un et l'autre camp.

Marie était partout. Elle haranguait les soldats comme le meilleur chef de guerre, toujours présente à leurs côtés et la première au combat. Après le départ de son mari, elle s'était fait initier par La Verdure au maniement des armes, et s'en débrouillait honorablement. Sa présence galvanisait sa petite troupe, aucun des hommes n'aurait voulu faillir quand elle montrait tant d'audace. Au soir du Samedi Saint les combats se calmèrent. Elle fit ensevelir ses morts, et dit elle-même les prières sur leurs tombes, faute d'un prêtre pour les bénir, puis elle organisa la garde pour la nuit, relayant elle-même La Verdure, pour que le poste ne soit jamais dégarni. Secrètement, elle espérait un répit. Le lendemain dimanche était le jour de Pâques, son ennemi, qui s'était toujours proclamé fidèle défenseur de l'Église, ne pouvait offenser Dieu en combattant ce jour saint, et ceci d'autant plus qu'il était entouré de religieux, les récollets traîtres à leur camp, et sa garde habituelle de capucins. Elle donna ses ordres pour le lendemain en tenant compte de la particularité du calendrier. La Verdure s'en fit l'écho.

— Demain, dimanche et jour de Pâques, la commandante entend fêter la Résurrection de Notre Seigneur par un temps de prières dans la chapelle. Pâques est un jour de trêve dans toutes les armées chrétiennes. La garde sera réduite pendant le temps de notre prière.

— Nous n'avons plus de prêtres pour célébrer l'office.

— Il n'est pas besoin de prêtre pour prier.

— Est-il seulement chrétien celui qui se retourne contre un lieutenant du roi ? Respectera-t-il la trêve ? protesta un soldat.

— Il est entouré de missionnaires qui ne peuvent que bien le conseiller.

Le soldat n'était pas convaincu.

— Des prêtres qui se sont enfuis devant le danger, abandonnant ceux dont ils avaient la charge !

La Verdure s'entêta. Il vénérait « la commandante », et elle avait ordonné ces dévotions.

— Pâques est un jour saint entre tous, nous poserons les armes un moment pour prier.

Ayant ainsi clos le débat, le capitaine s'en fut transmettre les ordres. Bientôt, tout le camp sut qu'on se préparait à un jour de trêve. La nouvelle nourrit un moment les conversations. La même phrase revenait sur toutes les lèvres, avec respect, et une pointe d'admiration :

— La commandante a dit...

Un soldat cracha son mépris dans la poussière,

— La commandante ! C'est pas d'un homme de ramper devant une femelle.

Le matin même, de son poste d'observation, il avait vu Aulnay donner ses ordres à ses troupes. Il avait servi sous Razilly, il était sûr de savoir reconnaître un chef de guerre, et celui-là en était un. C'est en face qu'il aurait voulu être. Il eut le brusque sentiment de s'être trompé de camp et d'avoir choisi celui des perdants. Il aimait gagner, et méprisait les femmes, instruments du diable et voie de perdition pour les honnêtes gens. Le soir, quand les combattants se furent retirés, chacun dans leur camp, et que les guetteurs du fort eux-mêmes eurent relâché leur vigilance, il se glissa hors de l'enceinte. Il en savait assez maintenant pour perdre la femelle de La Tour.

Le soleil du jour de Pâques se leva radieux sur le fort Saint-Jean encore tout engourdi par une nuit calme. Chacun y espérait, en dépit du carnage des jours précédents, accéder, si peu que ce fût, à la joie pascale. À l'heure dite, Marie se dirigea vers la chapelle, suivie de son escorte de soldats qui avaient, selon la consigne, déposé leurs armes à la porte. Marie de La Tour n'avait jamais été une fervente d'église, comme Catherine Dosgilbert qui n'aimait rien tant que messes et vêpres, mais du temps qu'elle était comédienne, elle avait toujours été étrangère à un certain esprit libertin du Marais, qui faisait profession de rejeter la religion au rang des enfantillages. Montdory, épris comme il était de respectabilité bourgeoise, avait toujours montré l'exemple à ses comédiens, faisant ses dévotions à toutes les fêtes, et s'interdisant de monter un spectacle en temps prohibé. Il entendait régulièrement la messe à Saint-Nicolas-des-Champs, et certains de ses comédiens l'y suivaient. Marie était de ceux-là, et sans être dévote n'était pas mécréante. C'est tout naturellement quc dans l'épreuve qu'elle traversait avec les siens, elle avait décidé d'un temps de recueillement pour Pâques.

L'assemblée commença l'office improvisé par une prière à haute voix, puis Marie entonna d'une voix forte un Alléluia vibrant pour honorer la résurrection du Christ. Les gens d'armes la suivirent. L'allégresse et la vigueur du chant couvrirent d'abord les premiers bruits suspects, puis la rumeur s'enfla au dehors des murs de l'église. La Verdure se précipita, les autres suivirent et Marie au milieu d'eux. Le combat, pied à pied, acharné, féroce, faisait rage autour du fort. Les gens d'Aulnay avaient massacré la garde appauvrie du fort et s'étaient introduits dans la place. Le sang coulait, les morts jonchaient le sol. Ceux qui ne se relevaient pas étaient maintenant plus nombreux dans le camp de Saint-Jean. Marie, infatigable, ferraillait comme les autres, mettant à mal les adversaires, comme un bon soldat, sans faiblir. Bientôt pourtant il fut évident que rien ne pouvait plus être sauvé, sauf peut-être la vie des combattants épargnés par la rage du combat. Elle se rendit.

Aulnay décida, dans sa hargne et dans sa rage, de mettre à mort une partie des soldats qui lui avaient résisté. Marie épouvantée, tenaillée par le remords d'avoir conduit les siens à une mort infâme, voulut les assister jusqu'à leur pendaison. Quand aucun d'eux ne fut plus en vie elle s'écroula, comme un pantin désarticulé, faisant figure sur le sol d'un tas de chiffons qu'on aurait laissé choir. Aulnay la fit embarquer avec ceux de ses prisonniers qu'il avait épargnés. Les hommes qui la virent alors la donnèrent pour quasi morte.

# 26

« ... Les grandes pluies viennent enfin, et remplissent les sources, les ruisseaux, les marais. Pronostic infaillible, à cette chute d'eau succède une forte gelée... Quelquefois après cette pluie, il arrive un intervalle de calme, et de chaleur, appelé l'été sauvage. »

Crèvecœur, *Lettres d'un cultivateur américain*, 1784.

Pour cruel qu'il eût pu paraître dans les récents événements, Charles d'Aulnay était un chevalier, et ce n'était pas la moindre de ses contradictions. Il avait dépêché dans l'autre monde les soldats que la dame de La Tour lui avait imprudemment opposés parce que tout ensemble, la justice, ou ce qu'il en croyait, l'ordonnait, et que leur résistance à rendre entre ses mains le fort Saint-Jean avait mis en péril la gloire du roi de France, son maître et son seigneur. Ayant ainsi accompli son austère devoir, le soldat qu'il était, oubliant la barbarie qu'il avait crue nécessaire, retrouvait les règles de courtoisie que son éducation lui avait aussi inculquées. Il fit soigner Mme de La Tour, qui certes était sa prisonnière, mais n'en était pas moins une femme, et

Charles d'Aulnay qui se réconfortait à se sentir généreux, se plut à oublier qu'elle n'était pas de la même race que lui. On l'appelait de La Tour ? Ce n'était pas à lui d'aller compter ses quartiers de noblesse, il la traiterait donc en égale, avec tous les égards dus à un ennemi vaincu, la dame ayant défendu le fort Saint-Jean en soldat, risquant sa vie aux côtés de ses gens, et s'exposant la première aux boulets. Sa conduite imposait le respect. Les capucins faisaient la moue à ce raisonnement, et Mme de Brice ne se gênait pas pour rappeler que la dame avait été comédienne, que c'était avéré, et que ces gens de rien avaient été depuis beau temps exclus des sacrements par l'archevêque de Paris. Sur ce point, Mme de Brice se montrait plus zélée que les capucins qui se contentaient de faire la grimace, et étaient les premiers à penser que l'archevêque de Paris n'avait rien à voir dans l'affaire présente. Pour eux, tout finissait bien, La Tour était hors du jeu, et les récollets avaient été réexpédiés dans leur province d'Aquitaine d'où ils n'auraient jamais dû sortir. La dame La Tour était mourante, et quand bien même elle survivrait, elle ne représentait plus désormais aucun danger. Point n'était besoin d'aller chercher l'évêque de Paris pour la vilipender. La raison de la rigueur où s'entêtait la dame de compagnie tenait sans doute au fait qu'elle était femme, quoiqu'il y parût peu, et que pour comble de disgrâce elle était amoureuse à tourner chèvre d'un homme qui ne la regardait pas. Or Marie de La Tour était loin de manquer de charme. N'était-ce point le signe évident du péché ? Quant à Mme d'Aulnay, elle se contentait de lever les yeux au ciel pour le prendre à témoin sans doute que la présence de la pécheresse, fût-elle prisonnière et en fort mauvais état, dans les murs du Port-Royal, ajoutait encore à sa constante infortune personnelle.

Charles d'Aulnay suivait son train. Il n'avait jamais prêté attention aux pleurs de sa femme, ni aux états d'âme de Mme de Brice. Savait-il même qu'elle en avait ? Et il ne tenait compte de l'avis des capucins que pour ce qui était de leur mission d'évangélisation. Que les saints hommes s'occupent de religion, lui, menait la guerre quand il était besoin, et en administrait les retombées. De ce point de vue, la présence en sa maison de la belliqueuse Mme de La Tour était un aléa de la guerre. Pour l'heure elle n'était guère dangereuse, accablée qu'elle était d'une fièvre violente qui semblait lui avoir ôté la raison. Marie de La Tour délirait dans une cellule du *séminaire* des capucins où on l'avait serrée prisonnière, et cela ne laissait de poser problème à Charles d'Aulnay que la situation déconcertait. Cette femme, animée du démon de la guerre, ce qui n'a jamais été affaire de jupons, l'avait obligé à la combattre, et, par sa seule présence, le mettait en demeure de lui prodiguer des soins. Port-Royal ne comptait pas de médecin dans sa modeste population, mais les Micmacs, voisins du fort, avaient un jongleur, qu'ils disaient excellent à guérir toutes sortes de maux. Les capucins eux-mêmes, qui avaient assisté à quelques spectaculaires guérisons, s'émerveillaient de talents qu'ils ne savaient expliquer et se contentaient de constater. Il était vrai que, transplantés en cette Acadie si lointaine, et si différente du royaume de France, les religieux en avaient un peu oublié les références habituelles des lieux qu'ils avaient quittés, et ils s'étaient un peu, raisonnablement, et à des fins missionnaires, ensauvagés. L'un d'eux en vint à avancer prudemment au sieur d'Aulnay qu'on ne saurait trop être attentif aux remèdes employés par les sauvages. Tout le monde savait que les premiers découvreurs s'étaient bien portés d'avoir finalement employé contre le scorbut, qui les avait d'abord décimés, leur décoction d'écorce de cèdre, et on parlait encore à la colonie de la guérison miraculeuse d'un officier qui souffrait d'une si violente douleur à la cuisse qu'elle lui ôtait même le repos. En France, les médecins l'avaient saigné en pure perte, puis tout aussi inutilement envoyé prendre les eaux, jusqu'à ce qu'enfin, un sort bienheureux l'ayant expédié en Nouvelle France, il y fût guéri par un chamane au moyen d'un cataplasme. Les missionnaires avaient maintes fois observé leur science des herbes des sauvages, et ne manquaient jamais de leur demander assistance pour soigner une mauvaise blessure ou une attaque de goutte.

Sur les conseils des bons pères, Aulnay fit donc venir le Micmac qui administra une tisane à la patiente. Le breuvage calma très vite la malade qui cessa de s'agiter et de crier. Le jongleur ne commenta pas la guérison, mais Charles d'Aulnay et les capucins, qui avaient vu la dame de La Tour, au comble de la rage, à l'œuvre sur les murs du fort Saint-Jean, et qui n'étaient pas loin de la croire possédée du diable, pensèrent peut-être tout bas que les démons l'avaient quittée, et purent être effleurés de l'idée que le chamane aurait fait un bon exorciste. Quelle que fût la raison de cette guérison, Marie dormit longtemps et paisiblement, et quand elle s'éveilla, toute colère et toute vindicte l'ayant quittée, Charles d'Aulnay ne fut pas loin de crier au miracle. Tous durent bientôt se rendre à l'évidence : la hargne qui semblait l'avoir toujours animée contre le Port-

Royal et son seigneur avait brutalement quitté Marie de La Tour.

Charles d'Aulnay en conclut que son devoir était de se montrer généreux envers son ennemie vaincue. Il prit donc l'habitude, en faisant le tour d'inspection quotidien de son domaine, de s'arrêter au séminaire, pour y saluer sa prisonnière et s'enquérir de sa santé. Marie en fut d'abord surprise, puis sans en avoir nettement conscience, elle en fut secrètement heureuse. La visite de Charles d'Aulnay, chaque soir répétée, brisait la monotonie de ses jours. Elle se prit bientôt à l'attendre, à guetter son pas dans le couloir qui conduisait à sa cellule. Quelques jours passèrent, et elle quitta le lit étroit où elle se languissait pour voir, du minuscule judas qui éclairait faiblement sa retraite, la silhouette élégante se dirigeant à pas pressés vers le bâtiment où elle était retenue. Leurs premiers entretiens furent malaisés. Ils avaient été ennemis, ne devaient-ils pas l'être encore ? Et le fait, ou le désir, de ne l'être plus n'était-il pas inconvenant ?

Charles d'Aulnay, cependant, n'avait aucune haine pour cette femme à qui il était bien prêt d'accorder qu'elle n'avait point été coupable puisqu'elle n'avait jamais fait que défendre le bien d'un époux qui ne le méritait pas, et cela jusqu'à risquer sa vie. La dame l'avait combattu, soit, et même avec quelque férocité, et surtout un emportement qui lui avait été finalement dommageable, alors que son époux se cachait comme un couard, et comme un traître, chez les Anglais. Pour mettre le comble à son indulgence, Charles était bien obligé aussi de s'avouer à lui-même qu'il avait poussé à l'excès la cruauté, et si les capucins, qui bien peu chrétiennement s'étaient réjouis de voir les récollets rendus à merci, l'en avaient absous au nom de la fidélité qu'il devait à son roi, et plus encore au nom d'une guerre sainte contre les hérétiques anglais auxquels ce damné La Tour s'était rallié, il savait bien au plus profond de sa conscience qu'il avait très mal agi, exaspéré qu'il était par la colère à laquelle il était naturellement porté, et que la résistance acharnée de son adversaire avait exacerbée. Les pendus du fort Saint-Jean n'avaient pas fini de le hanter.

Les pendus du fort Saint-Jean hantaient Marie pareillement. Le remords n'était pas près de la quitter, d'avoir entraîné des innocents dans une mort horrible pour assouvir son seul orgueil, et c'était sans doute la raison de son absence de haine envers Charles d'Aulnay. Lui était un soldat, il avait suivi sa logique, elle avait seulement voulu jouer à la guerre. Elle avait perdu, d'autres avaient payé pour elle, et le prix en était trop cher.

Vides de leur haine, les ennemis de la veille restaient pantois et désarmés de n'être plus, toute honte de leurs passions guerrières bue, qu'un homme et une femme, réunis par la plus étrange des circonstances dans une relation hasardeuse. Étonnamment, ils prenaient plaisir à être ensemble. L'heure du pardon entre eux était venue, et sinon la paix, la trêve au moins, bienheureuse, qui les isolait pour un temps dans un moment mal défini, qui n'était plus la lutte et de ce fait même les déconcertait, et pas tout à fait la paix qu'ils ne savaient comment décemment conclure. Ils auraient pu s'ignorer, et cela sans doute eût été sage, mais déjà ils n'en étaient plus capables et la raison leur en échappait.

La conversation prenait parfois entre eux des tours étonnants, les portant, après un raccourci audacieux, d'un sujet d'une affligeante banalité à une intimité brutale et indiscrète. Par un caprice de sa pensée qui lui avait sans doute échappé, une fantaisie de sa langue qui s'était emballée à suivre intempestivement des idées mal venues, Charles d'Aulnay demanda un jour à Marie l'impensable.

— Votre mari vous aime-t-il ? émit-il sans sourciller.

Marie sourit. Elle avait été comédienne, elle avait interprété Corneille, elle pouvait décliner le verbe aimer dans ses nuances les plus subtiles. La réponse, pour elle, était simple. Charlet n'avait jamais eu pour elle les yeux de Rodrigue pour Chimène.

— Non, dit-elle.

Aulnay fut suffoqué par la rapidité de la réponse.

— Non ? interrogea-t-il, plutôt ébahi, la dame ayant fait la guerre, et sauvagement, pour le compte de ce mari-là.

— Il m'aime bien, répondit Marie avec une infinie douceur, il est mon ami, et cela depuis l'enfance.

Charles d'Aulnay, Dieu seul sans doute savait pourquoi, manqua en sourire d'aise.

Marie poussa son avantage.

— Charles m'aime beaucoup, dit-elle, et elle avait pour prononcer le nom de Charles une intonation qui était une caresse.

Le seigneur de Port-Royal se sentit désagréablement chatouillé par cette intonation trop douce, mais il se souvint à propos qu'il s'appelait aussi Charles, et ce nom dans la bouche de Marie prenait une sorte de musique.

— Oui, Charles m'aime bien, répéta Marie, comme si elle venait d'y réfléchir longuement, mais, ajouta-t-elle, il aime à la folie l'Acadie.

Elle avait lancé cette dernière affirmation avec un tant soit peu d'emphase.

— Ah... soupira Charles d'Aulnay, décontenancé.

— Et vous ? demanda Marie.

— Moi ?

Charles d'Aulnay s'affolait. Que voulait-elle dire ? Lui demandait-elle qui il aimait ? Folle qu'elle était ! Oui, cette femme était insensée !

Il ne répondit pas. Elle attendit.

— Que voulez-vous dire ? demanda-t-il finalement, assez sèchement.

— Aimez-vous l'Acadie ?

Il se détendit.

— Oui, bien évidemment, dit-il trop précipitamment, mais la question n'a pas de sens. Le roi m'a confié l'Acadie.

Décidément cette femme l'agaçait, l'importunait, en fait, elle le gênait, elle allait trop loin. L'Acadie, c'était trop intime, c'était sa vie. Aimait-il l'Acadie ? Ou bien était-il épris de sa propre gloire ? Une seule chose était certaine, l'Acadie l'avait dévoré, sans même qu'il s'en soit rendu compte. Pouvait-il le lui expliquer ?

Elle perdit son sourire.

— Ah... murmura-t-elle.

Il vit bien qu'elle était déçue. Il en fut mal à l'aise. Pourquoi cela avait-il pour lui de l'importance ?

Brutalement il sut qu'il ne pouvait pas lui mentir, découvrant au même instant cet attachement instinctif qui le liait maintenant à ce pays. Et de cette ardeur qui s'était emparée de lui, presque à son insu, à vivre là, et à s'y battre, avait-il jamais eu conscience ? Il aimait sans doute cette terre puisqu'il ne pouvait supporter qu'une parcelle en appartienne à un autre. Était-ce Port-Royal qu'il aimait ? L'Acadie tout entière ? Ou plutôt le pouvoir qu'il pouvait y exercer, le sentiment de sa puissance, dont il n'était jamais assouvi ? Il devait la vérité à cette femme, qu'il découvrait, dépourvue de haine, étonnamment lucide, fascinante dans le désarroi dont elle refusait de faire état. Il avait bouleversé sa vie, il voulait au moins éviter le mépris que méritaient ses dérobades.

— Oui, dit-il, je crois bien que j'aime l'Acadie, parce qu'on me l'a confiée, parce que je dois en faire une vraie colonie de la France, parce que mon devoir est ici, ma gloire aussi, parce que j'y consacre chaque jour de ma vie.

Aulnay avait émis cette timide profession de foi d'une voix sourde. Savait-il seulement, avant cet instant, combien les liens qui l'attachaient à cette terre étaient forts, et comme ils étaient complexes ? Et que pouvait comprendre cette femme aux difficultés incessantes au milieu desquelles il se débattait à en perdre pied, aux combats menés, aux erreurs perpétrées de son fait ou de celui des autres, aux espérances sans mesure, souvent déçues, à son exaspération jusqu'au drame du fort Saint-Jean, où son fol orgueil autant que la logique de sa passion du pouvoir l'avaient mené ? Pourrait-il jamais expliquer, fût-ce à son confesseur, comment à partir de tant d'espoirs il en était venu à tant de haine ?

— Alors, pourquoi y portez-vous la guerre ?

demanda Marie d'une voix égale, comme si le drame lui avait été étranger.

Aulnay en fut accablé. La guerre est un engrenage, une étincelle la fait naître, que le frottement d'un orgueil contre l'autre a fait jaillir. On commence par se jauger, par se mesurer à l'autre dans un duel de mots irrévocables. Le verbe crée le conflit, qui s'envenime de lui-même, que chacun soigneusement nourrit de ce qu'il veut croire être sa juste colère. Les escarmouches, les embuscades, viennent ensuite, on en vient aux canons, on s'achemine vers la ruine. Il avait lutté à mort contre un ennemi insaisissable, aussi rusé que lui, mieux intégré dans la place, et dont la résistance avait usé ses nerfs. L'adversaire avait-il été loyal? Lui avait-il au moins laissé loisir de l'être? Pour en venir à bout il avait usé de traîtrise, attaquant parce qu'il le savait absent, sûr qu'il était de ne rencontrer aucune résistance. Là encore il avait été dépité! Avait-on jamais vu une femme défendre un fort les armes à la main? Il s'était alors acharné sur ceux qui étaient là et qui défendaient leur bien, et sur eux il s'était vengé de la morgue de son ennemi, dans la fureur et dans le sang. Et Dieu, qui le jugeait, ne pouvait aimer cette rage.

— Je voudrais, dit-il, et il savait bien qu'il biaisait, mettant sciemment sa réponse à côté de la question, je voudrais tant faire de cette province une terre prospère. Je rêve d'y voir des colons heureux, du blé qui pousse, des enfants qui grandissent, et que cette Nouvelle France, un jour, soit aussi belle que l'ancienne.

— L'ancienne, dit Marie, pour le souvenir que j'en ai, ne me semble pas si parfaite.

— Celle-ci peut l'être. Mais…

— Mais?

— Il y manque toujours l'argent !

— Charlet avait l'argent, vous l'avez chassé.

Il y eut un silence un peu lourd. Charles déjà regrettait de s'être découvert sans avoir su aller au bout de la sincérité. Il en était incapable, il avait toujours trouvé impudique de laisser paraître ses sentiments.

L'ombre de Charles de La Tour passa. Marie venait d'affirmer qu'il aimait follement l'Acadie, elle le connaissait assez pour pouvoir analyser les composantes de cette ferveur, sa fusion instinctive dans ce monde neuf parce qu'il n'avait lui-même pas de racines, sa fidélité à Biencourt, à Poutrincourt, mais aussi, et là il rejoignait Aulnay, une soif du pouvoir, qui lui était tardivement venue, quand s'était dressée devant lui l'arrogance d'un autre. Et son ardeur pour la terre acadienne s'était exacerbée de se trouver contestée. À qui était la faute ? Au roi de France peut-être, à la régente, aux ministres, qui n'avaient rien compris, et rien cherché à comprendre, et de loin, comme on lance un os à un chien pour qu'il cesse d'aboyer, avaient accordé, dans le plus grand désordre, l'avantage, tantôt à l'un, tantôt à l'autre. Il en était résulté un beau saccage, et Marie, qui avait cru trouver la paix après tant de tribulations, et un endroit où s'arrimer à l'abri de l'indéfectible affection de Charlet, s'était perdue dans le désastre du fort Saint-Jean. Elle fit pourtant brutalement tomber la tension.

— Moi aussi, dit-elle, j'aime l'Acadie. Je n'ai pas d'autre pays, je n'en ai plus, ou peut-être que je n'en avais jamais eu et qu'ici j'ai trouvé le mien. Et maintenant que j'y suis venue, sans dessein de m'en retourner jamais, je ne voudrais pas qu'on touche à aucun de ses oiseaux, qu'on foule d'un pied impatient les herbes et les fleurs de ses prairies, qu'on déchire son silence par le bruit des bombardes. Le silence de l'Acadie est si beau, quand il est habité seulement du sifflement des vents, du bruit de l'eau dans le sault des rivières, du chant des oiseaux dans les marais. Les hommes devraient se taire ici, et écouter la terre.

Elle aurait pu parler longtemps encore mais comment dire à cet homme qu'elle avait combattu, et qui l'avait vaincue, comment dire à cet homme embourbé dans le bruit, tout préoccupé de combats, de guerres, et de puissance, que l'Acadie était pour elle un pays si doux qu'elle pouvait s'y couler comme en un lit moelleux, et un pays si fort qu'elle pouvait y brûler toute son ardeur à vivre ?

Charles d'Aulnay se taisait, et Marie l'observait. Il était vêtu sobrement de noir, comme à son habitude, d'un habit de belle coupe éclairé d'un col de blanche batiste. Elle se souvint des gentilshommes chamarrés du Marais, vêtus de soie et de brocart, arborant les plus subtils coloris que même l'arc-en-ciel n'avait pas osé inventer, bleu naissant, bleu mourant, bleu mignon, bleu d'enfer. L'homme qui se tenait devant elle avait plus d'élégance et de noblesse dans son habit d'une austérité presque cléricale que les plus fastueux courtisans de Paris. Elle scrutait son visage, mince, presque anguleux, austère aussi, comme l'habit, grave, et qui ne savait pas sourire, mais pour racheter le tout, donner la vie, permettre de soupçonner une sensibilité bien celée, il avait des yeux plus que noirs, un regard profond, pénétrant, un nez long et fin, et des lèvres, qu'on aurait attendues minces et closes sur une froideur sans pareille, et qui s'épanouissaient insolemment entre la moustache fine et la pointe de barbe au menton, charnues, sensuelles, prêtes à s'entrouvrir pour goûter à la vie. À cet homme-là, qui ne pouvait pas être seulement le naufrageur du fort Saint-Jean, elle eut envie de sourire.

Ce fut alors comme l'embellie, tôt venue, alors qu'on n'attendait que l'orage. Marie appuya la tête au dossier de sa chaise haute, elle ferma les yeux. Charles d'Aulnay sentit peu à peu ses muscles perdre de leur raideur, il consentit à se laisser aller. Il se sentit heureux. Sa surprise en fut grande, c'était un sentiment dont il n'avait pas l'expérience.

Charles revint, chaque jour, écourtant souvent quelque occupation routinière pour être plus tôt auprès de Marie et y rester plus longtemps. Jamais ils ne revinrent sur ce qui entre eux avait été dit, et pas davantage sur ce qu'ils n'avaient pas su, ou pas voulu dire. Mais l'habitude de leurs rencontres s'enracina, et ils y trouvaient du bonheur. Le bel été de l'Acadie s'installait et tout au Port-Royal reprenait vie. Un jour Charles n'y tint plus.

— Le temps est magnifique, dit-il à Marie. Pourquoi restez-vous enfermée dans cette chambre ?

— Je crois bien me souvenir, répondit Marie avec un sourire ironique, que je suis prisonnière.

Ce fut Charles d'Aulnay qui en rougit.

— Veuillez considérer, madame, que vous êtes mon hôte, et que tous les chemins de Port-Royal vous sont ouverts.

Il n'était pas très sûr de sa sincérité. Elle pouvait le prendre au mot, et s'en aller tout bonnement, lui fausser compagnie, et il n'avait pas le désir de la voir le quitter. Mais, où irait-elle ? Il avait détruit le fort Saint-

Jean, comme il l'avait fait déjà du fort Saint-Louis au Cap de Sable.

Marie avait-elle lu dans ses pensées ?

— Avez-vous brûlé le fort Saint-Jean ? demanda-t-elle.

Charles ouvrait déjà la bouche pour rétorquer qu'il en avait le droit, que cela n'était que justice, que... Il se retint, et garda le silence.

— C'est bien triste, dit seulement Marie qui avait compris son silence. C'était ma maison, je l'aimais.

Le silence se fit encore plus lourd.

— En fait, reprit Marie, c'était ma première vraie maison. Je voulais y vivre toujours.

Une larme coula sur sa joue qu'elle n'essaya pas d'arrêter. On pouvait bien s'accorder le droit de pleurer sur un tel gâchis. Elle voulait qu'il comprenne, qu'il sache enfin ce qu'elle avait défendu avec tant de rage, et qui était bien plus important que des luttes d'hommes pour une éphémère puissance.

— Le père Ronseau, dit-elle, allait y planter un jardin. À côté des pois et des blés, il avait promis de m'y mettre des fleurs.

Charles d'Aulnay, piètre vainqueur d'une femme qui avait défendu son rêve autant qu'un fort, fut atterré. Il avait détruit les épis qui ne lèveraient jamais, et brûlé les fleurs que Marie espérait. Paierait-il jamais assez pour ce forfait ? Il essaya de refouler l'angoisse qui l'envahissait. Il ne pouvait se justifier et n'avait d'autre ressource que la fuite.

— Venez, dit-il, je vais vous emmener marcher dans l'allée que M. de Champlain a jadis aménagée ici.

Marie se leva, un peu comme une automate, c'était

la première fois qu'elle sortait de sa chambre depuis... Depuis ?

— Quel jour sommes-nous ? dit-elle.

— Le 30 du mois de mai.

Marie en eut un vertige, plusieurs semaines de sa vie avaient donc coulé sans qu'elle en eût la moindre conscience.

La tiédeur de l'air la surprit, et le concert des chants d'oiseaux, et le soleil, et toute la beauté qui s'offrait à ses yeux. Elle était vivante et l'été était là. Elle secoua la tête et les boucles brunes qu'elle laissait libres se répandirent en flot chatoyant sur ses épaules, elle aspira une grande goulée d'air frais et de parfums. Elle avait envie de vivre. Charles d'Aulnay l'escortait sans oser un geste pour l'aider à marcher, encore qu'il la sentît si faible. Elle trébucha, il lui tendit la main. L'émotion qu'elle en ressentit l'envahit tout entière. On ne lui avait jamais donné la main pour l'aider à affermir son pas. Elle avait toujours marché seule, dans la rue de son enfance, dans sa vie de comédienne, et aux côtés mêmes de Charlet qui la savait bien assez forte pour venir à bout des épreuves, et aujourd'hui celui qui lui tendait enfin une main secourable, celui qui prenait en compte la faiblesse qu'elle avait toujours su si bien cacher, était précisément l'homme qui avait réduit à néant le premier bien auquel elle s'était jamais attachée.

— Merci, dit-elle, et un court instant elle laissa sa main dans la sienne.

L'allée de M. de Champlain était longue de près de deux mille pas, elle traversait un bois épais, et conduisait sous son ombre jusqu'à la petite rivière qu'on nommait la Truitière. À mi-chemin les promeneurs firent une pause, et s'enfonçant dans l'épaisseur du bois restèrent un moment assis au pied d'un chêne.

— Si vous le souhaitez, dit Charles d'Aulnay, venez m'attendre ici demain. L'endroit est plus propice à la conversation que votre cellule du séminaire, dont je suis heureux de vous avoir sortie.

Il n'attendit pas la réponse, pour lui laisser peut-être le temps du choix, pour qu'un refus brutal ne vienne pas gâcher leur relation précaire, ou pour échapper à l'imperceptible angoisse qu'avait générée sa question, et l'entraîna jusqu'à la Truitière pour la suite de la promenade. Ce n'est qu'en la quittant après l'avoir accompagnée jusqu'au séminaire qu'il dit encore dans un murmure, qui n'attendait pas de réponse.

— Demain, si vous le voulez, près du chêne.

Marie ne répondit pas. Était-elle sûre de le vouloir ?

Ils se retrouvèrent pourtant chaque jour au pied du chêne, et chaque fois le bonheur en fut plus grand. Pour la première fois de sa vie Charles d'Aulnay était déconcerté. Cette femme le déroutait, simplement parce qu'elle était à l'excès une femme, autant dire pour lui une terre inconnue. Comment aborde-t-on une terre inconnue ? Il devait bien s'avouer à lui-même, parlant de terre inconnue, qu'il n'avait que médiocrement réussi dans la conquête qu'il avait entreprise, l'arme au poing, de la terre acadienne. Il ne connaissait que les rapports de force, les seuls qu'on lui ait jamais appris, et devant cette femme désarmée il abandonnait lui-même ses défenses. Il avait oublié son arrogance, remisé sa hauteur instinctive, ses seuls bastions pour ne pas succomber à un accès d'humanité auquel il n'était pas préparé. On l'avait tout entier remparé en soldat, et voilà qu'il se découvrait être un homme. C'était le plus grand choc de sa vie.

Marie aussi, à sa manière, avait été une combattante. Elle avait toujours pris garde de ne pas se laisser surprendre par un sentiment qui l'eût affaiblie, prévenue contre toute faiblesse par ses amours enfantines avec un Charlet trop épris d'aventure, et qui l'avait fait souffrir. De cette douleur-là elle avait durement senti l'aiguillon avant que la volonté en elle l'emporte sur la faiblesse et qu'elle s'efforce de mieux maîtriser le déroulement du reste de sa vie. Quand elle pensait à Charlet à ce moment précis de sa vie où elle était parvenue, elle se sentait en paix. Elle avait été exacte à l'aider, au péril de sa vie, comme elle en avait implicitement reçu la mission, et son échec, dû à la trahison d'un tiers, ne lui était pas imputable. Leur mariage avait été ce qu'il devait, bâti sur un accord solide, loin du terrain mouvant des passions, et l'attirance qu'elle éprouvait maintenant pour Aulnay ne portait pas l'ombre d'un sentiment de culpabilité vis-à-vis de Charlet. L'amour qui naissait en elle pour Aulnay ne retirait rien à l'indéfectible affection qu'elle portait à son époux. Pour ce qui était de leur mariage, elle avait rempli son contrat, Charlet aussi, ils étaient quittes. Elle ne nourrissait aucune inquiétude pour lui. Il était à l'abri, chez les Anglais, de mauvais cœur sans doute, mais bien obligé d'en passer par là. Un jour il rebondirait, il reviendrait, Charlet était un gagnant. Entraînée par le cours fantaisiste de son imagination, elle pensa que lorsqu'elle serait morte, il épouserait peut-être comme son père une Anglaise, pour asseoir plus solidement une alliance commerciale. Elle en sourit avec indulgence sans s'attarder au fait que cette éventualité supposait sa mort. Elle ferma les yeux, appuya son dos contre le tronc rugueux du chêne, il était chaud du soleil de juin, chaud comme la vie, brûlant comme la passion qu'elle sentait s'éveiller en elle.

Charles s'avançait vers elle, de son pas rapide qu'il essayait de retenir pour jouir encore un instant du plaisir aigu de l'attente tout près de se concrétiser. Elle était là, elle l'attendait, elle était belle. Il se laissa glisser au pied de l'arbre, en sentit la chaleur, puis celle du corps de Marie imprégné aussi des rayons du soleil. Il saisit sa main, qu'elle lui abandonna sans bouger, sans ouvrir les yeux, l'instant était trop précieux, trop fragile, pour le blesser d'un mot, d'un mouvement, d'un regard. Il la prit dans ses bras d'un geste précautionneux, comme on le fait d'un enfant qu'on n'ose effaroucher, la serra contre lui et il se découvrait, pour l'approcher, des trésors de tendresse. Ses lèvres affolées s'égarèrent, se perdirent, ses mains n'étaient plus que caresse. Les cheveux de Marie sentaient la pierre chaude, la bruyère, et le thym, sa peau était velours et soie, son ventre était tiède et doux. Quand Charles y posa la main elle eut un bref affolement de paupières, battit des cils l'espace d'un instant, et quand elle ouvrit les yeux, le regard noir et dur qu'on lui connaissait avait perdu son implacable éclat, ses prunelles, brusquement, avaient pris une teinte chaude, mordorée, comme si le soleil brûlant de l'été acadien venait d'y laisser un peu de son feu.

— Viens, dit-elle.

Le ciel bascula, et l'étendue herbeuse, les arbres même se mirent à tournoyer, et il n'y eut plus que le vertige effrayant du désir, et le bonheur insoutenable du plaisir. Charles d'Aulnay s'y perdit. Triomphante et vaincue, Marie l'avait rejoint. Voilà, elle était arrivée. Il n'y avait plus de quête, plus de combat, elle existait. Elle vivait maintenant, pleine et entière, pardonnée de n'avoir pas su être aimée, et plus encore de n'avoir pas su, ou pas voulu aimer. Toutes ses défenses étaient tombées, qu'elle avait patiemment érigées toute sa vie, et elle en était plus libre et plus forte. L'amour était miracle et rédemption, Marie avait trouvé sa vérité. La paix en elle s'était installée, et elle savait, comme on sait les choses essentielles, que cette plénitude ne la quitterait plus.

Ils s'aimèrent durant tout l'été, insouciants des autres, avec l'innocence des gens heureux. L'été sauvage vint enfin, et vit tout l'éclat de leur ferveur, et comme l'été sauvage leur passion était fulgurante et menacée. La saison de beauté insolite, exultante, démesurée dans sa splendeur, prêtait à leur amour un décor somptueux. Les ocres, les bronzes, les cuivres et les ors, éclataient comme une symphonie baroque, embrasaient les arbres qui abritaient leurs étreintes, et déchiraient le soir de fureurs enflammées quand le jour brusquement déclinait, éclaboussant le ciel d'une gloire éphémère. Le premier vent qui se levait, rappelant à la réalité ceux qui voulaient croire que cet été-là, qui était si glorieux, serait éternel, provoquait dans les feuillages une débâcle fugitive, un tourbillon coloré qui s'élançait comme un envol brusque des oiseaux du marais, puis venait tapisser le sol, faisant à leurs ébats un tapis d'incarnat. Amants comblés, seuls au monde, Charles et Marie venaient de rencontrer leur éternité.

À deux pas des amants, Jeanne Motin, pour la première fois depuis son mariage, apprenait la douleur, et cette blessure nouvelle et inconnue n'avait rien de commun avec l'affolement qui l'agitait depuis qu'elle était l'épouse de Charles d'Aulnay. Jeanne n'avait jamais accordé d'importance aux frasques de son époux, au plus secret d'elle-même elle s'en serait plutôt félicitée. Quand M. d'Aulnay était amoureux, et c'était le plus souvent de quelque sauvagesse, à la rigueur d'une servante, mais il y avait moins de goût, elle le voyait peu, et en avait moins d'occasion de verser des larmes. Pour ce qui était de pleurer, ce qui n'était dû qu'à la peur incontrôlable que son époux lui inspirait, les foucades du mari lui fournissaient un prétexte plausible, elle se sentait donc moins niaise, et c'était déjà un réconfort. Pendant ces intermèdes amoureux il était aussi moins assidu à fréquenter sa couche, et Jeanne, usée par des grossesses si proches, en appréciait le répit. Il y avait bien eu l'enfant, celui qu'une jeune sauvagesse avait donné à son amant. Jeanne s'en était émue, et d'autant plus que le fruit du péché était un garçon. Le sieur d'Aulnay était bien assez fou pour reconnaître sa paternité, mais Aulnay s'était contenté de veiller à ce qu'il soit baptisé, et il avait dédommagé la famille de la jeune femme. Jeanne n'en était donc plus à compter les infidélités de son époux, mais pour la première fois, pourtant, elle en souffrait. D'instinct elle avait su que son mari vivait autre chose qu'une attirance passagère. Il était transformé, et il était heureux. Marie de La Tour avait su émouvoir ses sens, et aussi toucher son cœur. Ce miracle-là lui avait été refusé. Jeanne, cette fois, ne pleura pas, mais la douleur l'ébranla quand elle ne s'y attendait plus. Et, après tant d'années, elle se mit à aimer Charles.

Le bonheur est un état fragile. Celui de Charles et de Marie éclata, et se brisa, comme une bulle, dans la splendeur de l'été sauvage par la plus fortuite des causes. Le père Jogues, un jésuite auréolé de son martyre chez les Iroquois, débarqua un des premiers matins d'octobre pour faire escale au Port-Royal. Il venait de Québec et allait faire une visite à la mission des jésuites de Saint-Charles, au Cap de Sable. Port-Royal était sur son chemin, il avait l'habitude de s'y arrêter.

À peine le jésuite eut-il pénétré dans l'enceinte du Port-Royal qu'il sut que quelque chose avait changé. Ce ne fut pas la triste mine de Jeanne Motin qui éveilla ses soupçons, Mme d'Aulnay avait toujours été geignante, larmoyante, gémissante, et si elle avait un tant soit peu évolué dans la théâtralisation de sa désolation conjugale, ce n'était que dans la nuance, aussi le moindre mot un peu rude du seigneur de Port-Royal pouvait être la cause d'une recrudescence de morosité. Le père Jogues ne s'étonna pas davantage des lèvres pincées et de la réprobation affichée de Mme de Brice. La dame de compagnie se plaisait à juger son prochain, en mal, cela s'entend. Elle pensait pis que pendre de la dame d'Aulnay, timorée et languissante, et oscillait entre un amour inavoué, et franchement inavouable, pour le maître des lieux, et le jugement peu amène qu'elle portait sur un homme qui n'avait pas su voir le contraste des attraits de la gouvernante au regard des insuffisances de sa consternante épouse. La passion cachée de Mme de Brice était un secret de Polichinelle que le jésuite avait de longtemps éventé. Non, l'insolite était ailleurs, plus subtil, insaisissable, et c'était de la personne de Charles d'Aulnay que l'incongruité émanait. Charles de Menou d'Aulnay était heureux, il transpirait un insolent bonheur. Là était la faille. Charles d'Aulnay n'était pas né pour être heureux, mais pour faire son devoir, ou ce qu'il croyait l'être. Il avait été élevé dans ce principe exclusif, et semblait n'avoir été conçu que dans ce dessein. Il avait à perpétrer l'honneur d'une race chevaleresque dont il n'était qu'un maillon. Avant même que d'être né, il avait été voué à défendre la Croix et le Lys, et le hasard avait fait que ce fût sur la terre d'Acadie qu'il eût à porter ces glorieuses bannières. Sa destinée s'arrêtait là, le bonheur n'en faisait pas partie. Le père Jogues devait pourtant se rendre à l'évidence, il y avait eu déviance soudaine, le maître de Port-Royal irradiait la joie.

Mme de Brice ne décolérait pas. Une fois de plus, tout se passait en dehors d'elle. Charles d'Aulnay nageait dans une félicité évidente et coupable, Jeanne Motin ne s'en souciait pas, et, comme à l'accoutumée personne ne se préoccupait de l'avis de la gouvernante, pas plus que de ses sentiments. Or Mme de Brice voulait, enfin, exister. Elle était exaspérée de n'être rien, de se fondre dans le décor d'une vie qui se déroulait sans elle, d'être la spectatrice obligée d'événements qui ne la concernaient pas, et dont on ne l'autorisait pas à se mêler. Depuis trop longtemps, elle n'était qu'un accessoire dans l'ombre des acteurs qui occupaient le devant de la scène, et s'y déchiraient sans son consentement. Sans beaucoup balancer à une résolution qui la comblait d'aise, elle décida « d'ouvrir » les yeux de Mme d'Aulnay. Elle voyait à cette démarche tous les avantages.

Jeanne Motin allait pleurer, ce n'était que de petite conséquence, les pleurs de Jeanne faisaient partie du quotidien de Port-Royal, mais l'enjeu était que cette fois elle se mettrait sans nul doute en colère, et ne pouvait manquer de menacer son époux de représailles. Elle envisagerait peut-être, bien conseillée, le retour au bercail paternel, et Charles d'Aulnay y perdrait l'appui des puissants associés. Le cardinal avait été l'un d'eux, et qui insulterait les anciens alliés de feu le cardinal, offenserait la régente, et en toute logique le roi. Mme de Brice imaginait déjà avec la plus grande félicité les malheurs en cascade qui allaient fondre sur le seigneur de Port-Royal. Elle allait, enfin, être vengée de tant de dédain. Aussi ce fut avec des mines gourmandes, qu'elle parvenait mal à cacher sous une affliction de circonstance, qu'elle entreprit de dévoiler l'affaire à l'épouse déjà affligée. Hélas ! La colère escomptée avorta comme un pétard mouillé. Jeanne soupira, versa quelques larmes par habitude, et ne fit pas grand cas de la nouvelle.

— Quelle audace ! Et quel scandale ! insista la délatrice.

Jeanne se contenta de soupirer. Mme de Brice ne s'avoua pas battue.

— Quelle injure, madame ! avait-elle enchaîné. Une comédienne ! Et sous le toit conjugal !

— C'est un toit au moins qu'il ne brûlera pas ! répondit l'épouse avec philosophie.

Jeanne ne pleurait même plus, à croire que cette nouvelle disgrâce la consolait de toutes les autres. Mme de Brice entreprit de fustiger son indifférence.

— Vous ne pouvez laisser passer un tel outrage ! déclama-t-elle comme en un théâtre.

— Pensez-vous que ce soit le premier ? murmura Jeanne sans s'échauffer.

La dame de compagnie en resta muette un moment.

— Vous n'êtes pas sans vous souvenir, que mon mari est habitué de courir la sauvagesse pour satisfaire ses caprices ? expliqua Mme d'Aulnay sans paraître s'en émouvoir.

— Les sauvagesses, c'est… autre chose, répondit Mme de Brice, et d'un geste vague de la main, elle balaya les sauvagesses dont l'importance à ses yeux était de peu de poids.

Fait exceptionnel, Jeanne sourit.

— Peut-être, dit-elle, mais quand mon époux tue le mari de l'une d'elles pour avoir le champ libre…

— Un sauvage…, souffla la suivante avec un évident mépris.

— Et que, pour faire bonne mesure, il met le feu à sa maison…

Point de réponse. Jeanne s'affermit.

— Croyez-moi, madame, j'ai déjà souffert d'autres outrages, celui-ci m'importe peu et je ne souhaite point que l'on m'en entretienne.

C'était clair, et sans appel. Mme de Brice n'avait qu'à se le tenir pour dit. Jeanne Motin geignait souvent, mais elle était orgueilleuse et hautaine et traitait de haut toute sa maisonnée. Un mot de plus et Mme de Brice retournerait à sa Charente natale, où, rien ni personne ne l'attendant, elle n'aurait aucun moyen de subsister. Pour la première fois de sa vie Jeanne Motin souffrait vraiment et ce n'était pas une dame de compagnie insipide qui allait s'approprier l'authenticité de sa douleur.

L'arrivée du jésuite ragaillardit Mme de Brice, bien amère d'avoir échoué dans une aussi jolie manœuvre. Elle allait pouvoir jouer une autre carte, mais plus finement cette fois, l'adversaire étant d'une autre trempe. La revanche vint à elle sans qu'elle eût à la provoquer. Le missionnaire connaissait son monde. L'animosité secrète que Mme de Brice vouait à sa maîtresse, et la passion rentrée qu'elle nourrissait pour son époux, lui étaient évidentes depuis longtemps, il ne doutait pas un instant, que l'amertume de sa condition quasi servile, et la jalousie qui la taraudait depuis toujours, la conduiraient à se précipiter dans le premier panneau qu'il lui tendrait. Il l'aborda avec un sourire dont il savait être suffisamment avare pour qu'on l'appréciât quand il en usait.

— Quelle joie, dit-il, que de s'arrêter à Port-Royal, on y respire le bonheur de vivre.

— Ce séjour est en effet béni de Dieu, dit la dame de son air le plus pieux.

— M. d'Aulnay me paraît encore plus heureux d'y vivre qu'à l'accoutumée.

— Sans doute est-ce, dit la dame en baissant les yeux, parce que ses sentiments sont plus chrétiens que jamais.

Le jésuite apprécia l'hypocrisie parfaite de son interlocutrice. Charles d'Aulnay, violent, souvent tyrannique, était rien moins qu'angélique.

— Le croyez-vous ? demanda-t-il avec un intérêt qui n'était pas feint.

— Y a-t-il rien de plus conforme à la sainte religion que de pardonner à ses ennemis ?

— Sans doute. Notre hôte a-t-il eu le bonheur de faire la paix avec un adversaire ?

— M. d'Aulnay est apaisé depuis qu'il entretient avec Mme de La Tour, sa prisonnière, des sentiments d'amitié.

— C'est d'une belle grandeur d'âme, acquiesça l'homme d'Église.

Sur cette édifiante conclusion le jésuite s'éloigna. Il en savait assez.

Charles d'Aulnay pouvait ruser avec n'importe qui, plaider la plus mauvaise cause avec une désarmante conviction et une étonnante mauvaise foi, maquiller ses plus mauvais instincts en actes de bravoure, mais il était incapable de mentir à un prêtre qui le poussait dans ses retranchements. Passe encore pour ses capucins, qu'il tenait dans sa main depuis qu'il les avait imposés en lieu et place des récollets. Les bons pères étaient pétris d'indulgence à son endroit, et l'approuvaient en toute chose, il n'avait rien à craindre de tels directeurs de conscience. Il en allait autrement de la sagacité du jésuite, et dès qu'il fut en sa présence Charles sut qu'il était condamné.

Le père Jogues était de petite taille, maigre plutôt que mince, et n'avait rien d'un conquérant, tant il abordait les gens avec une grande douceur. Le diable d'homme ne tonnait jamais, il peaufinait ses arguments, les tournait, les retournait, les étirait, paraissait les abandonner pour les ressortir tout neufs et bien plus éclatants, quand son adversaire, épuisé par une joute verbale des plus rudes, croyait enfin pouvoir reprendre pied. Le père Jogues poussait alors son avantage, avec un pâle sourire, si rare qu'il illuminait son visage comme un miracle, et portait son dernier coup en ayant presque l'air de s'en excuser. Personne ne s'en était jamais sorti indemne. Là où le jésuite avait porté le fer de sa casuistique acérée, l'âme la plus aguerrie en restait marquée à jamais.

Avec Charles d'Aulnay le jésuite jouait sur le velours tant la faute était patente, venant couronner par son énormité tout un chapelet de manquements dont personne à la colonie, où tout se savait, et tout se colportait, n'ignorait la vétille la plus insignifiante. Le père Jogues avait en l'occurrence l'avantage de n'avoir aucune part dans les rivalités qui déchiraient la colonie. Il n'avait de préférence ni pour Charles de La Tour ni pour Charles d'Aulnay, et pas davantage pour les capucins ou les récollets, et peu lui importait que les sauvages fussent évangélisés par les uns ou par les autres. Mais pour les laïcs, il importait de les maintenir dans le droit chemin de la morale prônée par l'Église, et Charles d'Aulnay, malgré ses fanfaronnades, devait, comme tout chrétien, rentrer dans le rang. Une deuxième raison rendait le combat inégal. Malgré ses outrances et ses abus de tous ordres, ses colères, ses violences, sa cruauté à l'occasion, et la fâcheuse propension qu'il avait à satisfaire ses désirs dans l'instant, et sans y réfléchir, Charles d'Aulnay avait le plus grand respect pour la religion. Sans doute, avec sa clairvoyance aiguë, n'en avait-il pas reconnu l'image chez les capucins, obnubilés par leur rivalité avec les récollets. Charles d'Aulnay fanfaronnait volontiers, mais il était au plus profond de lui-même tourmenté jusqu'à l'obsession par la conscience de sa faute. Le jésuite obtint sans coup férir sa promesse de ne plus revoir Mme de La Tour, même pour lui dire adieu. Le lendemain ce fut le jésuite qui vint rejoindre Marie dans l'allée de M. de Champlain.

Il reçut un accueil assez frais. Charles la rejetait? Qu'il vienne donc le lui dire en face! Marie avait retrouvé toute sa fougue guerrière. Elle commença par demander au jésuite, sans y mettre la moindre forme, ce qui l'autorisait à s'immiscer dans une affaire qui le regardait d'autant moins que son état ne lui permettait pas d'y comprendre le moindre mot. Les élans du cœur et l'émotion des corps n'étaient pas de son registre. Qu'il en reste aux transports de l'âme, et encore lorsqu'elle se tournait vers Dieu. Elle respectait la religion, mais la fréquentation qu'elle avait eue de quelques récollets et de certains capucins ne l'engageait pas à suivre les avis du premier jésuite venu. Le père Jogues en convint, Marie s'en réjouit sans comprendre que la force de ce diable de religieux était dans la douceur du raisonnement et non dans la violence.

Le jésuite revint, jour après jour, usant par sa ténacité tranquille la violence de la révolte de Marie qui cependant ne cédait pas. Elle en fut lasse un jour. Charles n'était pas réapparu malgré toutes les demandes qu'elle en avait faites au jésuite aussi bien qu'aux capucins qu'elle côtoyait dans leur séminaire. Charles l'aimait, c'était le père Jogues lui-même qui s'en portait garant, mais son devoir l'obligeait à la chasser. L'arrêt n'avait pas de sens, et pourtant, lentement, à son cœur défendant, au fond d'elle-même, et sans y laisser paraître, Marie commençait de se soumettre à l'inacceptable. Elle bataillait encore, sachant que c'était pour l'honneur, dans un reste de fureur que la douleur n'avait pas balayée. Un jour elle attaqua, comme le bon soldat qu'elle était, pour la gloire, pour ne pas accepter la défaite sans une dernière estocade.

— Mon père, dit-elle au jésuite, je suis la prisonnière de M. d'Aulnay. Si son désir est de me déporter vers une autre geôle, il ne tient qu'à lui de me le faire savoir.

— Les mots que vous employez ne conviennent pas, madame, vous êtes l'hôte de M. d'Aulnay.

Marie eut un sourire amer.

— Soit, reprit-elle, mais quand on est las d'héberger un hôte, la moindre courtoisie veut qu'on ne charge pas autrui de le lui faire savoir.

— J'ai dissuadé M. d'Aulnay de vous rencontrer, répondit le jésuite.

— M'en donnerez-vous la raison ?

— Pour vous éviter à l'un et à l'autre un surcroît de douleur, et peut-être un inutile affrontement.

— J'ai déjà affronté M. d'Aulnay au fort Saint-Jean, il ne m'a pas épargnée, et je lui ai rendu ses coups autant qu'il m'était possible. M. d'Aulnay aurait-il peur de moi ?

— Il n'a peur que de lui-même.

— Ce n'est pas plus glorieux.

Le jésuite ne répliqua pas. Ce fut Marie qui reprit la parole.

— Dites à M. d'Aulnay, que je suis prête à vous suivre, fût-ce en enfer s'il vous plaît de m'y mener, mais seulement quand il sera venu lui-même m'en donner l'ordre.

Le lendemain Charles d'Aulnay se présenta devant Marie. Elle avait gagné le pari fou de l'obliger à venir.

— Charles ! dit-elle seulement.

Et, l'observant de la tête aux pieds, elle ajouta :

— Comme vous voilà fait !

Charles d'Aulnay comprit le sens de son exclamation. Il savait à quel point il avait maigri en si peu de temps, et combien sa mine était défaite. Il n'eut qu'une seule explication.

— Je vous aime tant !

C'était l'unique argument qui pouvait désarmer Marie, l'instant d'après elle était dans ses bras. Ce fut un moment de délire. Charles, affolé, serrait contre lui, au risque de le broyer, le corps retrouvé dont la soif ne l'avait pas quitté. Marie avait tout oublié, la séparation, les jours d'angoisse, et ce maudit jésuite à l'humeur trop égale, qui, depuis des jours et des jours, sapait consciencieusement les forces de vie sous leurs pieds. Quand ils relâchèrent leur étreinte, à bout de souffle et d'émotions, Marie rayonnait. Charles était venu, tout était encore possible. Il la regardait, émerveillé, toujours aussi belle, et toujours aussi forte, car jamais personne, de mémoire de colon, n'avait résisté à l'inaltérable ténacité du père Jogues. Il s'assit, face à elle, pour mieux la regarder, car lui au moins savait qu'il la voyait pour la dernière fois. Il garda ses mains dans les siennes, étroitement serrées, comme il l'aurait fait d'un oiseau qu'il ne voulait pas laisser échapper.

— Voilà, dit-il, je suis venu.

Elle ne répondit rien, mais son visage était éloquent, la joie l'avait transfigurée.

— Je suis venu, Marie, comme vous le souhaitiez, mais je viens vous faire souffrir, et je vais souffrir aussi, et bien plus que dans ma solitude, car la seule pensée de contempler votre douleur m'est insupportable.

Les larmes emplissaient ses yeux.

— Je ne veux pas souffrir ! se révolta Marie. Ni vous voir malheureux. Je veux que nous vivions, que nous reprenions le fil de notre histoire, là où ce maudit jésuite l'a interrompue.

— Le père Jogues n'est pour rien dans l'affaire...

— Allons donc ! Jetez-le dehors et tout cela sera oublié !

— Vous savez bien que non. Jogues a seulement précipité les choses. Un autre serait venu, et la conclusion aurait été la même.

— Attendons-le ! Et celui-là je vous promets que je le verrai arriver !

Sa fougue arracha un sourire à Charles d'Aulnay.

— Ah ! vous souriez, dit-elle. C'est que vous savez bien que j'ai raison !

— Je sais que vous pourriez chasser n'importe qui ! Mais...

— Mais ?

— Vous êtes mariée, je suis marié...

— Je ne vous demande pas de m'épouser. Partons, n'importe où !

— En France, pour nous retrouver en prison ? Moi à la Bastille et vous à l'hôpital des filles perdues ?

— En Angleterre !

— Je ne crois pas que les puritains tolèrent plus que nous l'adultère.

— Chez les sauvages...

— Pour mourir du mal de terre ? Ou d'une flèche des Iroquois quand ils porteront la guerre là où nous serons ?

— Ensemble au moins.

— Oui, et le cœur gros d'avoir trahi.

— Quelle trahison ?

— Celle de tous les engagements. Vous êtes Marie de La Tour, et vous avez vaillamment défendu le bien de votre époux, vous ne pouvez pas vous trahir vous-même.

Il y eut un silence.

— J'ai moi aussi des fidélités à respecter, devant Dieu et devant mon roi.

— Ah ! s'emporta Marie, ne me parlez pas encore une fois de ce titre de lieutenant du roi, il a fait assez de mal !

— Peut-être, mais j'ai accepté une charge, je ne peux m'en défaire. Tout nous condamne Marie, Dieu et le monde.

L'excès de souffrance fit exploser Marie.

— Partez, dit-elle, je vous hais !

Charles d'Aulnay, au bord des larmes, se contint à grand-peine.

— J'espère que vous dites vrai, dit-il, cela vous aidera. Moi, je vous aime.

Une dernière fois il la regarda, pour emporter son image, même si c'était celle de sa colère, puis il se détourna et s'éloigna.

Marie le suivait du regard, éperdue, tout était donc fini, et par sa faute dans la violence et dans les cris.

— Charles ! hurla-t-elle.

Il s'arrêta, hésita un court instant, puis lui fit face.

— Charles ! Je vous aime !

Son visage était inondé de larmes, mais Dieu qu'elle était belle ! Elle venait de lui faire le plus beau cadeau en lui offrant sa douleur.

# 27

« Je vous adjure, filles de Jérusalem, si vous trouvez mon bien-aimé, que lui annoncerez-vous, sinon que je suis malade d'amour ? »

Cantique des cantiques, V, 8.

Marie avait fini de se battre. Il était temps pour elle de lâcher prise et de mourir à elle-même.

— Quand vous serez prêt à partir, mon père, dit-elle au jésuite le lendemain, je vous suivrai.

Le père Jogues savait, depuis le début de leurs conversations, qu'elle y viendrait. Il était prêt.

— Nous partirons demain, dit-il.

Marie quitta le Port-Royal dans l'aube frileuse du lendemain. Octobre apportait les premières brumes que le soleil du matin ne parvenait pas à percer. La saison était à l'image de ses pensées. Elle fouilla en vain la rive du regard, Charles d'Aulnay n'apparut pas. Un pan de sa vie, le plus tumultueux, le plus chargé de passion, le plus beau, mourut quand le bateau s'éloigna. Le père Jogues conduisit Marie au séminaire des ursulines, à Québec. S'il y avait en Nouvelle France une place pour une femme de sa trempe, il savait que c'était en ce lieu.

Le couvent des ursulines de Québec n'avait encore que six années d'existence. Il était né de la rencontre de deux désirs. Il y avait d'abord eu la volonté de sa fondatrice, Madeleine de Chauvigny, Parisienne de trente-six ans, que son époux, M. de La Peltrie, avait eu le bon goût de laisser veuve après cinq ans de vie conjugale, état qui avait toujours provoqué de l'aversion chez la dame. Libre enfin, ou presque car son père menaçait de la déshériter si elle embrassait l'état monacal, Mme de La Peltrie ne rêvait que d'aller évangéliser les sauvages, ou tout au moins les jeunes sauvagesses, moins redoutables et plus attendrissantes. La fondatrice toutefois était laïque, il fallait donc lui adjoindre des religieuses. Le hasard fit que dans le même temps une ursuline de Tours, Marie Guyard, âgée de quarante ans, veuve elle aussi, et entrée en religion sous le nom de Mère Marie de l'Incarnation, brûlait de partir en mission au Canada. On leur adjoignit deux autres ursulines, Cécile Richer, Mère Sainte-Croix, qui avait trente ans, et Marie Savonnières de La Torche, Mère Saint-Joseph, qui n'avait que vingt-trois ans. Elles emmenaient aussi Charlotte Barré, une servante de dix-neuf ans. Les cinq femmes embarquèrent dans l'enthousiasme en l'année 1639, sans tenir compte des mises en garde du père Lejeune, jésuite établi à Québec, qui leur conseillait d'attendre pour s'y établir qu'on leur ait bâti une bonne et solide maison. La passion n'attend pas, elles partirent. Mme de La Peltrie avait promis trois mille livres annuelles à la fondation, c'était bien assez pour trouver à se loger.

Ce que la fondatrice autant que les ursulines ignoraient, c'était que pour se loger à Québec, ville en train de naître, il fallait bâtir sa maison, ce qui ne se pouvait faire en un tour de main, comme il en était des cabanes des Hurons. Bien plus, si l'on ne manquait ni de pierre, ni de bois propre à la construction, la main-d'œuvre faisait cruellement défaut. On leur trouva pourtant pour le premier hiver une minuscule maison, au bord de la Grande Rivière, qui, selon Marie de l'Incarnation, offrait à leur contemplation *la plus belle vue du monde.* Cette vue d'ailleurs ne se limitait pas au spectacle du fleuve, mais permettait aussi celui du ciel, à travers les lattes de bois mal jointes du plafond, car cette demeure, bien étroite, ne comptait que deux pièces et était aussi fort pauvre. Les ursulines devaient y demeurer trois ans en attendant que leur monastère fût édifié, mais dès la première année elles accueillirent dans leur école cinq jeunes Amérindiennes, et de tout jeunes enfants, âgés de deux ou trois ans.

L'hiver suivant, Mme de La Peltrie, toujours aussi pénétrée de son désir d'évangélisation, préféra se dévouer dans des conditions matérielles moins spartiates et trouva une maison où se loger plus à l'aise. Deux autres ursulines étaient venues remplir la maison de poupée du bord de l'eau, et quarante-huit petites *séminaristes*, algonquines, huronnes, et françaises, occupaient avec les religieuses l'étroitesse de leur espace. Elles étaient externes. Le manque d'argent vint aggraver la situation déjà difficile de l'embryon de monastère. Mme de La Peltrie avait promis trois mille livres, mais à cause de difficultés familiales, elle n'en pouvait fournir que neuf cents. On était loin du compte.

En dépit de toutes ces difficultés, le 21 octobre 1642, les ursulines purent enfin occuper leur nouvelle maison, une vaste construction de pierre, à trois étages, que chauffaient quatre cheminées. La bâtisse était pourvue d'une chapelle, d'un dortoir au deuxième étage, permettant d'accueillir des pensionnaires, d'une cave, et d'une fontaine. À quelques mètres du monastère on avait élevé une maison pour Mme de La Peltrie, qui décidément s'accommodait mal, malgré son beau zèle, des rigueurs de la vie conventuelle. Une ère de prospérité, ou au moins d'un relatif confort, semblait s'amorcer. C'était sans compter avec les aspirations à la sainteté de la fondatrice.

Mme de La Peltrie s'était prise d'un amour obsessionnel pour les petites sauvagesses, au point de les embrasser toutes avec un fort emportement, quand elle avait le bonheur qu'on l'emmenât dans un village huron. Les sauvages, peu démonstratifs, se montraient fort surpris de telles manifestations. Elle n'en avait cure. Dans son enthousiasme évangélisateur, elle décida, à brûle-pourpoint, et avec un bel entêtement, de se joindre aux pieux fondateurs de Montréal, et retira aux ursulines les maigres neuf cents livres qu'elle leur avait allouées pour les donner aux Montréalistes. Les ursulines durent alors réduire leur pension à trois petites filles, cependant que Mme de La Peltrie, au comble de la joie, était vingt-quatre fois marraine à Montréal. Bientôt, Montréal ne lui suffit plus, elle voulut partir pour la Huronie, y vivre dans le dénuement comme les missionnaires. L'un d'eux, peu soucieux peut-être de s'embarrasser d'elle, l'en dissuada. L'utopie de la Huronie s'éloignant, Montréal lui devint odieux. Elle retira sa donation pour la rendre aux ursulines de Québec, et revenir sagement en sa maison, épuisée par les émotions. Elle y était encore quand Marie de La Tour y arriva. La communauté s'était étoffée, elle comptait maintenant neuf religieuses de chœur, et deux converses. Elle s'était aussi modestement enrichie des dots des nouvelles religieuses et des dons qui commençaient à affluer. Marie de l'Incarnation avait réussi son pari.

Quand Marie arriva au monastère des ursulines elle avait le sentiment d'être vide d'elle-même, vide de toute ambition et de tout désir. Charles l'avait renvoyée, et c'était malgré lui. Elle avait accepté sa décision, et c'était malgré elle. Le malheur en était-il moins lourd d'être partagé ? À ses propres yeux, elle n'était plus rien qu'une apparence de vie, qui se mouvait par habitude dans la petite société du couvent. Comme en un théâtre, le monde, et là il était limité et étroit, continuait de dérouler son spectacle autour d'elle, telle une pièce bien ordonnée, dont elle n'était que la spectatrice. La vie se jouait autour d'elle, mais sans elle. Pourtant, elle fut bientôt, au monastère, heureuse autant qu'elle pouvait maintenant l'être. La paix était dans cette maison et l'agitation même de Mme de La Peltrie ne savait l'ébranler. La fondatrice pourtant était en ce couvent comme une mouche dans une pièce silencieuse, bourdonnant faiblement, voletant sans but apparent dans une errance désordonnée, se posant à peine sur une chaise ou un prie-Dieu, et s'en échappant aussitôt, murmurante plus que bruyante, inactive et pourtant jamais en repos. À l'en croire elle aspirait à la paix monacale, mais on ne pouvait que constater qu'elle ne savait s'y résoudre. Bien sûr la vocation était en elle, elle le proclamait, mais la vie d'un couvent était rude – et

Dieu qu'un monastère pouvait être un lieu glacial par nature ! –, et plus encore quand on avait eu l'idée de l'aller construire au Canada. Elle s'y était enfermée de bon cœur, puisqu'il fallait bien évangéliser les sauvagesses, mais elle aspirait tout autant au confort qu'à la sainteté de sa vie, elle se mouvait donc maladroitement au milieu de ses contradictions, et son excitation n'avait jamais de cesse. Les religieuses s'en accommodaient. Elles eurent quelque répit avec la venue de Mme de La Tour en leur maison, leur bienfaitrice s'étant jetée sur la nouvelle venue avec un bel empressement. Marie l'accepta sans la voir, l'écouta sans l'entendre, elle était bien au-delà des problèmes insignifiants qui meublaient la vacuité d'esprit de Mme de La Peltrie.

Marie de l'Incarnation, à l'opposé de la fondatrice, était paix et sérénité, et ce n'était point que son âme avide se contentât d'oraisons. Marie Guyard était partout en sa maison, attentive aux affaires domestiques, soucieuse aussi des humeurs de chacune, car si Dieu donne la joie aux moniales qui se perdent, et se trouvent, en son amour, il ne la donne qu'au bout d'un chemin qui se hérisse parfois de doutes, de regrets, de chagrins. Son cœur de mère y était vigilant. Elle avait eu l'insigne félicité de dépasser ces écueils, mais il lui restait à aplanir la route pour ses compagnes. Pour le plus grand ravissement des ursulines, Marie de l'Incarnation avait le don béni de la parole, et il se pouvait, que répondant à la sollicitation d'une des religieuses elle se laisse entraîner, dans la grâce de l'instant, à des improvisations, toujours brillantes, qui transportaient ses auditrices, leur faisant toucher, sensuellement, la révélation de l'amour divin. Rejetant les métaphores effarouchées généralement en usage, Marie de l'Incarnation appelait Dieu « mon amour », puisque c'était ainsi qu'elle touchait du doigt son existence. Elle l'affirmait donc, comme la chose la plus sûre au monde, la plus évidente. Elle aurait pu dire « Dieu existe puisque je l'aime », et n'ayant rien de plus pressé que de partager cet immense bonheur, elle rayonnait.

Elle avait accueilli Marie avec la simplicité qu'elle mettait en toutes choses, et lui avait ouvert sa maison comme un refuge, ou l'occasion d'une nouvelle vie, à son gré. Marie n'était pas une contemplative, puisque son chemin l'avait envoyée là, elle choisit d'y œuvrer au mieux. Il y avait des petites filles à instruire, elle pouvait y aider. Elle se rendit bientôt compte qu'avant de les instruire il y avait beaucoup à faire, et d'abord rassurer ces petites sauvagesses qu'on avait tirées de leur hutte, avec l'assentiment de leurs parents déjà christianisés, pour les plonger dans un monde à l'opposé du leur. Les petites filles avaient vécu sans contrainte, suivant leurs mères dans leurs occupations quotidiennes, et de même façon suivant leur peuple dans leur pérégrination annuelle, quand leur clan n'était pas encore sédentarisé. Elles ne connaissaient que la liberté et les grands espaces, on les enfermait dans des pièces closes et de hauts murs. Elles avaient vécu en étroite symbiose avec leur mère, on les remettait en des mains étrangères, et les femmes qui les accueillaient, pour mieux les apprivoiser, les embrassaient, les mignotaient, toutes pratiques parfaitement étrangères aux Indiens. Elles en étaient effrayées. Les ursulines mettaient cependant beaucoup d'abnégation dans ces caresses, qui n'étaient pas dans les mœurs courantes d'un pensionnat, et plus encore il leur fallait surmonter leur répugnance instinctive, pour des créatures, certes émouvantes, mais enduites de graisse qui s'était mélangée à leur crasse jusqu'à former une croûte épaisse et malodorante. Pour comble de l'inconfort qu'on avait à les prendre sur les genoux, elles étaient couvertes de vermine. Il était donc aussi difficile à Marie qu'aux religieuses de les cajoler de bon cœur, ce qu'elles faisaient pourtant, les ursulines par esprit de sacrifice, Marie parce que maintenant absente à elle-même. Il fallait donc, avec la plus grande patience, dégraisser, épouiller, les jeunes sauvagesses, les vêtir de linge frais et d'une petite soutane qui les couvrait tout entières et devait les protéger du retour de la vermine, virulente et prête à l'attaque à chaque arrivage de nouvelles recrues. Alors seulement on pouvait songer à les instruire, à condition toutefois d'avoir étudié la langue huronne. Marie de l'Incarnation en avait appris assez en deux ans pour parvenir à une certaine efficacité, mais elle avouait qu'en s'attaquant à cet idiome sous la férule du père Lejeune elle avait eu le sentiment que *des pierres lui roulaient dans la tête.* Marie, n'ayant point étudié le huron, était incapable, malgré sa bonne volonté, d'enseigner le moindre précepte aux petites filles du séminaire. Elle en resta aux soins corporels, répugnants, mais nécessaires.

Malgré les soins attentifs que l'on prodiguait aux petites séminaristes, et qu'elles acceptaient docilement, et souvent avec une superbe indifférence, elles se hâtaient de s'enfuir dès qu'une porte s'entrouvrait, et de regagner leur village, parfois après plusieurs mois de pensionnat. Filles de la plaine, des forêts, et du vent, l'enfermement leur était insupportable, enfants d'un groupe, d'un clan, d'un peuple, d'une famille, elles ne respiraient à l'aise qu'au milieu des leurs. Leurs parents aussi se languissaient d'elles, car les Indiens étaient très attachés à leurs enfants, et le modèle d'éducation à l'européenne, qu'on appliquait sans y rien changer aux Hurons et aux Algonquins, échouait presque toujours. Ces aléas ne décourageaient nullement les ursulines, et Marie décrassait sans désemparer.

Il lui avait suffi de quelques jours pour aller et venir à son aise dans le monastère. Elle s'accordait bien de l'hiver qui venait, et qui allait feutrer dans son cocon de neige les bruits de la vie, comme ceux des cœurs, il allait jeter son linceul sur son amour et sur son renoncement, et peut-être, la coupant du monde encore davantage, la rapprocherait enfin de la paix que les murs distillaient. La neige tomba au début de novembre, et dès le premier moment l'atmosphère du monastère en fut changée. Il semblait que les petites retenaient leurs pas, comme les moniales en avaient l'habitude, plus naturellement que lorsqu'elles s'y appliquaient au beau temps. Un autre temps commençait, tout de silence et de retenue, un temps qui n'était pas frilosité mais quiétude, une halte dans le déroulement de l'année. Pour Marie, c'était une pause bienheureuse, le ciel et la terre semblaient hiberner, ils étaient accordés à son cœur. Elle avait le sentiment confus d'être enfin parvenue au terme d'un parcours incertain, mais quel périple! Elle sortait de sa vie épuisée, comme après une course trop rude, vide de tout élan. Mais en ce lieu peut-être, puisqu'elle n'attendait plus rien, la paix lui serait donnée.

Elle aimait les grands murs de pierre, qui l'abritaient maintenant, rassurants, bien carrés, bien campés, comme un bastion de tranquillité au cœur de la ville qui se bâtissait. Elle contemplait souvent, de la fenêtre de la cellule qu'on lui avait attribuée, la cour carrée qui faisait à la fois office de cloître pour les moniales, et de terrain de jeu pour les petites pensionnaires. L'aspect en était chaque jour différent. Quand la neige tombait, dense et drue, elle était pour un temps déserte, et le sol s'embellissait en quelques heures d'un somptueux tapis immaculé, puis le soleil revenait, très vite, car l'hiver à Québec était aussi gai et ensoleillé que celui d'Acadie. Aussitôt l'embellie, les robes noires, les voiles blancs, apparaissaient, et dans leur sillage une nuée de petites filles foulant avec la plus grande joie la neige toute fraîche. Les ursulines organisaient souvent quelques jeux, on modelait à la hâte un bonhomme de neige, on sortait une corde pour sauter, et c'était souvent une religieuse qui tenait une extrémité du ruban. Les rires fusaient, la joie profonde des ursulines, presque palpable, était communicative, les petites la partageaient.

Puis l'une des maîtresses lançait un ordre, le silence se faisait, la cour se vidait, et Marie, de son observatoire du troisième étage, laissait encore un moment reposer ses yeux sur les tourelles enneigées du bâtiment, la façade lisse et nue de la maison. Puis d'un pas silencieux elle empruntait l'escalier de chêne ciré jusqu'au bas de la maison, traversait le couloir où les classes se répartissaient. Les voix tranquilles des maîtresses y résonnaient, le timbre flûté des fillettes leur faisant écho. Marie venait de la guerre, le bruit des canons était encore à ses oreilles, et bien avant le cauchemar qu'elle avait vécu à Saint-Jean elle s'était engluée, longtemps, dans le vain fracas de Paris, elle se rafraîchissait l'âme dans la maison des ursulines. Quand le soir venait, elle aimait à poursuivre sa ronde, d'étage en étage, de couloir en couloir, surprenant par une porte mi-close une moniale en sa cellule, plongée dans le recueillement, une autre assise à ravauder auprès d'une cheminée, celle qui enfournait le pain du lendemain, celle qui, dans l'ombre du cloître, portait à la cuisine un grand panier de nourriture. La vie était là, sans tapage, sans remue-ménage, dans la répétition tranquille des gestes essentiels.

Un soir elle alla jusqu'à l'oratoire. Elle poussa la porte. La pièce était nue. Au centre de la chambre Marie de l'Incarnation était en oraison, ployée, plutôt qu'agenouillée, dans un abandon bienheureux. Un immense bonheur irradiait de tout son être. Elle devina la présence de Marie, se releva et se tourna vers elle.

— Pardonnez-moi, dit Marie, qui se sentait intruse.

— Vous pardonner ? Quand une de mes sœurs vient vers moi, c'est toujours un bonheur.

— Je ne suis qu'une étrangère...

— Il n'y a personne ici qui nous soit étranger, nous sommes toutes ensemble.

Marie de l'Incarnation avait, à quelques mois près, l'âge de Marie. Elle était arrivée au Canada la même année qu'elle, et comme Marie encore elle avait été, dès le premier instant, pétrie d'amour pour la terre qui l'accueillait, aussi y avait-il quelques similitudes dans leurs destins tellement dissemblables. La religieuse avait un visage lisse, qui n'avait point été marqué par les épreuves des premiers temps de son installation, la guimpe et le voile l'enchâssaient joliment, ses yeux dont l'iris était sombre avaient la douceur d'un velours. Rien qu'à la regarder, Marie se sentait apaisée. Marie de l'Incarnation sourit, et ses traits en furent illuminés. Cette femme était la grâce même.

Parce qu'elle avait toujours voulu aller plus loin, parce qu'elle s'était épuisée dans une quête sans fin, Marie n'avait jamais pris le temps de regarder les autres. Maintenant elle s'était arrêtée, il n'y aurait plus jamais d'errance, elle avait fini sa course folle au monastère des ursulines, elle pouvait aller vers les autres.

— J'aimerais vous aider, dit-elle.

— Vous le faites.

— C'est si peu.

Mme de La Peltrie se serait sans doute récriée, courtoisement, comme il est d'usage de le faire entre gens d'une même société, que Mme de La Tour aidait grandement à l'œuvre commune, Marie de l'incarnation était bien au-delà de ces politesses convenues, elle allait à l'essentiel, à la vérité, au malheur pour chaque être humain de se trouver limité par sa propre faiblesse.

— Nous ne faisons jamais assez, dit-elle, parce que nous sommes imparfaites. Mais il nous faut accepter nos limites, comme une épreuve et comme une pénitence.

Marie de l'Incarnation énonçait des choses graves avec une douceur pleine de gaieté qui laissait Marie perplexe et la remplissait de confusion.

— Je ne suis pas venue ici, dit-elle, par vocation, ni par esprit de pénitence.

La religieuse ne répondit pas, la laissant libre de se confier ou de garder pour elle-même son tourment, ou ses regrets. Chacun a le droit à sa croix, et à la tenir secrète. Marie pourtant sentait qu'elle lui devait au moins une part de vérité, de sa vérité.

— Simplement, dit-elle, je n'avais plus rien à faire de ma vie. Je ne pouvais plus aider personne, et pour moi-même je ne désirais plus rien.

— Même la paix ?

— La paix ? Oui, sans doute, je désirais encore la paix.

Pouvait-elle dire à cette femme qui s'était détachée du monde et de toutes ses passions, que le sacrifice n'était pas de son fait, que la séparation qu'elle vivait était en tout instant inacceptable, et qu'elle n'aurait jamais renoncé de son gré à un amour dont on lui avait fait un crime ? Il n'y avait pas de place sur terre pour l'amour de Charles et de Marie, et c'était la seule raison qui l'avait fait arrêter de se battre.

— Le père Jogues m'a conduite ici, dit-elle comme pour s'excuser d'être là.

— Soyez-y heureuse, madame, dit l'ursuline avec son rayonnant sourire.

Marie regagna sa cellule, elle y emportait un peu de la joie que Marie de l'Incarnation irradiait.

Mme de La Peltrie était toute autre, pleine de bonne volonté, volontiers secourable, et souvent quand on ne lui demandait surtout aucune aide, volubile, et persuadée, car sa nature était bienveillante, que son bavardage était salutaire à l'âme attristée de Marie, en la distrayant de souvenirs pénibles. Tout ce qu'elle savait de la nouvelle pensionnaire du couvent était qu'elle avait accompli des exploits guerriers étonnants, ce qu'elle admirait fort, elle était certaine qu'il fallait arracher son esprit aux ruminations d'un lugubre passé. Elle lui parlait donc de tout et de rien, et surtout de sa propre épopée canadienne. Elle ne manquait pas de se plaindre de ce que l'hiver était redoutable à Québec, et que l'on avait grand risque d'en mourir. Marie n'en concevait pas d'inquiétude. Le froid, au plus profond d'elle-même, était lié au souvenir, maintenant très évanescent, de sa ville natale. Le froid, dans toute son horreur, c'était le désespoir transi qui l'avait glacée dans la maison de son père, c'était le glas des églises du Mans qui ne cessait de résonner dans les jours les plus courts et les plus oppressants de l'hiver. Dans cette nouvelle terre française où Marie avait échoué pour son bonheur, aucun mal ne lui était jamais venu de la nature, seulement des hommes, et de leur folie. Elle se gardait bien de répliquer au discours alarmant de la fondatrice, qui prenait ce beau silence pour une preuve de plus de l'héroïsme de Mme de La Tour.

Marie était bien éloignée de pensées héroïques. Elle était résignée, et envahie d'une si grande fatigue qu'elle avait la prescience que c'était la dernière. Elle sentait bien que le temps, celui qui lui restait à vivre, lui était maintenant chichement mesuré. Les jours succédaient aux jours, et chaque jour lui semblait plus court. Le temps courait, que Marie ne pouvait rattraper, le temps s'envolait, qui bientôt lui échapperait, et c'était un sentiment étrange, que séparée du seul homme pour qui elle eût nourri une passion, coupée de toutes ses ambitions passées, n'ayant devant elle nul avenir, et pas le moindre espoir, pas davantage que de désir, le seul sentiment qui l'habitait était celui de la fugacité des choses. Lors même que le temps eût dû lui sembler long, vide, lourd, et pesant, Marie, qui ne souhaitait plus rien, était taraudée par la conscience implacable de la limite de ses jours. Elle s'appliquait alors aux tâches quotidiennes avec une minutie qui lui était nouvelle. Chaque chose devait être accomplie quasiment dans la perfection, puisque le travail le plus modeste allait bientôt lui échapper. Il fallait faire vite, et du mieux possible, tout ce qui était à faire.

Ce fut à la fin de l'hiver qu'une épidémie de petite vérole se déclara à Québec et dans les villages indiens qui en étaient proches. Les Hurons, qui donnaient volontiers leurs filles à instruire aux ursulines, au moins pour un temps, vinrent d'un même élan leur confier les petites malades. Marie, qui apportait autant que possible son aide aux religieuses, se proposa tout naturellement à les soigner.

L'épidémie avait progressé avec la vitesse et la fureur d'un trait de feu. Bientôt il n'y eut plus aucune place dans le couvent qui ne fût occupée par des paillasses de fortune où gisaient les petits corps recroquevillés, accablés de fièvre des petites sauvagesses. Aucune pourtant ne gémissait, semblables à tous ceux de leur peuple, elles restaient silencieuses dans la maladie comme ils l'étaient dans la vie ordinaire. Les symptômes étaient toujours les mêmes. Une grande fatigue qui s'emparait du malade, des vomissements, une forte fièvre, et l'apparition des pustules qui envahissaient bientôt le visage et le corps. Le mal était totalement inconnu des sauvages qui ne l'avaient contracté qu'avec la fréquentation des Européens. Les jongleurs, les chamanes, ne connaissaient aucune herbe qui puisse en triompher, tout juste pouvaient-ils soulager la fièvre par des décoctions qui avaient en d'autres cas fait leurs preuves. Les ursulines connaissaient la maladie, elles savaient à quel point la contagion du mal pouvait faire des ravages, elles mêlaient donc avec l'énergie du désespoir les rares parades que l'on essayait dans le vieux monde et les infusions calmantes des Hurons. Marie se dépensa sans compter auprès des enfants. C'était au monastère qu'elle avait découvert le monde, pour elle inconnu, de l'enfance. Avait-elle jamais approché des enfants ? Les petites Huronnes, qu'elle dégraissait, qu'elle épouillait, avaient été les premières à l'émouvoir, et c'est près d'elles encore qu'elle découvrait la maladie, l'angoisse quotidienne d'une épidémie, la mort, la plus révoltante, celle des innocents. La détresse silencieuse des petites sauvagesses la bouleversait, et quelque chose en elle mourait à chaque petite flamme qui s'éteignait dans les yeux d'une enfant. Les petites Huronnes étaient à la fois misérables et hautaines, leur silence la fascinait. Il y avait dans leur mutisme plus de douleur, de dignité, de sagesse innée, que dans toutes les vociférations et les plaintes des gens du vieux monde. Leur regard insondable, qui disait assez qu'elles savaient la mort proche, la crucifiait. Chaque vie sauvée était une victoire, sur elle-même, sur les autres, sur la fatalité des choses. Elle se colletait à la maladie avec la hargne qu'elle avait toujours mise à gagner. Elle gagnait quelquefois, et la joie, qu'elle n'attendait plus, lui arrachait une larme.

Malgré tous les soins prodigués par les ursulines, beaucoup de petites Indiennes moururent, puis, sans qu'on sût vraiment à quoi en attribuer le recul, la maladie marqua le pas, il arrivait moins de malades, et ceux qui survivaient étaient plus nombreux. Les ursulines reprirent le cours paisible de leur vie, la fondatrice qui s'était dévouée autant que tout autre, renoua avec ses habitudes. Marie de La Tour y avait laissé ses dernières forces.

L'hiver tirait à sa fin. Mme de La Peltrie, qui ne manquait jamais de projets, décida un matin, toutes affaires cessantes, d'aller en entretenir Mme de La Tour. Elle la chercha en vain d'étage en étage, s'enquit d'elle auprès des converses qui vaquaient aux soins de la maison, et enfin, n'y tenant plus, poussa sans bruit la porte de sa cellule. Marie était en prières, agenouillée sur ses talons, curieusement ramassée sur elle-même, le visage posé sur ses genoux.

Elle est bien fatiguée, pensa la visiteuse, elle en fait trop...

Elle entra, sur la pointe des pieds, soucieuse de ne point déranger, mais ne résista pas, dans son impatience à bavarder, à effleurer l'épaule de l'orante qui s'abîmait trop longtemps dans la contemplation. Le corps de Marie bascula. Elle était maintenant étendue sur le dos, les jambes encore pliées comme dans l'agenouillement, mais ses mains s'étaient disjointes, battant l'air un instant, émouvantes et fragiles, quand le corps avait chu. Son regard, qui avait été velours et feu, et dont elle avait si bien su jouer, était voilé d'une brume légère. Marie était entrée dans sa mort comme elle était entrée en amour, sans trouble et sans question, dans la paix.

— Elle est morte ! hurla Mme de La Peltrie.

Elle se jeta sur la porte criant à l'encan.

— Mme de La Tour est morte !

Marie de l'Incarnation était déjà sur le seuil.

— Contenez-vous, madame dit-elle, l'heure est à la prière, et non aux cris.

Mme de La Peltrie s'était déjà enfuie, courant à toutes jambes comme devant un danger, comme si cette mort risquait de s'attraper. Le sentiment de son importance la ramena à la raison. Elle était encore presque seule à savoir, elle aurait l'honneur d'annoncer la nouvelle, et le monde saurait qu'elle avait partagé l'intimité de celle qui venait de les quitter. La gloire de l'une rejaillirait sur l'autre.

Marie de l'Incarnation s'agenouilla près du corps encore tiède et souple de Marie, avec tendresse et compassion elle lui ferma les yeux.

# 28

Charles de La Tour avait réussi à gagner Boston l'hiver précédent. C'était le seul espoir qui lui restait de trouver de l'aide pour dégager le fort Saint-Jean du siège qu'en faisait Aulnay. L'indécision des Anglais l'immobilisa une année entière en Nouvelle Angleterre. Il y apprit le désastre du fort Saint-Jean et la captivité de Marie. Il sut aussi qu'elle avait finalement trouvé refuge au couvent de Québec. Au mois d'avril de l'année 1646, impuissant à combattre son ennemi maintenant conforté dans sa suprématie, et que les Anglais se souciaient peu d'attaquer, il vint se réfugier à Québec, où le gouverneur le reçut avec tous les honneurs dus au lieutenant général du roi en Acadie qu'il était toujours pour les gens de la Nouvelle France.

Quand il arriva à Québec, Marie reposait déjà sous la terre. Charles la pleura, mais ce ne fut point dans la douleur de l'amour. La seule passion qu'il avait encore, la seule peut-être qu'il ait jamais éprouvée était celle de l'Acadie. Charles aimait une terre comme d'autres aiment une femme, à la folie, et si jamais dans sa vie il avait été amoureux d'une femme c'était de la Micmac qui avait enchanté sa jeunesse. Il pleura pourtant Marie, elle avait été son compagnon, son inconditionnel lieutenant, et cela de tous temps, depuis la belle liberté qu'ils s'étaient donnée dans les rues du Mans jusqu'à la défense désespérée du fort Saint-Jean. Elle avait été sa meilleure amie, la seule avec Charles de Biencourt. De sa mort il restait orphelin.

# 29

Le temps avait passé mais la pensée de Marie n'avait jamais d'un instant quitté Charles d'Aulnay depuis leur séparation. Sa présence impalpable le hantait, l'habitait, de jour ou de nuit elle était son quotidien, et le seul sentiment qui le rendait encore vivant était la douleur de l'avoir perdue. Son absence même était présence immanente, et Charles d'Aulnay était étouffé par le manque qu'il ne pouvait pas dire, par la douleur qu'il n'avait pas le droit d'exprimer. Toute force l'avait déserté, et il n'y avait plus entre le monde et lui de rambardes, ni de remparts, pour le protéger de sa nouvelle faiblesse. Le chef de guerre, le colonisateur, l'homme du Lys et de la Croix, n'était plus. Le temps de la superbe était passé, l'amour humain avait fait voler son armure en éclats. Dévoré par son deuil secret, spectre de son propre personnage, Charles d'Aulnay habitait sa dépouille.

Jeanne Motin pleurait plus peut-être qu'elle n'avait jamais pleuré. À peine Charles d'Aulnay paraissait-il à sa vue, que ses yeux s'embuaient et que de minces coulées de larmes s'infiltraient dans les sillons de longtemps creusés sur ses joues par son chagrin endémique. Si c'était encore de peur qu'elle fondait en pleurs, elle avait tort, toute violence avait quitté son époux, à moins que ce ne fût de tristesse et de compassion qu'elle pleurât devant le désolant spectacle des ravages de sa douleur. Amaigri, livide, Charles de Menou d'Aulnay portait dans toute sa personne le deuil de Marie, et le deuil de lui-même, qui n'avait su vivre que le temps d'un été.

Absent de lui-même, étranger à la terre à laquelle il avait tout sacrifié, insensible au pouvoir qu'il avait conquis de si haute lutte, Charles d'Aulnay qu'aucun élan ne portait plus, vaquait à ses devoirs quotidiens sans qu'on eût jamais le sentiment qu'il s'intéressât à ce qu'il mettait en place. Jamais pourtant il n'avait tant fait pour Port-Royal. Il avait fait assécher les terres régulièrement inondées par la marée, et elles portaient maintenant des blés robustes. Le projet d'en faire autant pour l'Acadie tout entière était trop ambitieux, l'argent manquait toujours, les colons étaient rares, et la charge à présent lui était devenue trop lourde.

Le 24 mai de l'année 1650, Charles d'Aulnay s'en revenait en canot d'une tournée de routine dans les fermes de Port-Royal, avec la seule compagnie d'un serviteur indien. Pointilleux, comme il l'avait toujours été, et appliqué maintenant à mettre tout en œuvre pour la réussite et le bien-être des colons, il s'était attardé, et le jour déclinait qu'il était encore loin de son habitation à pagayer très en amont dans la rivière du Moulin. Le cours d'eau était large en l'endroit où ils étaient, et le milieu du lit était occupé par un banc de sables mouvants. La nuit tombait et le brouillard enveloppa bientôt le canot, dérobant les rives aux regards des deux hommes. En un instant le monde devint fantasmagorique, il n'y avait plus de repères, rien qu'une masse cotonneuse et impalpable qui gommait tous les contours. Les arbres qui bordaient le cours d'eau s'effacèrent, en même temps que les moindres bruits, battement d'ailes d'un oiseau rasant l'eau, infime clapotis signalant la fuite d'un poisson, glissement de la rame dans la masse liquide, s'évanouissaient. Il n'y eut plus que le blanc laiteux de la brume et le silence total de la terre et de l'eau. Au même instant, l'Indien et Charles sentirent l'écorce fragile de leur barque effleurer la masse molle et mouvante du sable. Il ne fallut qu'un infime moment pour que les deux hommes sentissent qu'imperceptiblement la barque s'enfonçait. Impassible, l'Indien avait compris, il attendait. Charles, attentif à ne pas bouger d'un pouce pour ne pas précipiter l'enlisement, scruta l'épaisseur du brouillard. Il y distingua une lueur, pâle d'abord, hésitante, atténuée, et bientôt rougeoyante comme un soleil couchant, une lumière d'après l'orage, un flamboiement de ciel de bataille, nimbant de rose et d'or une vague silhouette qu'il eut brusquement le désir de voir se préciser. Charles avait oublié la rivière, la traîtrise du sable qui lentement gagnait, le froid et l'humidité qui imprégnaient ses vêtements, et la menace, sourde qui s'affirmait. Blotti sous sa chape nébuleuse, il attendait un bonheur dont il pressentait l'imminence. Il tendit tout son être vers ce miracle espéré, et ce fut à ce moment qu'il vit Marie. Ce n'était pas une évocation, c'était une présence. Elle était là, il la voyait, elle se tenait devant lui, elle lui souriait, il eut le sentiment qu'elle allait lui tendre la main. Alors il sut que tout était accompli, et il accéda à la paix.

La barque d'écorce continuait inexorablement de s'enfoncer dans la masse imperceptiblement mouvante du sable glauque. Charles ne s'en défendait pas, non pour éviter un mouvement maladroit qui eût précipité sa mort, mais parce que, l'ayant acceptée, il en respectait le rythme. L'heure était toute proche, et il saurait l'attendre. La gangue qui l'ensevelissait gagna, mais il ne voyait que le visage radieux de Marie qui s'estompait lentement dans une brume d'or. Le sable progressa encore, il aspira un dernier souffle à l'instant précis où le visage de Marie s'effaçait. Il n'y eut plus alors, devant son regard ébloui, qu'une poussière d'étoiles, qui avec lui s'enfonça dans le sable.

# La part de l'histoire, celle de la légende

Ceux qui écrivaient l'histoire, du temps même qu'elle se faisait, ont diablement brouillé les cartes en ce qui concerne Marie. Ils y avaient de bonnes raisons, puisqu'ils étaient là, aux côtés, et au service, des deux antagonistes, qu'étaient Charles de La Tour et Charles d'Aulnay, et que la première de leurs attributions consistait précisément à écrire l'histoire, à la gloire de l'un, ou de l'autre, au risque, qui ne les inquiétait pas, de travestir la vérité. C'étaient des hommes d'Église, attachés, pour chaque communauté, à gagner la première place dans l'évangélisation de la Nouvelle France, et la fin peut-être leur fit parfois oublier les moyens. Les récollets détrônés de leur mission par les capucins que Charles d'Aulnay avait amenés à sa suite, haïssaient le seigneur du Port-Royal, artisan de leur disgrâce. Les capucins, leurs frères en saint François, abhorraient Charles de La Tour, qui s'était entêté à imposer les récollets. Il ne pouvait y avoir de milieu à des points de vue aussi tranchés, et Marie, reine sur l'échiquier de leurs combats, devait être sacrifiée. Ceux qui encensaient d'Aulnay, en firent une catin, ambitieuse et perfide, dont la vie ne valait pas la corde où d'Aulnay ne l'avait finalement point pendue. Les autres, puisqu'ils mettaient Charles de La Tour aux nues, en firent une sainte, et c'était tout aussi démesuré.

Marie n'était qu'une femme, la vie l'avait projetée au cœur de l'Acadie à peine née, et l'avait insérée aux prémices de son histoire. Les historiens modernes épousèrent, trois siècles plus tard, la querelle des anciens, avec une exceptionnelle et déroutante passion. Ils s'accordèrent seulement pour faire mourir Marie sitôt qu'Aulnay l'eut faite prisonnière, les uns dirent que c'était de rage, les autres que ce fut de chagrin et d'injuste souffrance.

Les sources historiques, très prolixes s'agissant d'Aulnay et de La Tour, sont très floues concernant Marie. On ne sait pas grand-chose de sa vie, sauf pendant la courte mais décisive période acadienne, et le peu qu'on sache n'est pas prouvé. On la dit née au Mans... ou à Nogent-le-Rotrou. Elle était la fille d'un barbier, ou d'un médecin, certains penchent pour une souche aristocratique provinciale. Faute de preuve il faut chercher la vraisemblance. Pour sa mort, c'est tout aussi flou. Mais les événements qui l'ont suivie sont parfaitement connus. Charles d'Aulnay, dont la personnalité s'était radicalement transformée, la suivit de quelques années dans la tombe. Charles de La Tour revint alors en Acadie, retrouva ses biens, et assuma, cette fois dans sa plénitude, sa charge de lieutenant général de l'Acadie. Il y épousa Jeanne Motin, veuve d'Aulnay, qui lui donna cinq enfants, elle en avait déjà huit de Charles d'Aulnay.

Un rêveur, un romancier, émit l'hypothèse que Marie avait survécu à son emprisonnement, et rejoint plus tard, à Québec, Marie de l'Incarnation, après avoir connu une brève passion avec Charles d'Aulnay. Il est possible que ce soit une légende. Marie peut-être est morte en sa geôle, certains sont allés jusqu'à insinuer que Charles d'Aulnay l'y avait fait empoisonner. Qui donc avait lancé le bruit de sa survie ? Un témoin ? Mais qu'importait aux yeux des historiens les circonstances de la mort d'une femme ? Elle méritait, dans tous les cas, son statut d'héroïne, et sur ce point il n'y a heureusement pas de discordance.

Alors ? Et si Marie avait réellement survécu aux événements du fort Saint-Jean ?

… Et si l'histoire était seulement, comme l'a soutenu le philosophe américain George Santayana, « un tas de mensonges sur des événements qui ne se sont jamais passés, racontés par des gens qui n'y étaient pas » ? Ceux qui les ont vécus n'auraient donc pu faire naître qu'une légende. Que nous importe ? Le Talmud dans sa sagesse affirme que « comme le vin, les légendes réjouissent le cœur de l'homme ». Marie Jacquelin n'a pas fini de nous faire rêver.

# Glossaire

p. 11 : *Jongleur*. En Amérique on donne le nom de jongleur au devin des sauvages, qui fait surtout profession de guérir les maladies et de prédire. « Chactas apprit à René que le principal jongleur était un prêtre avide. » *Le Natchez V.* (Littré)

p. 12 : *Aux Canadas*. On dit, au début du XVII^e siècle, aussi bien *les Canadas, le Canida, le Canada*.

p. 28 : *La Cadie*, ou Lacadie, ou l'Acadie.

p. 37 : *La Religion Prétendue Réformée*, souvent abrégée en R.P.R. dans les textes de l'époque (d'où l'importance de ne pas changer l'ordre des mots), c'est l'expression que les catholiques employaient pour désigner la religion réformée.

p. 39 : *Les mousquittes*. Moustiques, maringouins…

p. 40 : *Le mal de terre*. Le scorbut.

p. 43 : *Palissadé, encanonné*. Les mots parlent d'eux-mêmes. Ce sont ceux que les colons employaient quand ils parlaient des forts qu'ils construisaient.

p. 49 : *Les sauvages*, les Indiens. Le terme n'est pas péjoratif, il fait référence à ceux qui ne connaissent pas la civilisation européenne ni la religion chrétienne. Quand on vit à la manière des Indiens on *s'ensauvage*. Le bel automne, que nous appelons l'été indien, est en Acadie au XVII^e siècle *l'été sauvage*.

p. 56 : *Le vis*, c'est un escalier qui monte en tournant.

p. 57 : *Le cuveau*, c'est ce qu'on a appelé par la suite « baquet ».

p. 72 : *La troque*. C'est la traite, le commerce des fourrures. Le terme est employé dans tous les actes royaux qui définissent ce commerce. C'est celui dont on usait au début du XII^e^ siècle.

p. 79 : *Les Souriquois*, ce sont les Micmacs.

p. 83 : *Merveilleux*, le mot est employé au XVII^e^ siècle au sens de étonnant, déconcertant, qu'on ne peut pas comprendre.

p. 85 : *Les traisnées*, ou traînes, planches de cèdre, ou de hêtre, longues et étroites, que l'on tire sur la neige pour y transporter des charges.

p. 102 : *Perdre la tramontane*. Au XVII^e^ siècle, et même plus tard, on perd plus volontiers la tramontane que la tête…

p. 124 : *Les lambruches*. Le terme désigne aussi bien les vignes sauvages que leurs fruits.

p. 130 : *Cabaner*. Quand les Indiens s'arrêtent dans leurs pérégrinations, ils dressent leurs cabanes, leurs tentes. Par extension, on « cabane » donc chaque fois que, dans une expédition, on s'arrête pour la nuit.

p. 132 : *Les chaudières*. Ce ne sont pas exactement des chaudrons, on ne les met pas sur la flamme. Ce sont des récipients dans lesquels on dépose une pierre chauffée à blanc dans le foyer. Le bouillon qu'on verse dans cette marmite est amené à ébullition par la chaleur qui se dégage de la pierre.

p. 133 : *Au temps où le monde était nouveau…* C'est la traduction de la formule rituelle qui introduit tous les récits indiens ayant trait aux Héros Fondateurs.

p. 136 : *Courir l'allumette*. Une coutume, dont on a beaucoup parlé, voulait que les jeunes gens puissent se présenter, le soir tombé, auprès de la couche de la jeune fille qu'ils avaient remarquée, un brandon allumé à la main. Si la jeune fille acquiesçait au désir du prétendant, elle soufflait le brandon.

p. 141 : *Les Confrères de la Passion* étaient à l'origine des bourgeois qui s'étaient associés pour jouer des pièces religieuses. Aux XVII^e siècle ils étaient propriétaires de la salle de théâtre de l'hôtel de Bourgogne, qu'ils louaient fort cher, où se produisaient les comédiens du roi. Ils avaient en privilège le droit exclusif de donner ou d'autoriser des représentations dramatiques chez eux, ou exceptionnellement ailleurs dans Paris en percevant alors une redevance.

p. 142 : *Un tripot.* C'est un espace qui sert à pratiquer le jeu de paume. Les tripots sont souvent loués pour les représentations théâtrales à cause de leur taille.

p. 142 : *La rivière.* C'est ainsi qu'à Paris on désigne alors la Seine. En Acadie, on employait toujours le mot rivière, là où nous parlons de fleuve.

p. 163 : *Un carrosse de remise* est un carrosse de louage.

p. 198 : *Un abatteur de bois.* Au sens strict, c'est un homme qui fait beaucoup de besogne. Ironiquement on désigne par ce terme un homme qui se vante de prouesses qu'il n'a pas faites.

p. 209 : *Une peste.* Le terme désigne alors toutes les épidémies.

p. 213 : *Les filles du roi.* Ce sont des jeunes filles pauvres et des orphelines, qui sont dotées par le roi pour épouser les colons.

p. 231 : *La refoule.* C'est le terme acadien pour désigner le mascaret, ou la barre de flot. Quand les eaux de la rivière Saint-Jean rencontraient les eaux montantes ou descendantes de la Baie Française, elles rendaient toute navigation impossible.

p. 252 : *Les demoiselles du marais* étaient aussi appelées, « femmes du monde », ou « filles du monde », puisqu'elles étaient à la disposition du monde.

p. 282 : *Prusses.* Ce sont des pins. *Bouleaux rouges.* Ce sont des merisiers.

pp. 351, 383 : *Un séminaire* est une école, *les séminaristes* sont donc les écoliers ou les écolières.

*Photocomposition Interligne*

*Impression réalisée sur CAMERON par*
*BRODARD ET TAUPIN*
*La Flèche*
*en octobre 2004*

*Imprimé en France*
Première édition, dépôt légal : octobre 2004
N° d'édition : 58927 – N° d'impression : 26466